Christine Rhömer
Wind aus Südwest

Vergeltung

AF188760

Die Deutsche Nationalbibliothek verzeichnet diese Publikation in der Deutschen Nationalbibliografie; detaillierte bibliografische Daten sind im Internet über dnb.dnb.de abrufbar.

Von Christine Rhömer sind bereits erschienen:
Wind aus Südwest (Sünde der Väter)
Weißgold-Flügel
Abgetaucht im Paradies

© Christine Rhömer 2018, alle Rechte vorbehalten

Herstellung und Verlag:
BoD – Books on Demand, Norderstedt

Cover: Daniel Engelhardt
Titelfoto: Pixabay
Lektorat/Korrektorat: J. Müller

ISBN: 978-3-7481-1686-8

Wind aus Südwest

Vergeltung

Christine Rhömer

Roman

Sein Unterkiefer bereitete ihm noch immer Probleme. Vorsichtig bewegte er ihn hin und her, während er durch das nächtliche Köln cruiste. Die Lichter der Geschäfte und Clubs am Hohenzollernring brachen sich in den Regentropfen auf der Windschutzscheibe und das monotone Geräusch des Motors besänftigte ihn ebenso wie die majestätische Musik, die er eingelegt hatte. Nahezu meditativ glitt er durch die Straßen wie ein Gondoliere über die Kanäle in Venedig, denn es bedurfte keines Nachdenkens. Bremsen, Schalten und Beschleunigen funktionierte intuitiv. Eine absurde Vorstellung angesichts der Mission, in der er unterwegs war. In seiner Jackentasche auf dem Beifahrersitz steckte die Pistole, die er in der Wohnung gefunden hatte. Er war im Umgang mit Schusswaffen nicht geübt, in der Verbindung wurde ausschließlich mit Hiebwaffen gekämpft. Aber der Wolf hatte ihn hin und wieder mit zum Training am Schießstand genommen, sodass er nicht gänzlich unerfahren war. Er hatte gelernt, wie er entsichern, zielen und den Rückstoß auffangen musste.

Es war ihm bewusst, dass nur der blanke Zufall ihn auf diese Weise mit seinem Opfer zusammenführen konnte. Aber was blieb ihm anderes übrig? Ihm zu Hause aufzulauern war auch nicht aussichtsreicher. Wer wusste, ob er sich dort überhaupt aufhielt? Es war sogar anzunehmen, dass er das nicht tat, denn schließlich musste er damit rechnen, dass jemand aus der Verbindung ihm einen Besuch abstatten würde. Er seufzte und seine Gedanken gingen auf Wanderschaft.

Nach einer Zeit, die ihm endlos vorkam, hielt er plötzlich inne und trat auf die Bremse. Manchmal musste man einfach unverschämtes Glück haben. Eine der beiden Gestalten, die vom Stadtgarten aus die Venloer Straße stadtauswärts gingen, war unverkennbar sein Opfer. Er triumphierte innerlich. Natürlich würde er ihn nicht hier auf offener Straße stellen, umgeben von den vielen Nachtschwärmern, die unterwegs ins Belgische Viertel waren. Obwohl es einen ganz eigenen, filmreifen Reiz gehabt hätte, ihn aus dem fahrenden Auto heraus zu erschießen und dann mit quietschenden Reifen davonzurasen. Doch er war kein guter Schütze und die Gefahr, dass sich irgendjemand sein Kennzeichen merkte, zu groß. Und er war eben auch nicht Teil eines Fernsehkrimis, wo so etwas funktionierte. Also folgte er den beiden unauffällig.

Die zwei Gestalten unterhielten sich so angeregt, dass sie von ihrer Umgebung nichts mitbekamen. Unter der Unterführung des Westbahnhofs war es derart dunkel, dass er sie im Getümmel fast aus den Augen verlor. Einen Moment lang befürchtete er, sie würden an der Kreuzung nach rechts abbiegen, weil sie ihren Wagen dort geparkt hatten. Er durfte nicht gegen die Einbahnstraße fahren und das Auto abstellen konnte er hier auf diesem Abschnitt der Venloer Straße erst recht nicht. Aber zu seiner Erleichterung spazierten die beiden weiter geradeaus am Hans-Böckler-Platz vorbei. Mit grimmig-entschlossenem Gesicht folgte er seinem Zielobjekt samt Begleiter in Richtung der dunklen Universitätswiese, wo außer ihnen kein Mensch mehr unterwegs war.

1

Sechs Wochen zuvor

Der Anruf erreichte Magano Mungbate in New York, als sie auf dem Weg zum John F. Kennedy Airport war. Die Straße glänzte vom Regen und das Gesicht der Stadt spiegelte sich darin wie ein Trugbild. Das Taxi rauschte über die Brooklyn Bridge und sie schaute aus dem Fenster auf den schimmernden East River im Schein der Straßenlaternen. Frustriert drückte sie sich tiefer in den abgewetzten Ledersitz auf der Rückbank. Ihre Delegation, die stellvertretend für die Herero und Nama eine Klage gegen die Bundesrepublik Deutschland eingereicht hatte, war damit konfrontiert worden, dass die Bundesregierung noch nicht einmal bereit war, die Anklageschrift entgegenzunehmen. So hatte man sie ins Leere laufen lassen. Aber sie war nicht gewillt, sich geschlagen zu geben. Sie würde direkt nach Berlin fliegen und zu den dortigen Vertretern Namibias und einigen Bundestagsabgeordneten, die ihrem Anliegen positiv gegenüberstanden, Kontakt aufnehmen.

Es musste etwas Außergewöhnliches passiert sein, wenn die Dorfälteste von Okahandja sich persönlich die Mühe machte, den Telefonhörer in die Hand zu nehmen und sie auf dem Handy anzurufen.

„Du musst nach Deutschland reisen", erklärte sie Magano ohne Umschweife auf Otjiherero.

„Ich bin bereits auf dem Weg dorthin", erwiderte diese gelassen.

„Vergiss die Anzugträger im Parlament", entgegnete die Ondangere, „es ist etwas Merkwürdiges passiert."

„Was denn?"

„Carina hat mir ein Paket mit einem Brief geschickt. In dem Schreiben steht, dass sie den Gürtel von Chief Gabriel gefunden hat und mir nun zuschickt, um ihn unserem Stamm zurückzugeben. Aber in dem Päckchen war kein Gürtel, nur der Brief."

„Aha." Magano versuchte, sich einen Reim auf das zu machen, was die Ondangere ihr da mitteilte. „Vielleicht kommt der Gürtel mit einem anderen Paket."

„Warum sollte sie einen Brief in einem leeren Päckchen schicken?"

„Keine Ahnung..., um eine falsche Fährte zu legen?"

„An dem Paket ist herumgepfuscht worden. Das sieht man."

Magano wurde hellhörig.

„Außerdem hat Carina geschrieben, dass ihr in Deutschland schlimme Sachen passiert sind."

Magano blieb einen Moment lang das Herz stehen. „Hat sie das näher ausgeführt?"

„Nein. Kümmere dich bitte um das Mädchen. Ich mache mir Sorgen um sie."

„Okay, tue ich. Wo finde ich sie?"

Die Ondangere buchstabierte ihr die Kölner Adresse, die auf dem Paket stand.

„Und Magano?"

„Ja?"

„Bring uns endlich den Gürtel nach Hause, wenn sie ihn hat."

„Mache ich."

„Gute Reise. Mögen die Ahnen über dich wachen!"

Nachdenklich sah Magano durch die Wasserperlen auf dem Fenster zu den spärlicher werdenden Häusern. Parkanlagen säumten rechts und links den Expressway, um dann doch wieder im Großstadtbrei zu münden. Gerade eben noch waren ihre Gedanken von der Verärgerung über das ignorante Verhalten der deutschen Bundesregierung beherrscht, nun war sie erfüllt von Sorge um ihre Nichte. Möglicherweise benötigte diese den Schutz der Ahnen mehr als sie selbst. Magano hatte es von Anfang an missbilligt, dass die Ondangere Carina ständig die alten Geschichten erzählte und sie abrichtete wie einen Kindersoldaten ohne Waffe. Wo sollte das enden, wenn man einem jungen Menschen einbläute, dass ein Teil seiner Vorfahren großes Unrecht begangen hatte? Man erreichte damit, dass das Kind sich als mitschuldig empfand und den entsprechenden Erbanteil in sich verachtete. Und dass es diesen bekämpfen wollte, um sich frei von Schuld fühlen zu können. Man säte Hass, wo vorher keiner gewesen war, davon war Magano überzeugt. Aber man widersprach der Ondangere nicht. Niemals. Weil sie die Dorfälteste war, die das Feuer hütete, an dem sich die Ahnen versammelten. Was mochte dem Mädchen passiert sein?

Magano fühlte sich Carina verbunden, denn sie war die Tochter ihrer Halbschwester Mhabate. Auch wenn sie nie verstanden hatte, was Letztere an dem Schwächling von Entwicklungshelfer gefunden hatte und warum sie ihn unbedingt heiraten wollte. Aber das waren nun ebenfalls alte Geschichten. Die beiden waren tot und sie fühlte sich für Carinas Wohlergehen verantwortlich. Dabei war es unerheblich, dass diese inzwischen erwachsen war. Für Magano blieb Carina das kleine Mädchen, das ihr in Okahandja barfuß auf Schritt und Tritt durch den Sand folgte und sich von ihr die Welt erklären ließ. Ihre Kleidchen stammten nicht selten aus deutschen Kleiderspenden, aber sie bewegte ihre dürren Glieder darin mit der gleichen Anmut und dem Stolz wie Mhabate es mit ihren abgetragenen Kleidern tat. Wissbegierig war sie gewesen und klug. Nichts musste man ihr ein zweites Mal beibringen, weil sie sich merkte, was man ihr sagte, und alles aufsaugte wie ein Schwamm. Magano seufzte und versuchte den Gedanken an das zu verdrängen, was Carina bei der Suche nach dem Ahnengürtel widerfahren sein mochte.

Das Taxi steuerte den Abflugterminal an. Über ihnen schwebten Flugzeuge im Himmel und vom Geräusch der Triebwerke vibrierte die Luft. Magano richtete ihren Geist wieder auf ihr Reiseziel aus und auf das, was sie vor Ort zu erledigen hatte. Der Flug war nach Berlin gebucht, also würde sie dort auch zunächst bleiben und zügig regeln, was sie bereits arrangiert hatte. Abraham war informiert und würde sie mit dem Abgeordneten der Regierungspartei zusammenbringen. Einen Moment lang erwog sie, zu diesem Treffen ihre rote Nationaltracht anzuziehen, die sie alle als Besucher vor dem US-Gericht getragen hatten. Die Fotos davon waren durch die deutsche Presse in eine breite Öffentlichkeit gelangt und Magano fand, sie sahen würdevoll darauf aus. Doch sie war sich nicht sicher, ob es merkwürdig wirkte, wenn sie alleine in einem viktorianischen Kleid im Abgeordnetenhaus erschien. Die Stofflagen raschelten bei jeder Bewegung, als tanze sie auf einem dieser albernen europäischen Bälle, wo Debütantinnen in das gesellschaftliche Leben eingeführt wurden. Sie wollte sich aber nicht lächerlich machen, sondern beeindrucken. Also musste das sorgfältig abgewogen werden. Magano atmete tief durch.

Danach würde sie sofort nach Köln reisen und Carina unter der Adresse aufsuchen, die sie auf dem Paket hinterlassen hatte. Hoffentlich ging es ihr gut. Sorgenvoll legte Magano die Stirn in Falten.

***

Den Deutzer Hafen hatte Lukas sicher nicht ohne Hintergedanken als Treffpunkt für ihr erstes Wiedersehen nach dreieinhalb Jahren ausgesucht. Dort hatten sie sich ein letztes Mal gesehen, bevor er alleine nach Saudi Arabien gegangen war, um einen Job als Bauleiter-Assistent anzutreten. Leonie bekam noch immer Magenschmerzen, wenn sie an ihren Abschied am Rheinufer dachte. Er wollte damals mir ihr besprechen, wie es mit ihnen weitergehen sollte. Weil sie sich von ihm an die Wand gedrängt fühlte, hatte sie ihm aber nur die Tüte mit seinen restlichen Sachen hingehalten und ihm mit kalter Stimme mitgeteilt, dass Carina in ihre gemeinsame Wohnung eingezogen war. Aus den geplanten zwei Jahren Auslandsaufenthalt waren dreieinhalb geworden. Sie hatte ihn furchtbar vermisst und mehr als einmal bereut, ihn derart vor den Kopf gestoßen zu haben. Die Zeit ohne ihn war wie ein Vakuum gewesen, in der Ablenkung zwar gut tat, die Leere aber nicht heilte. Wie hatten sie das einander antun können? Nun rebellierte ihr Magen vor Aufregung, als sie die Straßenbahn bestieg und zum Treffpunkt fuhr. Sie ahnte, warum er nicht in die Wohnung kommen wollte, in der sie zusammen gewohnt hatten. Zuviel gemeinsame Geschichte, und zu sehen, dass jemand anderes da mit ihr gelebt hatte, tat sicher weh.

Eine eisige Wintersonne beschien das Ufer und den Rheinauhafen auf der gegenüberliegenden Seite. Wie im Frost erstarrt zeichneten sich die Konturen der Kranhäuser dort ab. Ein Frachtschiff zog vorbei und hinterließ das Dröhnen des Signalhorns in der Luft. Lukas stand an derselben Stelle wie damals. Zitternd vor Kälte und Aufregung ging sie langsam auf ihn zu, in der Hoffnung, dass er nicht um dieses Treffen gebeten hatte, um sich endgültig von ihr zu verabschieden.

Forschend suchte sie seine Mimik und Körperhaltung nach Hinweisen ab. Sie wollte ihm so vieles auf einmal sagen und brachte nun kein Wort heraus. Der Ausdruck seiner Augen hatte etwas Schmerzliches und zugleich Abwartendes. In seinem Gesicht bemerkte sie feine Linien, die die arabische Sonne hineingegraben hatte und einen bitteren Zug um den Mund, der vorher nicht da gewesen war. Die vergangenen Jahre alleine im Ausland und die Art und Weise ihrer Trennung hatten Spuren hinterlassen. Ob er das auch in ihren Gesichtszügen las?

Die Furcht, ihn für immer zu verlieren, überwältigte Leonie. „Lukas, ich ... Bitte sag nicht, dass du ... Ich weiß nicht, was – du hast mir so gefehlt!", stammelte sie und blieb stehen.

Vor ihren Augen verschwamm die Sicht. Noch einmal kam der ganze Schmerz in ihr hoch: Die Trennung, die Sehnsucht nach ihm und all das Furchtbare, was sie in den letzten Wochen erlebt hatte. Es war kaum zu ertragen und ihr Körper geriet ins Taumeln. Lukas zögerte, weil er nicht verstand, was sie ihm sagen wollte.

Als er sah, dass sie weinte und zu fallen drohte, war er mit zwei Schritten bei ihr, fing sie auf und drückte sie an sich. Einen Moment lang verharrten sie in dieser Umarmung. Dann verstärkte er seinen Griff, als die Erkenntnis zu ihm durchdrang, dass sie ihn noch immer liebte. Er schob die Nase in ihre Haare und atmete den vertrauten und lange vermissten Duft tief ein, der nach Heimat roch.

„Lass mich bitte nie mehr so allein", flüsterte Leonie heiser.

„Nie wieder!", sagte er und nahm ihr Gesicht in seine Hände. „Nie wieder!"

Sie sprachen nicht viel miteinander in den ersten Stunden ihres Wiedersehens. Sich streichelnd und mit Hingabe küssend fuhren sie dann doch in ihre ehemalige gemeinsame Wohnung, in der Leonie inzwischen zu Lukas´ Erleichterung ohne Mitbewohner lebte, und liebten sich die halbe Nacht hindurch. Dabei erzählten sich ihre Körper, was in ihnen vorging. Da war Verzweiflung, Bitterkeit und Wut, da war Einsamkeit und Sehnsucht und vor allem war da Liebe.

„Wieso haben wir uns das gegenseitig angetan?", fragte er, als sie erschöpft nebeneinanderlagen und mit dem Schlaf kämpften.

„Ich weiß es nicht", erwiderte sie und rollte sich dicht an ihn gedrückt ein, wobei das Bettzeug leise knisterte. „Ich weiß nur, dass ich das nie, nie wieder erleben möchte."

Er zog die Decke über ihren Körper und legte seinen Arm um sie. „Wenn uns das noch mal passiert, drehe ich durch!" Nach einem Zögern hob er erneut an: „Warum bist du so dünn geworden?"

Sie seufzte und drückte sich enger an ihn. „Ich habe eine schlimme Zeit hinter mir. Muss ich dir mal in Ruhe erzählen."

„Hat das etwas mit der verbeulten Wohnungstür zu tun?"

Sie nickte. Augenblicklich war er wieder hellwach.

„War das Uli oder einer von seinen Leuten?"

„Nein, die waren meine Rettung."

Nun bekamen ihre Tränen und das Taumeln bei ihrem Wiedersehen eine neue Bedeutung. Er richtete sich auf und drehte sanft ihr Gesicht in seine Richtung. „Was ist passiert, Leo?"

Sie blinzelte mit halb geschlossenen Lidern gegen das Dämmerlicht der Nachttischlampe. „Erkläre ich dir morgen, okay?" Schläfrig fügte sie hinzu: „Und warum bist du so lange in Riad geblieben?"

„Das muss ich dir auch mal in Ruhe erzählen."

Von draußen fiel der Schimmer der Straßenlaternen durch den Vorhang. Lukas löschte das Licht, nahm sie wieder fest in den Arm und hielt sie, bis sie eingeschlafen war.

***

Deutschland war kalt und grau. Das passte zu der Mentalität der Leute hier, die nicht bereit waren, sich ihrer Verantwortung als ehemalige Kolonialmacht zu stellen, dachte Magano. Es war wahrscheinlich ungerecht, so zu denken, aber sie war noch immer sehr verärgert über das Verhalten der Bundesregierung. Und diese repräsentierte doch nun mal die Bevölkerung, oder etwa nicht?

Missmutig saß sie in der scheppernden S-Bahn, die sie vom Flughafen Berlin-Schönefeld in die Innenstadt brachte. Die trostlosen Vororte, an denen sie vorbeirauschte, erinnerten sie an südafrikanische Apartheid-Gettos. Und das hier sollte eines der wohlhabendsten Länder der Erde sein? Warum ließ man so viele Menschen unter solchen Bedingungen leben und schaute tatenlos zu, wie die Reichsten der Reichen ihr Geld in Steueroasen verschoben? Magano hatte sich auf ihren Besuch sorgfältig vorbereitet und im Internet recherchiert. Sie war nicht stolz auf das weiße Blut, das in ihren Adern floss, auch wenn ihr Großvater Paul Hillgerts ein anständiger Mann gewesen war. Zum Glück sah man ihr diesen europäischen Einfluss nicht an, denn er war der einzige Hellhäutige in ihrer Herero-Blutlinie. Sie wirkte nicht weniger afrikanisch als Mhahabi oder irgendeine andere der Frauen in Okahandja. Ihre Lippen waren aufgeworfen, die Wangenknochen hoch, ihre Figur ausladend und sie war stolz darauf. In weiten Teilen Afrikas galt die Körperfülle noch immer als Statussymbol, denn sie zeugte von Wohlstand und Gesundheit. Es leuchtete ihr überhaupt nicht ein, wieso junge Frauen mit Radikaldiäten ihre Körper in unnatürliche Formen hungerten. Einem Ideal nacheiferten, bei dem Ausnahmeerscheinungen - überlange, rappeldürre Exemplare - zur Norm erhoben wurden, nach der man nur vergeblich streben konnte.

Gedankenverloren schüttelte Magano den Kopf und dachte an Carina, deren Äußeres sich durch den mehrfachen europäischen Einfluss nahezu gänzlich vom Afrikanischen entfernt hatte. Zuletzt durch diesen blassen Schwächling Martin Kamerande. Sie schürzte die Lippen, denn es war nicht gut, schlecht über Verstorbene zu denken. Und eigentlich war er ja auch kein verkehrter Kerl gewesen, nur leider hatte er keinerlei Durchsetzungsvermögen und ließ zu vieles mit sich machen. Wieso um alles in der Welt musste ihre Halbschwester Mhabate ihn unbedingt heiraten? Und warum hatte die Ondangere Carina den Floh ins Ohr gesetzt, es sei ihre Aufgabe, den Gürtel zurückzubringen?

Magano seufzte. Ihre Gedanken begannen, sich im Kreis zu drehen. Sie würde einiges anders handhaben, wenn sie erst einmal Dorfälteste und Hüterin des Feuers war. Da sie selber keine Kinder hatte, würde sie Carina zu ihrer eigenen Nachfolgerin machen, sollte diese bereit dazu sein und willens, Deutschland wieder zu verlassen.

Verdrossen sah sie auf die misslungenen Graffitis auf dem heruntergekommenen Bahnhof, in den ihr Zug gerade einlief. Was könnte Carina in diesem eisigen und kaltherzigen Land schon halten? Hoffentlich kein Mann!

Ungeduldig warf sie einen Blick auf die schmale Armbanduhr, die sich in ihr kräftiges Handgelenk einschnitt. Heute Abend war sie mit Abraham in der Hotellobby verabredet. Wenn sie Glück hatte, würde sie bis dahin Zeit für ein Nickerchen finden, denn der Flug hierher war unbequem und zu kurz für einen erholsamen Schlaf gewesen. Zumal ihre geschwätzige Sitznachbarin immer wieder versucht hatte, ihr ein Gespräch aufzunötigen. Da sich Magano aber weder für die Trauungen in den europäischen Königshäusern, noch für die Liebesverhältnisse amerikanischer Filmstars interessierte, fanden sie kein gemeinsames Thema.

„Stimmt es eigentlich, dass die Könige ihren Reichtum unter anderem den Bodenschätzen zu verdanken haben, die sie in den Kolonien erbeutet haben? Ich glaube, ich habe da mal so etwas gelesen", erwiderte Magano, als ihre Sitznachbarin erneut von der royalen Hochzeit sprach, die in Großbritannien bald anstand.

„Keine Ahnung", bekannte die Dame irritiert. Als Magano dann begann, ihr die Folgen der Kolonialisierung für den afrikanischen Kontinent zu erläutern, winkte diese ab.

„Ich verstehe davon nichts. Darum kümmern sich die Abgeordneten in den Parlamenten. Dafür werden sie ja gewählt." Sie lachte unbekümmert, zog ein Klatschblättchen aus der Rückenlehne vor sich und schickte sich an, darin zu lesen.

„Ja, wenn die Volksvertreter das mal täten, sähe die Welt anders aus", hatte Magano entgegnet und es sich in ihrem Sitz für ein Schläfchen bequem gemacht, so gut es ging.

Nun saß sie stirnrunzelnd in der S-Bahn und hatte die Frage „Nationaltracht tragen - Ja oder Nein" noch nicht für sich beantwortet. Sie wurde das Gefühl nicht los, dass ihr Aufenthalt in diesem abweisenden Land von viel längerer Dauer sein würde als geplant. Zu der Klage vor dem US-Gericht kam das Theater um die Gebeine verstorbener Stammesmitglieder hinzu, die in einigen deutschen Instituten lagerten, unter anderem in den Beständen der Charité. Mit Glasscherben mussten die Herero-Frauen nach dem verlorenen Kolonialkrieg ihren toten Verwandten das Fleisch von den Knochen kratzen, die dann nach Deutschland zum Zwecke der Rassenforschung verschifft wurden. Zwei Rückgaben waren bereits erfolgt, Ende August sollte die Dritte stattfinden, und hochrangige Herero-Vertreter, die Klage gegen die Bundesrepublik erhoben hatten, waren nicht eingeladen worden. Vermutlich befürchtete man einen ähnlichen Tumult bei der Übergabe wie 2011, als man der Delegation Schädel in Pappkartons überreicht hatte. Den Deutschen war scheinbar nicht bewusst, welche Bedeutung die Ahnen in der Herero-Kultur haben, wie groß die Wut der namibi-

15

schen Bevölkerung über ihre Hinhaltetaktik war, und dass die Zeremonie in Namibia live übertragen werden sollte. Es gab also einiges zu klären.

***

Die Zeiten des Einkaufens in Second Hand Läden und des Stöberns auf dem Sperrmüll waren für Lukas offensichtlich vorbei, er trug jetzt Markenkleidung.

Die von der arabischen Sonne ausgebleichten Haare waren jedoch unverändert schulterlang, weil er in seinem tiefsten Inneren ein Zimmermann geblieben sei, beteuerte er. Dabei hatten die vergangenen Jahre im Nahen Osten ihn verändert. Er hatte eine Menge Geld verdient und sich dort auf der Baustelle behauptet. Das hatte seinem Selbstbewusstsein noch einmal Vortrieb gegeben. Und die Bräune seiner Haut verlor sich nur zögerlich. Er sah aus, als käme er frisch aus dem Urlaub.

In den ersten Tagen gab es vieles aufzuarbeiten für sie beide. Wer wen aus welchem Grunde nicht angerufen hatte und warum. Wer dem anderen übler mitgespielt hatte und wer mehr gelitten hatte in den vergangenen Jahren. Sie standen sich mit verschränkten Armen in der Küche gegenüber, Lukas lehnte am Kühlschrank und Leonie am Herd. Als sie ihm zum wiederholten Male vorwarf, einfach ausgezogen zu sein und sie verlassen zu haben, fasste Lukas sie am Arm.

„Bitte, tu das nicht. Lass uns über alles reden, aber nicht streiten. Ich ertrage das noch nicht. Irgendwann einmal können wir uns auch mal gerne von Herzen in die Wolle kriegen, doch nicht schon jetzt. Ich habe da unten lange gelitten wie ein verstoßener Welpe. Was dich betrifft, ist meine Haut dünn wie Pergamentpapier. Ich halte es nicht aus, mit dir im Unfrieden zu sein."

Sie zögerte, denn es war ihr wichtig, all das loswerden zu können. Dann gestand sie sich ein, dass sie gar nicht oft genug hören konnte, dass es ihm nach der Trennung nicht besser ergangen war als ihr.

„In Ordnung", erwiderte sie, „ich glaube, ich will mich einfach nur immer wieder vergewissern, dass du mich vermisst hast." Sie strich über seinen Unterarm.

Sanft fügte er hinzu: „Außerdem habe ich mich nicht von dir getrennt. Ich habe dir geschrieben, dass ich mein Leben mit dir verbringen will und dass ich ununterbrochen an dich denken werde."

Sie senkte den Blick. „Ja, ich weiß, du hast recht."

Er lehnte sich wieder zurück und zog sie an sich. Ernst sah er sie an und nur das Brummen des alten Kühlschranks war zu hören. „Was ist denn nun mit der Wohnungstür passiert? Wobei war Uli deine Rettung?"

„Das ist eine ziemlich lange und komplizierte Geschichte."

„Ich habe Zeit und bin ganz Ohr."

Leonie seufzte und rang mit sich. „Ich weiß gar nicht, wo ich anfangen soll. Also, Carina war zwei Jahre weg und ich habe in der Zeit so gut wie nichts von ihr gehört. Dann ist sie im letzten September plötzlich zurückgekommen und war total verändert."

„Was meinst du mit: Sie war weg?"

„Sie ist mit ihrem damaligen Freund nach München gezogen. Der mit dem schwarzen Sportwagen, von dem du dachtest, er sei mein Neuer."

Lukas verzog den Mund. „Ja, ich erinnere mich an den Typen."

„Als sie wiederkam, war sie apathisch und depressiv. Aber sie hat mir nicht gesagt, was passiert war. Und dann habe ich sie eines Tages mit aufgeschnittenen Pulsadern in der Badewanne gefunden. Alles war voller Blut." Sie schauderte bei der Erinnerung an diesen Anblick.

„In unserer Wanne hier in der Wohnung?", fragte er schockiert nach.

Leonie bejahte. „Ich habe den Notarzt gerufen und man hat sie auf die Intensivstation gebracht, aber sie hat nicht überlebt." Ihre Hände begannen zu zittern.

Lukas´ Gesichtsausdruck verdunkelte sich. Er hielt Leonie an beiden Armen fest und sah sie aufmerksam aus weit geöffneten Augen an. „Das ist ja furchtbar! Warum hat sie das getan?"

Leonie zögerte. „Das ist es ja. Ich glaube nicht, dass sie es selber gemacht hat."

„Sondern?"

„Ein paar Tage später stand die Polizei vor der Tür und hat gefragt, ob hier eingebrochen worden sein. In Carinas Blut war ein starkes Beruhigungsmittel nachgewiesen worden. Dann habe ich einen Drohanruf von einem Kerl mit verzerrter Stimme bekommen und einen Brief von Carina gefunden. Darin hat sie geschrieben, dass ihr möglicherweise Schlimmes geschieht und dass sie in der Wohnung etwas versteckt hat, was ich finden und nach Namibia schicken soll."

Lukas Miene verdunkelte sich zunehmend und missbilligend legte er die Stirn in Falten. „Und die ganze Zeit über musstest du alleine hier klarkommen?"

Leonie nickte und Lukas machte sich Vorwürfe, ihr nicht beigestanden zu haben. Er hätte hier sein und ihr helfen müssen, sich zu wehren. „Warum hast du mich nicht angerufen?", fragte er. „Ich wäre sofort gekommen, das weißt du!"

„Ja, aber das ging alles so schnell und du warst weit weg. Irgendwann bin ich zu Uli gegangen und habe ihn gebeten, mir zu Hilfe zu kommen. In der Zwischenzeit hatte ich nämlich herausgefunden, mit welchen Typen ich es da zu tun hatte. Ich habe Videos gesehen, die sie ins Darknet gestellt hatten, auf denen sie Frauen misshandelt haben. Unter anderem Sarah und Carina."

Entsetzt starrte Lukas sie an. „Leo!"

Mit einem Mal war alles wieder so nah. Leonies Sicht verschwamm und sie begann am ganzen Körper zu zittern.

Lukas zog sie eng an sich und streichelte sie beruhigend. „Leo, es tut mir so leid", flüsterte er. Als sie sich beruhigt hatte, fragte er: „Haben die unsere Tür so zugerichtet?"

„Ja. Sie wollten hier einbrechen und sich holen, was Carina ihnen weggenommen hatte."

„Und was war das?"

„Scheinbar ein alter Gürtel, der unbedingt wieder nach Namibia sollte."

„Ein Gürtel?!" Ungläubig versuchte Lukas zu verarbeiten, was Leonie ihm da alles erzählte. Die Geschichte klang abenteuerlich und absurd zugleich. Aber er kannte sie seit seiner Kindheit und zweifelte keinen Moment lang an dem, was sie ihm da präsentierte. Sein Gewissen plagte ihn. „Ich habe dich dazu überredet, hierher zu ziehen und dir versprochen, auf dich aufzupassen. Und dann habe ich dich damit allein gelassen. Es tut mir unendlich leid!"

„Es ist nicht deine Schuld. Aber ich hätte dich wirklich gebraucht. Zum Glück hat Uli ein paar von seinen Leuten abgestellt, die mir die Kerle vom Hals gehalten haben."

Ausgerechnet Uli, sein Erzrivale hier im Viertel, hatte Leonie beigestanden. Natürlich war er Uli dankbar, dass er eingegriffen hatte, doch es hinterließ einen fahlen Beigeschmack bei ihm. Er kannte Leonie gut genug, um zu wissen, wie verzweifelt sie gewesen sein musste, wenn sie Uli um Hilfe gebeten hatte. Nie wieder würde er sie allein lassen! Ihm wurde mulmig bei der Vorstellung, ihr zu erzählen, was er in Saudi Arabien gemacht hatte, während sie hier in Lebensgefahr schwebte und ausgerechnet auf Ulis Beistand angewiesen war. Aber zum Glück vergaß sie ihre Frage, warum er länger als geplant in Riad geblieben war, und er war nicht gezwungen, ausweichend mit Halbwahrheiten zu antworten.

2

Missmutig blickte Melina Gande auf die Akte Gereon von Treunstein, die ihr Vorgesetzter ihr erneut auf den Schreibtisch platziert hatte. Sie war das doch alles mehrfach durchgegangen! Als ob sie nun auf Hinweise stoßen würde, nur weil dieser Adelsfuzzi wegen gravierender Vergehen geschnappt worden war! Aber der hatte schwere Anwaltsgeschütze aufgefahren und wenn sie nicht bald Beweise hatten, liefen sie Gefahr, dass er nahezu ungeschoren davonkam. Deshalb hatte der Chef ihr noch einmal die Akte auf den Tisch gelegt, damit sie etwas fand, womit man ihn festnageln konnte.

Sie ließ sich auf ihren Bürostuhl fallen, zog sich an den Schreibtisch heran und schlug den Aktendeckel auf. Das arrogante Gesicht des Delinquenten blickte ihr entgegen. Weshalb dringt ein schwerreicher Adeliger mit taudicken Seilschaft-Connections in eine kleine Postfiliale in einem Kölner Stadtrandviertel ein?! Das ergab wenig Sinn. Es ließ sich auch keine Verbindung zu den Verbrechen herstellen, wegen denen er angeklagt war. Melina blätterte weiter in der Akte. Sämtliche Notizen und Einträge stammten von ihr selber. Hatte sie einen Hinweis oder ein Detail übersehen?

Sie las sich ihre eigenen Aktennotizen noch einmal durch. Gereon von Treunstein hatte im November des vergangenen Jahres versucht, in die Paketaufbewahrung der Postfiliale einzudringen, und war dann von mehreren Angestellten entdeckt und überwältigt worden. Entwendet wurde nichts. Geistesgegenwärtig hatte sie sich von der Filialleitung eine Liste mit den aufgegebenen Paketen ausdrucken lassen. Abermals ging sie die Aufstellung sorgfältig durch. Was wollte er stehlen und warum? Plötzlich blieb ihre Aufmerksamkeit an einem Personennamen hängen. Ein Päckchen der Größe S war von einer Carina Kamerande abgegeben und nach Namibia verschickt worden. Der Name hallte in ihrem Kopf nach. Sie kreiste ihn ein und durchkämmte ihr

Gedächtnis, aber es stellte keine Übereinstimmung her. Also fuhr sie ihren Rechner hoch und tippte die Angaben in die Suchmaske des Präsidiums ein. Im nächsten Moment poppte ein Bild vor ihr auf, von einer ausnehmend hübschen jungen Frau, die von ihrem WG-Mitglied mit aufgeschnittenen Pulsadern in der Badewanne aufgefunden worden und später im Krankenhaus am hohen Blutverlust verstorben war.

Mit einem Mal erinnerte Melina sich, dass sie zusammen mit Ruthenmöller diese Mitbewohnerin aufgesucht hatte, weil im Blut der Frau ein starkes Sedativum und auf ihrem Rücken relativ frische Striemen und Narben gefunden worden waren. Sie hatten daraufhin verfügt, dass niemand zu ihr auf die Intensivstation gelassen wurde. Es hatte ihr leider nichts mehr genützt. Die Freundin war damals völlig irritiert darüber gewesen, dass hier möglicherweise kein Selbstmord, sondern eine Fremdeinwirkung vorlag. Aber sie hatte sich auch merkwürdig verhalten. Hatte es etwas zu bedeuten, dass ausgerechnet ein Paket von der jungen Frau dort abgegeben wurde? Melina stutzte und überprüfte die Daten.

Dann lehnte sie sich zurück und pfiff durch die Zähne. Das Päckchen war von einer Toten aufgegeben worden!

***

Arm in Arm spazierten Leonie und Lukas über den Weihnachtsmarkt am Dom. Schneeflocken schwebten sachte vom Himmel herunter, aus den Buden roch es nach Glühwein und deftigen Speisen. Von der Bühne erklangen Adventslieder, gesungen von einem Kinderchor. Lukas dachte an die Wüste Saudi Arabiens, an die staubige, trockene Hitze und den Sand, der durch alle Ritzen des Ausländer-Gettos drang, in dem er gewohnt hatte. Obwohl er kein Kirchgänger war, lösten der Anblick und die Nähe des Doms heimatliche Gefühle in ihm aus. Es tat so gut, hier zu sein! Dies war der Ort, an dem er zu Hause war, und nirgendwo sonst. Leonie war die Frau, die an seine Seite gehörte, und keine andere. Die Kontinente, die sich auf seinem inneren

21

Globus merkwürdig verschoben hatten, rutschten an ihre natürlichen Plätze zurück. Nun war seine Welt wieder in Ordnung.

Leonie war dankbar für die Ablenkung vom Lernen. In jeder freien Minute hatte sie sich durch den Sartorius und die Alpmann Schmidt-Skripte gearbeitet, um sich auf die Klausur in Öffentlichem Recht im Januar vorzubereiten. Dabei war es ihr schwergefallen, die Konzentration auf die Paragrafen und Querbezüge innerhalb der Gesetzestexte zu richten, weil sie immer wieder an Lukas denken musste und überwältigt war von dem Glücksgefühl, das der Gedanke an ihn in ihr auslöste. Nun erinnerte sie sich, dass sie noch vor Kurzem alleine durch die Stadt gelaufen war und daran gedacht hatte, wie es wäre, mit ihm eine Familie zu gründen. Viel schneller, als sie erhofft hatte, war das nun erneut in greifbare Nähe gerückt. Liebevoll sah sie zu ihm auf. Er erwiderte ihren Blick mit glänzenden Augen, in deren Blau sich die Adventsbeleuchtung ringsherum spiegelte.

Das Gedränge vor dem afrikanischen Stand verstopfte den Durchgang, und sie blieben stehen. Traurig schaute Leonie auf die landestypischen Gerichte, die sie wiedererkannte. Sie sah Carina vor sich, wie sie mit ihren langen, schlanken Fingern Polenta zubereitete und ihr Geschichten aus Okahandja erzählte. Wie sie den Teig großzügig würzte und sich dabei die Paprikareste in den Mund schob. Wie sie beide mit einem Glas Wein anstießen, herumalberten und lachten.

Nun lag Carina in der Familiengruft der Hillgerts auf dem Melatenfriedhof mit dem Kopf Richtung Norden begraben. Augenblicklich spürte Leonie einen zentnerschweren Stein in der Brust.

Lukas sah sie fragend an: „Möchtest du etwas essen?"

„Nein, ich schaue nur." Sie zögerte. „Diese Gerichte hat Carina manchmal für uns beide gekocht."

Lukas legte den Arm um ihre Schulter und zog sie an sich. Das schlechte Gewissen, die Frauen hilflos ihrem Schicksal überlassen zu haben, nagte an ihm. Er hatte nicht einmal geahnt, dass etwas Derartiges vor sich ging. Er musste diese

Gedanken verdrängen, sie waren unerträglich. Endlich konnten sie weitergehen. Lukas dirigierte Leonie auf die Mitte des Marktes, sodass sie unter dem Sternenmeer der Lichterketten flanierten. Auf einer freien Stelle blieb er stehen und nahm ihr Gesicht in seine von der Kälte geröteten Hände. Gerne hätte er ihr nun gesagt, dass er sie liebte. Doch das schien ihm angesichts dessen, was während seiner Abwesenheit passiert war, unpassend. Also sagte er nur: „Ich bin so froh, dass ich dich zurückhabe!"

Leonie lächelte ihn an. „Und ich bin glücklich, dass du wieder bei mir bist!"

Als sie sich küssten, erschien es Leonie, als würden sie angestarrt. Sie wandte ihr Gesicht in diese Richtung, konnte aber niemanden sehen, der sie beobachtete. Unwirsch schüttelte sie den Kopf. Sie sah wohl Gespenster, weil sie sich noch nicht daran gewöhnt hatte, dass die Bedrohung vorüber war.

Schleunig zog Robin Tobias hinter den Glühweinstand, als er merkte, dass sie in ihre Richtung sah.

„Ist das nicht Leonie?", fragte dieser und deutete auf das Liebespaar.

„Ja. Ich denke, es ist besser, wenn sie uns nicht sieht. Außerdem ist sie offensichtlich mit anderen Dingen beschäftigt."

„Wir könnten ihr doch Hallo sagen. Wer ist der Kerl? Kennst du ihn?"

„Nein. Ich glaube nicht, dass sie scharf darauf ist, mich zu sehen, nach allem, was passiert ist."

Tobias schob die Unterlippe vor. „Schade, ich mag sie."

Robin zog ihn humpelnd mit sich fort. „Lass uns irgendwohin gehen, wo wir uns in Ruhe unterhalten können."

Das Gesäusel der Adventslieder ging ihm auf die Nerven. Er war nicht in besinnlicher Stimmung. Dass sich die Menschen um ihn herum unbekümmert mit Glühwein und Essbarem vollstopften, obwohl in seinem Leben schreckliche

Dinge geschehen waren, schien ihm unerträglich. Zügig drängten sie sich durch die dichte Menge an Weihnachtsmarktbesuchern in ihren gefütterten Jacken und mit in die Stirn gezogenen Mützen.

Im Peters Brauhaus am Alter Markt fanden sie im hinteren Teil des Gastraums einen abgetrennt stehenden, freien Tisch. Tobias rutschte auf die Bank und Robin ließ sich am Kopfende auf einem der Holzstühle nieder. Aus Gewohnheit blätterte er in der „Fooderkaat", wurde sich jedoch bewusst, dass er gar keinen Appetit hatte. Der Köbes kam mit einem Kranz vorbei, stellte ungefragt zwei Gläser Kölsch vor ihnen ab, wischte sich die Hand an seiner Schürze trocken und verschwand.

Tobias sah Robin lange an. „Warum hast du auf die Stelle im CERN verzichtet?", fragte er schließlich.

Robin vermied den Blickkontakt. „Seit Carinas Tod ist der Posten für mich uninteressant geworden", erwiderte er halblaut. Ihm war klar, dass er den Job ohnehin nicht mehr bekommen würde, nachdem er sich den Verbindungsmitgliedern in den Weg gestellt hatte. Er war ohne Begründung aus der Burschenschaft ausgeschlossen worden. Auch das war zu erwarten gewesen.

„Du weißt, dass man stattdessen mir den Job angeboten hat?"

Nein, das wusste Robin nicht. Doch es war ihm egal. Gleichgültig schüttelte er den Kopf.

Tobias musterte ihn forschend. „Ich war mir nicht sicher, ob ich die Stelle annehmen soll, und habe die ganze Zeit versucht, dich zu erreichen. Aber du warst wie vom Erdboden verschluckt", fuhr er fort.

Robin sah ins Leere.

„Du warst noch nicht einmal bei ihrer Beerdigung", sagte Tobias mit unüberhörbarem Vorwurf in der Stimme.

„Doch, war ich", widersprach Robin. „Aber ich habe mich im Hintergrund gehalten."

„Warum denn das? Ihr habt euch so nahe gestanden!"

„Ich trage eine Mitschuld an ihrem Tod."

24

Verblüfft sah Tobias ihn an. Der Köbes kam erneut mit seinem Kranz vorbei und machte Anstalten, nach einer Kölschstange zu greifen. Als er erkannte, dass beide Männer ihr Bier nicht angerührt hatten, schüttelte er missbilligend den Kopf und zog weiter. Das Gelächter der überwiegend männlichen Gäste und das Geräusch von klirrenden Gläsern drangen aus dem Schankraum nebenan.

„Du denkst, sie hat sich umgebracht, weil du mit ihr Schluss gemacht hast?", fragte Tobias, als sie wieder ungestört waren.

„Sie hat sich nicht umgebracht!", entgegnete Robin barsch.

Tobias runzelte verständnislos die Stirn.

„Dahinter stecken Gereon und Randalf, da bin ich mir sicher. Sie haben versucht, in Leonies Wohnung einzubrechen, weil Carina bei ihr untergetaucht war."

„Jetzt verstehe ich gar nichts mehr. Warum sollten die beiden bei Leonie einbrechen?"

„Sie haben den Gürtel gesucht, den Carina Gereon weggenommen hat."

Tobias starrte ihn an. „Der Gürtel, den Gereon beim Einbruch in diese Postfiliale aus einem der Pakete gesichert hat?"

Nun erwiderte Robin seinen Blick. „Davon weiß ich nichts."

Tobias´ Augen weiteten sich, als sich ihm erschloss, was die Gerüchte zu bedeuten hatten, die während der vergangenen Wochen in der Verbindung kursierten. „Es war Leonies Wohnung, in die sie einzudringen versucht haben?"

Robin nickte, hob das Bierglas an seine Lippen und leerte es in einem Zug. Tobias sah ihm dabei zu, dann leerte er seines ebenfalls.

Wie aus dem Nichts stand der Köbes an ihrem Tisch und stellte zwei volle Gläser vor ihnen ab. Er hinterließ Bleistiftstriche auf dem Bierdeckel und ging zufrieden.

„Hab´ ich´s doch geahnt, dass es um den Scheißgürtel geht!," sagte Robin mehr zu sich selber. „Was ist mit dem Teil?", wollte Tobias wissen.

„Angeblich ein Familienerbstück. Gereons Vater kontrolliert wohl immer, ob es noch da ist."

„Ich glaube, mit dem Alten ist nicht zu spaßen. Den möchte ich nicht zum Feind haben. Erst recht nicht jetzt, wo Gereon wegen dieser Videos in U-Haft sitzt."

Robin sah wieder starr vor sich hin. Eine der misshandelten Frauen war mit Sicherheit Carina gewesen. Leonie hatte ihm erzählt, dass sie völlig wesensverändert aus München zurückgekehrt war. Er selber hatte ihr nichts angetan, also gab es keine andere naheliegende Erklärung. Seine Trennung von ihr hatte sie mit Fassung aufgenommen und ihn mit einem vernichtenden Blick bedacht, weil sie wusste, dass es ihm um seine Karrierepläne gegangen war. Nun schämte er sich deswegen. Es war ein Pakt mit dem Teufel, auf den er sich eingelassen hatte, und dafür hatte er diese schöne, intelligente Frau fortgeschickt und Gereon ausgeliefert. Wie hatte er das nur tun können?

Beklommen stürzte er das nächste Kölsch hinunter. Er fühlte sich schuldig und gleichzeitig spürte er, wie sehr er Carina vermisste und wie viel sie ihm bedeutet hatte. Er war derart auf seine Karriere fixiert gewesen, dass er das nicht wahrgenommen und sich zu dieser unbedachten Tat hinreißen gelassen hatte. Er fragte sich, weshalb sie alle so blind für Carinas Herkunft gewesen waren. Warum hatten sie nicht erkannt, dass sie ein Mischling war? Es musste an der besonderen Aura gelegen haben, mit der sie sich umgeben hatte. Er war auch deshalb aus München zurückgekommen, weil er gemerkt hatte, dass er Carina mehr liebte, als das, was die Verbindung ihm geben konnte. Er wollte sie zurückgewinnen. Ein tiefer Seufzer entfuhr ihm. „Hast du die Stelle im CERN angenommen?"

„Nein, noch nicht. Ich wollte erst mit dir sprechen. Außerdem habe ich das Gefühl, dass ich Treunstein dann etwas schuldig bin und dass er eine Gegenleistung erwartet."

Anerkennung lag in Robins Gesichtsausdruck, als er seinen Freund ansah, den der Ehrgeiz nicht blind machte für das, was um ihn herum geschah.

„Wie kam denn der Gürtel in das Paket? Carina war doch schon tot, als Gereon in das DHL-Lager eingedrungen ist", fragte Tobias. „Kannst du dir das erklären?"

„Vielleicht hat Leonie das für sie getan", antwortete Robin nachdenklich und überdachte, ob es sinnvoll wäre, sie darüber zu informieren, was mit dem Paket geschehen war. Die Szene auf dem Weihnachtsmarkt von vorhin kam ihm in den Sinn. Wenigstens hatte Leonie nun einen Mann an ihrer Seite, der aussah, als sei im Ernstfall nicht mit ihm zu spaßen. Und er war sich sicher, dass es diesen Ernstfall früher oder später geben würde, nun da das unvollständige Paket in Namibia angekommen sein musste. Die Treunsteins setzten garantiert alles daran, Gereon vor einer Haftstrafe zu bewahren, und würden dabei, wenn nötig, auch über weitere Leichen gehen.

***

Eine Zeit lang wälzte Melina Gande im Polizeirevier ihre neue Erkenntnis im Kopf hin und her. Das alles ergab wenig Sinn. Welche Verbindung sollte es zwischen diesem Gereon von Treunstein, wohnhaft in München, und Carina Kamerande geben? Sie war in Namibia geboren worden und hatte sich zuletzt in Köln aufgehalten. Melina konnte keine Beziehung erkennen. Alleine kam sie so nicht weiter. Sie steckte sich ein frisches Kaugummi in den Mund und wählte widerwillig Ruthenmöllers neue Nummer. Der Schürzenjäger saß jetzt bei den Todesermittlern im KK1 und sie hockte immer noch in dieser Klitsche hier!

„Hallo, Melli", meldete Ruthenmöller sich. Die Freude in seiner Stimme war kaum zu überhören.

„Hallo Karrierist", erwiderte Melina und ließ eine Kaugummiblase laut in den Hörer platzen.

„Autsch!", rief er. „Rufst du an, um mich zu foltern? Möchtest du, dass ich taub werde und dein liebliches Stimmchen nicht mehr vernehmen kann?"

„Würde ich am liebsten", antwortete sie. „Doch ich bin auf etwas gestoßen, das ich dir leider nicht verheimlichen darf."

Ruthenmöller lehnte sich in seinem Stuhl zurück und fuhr sich mit der freien Hand durch die raspelkurzen, schwarzen Haare. Er hörte sie Kaugummi kauen und stellte sich vor, wie ihre vollen Lippen sich öffneten, um aus der Gummimasse eine Blase zu formen. Ein Lächeln stahl sich in sein Gesicht. „Na, dann sperre ich die Lauscher jetzt aber mal ganz weit auf."

„Erinnerst du dich an den Suizid einer gewissen Carina Kamerande unter Sedativ-Einwirkung?"

„Natürlich erinnere ich mich daran. Ist doch erst ein paar Monate her. Die Mitbewohnerin", er blätterte in seinen Unterlagen, die er vom Rand des Schreibtischs herangezogen hatte, „Leonie Bühlig, war hier und hat mir die Onion-Adresse der Deutschnationalen Liga gebracht, über die wir auf den Kreis rund um Gereon von Treunstein gestoßen sind. Sie hat den entscheidenden Hinweis gegeben. Wieso, was ist mit dem Fall?"

In Melinas Kopf liefen augenblicklich die Synapsen heiß. Das war das Bindeglied: die Mitbewohnerin! Am liebsten hätte sie ihre Entdeckung für sich behalten, um selber die Lorbeeren einzustreichen, aber das konnte sie in diesem Fall nicht riskieren. Außerdem war es besser, nicht wieder zu eng in Ruthenmöllers Nähe zu rücken. Sie waren sich zu nah gekommen. Viel zu nah.

„Carina Kamerande hat einige Zeit nach ihrer Beerdigung an demselben Tag ein Paket in der Postfiliale abgegeben, an dem Gereon von Treunstein in diese einzubrechen versucht hat."

Ruthenmöller schnalzte mit der Zunge. „Und sie war eines der Opfer auf den Videos."

„Was?! Wieso weiß ich davon nichts?", schnauzte sie ihn an.

„Mädchen, das sind nicht deine Ermittlungen."

Sie hasste es, wenn er sie „Mädchen" nannte und wichtige Ermittlungsergebnisse für sich behielt. „Ich wäre viel schneller darauf gekommen, wäre ich informiert gewesen!", rief sie. „Stattdessen lasst ihr mich hier orientierungslos die Akten vorwärts und rückwärts durchwälzen, ohne zu wissen, wonach ich suchen muss! Was ist denn das für ein unprofessionelles Alphatierchen-Gehabe? Lass die Russin ruhig mal im Trüben fischen. Mal sehen, wie gut sie klarkommt, oder was?" Vor Wut überschlug sich ihre Stimme.

„Komm mal wieder runter und steck deinen Russen-Joker zurück in die Tasche. Den kannst du sicherlich irgendwann mal gut gebrauchen. Bei mir brauchst du ihn nicht einzusetzen, Süße. Du weißt, wie ich zu dir stehe. Ich wusste nicht, dass Kaltenbach dich noch mal mit dem Fall betraut hat. Er hätte dich über den Stand der Ermittlungen informieren müssen, nicht ich."

Melina zog hörbar die Luft ein und atmete dann lange aus. Ruthenmöller erkannte, dass sie dabei war, sich wieder zu beruhigen, weil sie wusste, dass er recht hatte. Es gab einige Kollegen, die sie ihre weißrussische Herkunft spüren ließen. Aber dazu gehörte er nicht. Wenn sie unbeobachtet waren, strich er gerne mit dem Daumen über ihre hohen Wangenknochen und nannte sie Madame Chauchat, heiße Katze, nach seiner Lieblingsfigur aus Thomas Manns Zauberberg. Und wenn es noch intimer wurde, duldete sie es sogar, dass er sie mit ihrem Zweitnamen Swetlana ansprach.

„Ich denke, wir sollten Leonie Bühlig einen weiteren Besuch abstatten", sagte er besänftigend.

„Ich bin nicht mehr in deinem Team. Schon vergessen, Karrierist?", erwiderte sie barsch.

„Du hast dich soeben dafür qualifiziert", entgegnete er ungerührt und sein Puls beschleunigte sich bei der Vorstellung, seine heiße Katze bald wieder ständig in der Nähe zu haben.

„Ich will nicht mit dir zusammenarbeiten", fauchte Melina in den Hörer, aber Ruthenmöller hatte schon aufgelegt.

3

Seine gepackte Reisetasche stand im Flur vor der Wohnungstür. Für das häufige Hin- und Herpendeln zwischen Köln und Berlin, das bald auf ihn zukommen würde, hatte Lukas sich ein hochwertiges Gepäckstück gegönnt. Aber nun brachte er es noch nicht über sich, Leonie zu verlassen. Es war zu kuschelig im Bett mit ihr. Sie war warm und ihre Wangen von ihrem Zusammensein kurz zuvor gerötet.

„Soll ich die Maschine sausen lassen und morgen früh erst fliegen?", raunte er, beugte sich über sie und küsste ihre ebenfalls rosigen Lippen.

Sie seufzte wohlig. „Das wäre schön, doch dann kommst du zu spät zum Meeting." Sie schmiegte sich an ihn, als wollte sie aber genau das erreichen. Die zwei Wochen seit ihrem Wiedersehen waren wie im Rausch vergangen. Unvorstellbar schien ihm die Zeit ohne sie. Wie hatte er das ausgehalten? Nie wieder würde er zulassen, dass etwas sie trennte und auseinanderriss. Leonie war die Liebe seines Lebens, die Frau, die ihm die Sinne raubte, die ihn beflügelte, anspornte und auf eine Art und Weise verstand, wie er es nicht für möglich gehalten hätte. Sie war seine Heimat und sein Zuhause. Die Zeit, die er demnächst die Woche über in Berlin verbringen musste, waren nichts verglichen mit den Jahren, die er alleine in Saudi Arabien gelebt hatte. Sofern man das überhaupt leben nennen konnte. Ihm war es eher wie ein Dahinvegetieren vorgekommen. Das durfte ihnen nie wieder passieren!

„Du hast recht", bestätigte er, „aber ich möchte noch nicht gehen. Ich würde lieber bei dir bleiben." Er vergrub seine Nase in ihren Haaren. Wie ihn der Duft benebelte! „Warum kommst du nicht mit nach Berlin?"

Sie seufzte und streichelte sein Gesicht. „Das tue ich, sobald ich mit dem Examen durch bin, versprochen. Es wäre wirklich unsinnig, es nun schon zu tun. Ich muss am Samstagvormittag wieder zum Klausurenkurs und hier kenne ich die

Professoren. Es sind jetzt ja auch nur noch ein paar Monate. Und das Referendariat mache ich dann in Berlin oder irgendwo in der Nähe, wenn es dort nicht klappt. In der Hauptstadt ist es schwierig, einen Platz zu bekommen."

„Ja, ich weiß. Wir haben das alles x-mal durchgekaut. Mir kommt das endlos vor. Ich will einfach, dass dieses ewige von dir Getrenntsein aufhört." Er küsste sie abermals, schälte sich aus den zerwühlten Laken und begann, sich anzuziehen.

Leonie streifte sich ihr Nachthemd über, folgte ihm in den Flur und sah zu, wie er seine Jacke zuknöpfte. Er löste sich vom Spiegel und warf ihr einen verschmitzten Blick zu.

„Soll ich doch den Flieger sausen lassen und zurück zu dir ins Bett kommen?"

Er schaute auf ihr im hellen Licht der Halogenstrahler schimmerndes Nachtgewand.

Sie lächelte ihn an. „Ich bin noch ganz warm von dir", antworte sie.

Er kam auf sie zu und nahm sie in den Arm. „Das sollte auch so sein, es muss für die nächsten Tage vorhalten", flüsterte er ihr ins Ohr. „Damit du nicht auf dumme Gedanken kommst." Sachte biss er ihr ins Ohrläppchen.

Er sah auf die Uhr. Wenn er jetzt losfuhr, kam er rechtzeitig am Flughafen an, wenn er blieb, wurde es stressig. Ein paar Minuten gönnte er sich noch, streichelte ihr Gesicht und küsste sie. Sein Blick fiel auf die Zeichnung an der Wand.

„Warum bist du in deinen Bildergeschichten immer alleine mit den Hochhäusern?"

„Die meisten sind entstanden, als du weg warst."

Dazu hätte er einiges zu sagen, doch er schwieg. Es gab noch vieles zu klären aus den vergangenen Jahren, aber nicht, wenn er wegmusste. Erst, wenn sie eine längere gemeinsame Zeit hatten, um Dinge aus der Welt zu schaffen. Bevor er fuhr, musste es perfekt sein, damit sie das Getrenntsein gut überstanden und er sich auf seinen Job konzentrieren konnte, ohne sich Sorgen um ihre Beziehung machen zu müssen.

„Ich zeichne gerade an einer, auf der wir gemeinsam ein Abenteuer bestehen. Sie ist noch nicht ganz fertig, aber du kannst sie mit nach Berlin nehmen."

Das Angebot nahm er gerne an. „Ja, bitte. Die hänge ich mir in meiner möblierten Bude auf, sollte ich sie bekommen."

Sie holte das Bild aus ihrem Zimmer und rief ihm von dort aus zu: „Wenn ich die Prüfung schaffe, können wir uns eine Wohnung in Berlin suchen. Ich möchte jetzt wirklich langsam raus hier."

„Ja, das will ich auch."

Sie küssten sich.

Er steckte die Zeichnung ein und wandte sich zum Gehen. „Ich muss los", sagte er und eilte zur Tür.

Leonie ging zum Küchenfenster, denn sie ahnte, dass er noch einmal herauf schauen und ihr winken würde. Kurze Zeit später tauchte er vor dem Haus auf, sah zu ihr hoch und warf ihr eine Kusshand zu. Sie winkte zurück, blieb dann still in der Küche stehen und wartete darauf, dass die Geräusche kamen. Stimmen, Flüstern, das Knirschen von Metall, das Splittern von Knochen. Sich allein in der Wohnung aufzuhalten, war schwer für sie zu ertragen. Aber Lukas hatte recht. Wenn sie ihr Studium beendet hatte und sie beide sich eine Bleibe in Berlin suchten, lohnte sich jetzt ein Umzug innerhalb von Köln nicht mehr. Solange er da war, hörte sie die Geräusche nicht. Nur wenn sie allein war, kam Carina sie besuchen und sah sie traurig an, versuchten die Verbindungsmitglieder, die Tür einzuschlagen. Sie würde morgen wieder an die Uni fahren, um in Ruhe lernen zu können.

Mit langen Schritten eilte Lukas zur U-Bahn, damit er seinen Flieger nicht verpasste. Er nahm den letzten Flug, um am Montagmorgen früh in der Firma zu sein. Dort würde der Abteilungsleiter ihn in das Bauprojekt einweisen und mit seinen neuen Mitarbeitern bekannt machen. Später würde er sich dann das möblierte Zimmer in Pankow ansehen, das er für ein paar Monate mieten wollte. Wenn Leo ihr Examen hinter sich hatte, konnten sie sich ein gemeinsames Zuhause suchen. Es zerriss ihm das Herz, sie zurückzulassen. Zum einen, weil er sie in seiner Nähe haben wollte, und zum anderen, weil er ahnte, wie sie allein in der Wohnung litt. Er hatte versucht, sie davon zu überzeugen, direkt mit ihm nach Berlin zu gehen. Aber sie hatte ja bekanntermaßen ihren eigenen Kopf und gute Gründe diesen durchzusetzen. Dort müssten ihre Scheine erst anerkannt werden, hier kannte sie die Professoren und hatte eine Lerngruppe für die Vorbereitung auf die Prüfung.

Die Bahn lief an der Haltestelle ein und er beschleunigte noch einmal seinen Schritt. Seufzend ließ er sich im Abteil auf einen der freien Plastiksitze fallen. Wie ein Dandy saß er zwischen Gestalten, die Kellerasseln gleich in der Abenddämmerung aus ihren Löchern kamen und im Morgengrauen wieder dorthin zurück krochen. Er kannte dieses Viertel und die derben Gerüche wie seine Westentasche. An den Anblick der von der Gesellschaft Zurückgelassenen mit filzigen Haaren und Bierflasche in der Hand war er gewöhnt. Die Geräusche waren ihm so vertraut wie der Herzschlag der Mutter für ein Ungeborenes, obwohl er dreieinhalb Jahre lang im Ausland war, wo nichts an all das hier erinnerte. Wo nichts ihn an Leonie erinnerte, die er seit seiner Kindheit liebte. Ihm wurde noch immer warm bei dem Gedanken, dass er sie zurückbekommen hatte, dass diese furchtbare Zeit des Getrenntseins endlich vorüber war. Er konnte kaum fassen, dass sie ihm trotz allem, was passiert war, treu geblieben war. Irgendwann würde er ihr neben der Aufarbeitung der letzten Jahre auch gestehen müssen, was er in Saudi Arabien gemacht hatte, während sie hier in Lebensgefahr schwebte. Sein Magen zog sich schmerzhaft zusammen.

`Aber jetzt noch nicht´, dachte er. `Jetzt noch nicht.´

Die Straßenbahn rauschte in den Untergrund. Er sah auf sein Spiegelbild in der Fensterscheibe, lehnte den Ellbogen an und drückte sich den Daumen der geballten Faust an den Mund.

***

Sie waren erst vor wenigen Minuten eingestiegen und das Wageninnere war eiskalt. Von außen waren die Scheiben von feinen Regentröpfchen gesprenkelt, die die Sicht auf das Kommissariat merkwürdig verzerrten, und von innen drohten sie nun von ihrem Atem zu beschlagen.

„Ach komm, Swetlana, hab dich nicht so." Beschwichtigend legte Hauptkommissar Ruthenmöller seiner Kollegin, die neben ihm im Auto saß, die Hand auf den Oberschenkel.

„Nimm deine Pfoten weg!", herrschte Melina ihn an. „Sonst mache ich ein Foto davon und schicke es per Whatsapp sofort an deine Frau."

Die Erwähnung der Ehefrau zeigte wie immer die gewünschte Wirkung. Ruthenmöller zuckte zusammen und zog die Hand zurück. `Drum prüfe, wer sich ewig bindet. Ob sich das Herz zum Herzen findet. Der Wahn ist kurz, die Reu´ ist lang´, schoss ihm durch den Kopf. Was für ein kluger Mann Schiller doch gewesen war. Aber in diesem Moment war es gescheiter, den Mund zu halten.

„Warum bist du so giftig zu mir? Was habe ich dir getan?", fragte er stattdessen.

„Ich wollte nicht mehr mit dir im Team arbeiten, das habe ich in aller Deutlichkeit gesagt. Und was machst du? Bequatschst Kaltenbach, mich dir wieder zuzuweisen. Was soll der Mist?" Melina verschränkte die Arme und drückte sie zum Schutz vor der Kälte fest an ihren Oberkörper.

„Du bist mit dem Fall vertraut, du hast einen entscheidenden Hinweis gefunden. Schon vergessen?", erwiderte Ruthenmöller.

„Ja und?"

„Ich benötige Verstärkung, eine fähige Kriminologin. Das bist du." `Und eine Chauchat noch dazu´, fügte er nur heimlich in Gedanken hinzu, um sie nicht zu provozieren.

„Du brauchst mir keinen Honig um den Bart zu schmieren, ich falle darauf nicht herein", versetzte sie trocken.

„Hier geht´s um etwas ganz anderes, nicht wahr?"

Melina verstärkte noch einmal den Druck ihrer verschränkten Arme und blickte starr durch die Windschutzscheibe.

`Lass dich endlich scheiden, wenn du mich haben willst´, hätte sie ihm am liebsten geantwortet, aber diese Blöße würde sie sich nicht geben.

Ruthenmöller seufzte, lehnte seinen Ellbogen an das Seitenfenster und die Hand an den Mund. Die Kondensschicht an der Scheibe verschmierte.

„Du weißt, was du mir bedeutest. Meine Frau und ich leben seit Jahren getrennt, zwischen ihr und mir ist alles klar. Was willst du noch?"

„Ich bin nicht deine Russengespielin für ein paar nette Stunden."

„Mensch, jetzt lass endlich mal die Russennummer. Was soll das immer? Du bist hier geboren und trägst einen Namen, der nichts Slawisches hat."

„Das liegt daran, dass meine Mutter einen Deutschen geheiratet und dieser mir unbedingt Melina als Rufnamen geben wollte. Meine Vorfahren kann und will ich trotzdem nicht verleugnen."

„Habe ich dich jemals spüren lassen, dass ich weiß, wo deine Großeltern gelebt haben? Das interessiert mich nicht. Mein Großvater war ein Folterknecht bei der Stasi. Damit identifiziere ich mich doch auch nicht."

Überrascht sah Melina ihn an. „Bei der Stasi? Das wusste ich gar nicht."

Er glaubte erneut, Clawdia Chauchat ins Gesicht zu schauen. Sie wich seinem Blick nicht aus.

Es war gewagt, denn ihre Ohrfeigen waren legendär, aber Ruthenmöller riskierte es dennoch, vorsichtig seine Hand in ihren Nacken zu legen. Dass er eines seiner persönlichen Geheimnisse preisgegeben hatte, besänftigte Melina. Sie wehrte sich nicht. Das ermutigte ihn, sich vorzubeugen und sie zu küssen. Im letzten Moment wandte Melina ihr Gesicht ab und sagte: „Lass dich scheiden, Julius, dann sehen wir weiter."

„Herrgott, Melli! Jetzt mach mir das Leben doch nicht so schwer!"

Sie zog den Gurt aus der Öffnung und schnallte sich an. „Wir haben eine Ermittlung laufen. Lass uns endlich fahren."

Verärgert zog Ruthenmöller seine Hand zurück und startete den Motor. Er brachte es nicht über sich, seine chronisch kranke Frau mit einer Scheidung zu belasten und im Stich zu lassen, und fand es mehr als unfair, dass Melina ihm die Pistole auf die Brust setzte. Schweigend fuhren sie zum Stadtrand hinaus, wohin die Kollegen von der Schutzpolizei ständig zu Einsätzen gerufen wurden.

Während die Lüftung auf Hochtouren lief und die Frontscheibe frei blies, blätterte Melina in der Akte Carina Kamerande.

„Wieso wohnt eine Jurastudentin in diesem Viertel?", fragte sie, ohne den Blick von den Notizen zu heben. „Die trifft man doch eher in Sülz oder Klettenberg in Uninähe an, oder?"

„Keine Ahnung", brummte Ruthenmöller verstimmt.

„Sehr professioneller Umgang mit der Situation", erwiderte Melina lakonisch.

Wieder schwiegen sie.

„War Leonie Bühlig alleine bei dir, um dir die Onion-Adresse zu geben?"

„Nein", brummte er. „Mit ihrem Vater."

„Mit ihrem Vater?! Und was ist das für einer?"

„Sah ziemlich intelligent und kultiviert aus", erwiderte Ruthenmöller nachdenklich. Melina hatte recht. Wieso wohnte die junge Frau in einem solchen Viertel? Sie schwiegen erneut. Über Funk hörten sie die Meldungen der Streifenkollegen und feiner Eisregen setzte sich auf die Frontscheibe. Ruthenmöller schaltete die Scheibenwischer ein.

„Irgendetwas ist faul an der Sache", sagte Melina schließlich und sah aus dem Seitenfenster auf die vorüberziehenden

Hausfassaden. Ein Fahrradfahrer fuhr mit eingezogenem Kopf bei Rot über die Fußgängerampel. Melina wandte ihren Blick wieder ab. Das Ignorieren roter Ampeln war in Köln Volkssport geworden, doch sie waren keine Streife. Anstatt Ruthenmöller darauf aufmerksam zu machen, ergänzte sie: „Ich kann das riechen. Es stinkt aus der Akte heraus. Ich weiß nur noch nicht, was es ist."

„Es stinkt aus der Akte heraus", wiederholte Ruthenmöller spöttisch und musste unwillkürlich grinsen. „Etwas ist faul im Staate Dänemark."

Melina rollte die Augen. „Schon wieder aus einem deiner Bücher? Wieso kannst du kein ganz normales Hobby haben wie andere Männer auch?"

Sie erreichten das Mehrfamilienhaus, in welchem sie vor ein paar Monaten Leonie bereits zu Carinas Tod befragt hatten. Ruthenmöller parkte den Wagen zwischen den Rostlauben am Straßenrand.

Im eisigen Wind, der durch die Straße fegte, warteten sie vor der Haustür, bis einer der Bewohner das Mietshaus verließ und sie in das Treppenhaus gelangen konnten, ohne unten klingeln zu müssen. Geräuschlos stiegen sie die vier Etagen hinauf. Ruthenmöller wies seine Kollegin stumm auf die tiefen Dellen in Leonies Wohnungstür hin. Melina nickte und beide tasteten die Beschädigungen im Holz ab, ehe sie klingelten.

„Wo rohe Kräfte sinnlos walten", zitierte Ruthenmöller und Melina rollte die Augen.

Leonie reagierte überrascht, als sie die Polizisten abermals vor ihrer Tür stehen sah.

„Oh, gibt es etwas Neues im Fall der Deutschnationalen Liga?", fragte sie verwundert. Sie hatte eher damit gerechnet, dass Carinas entfernte Verwandtschaft in Köln informiert wurde und nicht sie.

„Dürfen wir hereinkommen?"

Die kurz angebundene Gegenfrage kam von Ruthenmöller und Leonie stutzte, denn sie hatte ihn freundlicher in Erinnerung.

Sie zögerte, dann öffnete sie die Tür ganz und ließ die beiden wortlos herein.

„Was ist mit Ihrer Tür passiert?", fragte Ruthenmöller.

`Der Ton hat sich verändert´, dachte Leonie. `Etwas muss geschehen sein.´ Sie würde auf der Hut sein müssen.

„Da haben ein paar Witzbolde versucht einzubrechen," antwortete sie bemüht beiläufig.

„Ein paar Witzbolde? Mit lustigen Stemmeisen?" Ruthenmöller war sich bewusst, dass er seine Verärgerung über Melinas Reserviertheit auf Leonie übertrug, aber das war ihm egal. Sie wollte ihn an der Nase herumführen, und das konnte er nicht ausstehen. Für wie dumm hielt sie ihn? „Haben Sie Anzeige erstattet?"

„Nein."

Leonie wurde unbehaglich. Sie mochte sich nicht vorstellen, wie es war, von Ruthenmöller ins Verhör genommen zu werden.

„Warum nicht?"

Sie standen noch immer im Wohnungsflur und starrten sich an. Die Wanduhr in der Küche tickte laut und im Badezimmer rotierte die Trommel der alten Waschmaschine.

„Weil ja nichts passiert ist", erwiderte Leonie lahm.

„Und wer kommt für den Schaden in der Tür auf?"

Leonie zuckte mit den Achseln. „Darüber habe ich noch nicht nachgedacht."

„Das sollten Sie aber. Eine neue Tür ist nicht billig, erst recht nicht für eine Studentin. Oder können Sie sich das so ohne Weiteres leisten, Frau Bühlig?"

„Darüber habe ich auch noch nicht nachgedacht."

„Denken Sie denn wenigstens manchmal über den Tod ihrer Freundin Carina Kamerande nach?", fragte Melina sarkastisch.

„Ja, das kommt häufiger vor."

Gande und Ruthenmöller starrten sie noch immer unverwandt an. Irgendetwas sagte Leonie, dass zwischen den beiden etwas nicht stimmte. Aber die Klemme, in der sie steckte, war größer.

„Kennen Sie Gereon von Treunstein?" Melina hielt ihr ein Foto entgegen. Leonie studierte das Bild, obwohl ihre Alarmglocken bereits bei der Erwähnung des Namens schrillten.

„Nein, ich kenne das Gesicht nur aus der Zeitung."

Erneut starrten die beiden sie an, als wüssten sie es besser.

„Können Sie sich denn erklären, wie Carina einige Tage nach ihrem Tod ein Paket in der DHL-Filiale hier ganz in der Nähe aufgeben konnte?" Die Frau ließ nicht locker.

Leonie riss die Augen auf. „Nein."

„Keine Idee?" Die slawischen Gesichtszüge der Polizistin bekamen etwas Pitbullhaftes.

„Nein."

„Sie studieren Jura?", fragte Ruthenmöller, aber es klang eher wie eine Feststellung.

Leonie wurde heiß. Sie wusste, worauf er hinauswollte und bejahte. Die Waschmaschine im Bad wechselte ächzend in den Schleudermodus.

„Sie wissen, dass Sie als zukünftiges Organ der Rechtspflege der Wahrheitsfindung verpflichtet sind und sich mit einer Strafvereitelung strafbar machen?"

Leonies Handflächen wurden feucht. „Ich mache von meinem Recht auf Auskunftsverweigerung nach § 55, Absatz 1 StPO Gebrauch", lag ihr auf der Zunge. Aber damit würde sie sich selber verdächtig machen. Sie war Carinas Wunsch, die Polizei nicht einzuschalten, bis heute nachgekommen. Der Gürtel musste inzwischen in Namibia angekommen sein.

Was sollte jetzt noch passieren?

„Wenn ich der Angestellten, die das Paket angenommen hat, ein Foto von Ihnen und eines von Ihrer verstorbenen Freundin präsentiere, was denken Sie, wen wird sie wohl wiedererkennen?", bohrte Melina weiter.

„Mich", gab Leonie zu und ihr Mut zum Widerstand erlosch. „Wollen Sie sich nicht setzen?"

Leonie führte beide an den Esstisch in der Küche, wo sie beim letzten Mal schon gesessen hatten. Sie nahmen Platz.

„Also, was ist hier los?", fragte Ruthenmöller fordernd und beschwichtigend zugleich.

Lernte man so etwas an der FH bei „Vernehmungslehre"? Leonie sah auf seine kurz geschorenen Haare und die scharfkantige Nase und fand, dass er aussah wie ein Raubvogel. Ein Habicht und ein Pitbull saßen ihr gegenüber. Sie seufzte und erzählte ihnen die ganze Geschichte von Anfang an. Sie spielte die Bandansage mit dem Drohanruf vor und zeigte nach einem Zögern Carinas Abschiedsbrief. Aber sie beharrte darauf, dass die Einbrecher an der gut gesicherten Tür gescheitert seien und dann von selber aufgegeben hätten. Und sie verschwieg, dass sich auf dem Gürtel eine Blutspur befunden und sie damit ein wichtiges Beweismittel unterschlagen hatte.

„Das hätten wir einfacher haben können", sagte Ruthenmöller, als sie geendet hatte. „Ich sehe vorerst von einer Anzeige wegen Behinderung der Polizeiarbeit ab, Frau Bühlig. Aber Sie sollten Anzeige wegen versuchten Einbruchs stellen, damit auch in diese Richtung ermittelt wird."

„Und in die Wohnung ist wirklich nicht eingedrungen worden, als Ihre Mitbewohnerin in der Badewanne lag?", hakte Melina nach, die immer noch das Gefühl hatte, dass etwas faul war.

„Ich gehe inzwischen davon aus, dass jemand hier war, aber ich konnte keine Hinweise finden, die das bestätigen würden", erwiderte Leonie.

„Warum nennt der Anrufer Ihre Mitbewohnerin `Negerschlampe´?"

„Vermutlich weiß er, dass sie ein Mischling war. Ich habe das erst erkannt, als ich in ihrer Geburtsurkunde den Namen ihrer Mutter gesehen habe."

„Dürfen wir diese Urkunde sehen?", bat Ruthenmöller.

„Ich habe ihre Unterlagen bei den Verwandten abgegeben, die sie hier in Köln hatte. Alina Hillgerts müsste die Sachen noch haben."

Die Polizistin notierte den Namen. Die Beamten nahmen ihren Anrufbeantworter mit und klärten sie ein weiteres Mal darüber auf, dass sie sich sofort zu melden habe, wenn sie etwas zu den Ermittlungen beitragen könne. Als sie endlich gegangen waren, ließ Leonie sich von innen gegen die Tür sinken. Das war knapp! Sie mochte sich nicht ausdenken, was passierte, wenn die beiden herausfanden, was sie verschwiegen hatte.

4

Früh am Morgen stieg Lukas in Berlin am Alexanderplatz
aus der S-Bahn und suchte sich seinen Weg durch den
Strom von Berufstätigen, die zur Arbeit strebten. Obwohl er
in einem Brennpunkt aufgewachsen war und sich dort behauptet hatte, flößte die Hauptstadt ihm Respekt ein. Auch
in Riad hatte er in den deutschen Nachrichten verfolgt, was
sich hier hin und wieder an den S- und U-Bahnhöfen ab-
spielte. Ob es dabei eine Relevanz hatte, dass man groß gewachsen und kräftig war, schien fraglich. Denn wenn man
unerwartet beim Herabsteigen einer Treppe einen Tritt in
den Rücken bekam, war das eher zweitrangig. Dann konnte
man nur noch zusehen, dass man sich vernünftig auf den
Stufen abrollte. Das Gewaltpotenzial hier wirkte auf ihn unberechenbar. Es konnte offenbar jeden harmlosen Passanten treffen und er traute vielen der verwahrlosten Gestalten,
die schon frühmorgens scheinbar alternativlos an den Kno-
tenpunkten der öffentlichen Verkehrsmittel herumlunger-
ten, gewalttätige Übergriffe zu. In seinem Viertel wusste er
genau, wer sein Gegner war und was er von diesem zu erwarten hatte. Fremde wurden in der Regel in Ruhe gelassen
oder zumindest nicht hinterrücks überfallen. Hier schien
sich die Aggression gegen alles und jeden zu richten. Ganz
zu schweigen von dem Attentäter, der mit einem LKW in
den Weihnachtsmarkt an der Gedächtniskirche gerast war.
Und verglichen mit den Ausmaßen dieser Stadt kam Köln
ihm dörflich vor. Er straffte die Schultern. Auch daran würde er sich gewöhnen und sich darin zurechtfinden.
Endlich kam er am eingerüsteten Rohbau des Bürokomplexes an, der verlassen unter einer dünnen Schneedecke
lag. Kein Arbeiter war zu sehen und die Baucontainer waren
unbewohnt. Überhaupt schien hier schon eine Weile nichts
passiert zu sein. Offenbar war der Baubetrieb in die Winterpause gegangen. Er umrundete das Gebäude, kletterte über
die rot-weiß gestreifte Absperrung und betrat schließlich

seine zukünftige Baustelle, auf der er zum ersten Mal im Leben das Sagen hatte. Er genoss es zu erleben, wie unter seiner Anweisung aus dem Nichts heraus etwas Großes entstand. Die Bauarbeiter in Riad hatten ihn schnell respektiert, als sie merkten, dass er Sachkompetenz besaß. Dass er kein Papiertiger war, der nur mit Zahlen und Bauplänen umgehen konnte, sondern auch die Planung von Arbeitsschritten, sowie die Auseinandersetzung mit Zulieferern und den Verantwortlichen von Zeitarbeitsfirmen und Subunternehmen beherrschte. Mit dem rauen Umgangston auf der Baustelle kam er klar, das war er von den Jahren im Betrieb seines Vaters gewöhnt. Die harte Schule, durch die er dort gegangen war, hatte sich bezahlt gemacht. So schnell machte ihm keiner etwas vor.

Vor seinem inneren Auge entfaltete sich ein Konzert aus Baukränen, Handwerkern, Werkzeugen und Material. Er sah die Kletterkräne in Arbeit, wie sie surrend Fertigteile, Paletten mit Kalksandsteinen, Dämmmaterialien und später dann Rigips-Platten in Richtung Himmel schweben ließen und sorgsam auf der obersten Ebene absetzten. Sah den Polier in Schutzweste und Helm, wie er dem Kranführer per Funk Anweisungen gab. Vernahm das Hämmern und das vertraute Geräusch von Bohrmaschinen und Schraubern, untermalt vom Zischen der Gasbrenner, die Bitumenbahnen erhitzten und auf dem Estrich verschweißten. Dabei lief nebenan das Radio auf höchster Lautstärke, damit die Arbeiter überhaupt noch etwas von der Musik hörten. Lastwagen und Betonmischer fuhren im Takt heran, und die Handwerker stellten unter seiner Anleitung rhythmisch das Gebäude fertig. Zufrieden und voller Vorfreude sah er sich eine Weile auf der Baustelle um, dann machte er sich auf den Weg in die Firma, wo die Einweisung erfolgen sollte.

Die möblierte Wohnung in Pankow war klein, schrecklich altmodisch eingerichtet und die dazugehörige Vermieterin bewies ein ausgeprägtes Mitteilungsbedürfnis. Aber die Räume waren ab Januar frei und die Miete günstig. Also unterschrieb Lukas den Vertrag, nachdem die alte Dame ihn mit Filterkaffee und Rührkuchen sowie ihrer Lebensgeschichte versorgt hatte. Auf ihre Bitte hin schilderte er ausführlich, welches Bauprojekt er leiten würde, und sie neigte zufrieden ihren Kopf, als sich herausstellte, dass es sich um eine Maßnahme in einem der Ostbezirke handelte. Unverhohlen gab sie zu verstehen, dass sie dem Westen misstraute, und dass sie froh war, bald einen kräftigen jungen Mann im Haus zu haben.

„Warum sind Sie so braun gebrannt?" Ihre hellgrauen Augen musterten ihn aufmerksam.

„Ich habe bis vor Kurzem in Saudi Arabien gearbeitet."

„Oh, wie interessant." Ihre Lippen spitzten sich. „Bis dahin bin ich nie gekommen. In der DDR durften wir nur Ostblockländer bereisen, weil unser verehrter Staatsratsvorsitzender Sorge hatte, wir würden rübermachen." Sie lachte verschmitzt. „Zurecht, wie sich herausstellte. Zurecht."

„Wären Sie in den Westen gegangen, wenn Sie die Möglichkeit gehabt hätten?"

Nachdenklich wiegte sie den Kopf mit den schütteren weißen Haaren. „Nee nee, was hätte ich denn da gesollt?" Sie besann sich. „Mein Mann war bei einer LPG beschäftigt und wollte nicht weg. Außerdem hätten die anderen Familienmitglieder darunter leiden müssen. So etwas macht man nicht. Man lässt die Familie nicht im Stich."

Sie schwiegen eine Weile.

Dann erkundigte sich die Vermieterin, ob er ganz allein auf der Welt sei.

Lukas schmunzelte. „Nein, meine Freundin muss aber noch ein paar Monate in Köln bleiben. Sie wird mich ab und zu hier besuchen. Wenn sie mit ihrem Examen fertig ist, kommt sie ebenfalls nach Berlin und wir suchen uns gemeinsam eine Wohnung."

In ihren Augen glitzerte Jugendliches auf, als sie erneut verschmitzt lächelte. „Ja, die jungen Leute", sagte sie. „Dann werden Sie hier wohl nicht lange wohnen."

„Nein, wahrscheinlich nicht." Damit rechnete er fest.

Am frühen Abend saß er in der Maschine, die ihn von Schönefeld zurück nach Köln brachte, und erinnerte sich mit Schaudern an seinen ersten Flug nach Riad. Wie gelähmt hatte er im Flieger gekauert, den Schock der Trennung von Leonie noch in den Knochen. Bei ihrem Abschied ein paar Tage zuvor hatte er sich erhofft, dass sie nachgeben und mit ihm nach Saudi Arabien kommen werde. Falls nicht, wollte er ihr vorgeschlagen, feste Skype-Termine zu vereinbaren. Laut Arbeitsvertrag gewährte und finanzierte die Firma ihm zudem regelmäßige Heimflüge. Dann würde er halt in Gottes Namen immer wieder nach Deutschland pendeln und sie konnte ihn ja wenigstens ab und zu auf der arabischen Halbinsel besuchen. Damals war ihm nicht bewusst, dass man sie nicht ins Land gelassen hätte, weil sie nicht verheiratet waren und so gut wie keine Touristenvisa ausgestellt wurden.

Das alles wollte er in Ruhe mit ihr besprechen, romantisch am Rhein. Doch soweit kam es gar nicht erst. Leonie streckte ihm eine Plastiktüte mit seinen restlichen Sachen entgegen und teilte ihm mit, dass nun Carina in der Wohnung lebte, deren Mieter er offiziell noch immer war. Die Kälte in ihrer Stimme verursachte bei ihm eine Gänsehaut und er erkannte, dass es aus war zwischen ihnen. Dass sie ihn mit einem solchen Abschied in den Nahen Osten ziehen ließ, verletzte ihn tief. Viel später erst begriff er, dass sie sich von seiner Vorgehensweise ähnlich schlecht behandelt glaubte. Während er Arabisch lernte, hatte sie darauf gewartet, dass er sich bei ihr meldete. Aber er wollte doch, dass sie in Ruhe ihre Entscheidung traf und sich nicht von ihm unter Druck gesetzt fühlte! Wieso taten sich zwei Menschen, die sich liebten, so etwas an?

In seinen Grundfesten erschüttert hatte er fünfeinhalb Stunden im Flugzeug gesessen und die Welt aus der Ferne betrachtet, als befände er sich in einem Paralleluniversum. Gegen Ende des Fluges begann eine Stewardess, sie darüber aufzuklären, was sie in diesem speziellen arabischen Land zu ihrer eigenen Sicherheit alles unterlassen sollten. Wie durch eine Glasscheibe hindurch nahm Lukas ihre Anweisungen zur Kenntnis. Natürlich waren Mekka und Medina ihm ein Begriff, welche Bedeutung diese heiligen Stätten für den Islam haben, wurde ihm jedoch erst in Saudi Arabien bewusst, das beide beherbergt. Kurz vor der Landung in Riad packten die weiblichen Passagiere lange schwarze Umhänge aus und streiften sie über ihre Straßenkleidung. Da dämmerte ihm, was ein Aufenthalt hier für Leonie bedeutet hätte.

Vom Flugzeugfenster aus sah er, dass über hunderte von Kilometern auf dem Wüstenplateau nichts als Sand und Geröll die Stadt umgaben und die Luft in der Hitze flimmerte. Die Landschaft schimmerte in allen erdenklichen Schattierungen von Hellbraun, und die unzähligen Verästelungen der ausgetrockneten Wasserläufe zogen sich wie knorrige Äste in die felsigen Erhebungen. Wo sie in Grünflächen mündeten, muteten sie wie bizarre Echsen an. Aus der Vogelperspektive offenbarte sich die akkurate Anordnung der Straßen in der saudischen Hauptstadt, die nicht wie manch andere Metropole an einen überquellenden Brotteig erinnerte; die Außenbezirke wirkten planvoll angelegt. Lediglich im Zentrum war eine ursprüngliche Bebauung zu erkennen, die keinem Zwang zur Symmetrie unterworfen gewesen zu sein schien.

Der Fahrer, der Lukas zum Compound brachte, chauffierte ihn vorbei an flimmernden Werbetafeln, McDonald´s-Filialen und Hochhäusern mit bunten Neonleuchten und arabischen Schriftzeichen. In seiner Fantasie sah Lukas Leonie neben sich sitzen und hinaus in diese fremde Welt schauen, in der Frauen so gut wie keine Rechte gewährt wurden. Sie hatte ihm gegenüber damit zu Hause argumentiert, da sie besser informiert gewesen war als er. Doch er hatte ihre Einwände nicht gelten lassen, weil er sie für Ausreden hielt und seine eigene Entscheidung getroffen war. Er hatte nur die Chance für sie beide gesehen.

Befremdet schaute er auf die vier Meter hohe Mauer, die die Wohnsiedlung der Ausländer vom Rest der Stadt ausgrenzte, als der Fahrer ihn dort am Schlagbaum absetzte. Sofort

46

traten Wachleute an ihn heran und er musste sich ausweisen. Das mehrere Fußballfelder große Compound schloss Supermärkte, Schwimmbäder und Grillplätze, eigene Grünflächen und Sportstätten ein, womöglich damit die Ungläubigen nicht auf die Idee kamen, sich in der Hauptstadt unter einheimische Moslems zu mischen. Hier kam nur herein, wer hier wohnte oder als Gast eingeladen war, und das wurde streng überwacht.

Sein Ein-Personen-Haus war schlicht und funktional eingerichtet. Das Wohnzimmer bestand aus einer schmucklosen blauen Couchgarnitur, die Küche war mit einer Kochzeile und den nötigsten Geräten und Utensilien ausgestattet. Im Hauswirtschaftsraum fand er Waschmaschine und Trockner vor. Als wichtigster Gegenstand entpuppte sich schon bald die Klimaanlage, denn in den Sommermonaten war es tagsüber unerträglich heiß. Die wenigen Besitztümer, die er mitgebracht hatte, waren schnell verstaut.

Sein Häuschen war eines von dreihundert nahezu identischen Wohneinheiten aus braunem Sandstein. Die Anlage erinnerte ihn an die Neubausiedlungen, in denen er zusammen mit seinem Vater die Dachstühle gezimmert hatte, nur dass hier Palmen die Straßen säumten und die Bewohner aus aller Welt und nur auf Zeit kamen. Die Vorstellung, dass vor ihm jemand anderes seine Bleibe sein Zuhause genannt hatte, fand er merkwürdig. Im Laufe seines Aufenthalts lernte er die Hilfsbereitschaft der Nachbarn zu schätzen, ebenso wie die Anwesenheit der vielen streunenden, aber friedlichen Katzen, die ihnen die Mäuse vom Hals hielten. Gleich am ersten Abend durchstreifte er das am Zeichenbrett entworfene Areal mit den winzigen, gepflegten Vorgärten. Immer wieder dröhnten startende und landende Flugzeuge am Himmel und die Hitze schmeckte staubig. Leonie hätte dieses Zuhause als Zumutung empfunden, da war er sich sicher und bereute, dass er sie vor die Wahl gestellt und ihr nicht zugehört hatte. Die Zeit, die nun vor ihm lag, erschien ihm leer wie ein Krater, den ein verheerender Meteoriteneinschlag in seinem Leben hinterlassen hatte.

Am Morgen nach seiner Ankunft fuhr er vor Sonnenaufgang erschrocken aus dem Schlaf auf, als der Muezzin mit „Allahu Akbar" zum Gebet rief. Die Stimme aus dem Lautsprecher drang ihm durch Mark und Bein, als stünde der Geistliche mit einem Megafon neben dem Bett. In dem Moment war ihm nicht klar, dass dieser Sprechgesang ihn die kommenden dreieinhalb Jahre aus dem Schlaf reißen und noch weitere viermal am Tag das gesamte öffentliche Leben in Riad lahmlegen würde. Denn die Saudis und andere gläubige Muslime legten dann sofort die Arbeit nieder und beteten eine halbe Stunde lang. In den ersten Tagen erschien es ihm unmöglich, das dauerhaft auszuhalten. Wenn er unbeirrt seinem Tagesgeschäft nachging, gab er sich damit als „Ungläubiger" zu erkennen und erntete wenig Wohlwollen. Mit der Zeit gewöhnte er sich jedoch daran und nutzte die Gelegenheit, um im Supermarkt in Ruhe einkaufen zu gehen.

Missmutig saß er am Ende seiner ersten Arbeitswoche vor dem Fernseher und zappte sich durch die Kanäle. Über das strikte Alkoholverbot im Königreich war er informiert worden. Aber dass es noch nicht einmal ein Kino gab und das Fernsehprogramm im Wesentlichen aus Koranlesungen bestand, traf ihn unerwartet. Nun verstand er, warum an nahezu jedem Haus im Compound eine Satellitenschüssel befestigt war. Den Bewohnern ging es sicher nicht nur darum, Sendungen in der eigenen Muttersprache zu empfangen. Wer hier Ablenkung und Unterhaltung suchte, musste auf die Satellitenprogramme ausweichen. Kurzentschlossen streifte er sich eine leichte Jacke über und verließ die Siedlung, um sich einen Receiver zu besorgen. Mit dem Shoppingbus fuhr er auf der König Fahd Schnellstraße am großzügig angelegten Park entlang bis zum Zentrum und stieg in der Nähe des Al-Safah-Platzes aus. Auf dem Weg zum Einkaufszentrum huschten ausschließlich tief verschleierte Frauen an ihm vorbei, und die Männer musterten ihn argwöhnisch. Irritiert fand er sich an der großen Imam-Turki-bin-Abdullah-Moschee wieder, und schaute sich unsicher um. Es schien ihm nicht angebracht, hier zu verweilen, denn bald würde das Freitagsgebet beginnen.

Also strebte er zum Al-Safah-Platz zurück, um sich neu zu orientieren. Dort hatten Polizisten das Areal geräumt und Absperrungen errichtet. Gerade wurde der Boden von mehreren Helfern mit Decken ausgelegt. Rasch bildete sich eine Menschenansammlung und das Café unter den gegenüberliegenden Arkaden schloss seine Tür. Die Frauengruppe, die eben noch durch die Sehschlitze ihrer Abayas hindurch blinzelnd auf ihren Handys getippt hatte, erhob sich ebenfalls von ihrer Picknickstelle vor der Häuserzeile und trat an die Absperrgitter. Gebannt blieb Lukas stehen und starrte auf die Löcher in der Mitte des von Palmen gesäumten Bereiches. Was passierte hier gleich?

Ein Raunen ging durch die Menge, als ein Gefangenentransporter und ein Krankenwagen mit Blaulicht vorfuhren und in der flimmernden Hitze rückwärts an den Platz heransetzten. Zwei Polizisten sprangen aus dem Transporter und öffneten die hinteren Türen. Eine Weile geschah nichts und die Wartenden starrten gebannt auf den geöffneten Laderaum, in dem die Uniformierten verschwunden waren. Dann endlich traten sie wieder heraus und führten einen Mann mit gefesselten Händen und über dem Kopf geknoteten Tuch auf die Mitte des Platzes. Gänsehaut überzog Lukas´ Unterarme, als er begriff, dass er inmitten einer Menschenschar stand, die willens war, einer Folter oder gar einer Hinrichtung beizuwohnen.

Einem ersten Impuls folgend wandte er sich ab, doch die Faszination des Befremdlichen lähmte ihn. Also beobachtete er, während sich in seinem Inneren alles sträubte, wie der Gefangene an die Stelle geführt wurde, unter der sich die Löcher im Boden befanden. Dort wurde er bereits von einem Henker im weißen Gewand und mit Krummsäbel in der Hand erwartet.

Er musste sich niederknien und der Scharfrichter, dessen Augen hinter einer Sonnenbrille verborgen blieben, nahm Maß.

Mehrere Sekunden lang herrschte auf dem Platz Totenstille, nur von den angrenzenden Straßen drangen gedämpft Verkehrsgeräusche herüber. Dann hob der Vollstrecker das Krummschwert, sodass es in der Sonne aufblitzte, und ließ es im nächsten Moment mit einem Hieb auf den Knienden niederfahren. Mit einem knirschenden Geräusch trennte es den Kopf des Verurteilten vom Rumpf, aus dem eine Blutfontäne schoss.

Durch die Reihen der Zuschauer ging ein Seufzer und Lukas´ Magen rebellierte. Taumelnd bahnte er sich einen Weg aus der Menge, kauerte sich in einiger Entfernung an eine Hauswand und kämpfte erfolglos mit der Übelkeit.

Eine Lautsprecherstimme erhob sich und verkündete auf Arabisch, welche Verbrechen der Hingerichtete begangen habe. Lukas verstand nur, dass man ihm einen Mord zur Last legte. Der Leichnam wurde mit dem Krankenwagen abtransportiert und die Menschenmenge löste sich auf. Pakistanische Gastarbeiter kamen, spritzten den Platz mit Wasser aus einem Tankwagen ab und dunkelrote Rinnsale sickerten in die Löcher im Boden. Nach einer Viertelstunde bevölkerten Jungen den Bereich und spielten dort Fußball. Lukas dagegen fühlte sich noch immer unfähig, den Heimweg anzutreten.

Ein Saudi in langem, weißen Gewand trat an ihn heran und sagte auf Arabisch: „Das hier ist viel humaner als das, was ihr mit euren elektrischen Stühlen und Giftspritzen macht."

Lukas spürte, dass er unverändert bleich im Gesicht war. Mühsam richtete er sich auf und entgegnete: „Ich bin kein Amerikaner, sondern Deutscher."

Der Mann vollführte eine gleichgültige Geste, als mache das kaum einen Unterschied. „Ihr verkauft uns Panzer", erklärte er überlegen und schlenderte weiter, als sei damit alles gesagt. Mit gesenktem Haupt trat Lukas wenig später den Heimweg an. Den Receiver, den er eigentlich kaufen wollte, musste er ein anderes Mal besorgen.

Die Exekution, die er eben mit angesehen hatte, und der kurze Dialog mit dem Saudi verfolgten ihn noch lange und bis in den Schlaf. Er hoffte inständig, dass er niemals mit dem saudischen Gesetz in Konflikt geriet. Es war ein Fehler gewesen, von Leonie zu verlangen, ihm hierher zu folgen. Diese Erkenntnis drang jetzt endgültig zu ihm durch.

Doch die Einsicht kam zu spät. Carina war in die Wohnung eingezogen. Selbst wenn er jeden ihm zustehenden Urlaub wahrnahm, um nach Deutschland zu fliegen, wo hätten sie sich getroffen? Sollte er als Gast in seinem eigenen Heim aufkreuzen? Er könnte darauf pochen, dass er als Mieter im Vertrag stand, aber brachte sie das einander wieder näher? Mehrmals wählte er Leonies Nummer, um sich für sein Beharren auf ihr Mitkommen zu entschuldigen. Sie ging nie ans Telefon und rief auch nicht zurück, obwohl sie auf dem Display des Hörers doch seine Auslandsnummer sehen musste. Verzweifelt glaubte er, dass sie sich endgültig von ihm abgewandt hatte. Jetzt saß er in diesem wahhabitischen Land fest und hatte noch nicht einmal die Möglichkeit, den Kummer im Alkohol zu ertränken. Von trüben Gedanken konnte er sich nur mit Arbeit ablenken, und so hielt er sich in den ersten Monaten seines Lebens in Riad nahezu ausschließlich auf der Baustelle, der Couch oder im Schlafzimmer auf. Mehrmals erwog er, einen der Heimflüge in Anspruch zu nehmen, die das Unternehmen bezahlte. Doch was hätte er Leonie anbieten können? „Ich bin zwar noch mindestens anderthalb Jahre in Saudi Arabien, aber bleib bitte trotzdem bei mir und warte auf mich?"

Dann wäre er wieder der untertänige Junge aus ihrer Kindheit gewesen und diese Rolle entsprach nicht mehr seinem Selbstverständnis. Außerdem hatte er das Angebot annehmen müssen, es war ja nicht so, dass er sich einen Job aussuchen konnte. Und sie hätte ihn nicht so eiskalt abservieren müssen. Anderen Paaren gelang es schließlich auch, einen Weg für die Partnerschaft zu finden, solange einer von ihnen sich im Ausland aufhielt. Er musste hier weiter durchhalten, selbst wenn es ihn schmerzte und er Gefahr lief, sie für immer zu verlieren. Nur so konnte er ein ebenbürtiger

Partner sein. Manches Ungleichgewicht in ihrer Beziehung war nicht zu beheben. Dass sie in einem behüteten, wohlhabenden Elternhaus aufgewachsen und ihm intellektuell überlegen war, zum Beispiel, obwohl sie das nie ausspielte. Dem vermochte er nur seine körperliche Dominanz und ein Durchsetzungsvermögen im Beruf entgegenzusetzen, das er sich noch aneignen musste. Blieb nur zu hoffen, dass Uli sich an sein Versprechen hielt und dafür sorgte, dass man sie im Viertel in Ruhe ließ.

Auf der Baustelle für den Bürokomplex lernte er als Assistent viel. Der Bauleiter Thomas Schroth hatte Erfahrung, obwohl er selber erst Mitte dreißig war, und koordinierte die Arbeiter aus aller Herren Länder souverän. Mit den dunklen Locken, den braunen Augen und der sonnengegerbten Haut sah er aus wie Django. Aber niemand hier kannte die Italowestern der 1960er Jahre, also zog ihn auch keiner damit auf, und seine Anweisungen wurden kommentarlos befolgt. Die beiden Männer standen nebeneinander auf dem bereits verlegten Estrich der obersten Plattform und blickten auf die flimmernde Luft über der Stadt, in der Staubwolken aus Wüstensand hingen. Der Muezzin hatte zum Gebet gerufen und das Leben in der Metropole war zum Erliegen gekommen. Kein Auto fuhr mehr und selbst die muslimischen Gastarbeiter hatte ihre Arbeit niedergelegt. Der Kletterkran stand still. Nur die ausländischen „Ungläubigen" hantierten weiter.

„Warum arbeiten eigentlich so wenig Saudis auf der Baustelle?", fragte Lukas.

Thomas schob sich den Bauhelm in den Nacken und fuhr mit der Hand durch seine verschwitzten Locken. „Die verdienen ihr Geld fast ausschließlich im öffentlichen Dienst oder in Staatsbetrieben. Wenn du einen guten Schweißer brauchst, musst du ihn einfliegen lassen. Die Expats halten hier den Laden am Laufen. Die Taxifahrer kommen aus Indien, Hotelangestellte aus dem Libanon, Ärzte aus Ägypten,

Verkäufer aus Palästina und viele Ingenieure, so wie wir, aus Deutschland."

Lukas glaubte, sich verhört zu haben. „Wer sind denn die Expats?"

„Wir, die Gastarbeiter, die sich möglichst unauffällig verhalten und nicht unter die Saudis mischen sollen. Dabei wollen sie sechs neue Städte mit kolossalen Ausmaßen auf dem Wüstenboden hochziehen. Sollte zu Hause niemand auf dich warten, findest du hier noch die nächsten Jahre Arbeit!"

Der Baukran schwenkte weitere Schalelemente über den Stahlgitterzaun, der sie vor dem Sturz in die Tiefe bewahren sollte. Da der Monteur mit Beten beschäftigt war, wies Lukas den Kranführer per Funk an, wo er die Last absetzen könne.

Thomas bemerkte seinen betroffenen Gesichtsausdruck nicht und fuhr fort: „Hier ist zwar nicht viel los mit dem, was wir Westeuropäer als Lebensqualität bezeichnen würden, aber die Kohle stimmt und man kann ja am Wochenende nach Bahrain oder Dubai reisen, wenn man die Erlaubnis bekommt. Warst du mal in der Wüste?"

Lukas schüttelte den Kopf. Er hatte hier noch so gut wie gar nichts unternommen. Das frühe Erlebnis am Al-Safah-Platz hatte sein Interesse daran im Keim erstickt. Und die einzigen Kontakte, die er nach Deutschland unterhielt, waren Telefonate mit der Familie, insbesondere mit seiner Schwester, zu der er ein unverändert enges Verhältnis pflegte. Ihr gegenüber gab er sich die Blöße, nach Leonie zu fragen. Aber Sabine konnte ihm lange Zeit wenig Auskunft geben, weil sie selber nichts von ihr wusste. Mit seinem Studienkollegen Patrick mailte er regelmäßig. Dieser war mittlerweile bei einer kleinen Baufirma untergekommen, die Reihenhaussiedlungen in der Nähe von Köln baute, und fühlte sich von der Arbeit gestresst. Lukas hätte liebend gern mit ihm getauscht.

Thomas beobachtete ihn unauffällig. Er mochte den jungen Mann mit dem ernsten Gesicht, das inzwischen ebenso tiefbraun geworden war wie sein eigenes. Etwas schien ihn zu bedrücken. Vermutlich hatte er ein Mädchen in der Heimat zurückgelassen. „Wenn du willst, nehme ich dich am Samstag mit auf eine Jeeptour. Mit unserem Visum dürfen wir die angrenzenden Wüstenregionen bis zur Bezirksgrenze erkunden. Hast du Lust?"

Das rhythmische Einschlagen der Metallnägel in die Querverbindung hallte plötzlich wieder in der Luft und verkündete das Ende der Gebetszeit. Lukas nickte. Der Schweiß rann ihm aus allen Poren, obwohl er sich sparsam bewegte, und die Sonne brannte auf seiner Haut. Ja, jede Form von Ablenkung war willkommen.

Wie versprochen nahm Thomas ihn am folgenden Samstag mit in die Wüste. Zum ersten Mal seit Wochen verspürte Lukas wieder Interesse an etwas anderem als der Arbeit. Die fremde Umgebung, die Hitze, das Flimmern der Luft über den heißen Geröllhalden und die wenigen Tiere, die den lebensfeindlichen Bedingungen trotzten, zogen seine Aufmerksamkeit aus der dicken Staubschicht aus Übellaunigkeit und Liebeskummer hervor. Thomas steuerte den Jeep geschickt durch Wadis und über felsige Erhebungen. Unvermutet entdeckte er eine Gruppe von Saudis, die eine Falkenjagd veranstalteten, und parkte den Wagen in ihrer Nähe. Sie stiegen aus und verfolgten, wie die Araber ihre kostbaren Vögel aus den Käfigen herausnahmen und sie sich auf die geschützten Unterarme setzten. Dann erst fassten sie die Metallgriffe an den kunstvoll gefertigten Lederhauben, hoben sie über die Köpfe der Falken und ließen die Tiere fliegen. Bald bemerkten die Männer ihr Interesse und winkten sie zu sich heran. Lukas beherrschte die arabische Sprache nur oberflächlich. Also übersetzte Thomas ihm, was er nicht verstand, und die fremdartige Freizeitbeschäftigung begann, seine Neugier zu wecken.

„Die Falkenjagd war früher kein Luxus, sondern eine Notwendigkeit, um in der Wüste überleben zu können", erzählte einer der Saudis bereitwillig. „Inzwischen ist sie von der Unesco als immaterielles Kulturerbe anerkannt." Mit unverhohlenem Stolz präsentierte er ihnen seinen Würgfalken.

„Im letzten Jahr hat er sich sehr schwer am Flügel verletzt und ich musste schon befürchten, dass er nie mehr würde fliegen können. Aber in Abu Dhabi gibt es eine gute Tierärztin, die bei den Falknern Anerkennung genießt. Auch meinen Falken hat sie wieder flugtauglich gemacht. Dafür verdient die Ärztin höchsten Respekt", übersetzte Thomas und schmunzelte.

Auf Deutsch sagte er: „Sonst haben Frauen nichts zu melden und dürfen hier noch nicht einmal Auto fahren. Aber wenn sie ihre kostbaren Greifvögel heilen, ist das in Ordnung."

Der Araber deutete Lukas´ Nicken als Anerkennung für die Ärztin in Abu Dhabi und fügte hinzu: „Bei kleineren Verletzungen suchen wir jedoch die Tierklinik in Riad auf, die von einem deutschen Mann geleitet wird."

Lukas betrachtete ihn aufmerksam und fragte sich, ob er Thomas´ Bemerkung wohl verstanden hatte. Aber das Gesicht des Saudis verriet keine Gefühlsregung, ein orientalisches Pokerface mit einer auffälligen Pigmentverschiebung über dem Jochbein.

Abends lud Thomas Lukas in seine Unterkunft im Compound ein. Auch er lebte in einem Ein-Personen-Haus mit nahezu identischer Ausstattung, nur sah seines deutlich bewohnter aus. Auf dem Regalbrett standen Familienfotos und seine Frau hatte ihm dekorative Kissenbezüge genäht. Da die Luft draußen spürbar abgekühlt war, füllten sich die sonst leer gefegten Straßen der Siedlung mit Menschen. Sie beide strebten dann ebenfalls zum Recreation Center, wo Thomas Lukas auf den Fitnessraum aufmerksam machte, in dem er sich selber an Geräten fit hielt. Bei der nächsten Gelegenheit ließ Lukas sich einen Zugangscode geben und trainierte fortan fast täglich, was seinem Körper und seiner Stimmung guttat. Hier konnte er den ganzen Frust an Gewichten und am Boxsack abreagieren. Schon bald lernte er dabei weitere Ingenieure kennen, mit denen er sich austauschte und die er dann regelmäßig traf.

„Ich habe mich hier in meiner Persönlichkeit weiterentwickelt", sagte Ferdinand, ein Bayer, der im Norden des Landes den Bau von Windkrafträdern beaufsichtigt hatte, und wischte sich mit dem Handtuch Schweißperlen von der Stirn. Seine kleine, gedrungene Gestalt war muskelbepackt und glänzte von den Hautausdünstungen. „Die Auseinandersetzung mit der fremden Kultur, den religiösen Vorschriften und Vorgehensweisen hat mich vor größere Herausforderungen gestellt, als das zu Hause jemals der Fall gewesen wäre."

Lukas nickte bedächtig und dachte abermals an die Hinrichtung, der er zufällig beigewohnt hatte. Inzwischen verblasste die Erinnerung daran, doch die Beklemmung, die er dabei empfunden hatte, blieb an ihm haften.

Ferdinand stieß ihn in die Seite. „Ich habe Wodka vom Flughafen hierher geschmuggelt. Wenn du möchtest, kannst mit zu mir kommen und wir trinken ein Gläschen oder zwei."

Erstaunt wandte Lukas ein: „Wenn man dich damit erwischt, bekommst du richtig Stress!"

Der andere machte eine wegwerfende Geste. „Ist noch nie passiert. Machen alle hier. Und im Compound gelten ohnehin eigene Regeln."

Lukas fragte sich, ob seine Kollegen die Gefahr schlichtweg ignorierten, oder ob sie sich als Europäer für unantastbar hielten. Vermutlich hatte keiner von ihnen mitangesehen, was am Al-Safah-Platz vor dem Freitagsgebet mit Menschen geschah, die gegen das Gesetz verstießen.

Erst nach einem Jahr rang Lukas sich dazu durch, nach Deutschland zu fliegen und Leonie in der Wohnung aufzusuchen. Er bat die Firma um Erlaubnis, das Land verlassen zu dürfen, da sie die Pässe der Mitarbeiter in Tresoren aufbewahrte und nur bei genehmigtem Urlaub herausgeben durfte. Da dies seine ersten arbeitsfreien Tage waren, bekam er die Bewilligung ohne Probleme und der braune Inlandspass wurde gegen die deutschen Papiere ausgetauscht.

Als er an dem Mehrfamilienhaus in Köln ankam, sah er einen schwarzen Sportwagen vor der Tür stehen, aus dem ein gestriegelter Mann ausstieg, auf das Haus zuging und Lukas´ ehemalige Klingel betätigte. Nur Sekunden später wurde ihm geöffnet und er verschwand im Treppenhaus.

Wie versteinert stand Lukas auf der Straße und schaute zu seinem früheren Küchenfenster herauf, wo nach ein paar Minuten die Silhouette des lackierten Affen auftauchte. Er war überzeugt, Leonie tatsächlich verloren zu haben, und ließ den Kopf sinken. Der bohrende Schmerz begleitete ihn wochenlang, und er bereute es, nach Deutschland geflogen zu sein.

Solange er in Köln war, traf er sich jeden Abend mit Patrick in einer anderen Kneipe in der Südstadt und ließ den Alkohol sein gnädiges Werk verrichten. Es gelang weder seinem Freund noch seiner Schwester, ihn wieder aufzurichten.

Zurück in Riad stürzte er sich in die Arbeit. Sie hielt ihn am Leben, denn sie bereitete ihm unvermindert Freude. Einige Wochen nach seiner Rückkehr rief Sabine ihn an und teilte ihm mit, dass der gestriegelte Typ nicht Leonies, sondern Carinas Freund war.

Er spürte, wie die Schwärze in seiner Seele verblasste. „Was denkst du, soll ich sie mal anrufen?", fragte er.

Sabine zögerte. „Ich weiß nicht. Ich habe angeboten, ihr deine Telefonnummer zu geben. Aber sie sagte, eure Differenzen ließen sich nicht mehr klären."

Er schluckte und die Dunkelheit senkte sich ein weiteres Mal über ihn.

„Es tut mir leid, Lukas. Ich hätte dir gerne etwas anderes erzählt."

„Schon gut, ist ja nicht deine Schuld."

Erneut versank er in seiner Freizeit in Teilnahmslosigkeit. Bis er Sally kennenlernte.

5

„In welcher Beziehung standen Sie zu Carina Kamerande?"
Melina verstand nicht, warum ausgerechnet sie diese Vernehmung durchführen sollte, während Julius lediglich daneben saß und wichtig dreinblickte. Die Begrüßung und den Small Talk hatten sie bereits hinter sich gebracht, sodass Gereon von Treunstein Gelegenheit hatte, sich in die Situation einzufinden. Auch nach der Belehrung über den Grund der Befragung und seine Rechte und Pflichten wirkte er entspannt und gesprächig, als fühle er sich seiner Sache sicher.

Nun verhärtete sich der Ausdruck in seinem scharf geschnittenen Gesicht, sodass sich der Schmiss wie ein Stilett über die rechte Wange zog. „In keiner", sagte er. „Wo ist mein Anwalt?"

„Der müsste jeden Moment kommen", erwiderte Ruthenmöller.

Gereon verschränkte die Arme. „Bis dahin sag ich kein Wort."

„Das ist Ihr gutes Recht." Melina lehnte sich zurück. „Dann warten wir so lange."

Während sie die Zeit bis zum Erscheinen des Anwalts überbrückten, öffnete Melina wie beiläufig die Akte, die vor ihr lag, und verschob das Foto der verstorbenen Studentin so, dass Gereon es bemerken musste. Dieser jedoch starrte Melina unverwandt ins Gesicht. Schließlich siegte die Neugier und sein Blick huschte für einen Moment auf das Bild. Sein linkes Unterlid zuckte kurz. Sogar im Tod war Carina noch schön.

Melina blätterte durch die Abzüge, als schaue sie sie selber an, und legte eine Abbildung offen, die Carinas misshandelten Rücken zeigte. Die Narben und Striemen waren deutlich zu erkennen. Diesmal verweilte Gereons Aufmerksamkeit einen Augenblick länger auf dem Foto, ehe er sich betont gleichgültig abwandte.

„Sind Sie Deutsche?", fragte er.

Melina bejahte.

„Sehen gar nicht aus wie eine."

Sie hob fragend eine Augenbraue.

„Sehen eher aus wie eine von den Kosakenweibern, die man in jedem Bordell billig haben kann und die das auch noch gerne zu tun scheinen."

Augenblicklich spürte Melina, wie kalte Wut sich von der Körpermitte in ihr ausbreitete. Sie schäumte. Ruthenmöller griff ihr beschwichtigend in den Arm, aber es war zu spät.

„Was bildest du dir ein, Muttersöhnchen? Mit dem Hintern im Butterfass geboren und andere dafür verachten, dass ihnen übel mitgespielt wurde? Das nenne ich mal asozial! Geld verdirbt ja scheinbar doch den Charakter. Und ich dachte immer, das sei ein albernes Vorurteil. Aber siehe da: Ein verdorbenes Subjekt sitzt direkt vor mir!"

Ruthenmöller ahnte, wie sehr sie sich in ihrer Wortwahl beherrscht hatte, um nicht völlig unprofessionell zu erscheinen und sich angreifbar zu machen.

Gereons Miene blieb zunächst unbewegt, dann trat etwas Herablassendes hinzu. „Lange nicht mehr so richtig rangenommen worden, stimmt's."

Er zwinkerte Ruthenmöller vielsagend zu, als wollte er ihm zu verstehen geben: „Kannst du das nicht übernehmen, damit sie wieder runterkommt?"

Melina unterdrückte ihren Impuls, aufzuspringen und dem Kerl ins Gesicht zu schlagen. Dessen Unverfrorenheit schlug jedoch dem Fass dermaßen den Boden aus, dass sie ganz ruhig wurde.

„Ach, nicht nur asozial, sondern auch noch frauenverachtend und sexistisch?", fragte sie schroff.

In dem Moment klopfte es an der Tür und Gereons Anwalt trat ein, das Abzeichen der Deutschnationalen Liga sichtbar auf der Brusttasche seines Jacketts. Die Polizisten sollten gleich wissen, dass sie dabei waren, die komplette Burschenschaft gegen sich aufzubringen. Die beiden Verbindungskameraden begrüßten sich kurz und der Jurist mit dem aalglatten Gesicht und dem gegelten Haar nahm neben Gereon Platz. „So, es kann losgehen," erklärte er.

Melina sah Julius an und dieser schaltete das Diktiergerät ein. Es folgte die übliche Belehrung.

„Also, in welcher Beziehung standen Sie zu der Studentin Carina Kamerande?", wiederholte Melina dann ihre eingangs gestellte Frage.

„In keiner", erwiderte Gereon ungerührt.

„Kannten Sie sie?"

„Flüchtig."

„Geht das etwas ausführlicher?"

„Sie war mit einem der Verbindungsmitglieder befreundet. Ich habe sie aber nur ein paarmal gesehen."

„Welches Mitglied ist das?"

„Robin von Odenheim. Er wohnt irgendwo im Bergischen Land, soweit ich weiß."

`Aha, auf einmal so gesprächig, wenn es darum geht, den Verdacht auf jemand anderes zu lenken´, dachte Melina.

„Hatten Sie Interesse an ihr?"

„Nein, ich stehe nicht auf Neger. In der Verbindung achten wir auf Reinhaltung des Blutes."

Der Anwalt legte ihm die Hand auf den Arm.

Gespielt irritiert tauschten Melina und Julius einen Blick aus. „Wieso Neger?"

Gereon grinste emotionslos. „Das wussten Sie nicht? Robin hat in der Burschenschaft erzählt, er habe sich von ihr getrennt, als er erfuhr, dass sie Negerblut in ihren Adern hat. Vielleicht wollte er sie ganz loswerden, damit sie seinen Karriereplänen nicht im Weg steht."

Melina zog die Augenbrauen zusammen. Sie schwieg einen Moment und versuchte, die Logik dieser Aussage zu erkennen. „Wenn man mit einer Nichtarierin liiert ist, verliert man die Seilschaften, die die Verbindung einem zusichert?", schlussfolgerte sie dann.

Wieder bremste der Anwalt Gereon. „Darauf musst du nicht antworten. Das hat nichts mit dem Tatvorwurf zu tun."

Melina lehnte sich zurück.

„Was haben Sie in der Postfiliale gesucht, in die Sie eingedrungen sind?"

„Nichts. Ich habe mich verlaufen."

„Verlaufen?"

„Ja, ich kenne mich in Köln nicht gut aus."

„Und was hatten Sie in diesem heruntergekommenen Stadtrandviertel zu erledigen, in dem Carina sich zuvor aufgehalten hat?"

„Nichts. Ich habe die Orientierung verloren und wollte nach dem Weg fragen."

„Ihr Wagen parkte aber mehrere Straßenzüge weiter weg."

„Ja, deswegen bin ich in die Post marschiert. Die Straßen waren wie ausgestorben."

„Warum haben Sie nicht die Eingangstür benutzt, sondern sind über die Hofeinfahrt durch die verschlossene Hintertür dort eingedrungen?"

„Wie gesagt, ich habe völlig die Orientierung verloren."

Melina seufzte. „Wie ein hilfloses kleines Kind?"

Gereon funkelte sie an. „Nein, wie ein Ortsfremder."

„Ich muss doch sehr um Sachlichkeit bitten", forderte sein Anwalt.

„Dann soll Ihr Mandant uns nicht für blöd verkaufen", kam Ruthenmöller Melina zur Hilfe.

„Was hatte Carina Ihnen gestohlen, das Sie unbedingt zurückhaben wollten?"

Kaum merklich zuckte Gereon zusammen und zwinkerte nervös. Rasch gewann er die Kontrolle über seinen Körper zurück. „Nichts."

„Vielleicht einen Gürtel, der eigentlich nach Namibia gehört, und den Carinas Mitbewohnerin an dem Tag verschickt hat, an dem Sie in die DHL-Filiale eingedrungen sind?"

„Diese blöde Schlampe!" Gereon sprang auf. „Hat die Ihnen diesen Schwachsinn erzählt?"

Der Anwalt zog ihn auf den Stuhl hinunter und zischte: „Beherrsch dich!"

„Welche der vielen Schlampen, die es in Ihrem Leben zu geben scheint, meinen Sie? Eine der Kosakenfrauen aus den Bordellen, die sie aufsuchen?"

„F...", setzte Gereon an, doch sein Rechtsbeistand fiel ihm rechtzeitig ins Wort.

„Jetzt lassen Sie uns aber mal ganz schnell wieder auf eine sachliche Ebene zurückkommen", forderte er Melina auf.

„Die Frage, die ich Ihrem Mandanten gestellt habe, war sachlich, wie Ihnen sicher nicht entgangen ist."

„Sie haben ihm gerade Bordellbesuche unterstellt!", konterte der Anwalt.

„Darüber hat Herr von Treunstein geplaudert, bevor Sie kamen. Wir haben uns die Wartezeit mit Small Talk vertrieben und bei der Gelegenheit erzählte Ihr Mandant uns davon und von den ˋKosakenfrauen´, die man dort billig haben könne.

Vielleicht kann er Ihnen das anschließend erläutern. Ich würde jetzt wirklich gerne beim Fall bleiben."

„Ich bitte darum", versetzte der Jurist kühl und Gereon blitzte sie an.

„Also, Herr von Treunstein, was hat es mit diesem Gürtel auf sich?"

„Ich weiß nichts von einem Gürtel!", blaffte er. „Sie wollen mir da irgendetwas unterschieben, womit ich nichts zu tun habe! Christoph", er wandte sich an seinen Anwalt, „die versucht mir da etwas anzuhängen, ich schwöre es dir!"

„Haben Sie Beweise für eine Verbindung zwischen meinem Mandanten und diesem ...", er verzog den Mund ungläubig, „Gürtel?"

Melina presste ihre Wirbelsäule gegen die Rückenlehne und klopfte mit ihrem Kugelschreiber auf den Tisch. Bis auf dieses Geräusch war es in dem kahlen Vernehmungszimmer einen Moment lang vollkommen still. „Wir werten gerade einen aus", erwiderte sie schließlich.

„Dann würde ich vorschlagen, dass Sie die Vernehmung fortsetzen, sobald das Ergebnis der Auswertung vorliegt", erklärte der Anwalt und sah von Melina zu Ruthenmöller.

„Eine Frage habe ich noch", entgegnete dieser. „Sie fahren einen SUV der Premiumklasse mit integriertem Navigationsgerät. Wieso haben Sie den Wagen verlassen und sich zu Fuß auf die Orientierungssuche begeben?"

Gereon stierte ihn an. „Da wimmelte es von Einbahnstraßen, die in meinem Navi nicht registriert waren. Das wollte mich ständig gegen die Einbahn schicken," antwortete er schließlich.

„Ein neues Navigationssystem der Spitzenklasse?" Ruthenmöller zog die Augenbrauen hoch, sein Gesicht blieb ausdruckslos.

Gereon starrte ihn noch immer an. Dann nickte er.

„Wir werden das überprüfen. Wo wollten Sie denn hin?", hakte Ruthenmöller nach.

„Das geht Sie nichts an."

„In ein Bordell mit `Kosakenfrauen´?", hätte Melina am liebsten gefragt, aber sie riss sich zusammen.

`Dich bringe ich so lange hinter Gitter, bis du anfängst zu schimmeln´, sinnierte sie und fixierte Gereon, als wollte sie damit erreichen, dass er ihre Botschaft auch ohne Worte verstand.

Er erwiderte ihren Blick ungerührt. Sein Vater und die Anwälte würden dafür sorgen, dass er ungeschoren aus der Sache herauskam. Die Ermittler konnten ihm nicht das Geringste nachweisen, so viel war nach dieser Vernehmung klar. Aber sie hatten Fragen zu Angelegenheiten gestellt, von denen sie eigentlich nicht das Mindeste wissen sollten. Irgendetwas war schief gelaufen. Es schien eine undichte Stelle zu geben und er musste schleunigst herausfinden, wer dieses Leck war.

**

Zu den wenigen Berufen, die Frauen in Saudi Arabien ausüben durften, gehörte das Lehramt, erinnerte sich Lukas. Inzwischen war er in Köln gelandet und wartete auf dem Bahnsteig am Flughafen auf den Zug Richtung Innenstadt.

Das Königreich suchte Lehrer, um dem Fachkräftemangel entgegenzuwirken.

Sally war in der Nähe von Blackpool in Großbritannien aufgewachsen und seit ihrer Kindheit geplagt von Fernweh. Sie strebte raus aus der Kleinstadt und weg von ihrer Familie, die sie zusätzlich einengte. Der gute Verdienst und die Tatsache, dass es schwierig war, in Riad Besuch von Freunden oder Verwandten zu bekommen, lockte sie an. Ihre Mutter würde sich lange vergeblich um ein Touristenvisum bemühen, denn Urlauber wurden in Saudi Arabien damals selten ins Land gelassen, erst recht keine weiblichen.

Da Sally es bequem fand, unter der Abaya auch mal nachlässig in Shorts und Träger-Top gekleidet zu sein, arrangierte sie sich mit dem Verschleierungsgebot. Im Compound konnte sie sich ja unverhüllt zeigen, und das öffentliche Leben in Riad reizte sie ohnehin wenig. Wo sollte sie schon hinwollen, wenn es keine Kinos oder Diskotheken gab? In der Wohnsiedlung gab es ausreichend Abwechslung und nicht-muslimische Männer ohne Frauenbegleitung, die interessant und attraktiv waren. Die Dauer ihres Aufenthalts richtete sie maßgeblich danach, wann der emotionale Abstand zu ihrer Mutter groß genug war. Anschließend plante sie, eine Reise durch Neuseeland zu unternehmen und dort ebenfalls zu unterrichten. Der Flug auf die Südhalbkugel war ihrer Familie vermutlich zu weit und zu teuer. Also würde sie dann noch eine Weile Ruhe haben und ihr Leben so führen können, wie es ihr gefiel.

In ihrer Kollegin Patti hatte sie rasch eine Freundin gefunden, mit der sie regelmäßig im Compound ausging. Der großgewachsene, blonde Deutsche, der seit mehreren Monaten im Fitnessraum des Recreation Centers trainierte, war ihr schon vor einiger Zeit aufgefallen. Aber er wirkte abgekapselt und uninteressiert an allem, was um ihn herum passierte. So war sie hocherfreut, als er mit einem Freund das Restaurant im Compound betrat, in dem sie mit Patti zu Abend aß. Da kaum noch Plätze frei waren, trat der Begleiter an ihren Tisch, weil er seine Nachbarin Patti erkannte.

„Guten Abend, Ladys", begrüßte Thomas sie freundlich. „Macht es euch etwas aus, wenn wir uns zu euch setzen?"

„Nein, überhaupt nicht. Wir freuen uns über Gesellschaft", antwortete Patti und die Frauen zogen ihre Handtaschen von den freien Stühlen.

Die beiden Deutschen nahmen Platz und sie machten sich miteinander bekannt. Sally strahlte Lukas an. So aus der Nähe betrachtet fand sie ihn noch anziehender. Muskulös, mit langen blonden Haaren und dem Bruch auf dem Nasenrücken mutete er sie an wie einer dieser martialischen Mittelalter-Helden aus einem der Bernard-Cornwell-Romane, die sie hin und wieder las. Zu gerne wäre sie seine Lady Aethelflaed gewesen.

Sie unterhielten sich zwanglos, bis das Essen gebracht wurde.

„Das ist das erste Mal seit mehr als einem Jahr, dass ich mich längere Zeit mit einer Frau unterhalte, der ich ins Gesicht sehen kann." Lukas wandte sich an Sally. „Ist diese Verschleierung nicht furchtbar für euch?"

„Die Abaya ist praktisch, wenn man sich nicht jeden Morgen Gedanken machen will, was man anziehen soll." Sie lachte und in ihren Augen glitzerte der Schalk, als sie daran dachte, wie wenig sie manchmal unter dem Schleier am Körper trug. „Es darf nur keine aus Polyester sein, sonst wird man bei über fünfzig Grad ruckzuck gar gekocht. Und natürlich halte ich mich an die Kleidervorschriften, was bleibt mir denn anderes übrig? Ich habe keine Lust, mit der Religionspolizei aneinanderzugeraten. "

„Dem Komitee zur Förderung der Tugend und Verhinderung der Sünde", korrigierte Patti sie augenzwinkernd. „Polizei klingt so hart."

„Die sind auch hart, wenn´s ihrer Meinung nach sein muss." Pattis Lächeln verschwand. „Ja, ich weiß."

Thomas beugte sich vor. „Ich finde es merkwürdig, dass sogar am Arbeitsplatz Geschlechtertrennung herrscht. Außer im Compound bekomme ich kaum mal eine Frau zu Gesicht."

„Meine Freundin wollte aus dem Grund nicht mit hierher kommen", sagte Lukas düster.

Sally bedachte seinen trainierten Körper mit wohlgefälligen Blicken. „Und wie macht ihr das jetzt? Führt ihr eine Fernbeziehung?"

Lukas sah einen Moment lang vor sich hin. „Wir haben uns getrennt." Er räusperte sich und beugte sich über seinen Teller. Thomas beobachtete ihn aufmerksam. Also hatte er recht gehabt mit seiner Vermutung.

Sally legte Lukas die Hand auf den Arm. Die Berührung der weichen Haare auf seinem Unterarm löste ein Prickeln in ihr aus, aber sie überspielte das geschickt. „Es verändert sich gerade einiges. Das Land ist im Umbruch. Zum Beispiel werden viele Universitäten geöffnet und Frauen dürfen mehr Berufe ausüben als früher. Manchmal arbeiten wir in der Schule sogar mit Männern zusammen. Vor zwei, drei Jahren war das noch undenkbar. Vielleicht überlegt deine Freundin es sich ja noch mal."

„Nein, das glaube ich nicht", erklärte er und kippte die Limonade herunter. Das Alkoholverbot ging ihm gehörig auf die Nerven.

Sally verstärkte den Griff auf seinen Arm.

„Mir hat vorige Woche im Flugzeug ein Aussteller erzählt, dass er auf Stellwand-Fotos die Frauen überkleben musste, um überhaupt zur Messe zugelassen zu werden." Thomas nuckelte ebenfalls unzufrieden an einem alkoholfreien Getränk herum. „Meine Frau wollte auch nicht hierher. Also fliege ich ständig nach Deutschland und wieder zurück. Aber anders geht´s nicht."

Lukas rutschte tiefer in seinen Stuhl.

„Mich nervt viel mehr, dass die Saudis keinen Kontakt zu den Ausländern haben wollen und sich so abschotten hinter ihren hohen Mauern und den verspiegelten Scheiben", sagte Patti.

„Die Scheiben sind verspiegelt, damit niemand die Frauen sieht, die dahinter unverschleiert gehen", erklärte Sally und bedachte Lukas mit einem langen Blick.

Lukas fühlte sich geschmeichelt und unbehaglich zugleich. „Mich stört die Hitze und dass der Wüstensand durch alle Ritzen kriecht", bekundete er demonstrativ an Patti gewandt.

„Und mich, dass Saudi Arabien seit Ende März Städte im Jemen bombardiert, um die Huthi-Rebellen dort zu bekämpfen, und dass deswegen von dort immer wieder Raketen in unsere Richtung abgeschossen werden. Auch wenn diese bisher alle abgefangen wurden – richtig sicher fühle ich mich in Riad nicht." Patti schaute ernst in die Runde.

„Ja, das nervt. Zumal man nun deshalb nicht mehr in die Wüste fahren darf." Thomas strich sich durch seinen Dreitagebart. „Man weiß zwar, was einen erwartet, bevor man hierher kommt. Aber auf die Dauer ist es trotzdem anstrengend. Man muss kompromissbereit sein, sonst hält man das nicht durch."

„Und wenn ich die zur Schau gestellten Hingerichteten an den Bäumen baumeln sehe, wird mir übel." Pattis Miene verdunkelte sich zunehmend.

Thomas wiegte nachdenklich den Kopf. „Man muss hier schon ziemlich vorsichtig sein mit dem, was man tut." Beklommen dachte er an das, was er in seiner Vorratskammer versteckt hatte.

„Kein Sport für Frauen im öffentlichen Raum. Ohne Erlaubnis der Männer aus der Familie geht hier für Frauen gar nichts", empörte sich Patti.

Einen Moment lang wünschte Lukas sich, das gälte auch für Leonie und ihn. Er hätte sie einfach mit hierhin genommen und Schluss. Ende der Diskussion. Dann wäre sie nun wenigstens bei ihm.

Für Sally nahm die Unterhaltung einen zu ernsten und deprimierenden Verlauf.

„Das sehen nicht alle so eng hier", versicherte sie mit einem tiefen Blick in Lukas´ Augen. „Bei geheim stattfindenden Festen fließt Alkohol und amerikanische Popmusik wird gespielt. Die Frauen erscheinen unverschleiert und es gibt wilde Knutschereien."

„Wie kommst du denn darauf?" Lukas erwiderte ihren Blick und schob den Gedanken an Leonie beiseite. Sie war schlagartig weit weg, nicht nur räumlich, sondern auch emotional.

„Habe ich aus erster Hand erfahren. Von einem, der dabei war und hier im Compound wohnt."

„Hier wird ebenfalls manchmal eine geheime Party gefeiert", ergänzte ihre Freundin.

Sally nickte, ohne ihre Aufmerksamkeit von Lukas zu lösen, und zog eine Braue hoch.

„Ich habe ein Flasche Wodka vom Flughafen hierher geschmuggelt", flüsterte Thomas. „Wollen wir in mein Appartement gehen?"

Die Frauen sahen sich an und Sally warf Lukas rasch einen Blick zu.

Er zuckte mit den Schultern. „Von mir aus." Diese Frau war nicht tausende Kilometer von ihm entfernt und er gefiel ihr offensichtlich.

Es war schnell gegangen zwischen Sally und ihm. Ähnlich zügig wie bei den Freundinnen, die er vor Leonie gehabt hatte. Der Wodka bei Thomas sorgte dafür, dass sich ein Schleier auf alle schmerzhaften Erinnerungen legte und verstärkte seine Überzeugung, dass Leonie ihn ohnehin nicht mehr wollte.

Jemanden wie Sally zu mögen, gelang ohne Mühe. Sie war unkompliziert und lebenslustig, liebte gutes Essen und kochte gerne. Über Dinge in der Vergangenheit nachzugrübeln lag ihr ebenso wenig, wie sich Gedanken darüber zu machen, was die Zukunft bringen würde. Beim Lachen warf sie ihre rotblonden, gewellten Haare in den Nacken und entblößte kurze, spitze Zähne. Zog sie ihre Nase kraus, bildeten die Sommersprossen darauf einen drolligen Haufen. Sie schaute zu Lukas auf und stellte nichts von dem infrage, was er sagte oder tat. Obwohl sie Lehrerin war, korrigierte sie andere nicht und belehrte niemanden. Lediglich das Verhältnis zu ihrer vereinnahmenden Mutter schien angespannt zu sein. Offenbar hatte er ein Faible für Frauen mit einer gestörten Mutter-Tochter-Beziehung.

Doch dass er sich nicht mit Sally in der Öffentlichkeit zeigen konnte, störte ihn. Verließen sie das Compound, musste sie sich verschleiern und er Abstand zu ihr halten, damit sie kein Aufsehen erregten. Eine Kollegin von Sally und Patti war ein paar Jahre zuvor ausgewiesen worden, nachdem sie sich mit einem ebenfalls ledigen Expat in einem Park getroffen hatte. Sie bekam ein 24-Stunden-Exit-Visum und musste das Land verlassen. Es ergab für Lukas und Sally also wenig Sinn, sich gemeinsam aus dem Camp zu entfernen, denn die Religionspolizei schien allgegenwärtig. Bei einem Restaurantbesuch hätte sie in der Frauensektion essen müssen, während er alleine bei den Männern saß.

Doch hin und wieder musste Sally das Eingesperrtsein hinter sich lassen und wenigstens in einer der Shopping-Malls bummeln. Manchmal bat sie Lukas, sie sicherheitshalber zu begleiten. Beim Anstehen an verschiedenen Kassen wurden sie Zeugen, wie eine der Kundinnen noch während des Bezahlvorgangs von Angehörigen der Religionspolizei angeschrien und geschubst wurde, weil sie Lippenstift kaufte und zu viel Haut zeigte. Lukas brach der Schweiß aus und er wagte nur aus den Augenwinkeln, zu Sally herüberzuschauen, die den Kopf gesenkt hielt. Auf dem Fußweg zurück zum Compound durchquerten sie einen Park und achteten sorgfältig darauf, nicht aufzufallen. In der Grünanlage fiel Lukas ein junger Saudi auf, der eine Gitarre auspackte, sich auf der Bank niederließ und zu spielen begann.

Er stutzte. Das hatte er hier noch nie gesehen. Der Mann spielte virtuos und hob mit klarer Stimme an zu singen. Rasch bildete sich vor ihm eine stumm verharrende Menschentraube. Einzelne aus der Gruppe schauten verunsichert umher. Lukas lauschte dem Gesang, der ihn seltsam berührte und erwog, dem Musiker Geld in den Hut zu werfen, doch es gab keinen. Er sang scheinbar aus reiner Freude an dem Lied. Dass es so etwas hier gab! Plötzlich stob die Menge auseinander. Zwei Männer erschienen wie aus dem Nichts, stürzten sich auf den jungen Saudi, entrissen ihm die Gitarre und zertrümmerten sie auf dem Gehsteig.

Bestürzt wandte Lukas sich ab. Es widerstrebte ihm zutiefst, tatenlos zuzusehen und einfach fortzugehen. Doch Sally hatte sich bereits eilig entfernt und es konnte ihn in Teufelsküche bringen, sich in diese Angelegenheiten einzumischen. Lukas rang noch einen Moment lang mit sich. Das Wort Zivilcourage bekam eine neue Bedeutung und er ertappte sich dabei, wie er gedanklich Kosten und Nutzen gegeneinander abwog. Es machte keinen Sinn, wenn er Sally und sich in Gefahr brachte. Auch dem jungen Musiker würde es vermutlich nicht helfen, womöglich setzte er ihn durch sein Eingreifen einem noch größeren Risiko aus.

Also folgte er ihr missmutig so unauffällig wie möglich und erahnte, wie es sich angefühlt hätte, fünf Meter hinter einer verschleierten Leonie herlaufen und auf sie aufzupassen. Er stellte sich vor, wie sie sich über das empörte, was er eben beobachtet hatte. Wie sie den ganzen Tag im Compound zugebracht und ungeduldig darauf gewartet hätte, dass er endlich von der Arbeit kam. Sie hatte Recht gehabt. Das hätte ihre Beziehung nicht ausgehalten. Doch wozu diese Gedanken? Sie waren getrennt. Es war ein unlösbares Problem und er musste das hier durchziehen, so gut es ging. Die Lust, die Siedlung zu verlassen, war Sally nach diesem Erlebnis für einige Wochen vergangen.

„Meine Kollegin hat uns zum Essen eingeladen", verkündete sie dann aber eines Tages freudestrahlend. „Sie ist nett. Ich würde gerne hingehen, um mal eine saudische Familie kennenzulernen. Kommst du mit?"

„Müssen wir dann dort auch getrennt sitzen?"

„Nein, sie sagte, im Familienkreis sähen das nicht alle Saudis so eng."

„Okay, aber wenn ich alleine bei den Männern essen soll, gehe ich wieder."

Mit dem Taxi fuhren sie abends in einen der Randbezirke und hielten vor einem ummauerten Gebäude mit verspiegelten Scheiben. Sallys Kollegin Faizah empfing sie ohne Schleier und Abaya an der Tür und geleitete sie ins Innere des Hauses. Eine angenehme Kühle umfing sie und es duftete aromatisch nach Zimt, Kardamom, Safran und Nelken. Im Wohnzimmer wurden sie mit großer Herzlichkeit von Faizahs Familie begrüßt, und ihr Mann Yassir gab Sally sogar die Hand.

Bei Kaffee und Datteln unterhielten sie sich zwanglos, wobei sich Lukas an Sallys Empfehlung hielt, die Themen Königshaus, Politik und Religion zu umschiffen. Die Gastfamilie war sehr interessiert an allen Fragestellungen rund um die westliche Welt und er entspannte sich. Er war angenehm überrascht von dem freundlichen Miteinander. Schließlich erkundigten sich die Gastgeber, wie Sally und Lukas das Leben im Königreich empfanden.

Dankbar erinnerte Lukas sich an die Worte seines Kollegen, des Bayern Ferdinand, und antwortete nun seinerseits: „Man hat hier in viel höherem Maß die Gelegenheit, sich in seiner Persönlichkeit weiterzuentwickeln. Die fremde Kultur und die ungewohnten Gebräuche bieten die Chance, eigene Vorstellungen von der Welt zu überprüfen."

Yassir nickte anerkennend, doch bevor er das Thema vertiefen konnte, wurden sie alle in den Nebenraum gebeten, wo sie sich auf dem Boden um einen Teppich herum niederließen, auf dem eine große Platte mit Kabsa angerichtet war, einem traditionellen Gericht aus gedämpftem Reis, Geflügel, Rosinen, Mandeln und Cashew-Nüssen. Sie begannen, mit den Händen zu essen.

Schon bald beneidete Lukas Sally um ihr weites Trägerkleid, denn im Laufe des üppigen Mahls spannte sein Hosenbund zunehmend und drückte auf den Magen. Anschließend wurde ein Tee serviert und sie durften sich wieder auf eines der zahlreichen Sofas setzen.

„Was halten Sie davon, dass das Königshaus 47 Al-Kaida-Terroristen hat hinrichten lassen?" Faizahs Ehemann richtete seine klugen Augen auf Lukas, der sich fast an seinem Tee verschluckte.

„Die politischen Zusammenhänge sind sehr verwickelt und es wird Gründe dafür gegeben haben", antwortete er diplomatisch.

„Wie beurteilt man denn im Westen diese Anti-Terror-Maßnahme?", hakte der Gastgeber nach.

„Den meisten Leuten ist es ziemlich egal, was im Nahen Osten passiert", hätte Lukas am liebsten bekannt, besann sich jedoch. „In den Medien wird die Meinung vertreten, dass man Al-Kaida und den IS ohne Saudi Arabien nicht effektiv bekämpfen könne."

Es war Faizah, die bemerkte, wie unangenehm ihm das Balancieren auf dem dünnen Drahtseil der politischen Themen war und die ihm geschickt eine vermeintlich harmlosere Plattform anbot, um Konflikte zu vermeiden: „Wo werdet ihr beide denn heiraten? Wenn ihr es hier tut, helfe ich euch, ein rauschendes Fest auszurichten!" Sie strahlte Lukas an.

Sallys Wangen begannen zu glühen und sie griff nach seiner Hand. „Wir lassen es dich wissen, wenn wir uns entschieden haben."

Lukas lächelte steif, obwohl sich in seinem Innersten Unwohlsein regte. Natürlich wäre es sehr unklug gewesen, an diesem Ort zuzugeben, dass sie noch nie über Heirat gesprochen hatten. Aber während des sich anschließenden Gesprächs über Brautschmuck und geeignete Lokalitäten wünschte er sich zunehmend, er könnte mit Yassir wieder über Al-Kaida, den IS und öffentliche Hinrichtungen reden.

Eine Zeit lang schien seine Welt zwar merkwürdig verschoben, jedoch einigermaßen in Ordnung zu sein. Das Zusammensein mit Sally war leicht. Wenn Lukas ihr von seiner Jugend am Stadtrand von Köln erzählte, lauschte sie ihm gebannt. Und doch beschlich ihn das Gefühl, dass sie nicht einmal die Hälfte von dem erfasste, was er ihr anzuvertrauen versuchte. Wie sollte sie auch? Sie selber war in einer Kleinstadt in dem Glauben aufgewachsen, das Commonwealth sei ein Segen für die Menschheit und der Terror der IRA ohne jegliches Zutun der britischen Regierung aus dem

Nichts entstanden. Als überzeugte Royalistin diskutierte sie ernsthaft darüber, ob Camilla an der Seite von Prinz Charles stehen dürfe, wenn dieser jemals den Thron bestieg, oder ob er verzichten und die Krone an William abtreten sollte. Paul McCartney war für sie ein Nationalheld und seine letzte Ehefrau eine falsche Schlange, die es nur auf sein Geld abgesehen hatte. In solchen Momenten malte Lukas sich aus, wie Leonie auf Sallys Äußerungen reagieren würde und kam zu dem Schluss, dass sie ein Gespräch mit ihr höflich, aber zügig beendet hätte.

Zunehmend vermisste er es, auf einer tiefen Ebene verstanden zu werden. Er musste verdrängen, dass er in Sallys grünen Augen genau das sah, was sie waren: ihre Augen. In Leonies Augen hatte er nicht nur sie, sondern auch sich selber erkannt. Wenn er Sally roch, dann roch er Sally. Leonies Duft hatte ihn betört und in eine andere Welt getragen, in eine unendliche Weite, in der es nur sie beide gab. Er war nie in der Lage gewesen, diese Empfindungen in Worten auszudrücken, weil er das nicht gelernt hatte. Aber Leonie las es aus seinen Blicken ab und an der Art, wie er sie berührte. Das war sein Revier, hier konnte er sich ausdrücken und ihr mitteilen, was er ihr zu sagen hatte. Sie erspürte das ebenfalls und hatte sich längst blind seiner Führung anvertraut. Das Bett hatte er als sein Territorium verteidigt und ihr dort nur selten das Ruder überlassen, damit sie sich ihm auch mal durch Körpersprache offenbaren konnte.

Er wunderte sich, dass Sally nicht zu merken schien, dass er nie ganz bei ihr war. Dass selbst in intimsten Momenten ein Teil von ihm in einer Wohnung am Kölner Stadtrand bei einer Seele weilte, mit der er verschmolzen war. Sallys Schreie waren ihm oft zu spitz und laut, während Leonies raues Stöhnen ihn berauscht und erregt hatte. Was für ihn einen mechanischen Austausch von Körperlichkeit bedeutete, trug Sally in ungeahnte Höhen. Er sah es und blieb teilnahmslos, weil er die verkehrte Frau im Arm hielt. Wie der Prinz in Aschenputtel, der mit der falschen Braut nach Hause reitet.

Dennoch nahm er trotzig an, als die Firma ihm eine Vertragsverlängerung für ein Jahr anbot. Beim Bau des Bürokomplexes hatte es Probleme mit der Standfestigkeit gegeben und so verzögerte sich die Fertigstellung. Der Baugrund wies nicht die in der Ausschreibung attestierte Tragfähigkeit auf und war damit zu instabil für die Last, die er tragen sollte. In der Folge zeigte der erste Bauabschnitt Setzrisse, musste abgerissen und der Untergrund aufwendig stabilisiert werden. Er unterschrieb den neuen Vertrag nach einigem Zögern. Leonie musste ein weiteres Jahr auf ihn verzichten, falls sie das überhaupt noch interessierte.

Er hatte keine Fotos von ihr mitgenommen und alle Digitalaufnahmen in seine Dropbox verschoben, deren Passwort er zu Hause versteckte, weil er sich selber nicht unnötig wehtun wollte. Mit Erschrecken stellte er nun jedoch fest, dass er dabei war zu vergessen, wie sie aussah. An langen, einsamen Abenden, wenn Sally mit Korrekturen oder der Vorbereitung von Unterricht beschäftigt war, begann er, im Internet zu suchen. Aber Leonie war in keinem der sozialen Netzwerke vertreten.

Schließlich rief er Metzners Büro-Homepage auf und wurde prompt mit einem Foto der Belegschaft belohnt. Leonie stand neben Jan, der sich darüber offensichtlich freute. Lukas´ Herz zog sich schmerzhaft zusammen, als er die Aufnahme studierte. Er klickte sich weiter durch die Seiten und traf dann auf eine, auf der die Mitarbeiter einzeln abgelichtet waren. Minutenlang starrte er auf das geliebte Gesicht, aus dem ihm ernste, grau-grüne Augen wie Scheinwerfer entgegenleuchteten, und strich mit dem Finger über den feinen Sandstaub auf dem Bildschirm. Seine Leo.

Gleich am nächsten Morgen rief er die Seite im Büro auf und druckte sich das Bild aus, obwohl es ihn unfassbar schmerzte, es anzusehen. Die gebrochene Nase, die Uli ihm verpasst hatte, war dagegen ein Klacks gewesen.

Sally fand den Ausdruck schneller, als er für möglich gehalten hätte.

„Wer ist das?“, wollte sie wissen.

Einen Moment lang erwog Lukas, zu behaupten, sie sei eine seiner Schwestern. Aber er wollte Leonie nicht verleugnen.

„Meine Ex-Freundin", bekannte er.

Sally erstarrte. „Warum hast du dieses Foto hier?"

Lukas konnte kaum ertragen, dass sie Leonie in der Hand hielt. „Leg es bitte hin", bat er sie mit erzwungener Ruhe.

Sallys Augen weiteten sich und sie rührte sich nicht. „Warum hast du dieses Bild?", wiederholte sie.

„Leg es hin!", fuhr er sie an.

Sally zuckte zusammen und legte den Ausdruck auf den Tisch. Minutenlang sahen sie sich stumm an. Sallys Augen füllten sich mit Tränen.

„Es tut mir leid", sagte Lukas, als sie an ihm vorbei aus dem Haus hinaus in die Schwärze der Nacht stürmte.

Ein paar Tage hielt Sally Abstand zu ihm, dann kam sie zurück und sie machten weiter, als sei nichts vorgefallen. Leonies Foto bewahrt er nun im Büro auf, wo Sally nie auftauchte. Beim nächsten Telefonat bat er seine Schwester, ihm das Passwort für die Dropbox herauszusuchen. Anschließend saß er nachts wieder vor dem Computer und schaute sich die Fotos von Leonie an, die er nach ihrer Trennung im Affekt vom Handy gelöscht und in die virtuelle Welt verschoben hatte. In der dritten Nacht schlich Sally aus dem Schlafzimmer lautlos an ihn heran und sah ihm über die Schulter.

„Ist sie das schon wieder?", fragte sie tonlos.

Erschrocken fuhr er herum und erwiderte ihren Blick schuldbewusst. Dann bejahte er und sah traurig auf den Bildschirm. Eine Zeit lang war nur das Rauschen der Laptop-Lüftung zu hören.

„Du musst zu ihr zurück. Du verletzt jede andere Frau, mit der du etwas anfängst", stieß sie schließlich hervor.

Er begriff, dass er sie verletzte, und senkte den Kopf. Das war nicht seine Absicht gewesen.

Am folgenden Morgen bat er den Chef der Personalabteilung in Riad, ihn nach Ablauf des Bauauftrags freizustellen.

„Wollen Sie die Firma verlassen?", fragte dieser verwundert.

„Nein, aber ich halte es hier nicht mehr aus. Ich muss zurück nach Deutschland."

„Hier wird sich in der nächsten Zeit einiges ändern. Mit der Antikorruptionskampagne ist eine Verhaftungswelle in den höchsten Kreisen einhergegangen, zahlreiche Prinzen, Minister und Beamte sind in Ungnade gefallen. Außerdem plant der Kronprinz weitreichende Reformen. Oder haben Sie Bedenken wegen des Jemen-Konflikts? Bisher sind noch alle Raketen von der saudischen Luftabwehr abgefangen worden." Er grinste schief. „Die humanitäre Lage im Kriegsgebiet steht natürlich auf einem anderen Blatt und wenn man deswegen moralische Vorbehalte hat ..."

„Nein, das ist es nicht. Was dort passiert, ist furchtbar, hat aber nichts mit meiner Entscheidung zu tun."

Der Personalchef durchdachte die Situation. „Soll ich mal nachfragen, ob es eine Einsatzmöglichkeit für Sie in der Bundesrepublik gibt? Vielleicht sogar mit einem Bauabschnitt, den Sie eigenständig leiten können?", bot er schließlich an.

„Ja, bitte. Es ist mir egal, was Sie für mich finden. Nur in Deutschland sollte es sein. Am liebsten in Köln."

„Das wird schwierig, da laufen kaum Ausschreibungen. Der Neubau des eingestürzten Stadtarchivs war der letzte nennenswerte Bauauftrag dort, doch in Berlin haben wir einige Projekte. Der Aufbau Ost neigt sich zwar dem Ende zu, aber es gibt noch genug zu tun."

Lukas richtete sich auf. „Von mir aus auch da."

Die Entfernung von der Hauptstadt nach Köln kam ihm vor wie ein Katzensprung. Und Leonie würde verdammt gute Argumente vorbringen müssen, warum sie nicht mit ihm dorthin gehen konnte - wenn sie ihn überhaupt noch wollte.

Thomas´ Gesichtsausdruck offenbarte seine Bestürzung. „Wie, du willst hier weg? Ich bin fest davon ausgegangen, dass wir auch das Hotel in Dubai gemeinsam hochziehen!"

„Tut mir leid, Mann", gab Lukas zurück.

Sie standen in dem inzwischen fast fertiggestellten Büroturm, wo Vorbereitungen für den Innenausbau getroffen wurden. Lukas warf einen Blick aus dem Fenster, auf dem noch die Schutzfolie klebte. Durch die Millionen-Metropole zu seinen Füßen fegte ein Sturm aus Wüstenstaub. Die Palmen links und rechts der breiten Straßen schüttelten sich, als zauste eine Riesenhand ihnen das Haar. Nach einem kurzen Hupkonzert setzte sich der Verkehr, der zum Erliegen gekommen war, wieder in Bewegung. Um die Hochhäuser in ihrer unmittelbarer Nähe kreisten Baukräne.

„Willst du lieber selbstständig eine Baustelle leiten, ist es das?"

„Nein. Ich muss nach Hause und mich da um ein paar Dinge kümmern", erklärte er, ohne Thomas anzusehen.

Dieser war aufgebracht, damit hatte er nicht gerechnet. Lukas hatte ihm gegenüber mit keiner Silbe erwähnt, dass er schon bald zurück nach Deutschland wollte. Im Gegenteil, Thomas war davon ausgegangen, dass zwischen Sally und ihm wieder alles rund lief. Lukas war ihm ein Freund geworden. Außerdem waren sie ein eingespieltes Bauleiter-Team und er hatte sich darauf gefreut, mit ihm auch das nächste Projekt gemeinsam zu stemmen.

„Und was ist mit Sally?", erkundigte er sich in der vagen Hoffnung, dass diese Lukas im Land halten könnte.

„Die hat mich dahin geschickt", versetzte Lukas tonlos.

Und dann war es endlich soweit. Nach dreieinhalb Jahren in Saudi Arabien kam er nicht mehr nur für einen kurzen Besuch, sondern endgültig nach Hause. Er verlor keine Zeit und wählte sofort seine eigene frühere Telefonnummer. Leonies Anrufbeantworter bat um das Hinterlassen einer Nachricht. Er schloss die Augen, als er ihre Stimme hörte, und musste gleichzeitig über ihre betont sachliche Ansage schmunzeln. So klang eine zukünftige Rechtsanwältin! Wie erbeten sprach er ihr aufs Band, aber sie rief schon wieder nicht zurück. Doch wenn er etwas gelernt hatte im Nahen Osten, dann war es, nicht aufzugeben. Sie musste sich ihm stellen und anhören, was er ihr mitzuteilen hatte. Er rief ein zweites Mal an und hinterließ eine weitere Nachricht mit seiner Nummer.

Daraufhin hatte sie sich endlich bei ihm gemeldet. Ihre Stimme klang aufgeregt, aber sie war sofort mit einem Treffen einverstanden. Voller gemischter Gefühle fuhr er zu der Verabredung und wappnete sich innerlich für den Fall, dass sie inzwischen einen anderen Partner gefunden hatte. Die Winterkälte in Deutschland war schneidend und biss sich in seine Haut. Er hatte tief in sich jedoch so viel Wärme gespeichert, dass ihm das nichts ausmachte.

Dann erschien sie, blass und dünn. Ihr Anblick zerriss ihm das Herz, doch an der Art, wie sie sich an ihn klammerte, erkannte er, dass sie ihn noch immer liebte. In ihm hatte sich alles weit geöffnet und ihr Duft trug ihn augenblicklich in andere Welten. Die dreieinhalb Jahre hatten bei ihnen beiden Spuren hinterlassen, aber die unbändige Freude und Erleichterung, wieder vereint zu sein, überwog. Ein Lächeln umspielte seine Lippen, als er daran dachte, wie sie sich im Bett an ihn gekuschelt einrollte und so einschlief. Wie er das vermisst hatte!

6

Uli lehnte am Eckpolster des Boxrings, in dem zwei Teenager mit Kopf-, Zahn- und Tiefschutz trainierten. In der Halle roch es nach Schweiß und abgestandener Luft. Verblüfft sah er auf, als Lukas, der am Tag zuvor erst aus Berlin zurückgekommen war, zu ihm an den Ring trat.

„Luke! Was für ein Glanz in unserer Bude! Ich dachte, du bohrst in Kuwait nach Öl, damit wir es hier schön in die Luft blasen können." Er lachte und schlug ihm auf die Schulter.

Lukas grinste. „So ähnlich."

Uli musterte ihn aufmerksam. Da Lukas ihn um fast eine Kopflänge überragte, musste er dafür zu ihm aufschauen.

„Hast dich verändert, Mann. Siehst aus, als ob´s dir gut geht."

Er fasste an Lukas´ Hemdkragen, um anzudeuten, dass der aus einem teuren Stoff war.

„Ja, mir ging´s schon schlechter. War aber nicht alles super da unten."

„Aha. Was denn zum Beispiel?"

„Da gibt´s kein Kölsch."

Uli grinste. „Wie hast du das ausgehalten?"

Lukas schmunzelte und sie verfolgten den Kampf der Teenager im Ring.

„Pass auf deine Deckung auf!", schnauzte Uli den schmächtigen Jungen mit dem blauen Kopfschutz an, der eben einen linken Haken einstecken musste. Uli demonstrierte, wie die erhobenen Fäuste vor dem Gesicht zu halten waren, während die Unterarme den Oberkörper schützten. Aus dieser Position ließ er einmal die Führhand als Jab und anschließend den anderen Arm mit einem Aufwärtshaken hervorschnellen. Der Junge nickte und wischte sich den Schweiß aus den Augen, dann hörte man minutenlang einzig das Ächzen der beiden Kontrahenten, dumpfe Schlaggeräusche und das Quietschen der Schuhe auf dem Ringboden. Lukas fragte sich, ob er heute im Zweikampf gegen Uli noch eine Chance hätte.

„Danke, dass du Leo geholfen hast", sagte er, ohne den Blick von den Boxern abzuwenden.

Uli vermied seinerseits den Blickkontakt. „Keine Ursache. Hatte ja gesagt, dass ihr bei mir was gut habt."

Sie schwiegen wieder.

„Waren üble Typen", fuhr Uli dann fort. „Keine Ahnung, was für'n Stress sie mit denen hatte, aber das wäre ins Auge gegangen, wenn meine Jungs nicht eingegriffen hätten. Die Story, die sie mir aufgetischt hat, klang abgedreht. Doch das ging mich ja nichts an."

Lukas' Brustkorb schmerzte, als ihm erneut bewusst wurde, in welcher Gefahr Leonie gewesen war und dass er ihr nicht beigestanden hatte.

„Wir könnten hier noch einen zuverlässigen Mann von deinem Kaliber gebrauchen", fügte Uli hinzu.

„Ich habe ab Januar einen Job in Berlin."

Uli seufzte. „Was für eine Verschwendung! Zusammen würden wir es weit bringen."

`Und du hättest mich unter Kontrolle´, vermutete Lukas und klopfte Uli auf die Schulter. „Ja, Mann, wenn meine Mutter mich nicht nach Brühl geschickt hätte, wäre mein Leben anders verlaufen."

„Kann man ändern. Bist ja jetzt wieder hier."

Lukas schüttelte den Kopf.

„Bist du zurück bei deiner Braut?" Ulis Stimme klang lauernd.

Lukas nickte und sah den Boxern so teilnahmslos wie möglich beim Training zu. Er spürte, dass sein unbedarftes Selbstvertrauen verschwunden war, was Leonie betraf. Die dreieinhalb Jahre ohne sie im Nahen Osten hatten ihm einmal mehr gezeigt, was sie ihm bedeutete. So selbstsicher er inzwischen auf dem Bau auch auftrat und wie rigoros er mit den Leuten dort umgehen konnte – bei Leonie ging er in die Knie. Ihre Worte: „Du darfst Uli nicht zeigen, wo deine verwundbare Stelle ist!", lagen ihm noch im Ohr, obwohl die

Warnung nun schon Jahre zurücklag. Damals war er sich sicher gewesen, dass er genau wusste, was er tat, und alles im Griff hatte. Die vergangenen Monate hatten ihn etwas anderes gelehrt. Ihr waren schlimme Dinge widerfahren und nicht er hatte sie beschützt, sondern ausgerechnet sein Erzrivale. An der Art, wie dieser nach Leonie gefragt hatte, erkannte Lukas, dass sie Uli gefiel, und er selber war bald die ganze Woche über weit weg.

Uli bemerkte, dass Lukas versuchte, sich nichts anmerken zu lassen, und verstand, wie viel die Frau ihm bedeutete. Befriedigt stellte er fest, dass er nicht nur wusste, wo sich Lukas´ wunder Punkt befand, sondern auch, dass er dort noch verletzbarer geworden war.

Die beiden Männer sahen sich an und lasen in der Mimik des jeweils anderen, was in dessen Kopf vorging. Als Lukas erkannte, dass Uli ihn durchschaute, beschloss er, alle Vorsicht fallen zu lassen und das Visier zu öffnen.

„Wenn du sie anfasst, breche ich dir jeden einzelnen Knochen", sagte er ruhig.

Uli nahm das mit unbewegter Miene auf. „Schon gut, Mann, habe ich nicht vor. Reg dich ab! Sie steht ohnehin nur auf dich." Nach einer Weile fügte er hinzu: „Es ist nicht gut, hier im Viertel eine Braut so zu lieben und sich derart angreifbar zu machen. Schaff sie weg von hier."

`Das würde ich ja gerne! Aber sie will noch nicht´, dachte Lukas. Die beiden sahen sich einen Moment lang an, dann nickte Lukas und ging.

Als er die Halle verlassen hatte, rief Uli einen seiner Leute an. Es wäre klug, darüber informiert zu sein, was in der Wohnung passierte. Sein Instinkt sagte ihm, dass das irgendwann wichtig sein würde. Außerdem wollte er überprüfen, ob Lukas sich wirklich hier aus allem heraushielt. Bei der Gelegenheit konnte er dann mal Leonies Standfestigkeit testen.

„Behalt Lukes Wohnung im Auge. Ich will auch wissen, was seine Schnalle macht und wann sie wo ist", befahl er.

Kevin grinste. „Okay."

***

Heiligabend verbrachten Lukas und Leonie wie vor ihrer Trennung bei Leonies Eltern. Mit ihrer Mutter wurde Lukas noch immer nicht warm. Roberts Wohlwollen und seine Zugewandtheit jedoch taten ihm gut. Robert sah nur auf das Leuchten in ihren Augen und freute sich mit Leonie, dass sie ihre große Liebe zurückhatte. Interessiert erkundigte er sich nach seinen Erfahrungen in Saudi Arabien und dem Bauprojekt, das er in Berlin selbstständig leiten würde. Lukas ging freudig auf das Angebot ein, etwas von seinem Können und Wissen präsentieren zu dürfen.

Als sie das Geschirr in die neue Designerküche brachten, fragte ihre Mutter Leonie mit schmalen Lippen: „Und, bist du glücklich?"

„Ja, bin ich."

„Dein Examen bringst du aber zu Ende, oder?"

Leonie stutzte. Wie kam ihre Mutter auf die Idee, dass sie wegen Lukas das Studium abbrechen würde? Dann vermutete sie, dass die Ältere befürchtete, Leonie wiederhole ihr eigenes Lebensdrama.

„Mach dir keine Sorgen, Mama. Die ersten Klausuren werden bereits im Januar geschrieben und im Juni steht dann die mündliche Prüfung an. Vorher gehe ich nicht nach Berlin."

Ihre Mutter lächelte gezwungen. „Hast dir ja viel Zeit gelassen mit deinem Studium."

„Zum einen habe ich oft bei Metzner gearbeitet und zum anderen sind schlimme Dinge passiert, die mich immer wieder aus der Spur geworfen haben, wie du weißt," entgegnete Leonie bissig.

Ihre Mutter überhörte den Vorwurf geflissentlich. „Zu Metzner gehst du jetzt nicht mehr, oder? Robert überweist dir doch das Geld, das du brauchst, um in Ruhe das Examen vorzubereiten."

„Ja, das tut er und ich bin euch wirklich dankbar dafür. Die Zeit kann ich gut gebrauchen. Bei Metzner helfe ich nur noch aus, wenn er um Hilfe ruft. Aber der Hauptstress im Büro ist nun vorbei und sie können in den kommenden Wochen auf mich verzichten. Zu Beginn des Jahres ist immer wenig zu tun. Und im Frühjahr steigt Isabel nach ihrem Mutterschutz mit ein paar Stunden wieder ein. Ich gehe davon aus, dass meine Tage bei Metzner weitestgehend gezählt sind. Das Referendariat mache ich dann aber in Berlin, um in Lukas´ Nähe sein zu können", fügte sie noch hinzu, damit ihre Mutter sich darauf einstellen konnte.

Eine Weile räumten sie schweigend das Geschirr in die Spülmaschine ein. In der Küche türmten sich benutzte Pfannen, Töpfe, Schälchen und Kochutensilien, denn die Mutter hatte aufwendig für sie alle gekocht.

„Was findest du eigentlich an Lukas?", platzte es unvermittelt aus ihr heraus. „Stören dich die langen Haare nicht?"

Leonie hielt die Luft an. Allein die Art, wie ihre er diese Frage formuliert hatte, ließ erkennen, dass sie in ihm trotz der hochwertigen Kleidung den verwahrlosten Jungen in zu großen Shorts sah. Eines der Schmuddelkinder, mit denen sie ihre Tochter äußerst ungern zusammen gesehen hatte. Und das, obwohl sie zuvor bereits mehrere Jahre lang ein Paar gewesen waren.

Offenbar hatte ihre Mutter damals darauf spekuliert, dass die Beziehung zerbrach, und war nun ernüchtert, weil sie Lukas wieder mit am Tisch sitzen hatte.

„Nein, im Gegenteil. Die finde ich besonders attraktiv an ihm", erwiderte sie mit Nachdruck. Da ihr bewusst war, dass dieser Konter die Ältere eher provozierte als besänftigte, ergänzte sie: „Er ist zuverlässig und verantwortungsbewusst."

Ihre Mutter richtete sich auf. „Ach ja? Und wo war er, als du ihn brauchtest?"

„Das weißt du genau. Er wusste nichts von alldem, weil ich ihn da rausgehalten habe. Er wäre sofort gekommen, wenn ich ihn um Hilfe gebeten hätte."

„Sagt wer?"

„Ich!"

Gespielt gleichgültig zuckte ihre Mutter die Schultern. „Bist langsam alt genug, um selber zu wissen, was du tust. Dir muss er gefallen und du musst dich wohl mit ihm fühlen. Ich meine es nur gut."

„Das habe ich zuletzt zu hören bekommen, als ich mit Sarah ausgebrochen war, weil du mich ständig eingesperrt hast", erwiderte Leonie ungerührt. Ihr war nicht danach, mit ihrer Mutter zu streiten. Es war Weihnachten und dank Lukas schwebte sie in einer anderen Sphäre. Aber sie wollte diese Bemerkungen nicht unkommentiert stehen lassen.

Ein Grinsen stahl sich in das Gesicht der Mutter. „Mein Gott, wie lange ist das denn schon her?"

„Mindestens zwölf Jahre."

Leonie konnte sich ein Schmunzeln ebenfalls nicht verkneifen.

„Hast du noch Kontakt zu Sarah?"

„Ab und zu. Sie hat das dritte Kind bekommen und wenig Zeit zum Telefonieren. Das ist wegen der Zeitverschiebung ohnehin schwierig. In San Diego geht die Sonne neun Stunden später auf."

Die Mutter nickte bedächtig, als dämmerte ihr die Erkenntnis, dass sie selber keine Enkelkinder hatte.

„Denkst du auch darüber nach, schwanger zu werden?", wollte sie dann wissen.

„Erst kommt das Examen, danach sehen wir weiter."

Am ersten Weihnachtstag besuchten sie gemeinsam mit Sabine und ihrer Familie Lukas´ Mutter. Tim, inzwischen ein aufgeweckter Junge von zweieinhalb Jahren, torkelte aufgeregt zwischen den Geschenken umher und kletterte immer wieder auf Lukas´ Schoß. Mit einem Schmunzeln nahm Leonie das Strahlen in dessen Gesicht wahr, wenn er mit seinem Neffen spielte. Als er ihr dann jedoch einen vielsagenden Blick zuwarf, erinnerte sie sich an das Gespräch mit ihrer Mutter am Tag zuvor, und ihr wurde mulmig.

Frau Frieling kauerte zufrieden zwischen ihrer Nachkommenschaft auf dem verschlissenen Sofa. Ihr Gesicht zeigte deutliche Spuren der harten Jahre, die sie hinter sich gebracht hatte, und ihre ganze Art verriet, dass sie vom Leben nicht mehr erwartete, als dass es ihren Kindern gut ging. In einem unbeobachteten Moment steckte Lukas ihr in der abgenutzten Küche unauffällig Geld zu. Sie lächelte ihn dankbar an und streichelte seine Wange.

„Ich hatte lange Zeit Sorge, du verzeihst mir nicht, dass ich dich zu deinem Vater gebracht habe." Ihre Augen schimmerten feucht.

„Doch, Mama, das habe ich. Mir ist bewusst, was sonst aus mir geworden wäre."

Er nahm sie in den Arm und strich ihr zur Bestätigung über den Rücken.

Sabine, erneut schwanger, rückte an Leonie heran, legte den Arm um sie und flüsterte in ihr Ohr: „Siehst du. Ich hab´ dir ja gesagt, dass Lukas dich liebt und ständig nach dir gefragt hat."

Leonie lächelte sie voller Herzlichkeit an. „Ja, das hast du. Danke dir dafür. Das war für mich damals sehr wichtig. Ich weiß nicht, ob ich sonst so lange auf ihn gewartet hätte."

„Wurde höchste Zeit, dass er zurückkommt!"

Das sah Leonie genauso.

„Ich habe gehört, du hattest Stress mit Uli", hob Sabine wieder an.

„Nein, im Gegenteil. Er hat mir geholfen, als ich wirklich in der Klemme saß."

„Oh, dann habe ich das falsch verstanden. Kevin erzählte etwas davon, dass Ulis Leute mit Baseballschlägern vor deiner Tür aufgelaufen seien."

Leonie zögerte. „Du hast Kontakt zu Kevin?" Mit Widerwillen dachte sie an den Anführer der Gang, die sie als junges Mädchen vor dem Hochhaus belästigt hatte.

Sabine lächelte unbekümmert. „Ja, er ist ein Kumpel von Ramon. Und beide erledigen ab und zu Jobs für Uli."

Leonie setzte sich auf und wandte sich ihr ganz zu.

„Dein Mann arbeitet für Uli? Hoffentlich keine krummen Dinger."

„Nein, keine Sorge. Harmlose Kurierfahrten und so. Bei der Aktion vor deiner Tür war er jedenfalls nicht dabei. Aber Kevin. Kennst du ihn?"

„Flüchtig. Ist schon lange her." Dass sie nun auch noch diesem Kevin dankbar für seinen Einsatz sein musste, behagte ihr nicht.

Lukas' Vater saß wie ein Pascha breitbeinig am Esstisch, als sie am 2. Weihnachtstag bei ihm in Brühl ankamen. Mit durchgedrücktem Rücken und ausgestreckten Armen stützte er sich auf der Tischplatte auf, während hinter ihm am Christbaum Kugeln und Lämpchen glitzerten und aus der Surroundanlage wahllose Christmas-Rock-Musik ertönte. Da er die dunklen Haare kurzgeschnitten trug, sein Gesicht glattrasiert und die Nase unversehrt waren, wurde erst bei genauerer Betrachtung augenfällig, dass Lukas unleugbar sein Sohn war.

„So, dann wollen wir mal", ordnete er an und fasste in die Servierschale mit den braun gebratenen Gänsekeulen. Zielsicher fischte er die größte mit der Hand heraus und biss herzhaft in die glänzend-knusprige Haut. „Wo bleiben die Mädchen?", erkundigte er sich kauend. „Haben die noch nicht mitbekommen, dass unser hoher Besuch aus dem Orient da ist?"

Seine Frau erhob sich auf der Stelle. „Ich rufe sie noch mal." Ein Poltern im Treppenhaus kündigte die Schwestern an und im nächsten Moment stürmten sie herein. Bei Lukas' Anblick kreischten sie begeistert auf und umarmten ihn ungestüm. Leonie bedachten sie kritisch mit einer mehr als zurückhaltenden Begrüßung. Es war offensichtlich, dass sie in ihr diejenige sahen, die ihnen den großen Bruder weggenommen und dann schlecht behandelt hatte. Lukas hatte Leonie längst vorgewarnt, dass beide heftig pubertierten.

„So, und jetzt setzt euch alle wieder hin", befahl sein Vater mit der Gänsekeule in der Hand und sie gehorchten.

„Also, Junge, erzähl' mal. Seid ihr rechtzeitig fertig geworden mit dem Bau oder gab's Ärger mit den Kameltreibern?"

„Am Ende mussten wir noch ein 600 Tonnen schweres Pendelgewicht zum Ausgleich der Schwankungsbewegung durch die Windlast einbauen. Das war knifflig und hat mehr Zeit in Anspruch genommen, als geplant. Aber den zweiten Fertigstellungstermin wird die Firma wohl einhalten können", antwortete Lukas und griff seinerseits nach einer gebratenen Keule.

Leonie wunderte sich, dass er die rassistische Äußerung unkommentiert ließ und ebenfalls eine breitbeinige Sitzhaltung eingenommen hatte.

„Und was ist das für ein Projekt in Berlin?" Der Vater platzierte den abgenagten Knochen auf seinem Teller und bediente sich am nächsten Gänseschenkel. Sein Mund glänzte fettig.

„Auch ein Bürogebäude, ähnlich wie das in Riad. Nahe beim Alexanderplatz, also ganz zentral, in einem der ehemaligen Ostbezirke. Der Rohbau steht schon und ist abgenommen, ich übernehme den Innenausbau. Ab Januar geht´s los. Dann aber erst einmal im Büro - der Baubetrieb ruht witterungsbedingt noch drei Wochen."

Die Schwestern hingen an seinen Lippen wie Groupies, als sei er mit den langen Haaren und dem gebräunten Gesicht ein zurückgezogen lebender Rockstar, der endlich ein langersehntes Interview gab. Leonie grinste verstohlen. Es sprach eindeutig für Lukas, dass seine jüngeren Geschwister ihn allesamt anhimmelten, und es erfüllte sie mit Stolz, dass dieser Mann sie liebte.

Der Vater wirkte zufrieden. „Waren da gute Leute am Werk?"

„Was ich überprüfen konnte, sah soweit in Ordnung aus."
Der Ältere nickte anerkennend. Sein Sohn befand sich auf dem richtigen Weg.

„Bist du wegen ihr zurückgekommen?", fragte er nach dem Essen und goss ihnen beiden einen Klaren ein, während die Frauen mit dem Geschirr beschäftigt waren. Er deutete mit dem Kopf Richtung Küche, wo er Leonie vermutete.

„Nicht nur, aber vor allem wegen ihr."

Sein Vater fühlte sich in seiner Einschätzung bestätigt. Das hatte er geahnt. „Begeh´ nicht den gleichen Fehler wie ich. Wenn sie diejenige welche ist, behandle sie gut. Mach´ nicht aus Jux und Dollerei mit anderen Frauen rum.“

Betroffen schwieg Lukas einen Moment und dachte an Sally. Schließlich erwiderte er: „Nein, Mann. Habe ich nicht vor.“

„Mach deine Arbeit gut bei dem Projekt in Berlin. Dann komme ich dich im Frühjahr dort besuchen.“

Lukas fühlte sich bevormundet wie ein Kind. Aber er spürte, dass sein Vater irgendetwas im Sinn hatte, und behielt den Protest für sich. Sie stießen mit den Schnapsgläsern an und kippten ihren Kabänes in einem Zug herunter.

***

Gleich zu Beginn des neuen Jahres trat Lukas seine Stelle in Berlin an. Leonie harrte in der Kölner Wohnung aus und bereitete sich intensiv auf ihre Examensklausuren vor. Als es an der Haustür klingelte, löste sie erstaunt die Konzentration von ihren Unterlagen. Unangekündigter Besuch meldete sich hier selten. Hoffentlich standen da nicht wieder die beiden Polizisten. Mit einem Mal pochten ihre Schläfen und sie trat verunsichert zur Sprechanlage. „Ja bitte?“

„Ich möchte zu Carina Kamerande. Wissen Sie, ob sie hier im Haus wohnt? Ich habe diese Adresse bekommen, finde ihren Namen aber auf keinem der Briefkästen“, teilte eine Frauenstimme mit gutturalem Akzent mit.

Leonie zögerte. Wer mochte das sein? „Sie wohnt nicht mehr hier“, antwortete sie schließlich.

„Wo kann ich sie finden? Es ist wichtig“, versetzte die Stimme.

Leonie rang mit sich. Sie wollte niemand Fremdes ins Haus lassen, erst recht nicht nach den Erfahrungen, die sie vor ein paar Monaten machen musste.

„Wer sind Sie denn?“, hakte sie nach.

„Magano Mungbate, ihre Tante.“

Leonie erstarrte. „Warten Sie einen Moment, ich komme runter."

Unwillig hob Magano die Brauen und schürzte die Lippen. Mit einer solchen Unhöflichkeit hatte sie nicht gerechnet. Sie einfach hier unten vor der Haustür stehen zu lassen!

Ein paar Minuten später erklangen Schritte im Treppenhaus und ein Schatten erschien hinter der Glastür. Aber die junge Frau schaute erst durch die Scheibe, um zu sehen, wer vor der Tür stand, ehe sie diese langsam öffnete und Magano erstaunt ansah.

„Sie sind Carinas Tante?"

Magano bejahte und richtete sich auf, die angewinkelten Arme, von denen einer ihre Handtasche hielt, fest an den Körper pressend.

Leonie sah sie betroffen an. „Kommen Sie mit hoch", forderte sie Magano schließlich auf und diese folgte ihr mit zusammengepressten Lippen. Die vier Treppenabsätze bis nach oben brachten sie ins Schwitzen. Leonie drehte sich mehrmals zu ihr um. „Sind Sie aus Namibia gekommen?"

Magano blieb stehen, um Atem zu schöpfen. „Eigentlich ja, aber ich war vorher in New York bei der UN."

Leonie wartete auf sie. „Sind Sie Politikerin?"

„Nein, ich gehöre zu der Delegation, die das Anliegen der Nama und Herero vor einem US-Gericht vertritt." Mit Widerwillen betrachtete sie die ungepflegte Gestalt eines Nachbarn, der mit fettigen Haaren durchs Treppenhaus marschierte. „Hier hat Carina gewohnt?!"

Leonie nickte und stieg weiter hinauf, Magano folgte ihr. Aus einer Wohnungstür drangen der Geruch nach verbranntem Fett und die aufgeregten Stimmen einer Talkshow. Magano verzog zum wiederholten Male das Gesicht. Endlich gelangten sie auf die oberste Etage. Während Leonie die Tür öffnete, fiel Maganos Blick auf die Dellen im Holz. Schlagartig hatte sie dumpfe Schlaggeräusche im Ohr und sah Blut an die Wand spritzen.

Sie riss die Augen auf und starrte Leonie an. „Was ist hier passiert? Wo ist Carina?"

Leonie erwiderte ihren Blick betreten. „Kommen Sie erst einmal herein. Ich erzähle es Ihnen in Ruhe."

Widerstrebend betrat Magano die Wohnung und erspürte dort unvermittelt Carinas Gegenwart. Ihr Herz sank. Ihre Nichte war auf die andere Seite hinübergetreten.

Leonie drehte sich zu ihr um und nahm ihren leeren Gesichtsausdruck wahr. Sie schwiegen, während Magano sich bemühte zu erspüren, was mit Carina geschehen war. Aber diese vermochte ihr keine Antwort zu geben; die Anwesenheit der jungen Frau beeinträchtigte die Verbindung in die Anderswelt.

„Carina ist tot", klärte Leonie sie schließlich sanft auf.

Magano reagierte angespannt. „Ich weiß, ich spüre sie."

Leonie entsann sich, dass sie in der Wohnung häufig das Gefühl hatte, Carina stehe neben ihr, und fröstelte.

„Wie ist sie gestorben?", fragte Magano scharf und war sich nicht sicher, ob sie der dünnen, blonden Frau trauen konnte.

„Wollen Sie nicht Ihre Jacke ausziehen und sich setzen?" Leonie bot der Afrikanerin einen Platz am Esstisch an. Während sie sich setzte, hielt Magano ihren Blick unverwandt auf Leonie gerichtet.

„Möchten Sie etwas trinken?", fragte diese.

„Ja, ein Glas Wasser bitte."

Leonie reichte es ihr und ließ sich ihr gegenüber am Tisch nieder. Sie atmete durch und vertraute dann stockend Carinas Tante die ganze Geschichte an. Maganos Miene verhärtete sich zunächst, dann spiegelte sie eine tiefe Traurigkeit wider.

`Ich habe Mhahabi gleich gesagt, dass das nicht gutgeht´, dachte sie und fragte: „Wissen Sie von dem Gürtel?"

„Ja, ich habe ihn in ihrem Auftrag nach Namibia geschickt."

Perplex starrte Magano sie an. „Sie haben das Paket abgeschickt? Da stand doch Carina als Absender!"

„Ich habe ihren Namen benutzt, um beim Empfänger keine Verwirrung zu stiften."

Magano fixierte sie und versuchte zu entschlüsseln, ob die junge Frau, die aussah wie diese amerikanische Schauspielerin auf den Titelseiten der Klatschmagazine am Flughafen, die Wahrheit sagte. Blake irgendwas. Dabei hatte sie immer gedacht, Blake sei ein Männername!

Leonie sah ernst und traurig aus. Der Kummer schien echt zu sein.

Magano stieß einen Seufzer aus und klärte sie darüber auf, dass das Paket leer angekommen war. Erneut musterte sie Leonie eindringlich.

Diese rief entgeistert: „Wie? Da war kein Gürtel drin? Den habe ich doch persönlich hineingesteckt!" Dann fuhr ihr ein Schreck durch die Glieder, als sie sich an den Zeitungsartikel erinnerte, den sie über Gereon von Treunstein im Internet gelesen hatte.

„Wie sah der Gürtel aus?", hakte Magano unvermindert prüfend nach.

„Er war handbreit und aus geflochtenem Leder, das einmal sehr weich gewesen muss. Vorne waren Perlen eingearbeitet und die Schnalle sah aus, als sei sie aus Horn."

Magano nickte langsam. „Wo haben Sie ihn gefunden?"

„Carina hatte ihn in der Jacke der Nationaltracht der Herero versteckt, die sie mir geschenkt hat."

„Carina hat Ihnen eine Nationaltracht geschenkt? Wozu?" Maganos Mimik verriet deutlich ihr Misstrauen.

Leonie beschrieb ihr die Situation beim Kölner Karneval und Magano bat sie, ihr die Tracht zu zeigen. Leonie führte sie in ihr Zimmer, öffnete den Kleiderschrank und zog das Kleid mit dem dazugehörigen Jäckchen heraus. Magano entfuhr ein erschreckter Laut. Schließlich brachte sie tonlos hervor: „Das habe ich für Carina genäht."

„Oh, das wusste ich nicht. Möchten Sie es zurückhaben?"

Magano betrachtete Leonie erneut prüfend und dachte mit feuchtem Blick: `Wenn Carina ihr die Tracht geschenkt hat, dann muss sie ihr sehr vertraut haben.´

„Was Carina verschenkt hat, gehört Ihnen", antwortete sie. „Sie hätte es niemals leichtfertig weggegeben."

Leonie suchte das Foto ihres gemeinsamen Karnevalsausflugs auf den Heumarkt heraus und zeigte es Magano. „Carina sah toll aus darin."

Daraufhin zog sie das Jäckchen vom Bügel ab, reichte es Magano und erklärte: „Sie hatte den Gürtel in dieser Jacke versteckt."

Magano nahm es nachdenklich in die Hand und fühlte die frühere Anwesenheit des Leibriemens in ihm. Dann wandte sie sich wieder an Leonie. „Was hat es mit dem Paket auf sich? Sie sind sich ganz sicher, dass Sie den Gürtel hineingesteckt haben?"

„Aber ja. Hundertprozentig. Ich wollte ihn so schnell wie möglich loswerden, weil ich wusste, dass irgendwelche Typen danach suchen."

Sie zog ihr Handy aus der Hosentasche, suchte den Artikel über Gereon von Treunstein im Netz und zeigte ihn Magano. „Ich glaube, dass dieser Mann unter anderem dafür verantwortlich ist für all das, was hier passiert ist. Vielleicht hat er es geschafft, das Paket zu öffnen, den Gürtel herauszunehmen und es wieder zu verschließen." Unerwartet klingelte das Telefon und beide Frauen zuckten zusammen. Zögerlich nahm Leonie ab.

„Hallo, meine Schöne. Ich bin´s."

Erleichtert atmete Leonie aus. „Lukas! Wie geht´s dir? Wie war dein erster Tag?" Sie bedeutete Magano, dass der Anruf harmlos war, und ging in die Küche.

„Gut. Ich habe schon eine Menge neuer Kollegen kennengelernt und mehr über das Bauprojekt erfahren. Das wird eine Herausforderung! Da müssen viele Gewerke koordiniert werden, wenn man bedenkt, dass wir termingerecht fertig werden müssen", begann er.

„Lukas?", stoppte sie ihn sanft.

„Ja?"

„Ich unterbreche dich ungern und bin wirklich gespannt darauf, zu hören, wie dein Tag heute war. Aber ich habe überraschend Besuch von Carinas Tante aus Namibia bekommen und wir unterhalten uns gerade darüber, was mit ihr geschehen ist. Deshalb passt das im Moment nicht so gut. Kann ich dich später zurückrufen?"

Lukas stockte. „Okay." Dann besann er sich. „Ja klar. Kümmere dich in Ruhe um die Frau. Ich werde gleich noch ein bisschen durch mein neues Revier streifen. Du erreichst mich auf dem Handy." Er ließ den Blick durch seine möblierte Wohnung mit Ostblock-Charme schweifen und beschloss, dass er dringend raus musste, wenn er schon nicht ausgiebig mit Leonie telefonieren konnte.

„Gut. Danke dir. Bis später. Ich freue mich auf das, was du zu erzählen hast."

Während Leonies Telefonat war Magano in Carinas Zimmer getreten und hatte aufs Neue versucht, ihre Anwesenheit dort zu erspüren. Aber sie vernahm nur die Aufforderung, das Grab aufzusuchen. Nachdem sie das Gespräch mit Lukas beendet hatte, trat Leonie zu ihr und sah sie fragend an.

„Können Sie mich zu Carinas Grabstelle bringen?", bat Magano.

Leonie zögerte. Es wäre vernünftiger, sich wieder an den Schreibtisch zu setzen und zu lernen, aber sie konnte Carinas Tante diese Bitte nicht abschlagen. Also willigte sie ein. „Ja, ich begleite Sie zum Melatenfriedhof."

Magano unterzog sie einer letzten, prüfenden Musterung. Dann bot sie ihr an: „Du kannst mich duzen, wenn du möchtest."

Leonie lächelte. Ihr war bewusst, dass das Angebot eine Anerkennung bedeutete. „Ja, das tue ich gerne."

„Warum sprichst du so gut Deutsch?", fragte sie Magano in der U-Bahn.

„Ich habe wie Carina weißes Blut in meinen Adern. Nicht so viel wie sie, genau genommen ist Paul Hillgerts der einzige Hellhäutige in meiner Blutlinie. Aber das reichte den Missionaren, um mich in ihrer Schule zu unterrichten."

„Bist du deshalb für die Delegation der Herero bei der UN tätig?"

„Das ist einer der Gründe. Ich bin bei den Verhandlungen mit den zuständigen deutschen Stellen dabei. Außerdem bin ich die Nachfolgerin der Ondangere, der Dorfältesten in Okahandja, und genieße damit einen gewissen Respekt innerhalb unserer Volksgruppe."

Sie fuhren schweigend weiter und wechselten zweimal die U-Bahnlinie, ehe sie in der Linie 1 saßen, die sie zum Melatenfriedhof brachte. Kopfschüttelnd betrachtete Magano die Plakate an den Straßenbahnhaltestellen, die Halbnackte in knappen Dessous zeigten. „Warum werden auf den Fotos so viele halb verhungerte Frauen gezeigt?", fragte sie Leonie. „Weshalb bist du so mager? Ihr lebt doch hier im Überfluss."

„Ich bin normalerweise nicht so dünn. Aber die letzten Monate seit Carinas Tod haben mich derart mitgenommen, dass ich kaum etwas essen konnte. Und die schlanken Models auf den Plakaten finden eine Menge Leute schön. Diese da hat zum Beispiel vier Kinder."

„Und was denken diese Kinder, wenn sie ihre Mutter so sehen?"

„Keine Ahnung."

„Warum haben hier so viele junge Frauen Essstörungen und lassen sich operieren?"

„Das hat verschiedene Gründe. Aber es wird auch immer wieder Kritik an Sendungen geäußert, in denen Menschen schlank und perfekt sein sollen. Das setzt vor allem Heranwachsende unter Druck", erwiderte Leonie und wunderte sich, dass Magano auf dem Weg zur letzten Ruhestätte Carinas, von deren Tod sie erst vor ein paar Stunden gehört hatte, der Sinn nach einer Diskussion über westliche Ideale stand. Aber die Afrikanerin schien hellwach und mit ihrer Aufmerksamkeit auf die Umgebung konzentriert.

„Das da", Magano wies auf eines der Plakate, „ist ein Schönheitsideal, das gar nicht erreichbar ist. Wenn ich mich in Deutschland oder auch in Amerika umschaue, sehe ich nur ganz normale Leute. In den Illustrierten und auf den Postern zeigt ihr Menschen, die entweder genetische Ausnahmeerscheinungen sind oder nach Hungerkuren und Schönheitsoperationen so aussehen. Das ist doch verrückt! Ihr werft tonnenweise Lebensmittel weg und findet Personen attraktiv, die anmuten, als seien sie kurz vor dem Verhungern. In Afrika geht das nun auch schon so los, dabei galten bei uns runde Frauen immer als schön, da musste sich niemand aushungern, um anerkannt zu werden. Und diejenigen, die hungern, tun das gewiss nicht freiwillig. Ich habe gelesen, dass einige Menschen sogar an diesem Magerwahn sterben."

Leonie fiel keine passende Erwiderung ein. Magano hatte recht, warum sollte sie ihr also widersprechen? Sie dachte an Carinas scharfe Zunge und ihre Kritik an der westlichen Welt. Nun wusste sie, von wem Carina das hatte. Sie erreichten den Melatenfriedhof und stiegen aus der Straßenbahn. An der Aachener Straße herrschte dichter Verkehr und einige Autofahrer hupten.

„So viel Ungeduld, so viel Unfreundlichkeit." Magano schüttelte den Kopf und schlug den Kragen ihres Mantels gegen die Kälte hoch. „Und dabei stehen sie unmittelbar neben dem Friedhof, der ihnen verdeutlichen sollte, dass das Leben kurz ist und dass sie schon morgen selber dort liegen könnten. Das kommt davon, wenn man keinen Kontakt zu den Ahnen hält, die einem das immer wieder bewusst machen!"

Sie betraten das Einfriedungsgelände, das ähnlich trostlos wirkte wie bei Carinas Beerdigung. Damals hatte die Anlage sich in Nebel gehüllt, nun überzog eine weiße Frostschicht die karge Vegetation und nackte Äste hoben sich knorrig vom grauen Himmel ab. Kein Vogel zwitscherte, kein Wind wehte. Es herrschte eisige Ruhe.

Aufmerksam betrachtete Magano im Vorbeigehen die kunstvollen Skulpturen und hielt vor einem verwitterten Skelett an. „Das müsste in den Fußgängerzonen und an dicht befahrenen Straßen stehen, damit wir Erdbewohner nicht vergessen, dass wir nur Gäste sind und uns entsprechend benehmen sollten."

„So etwas Ähnliches gab´s schon mal vor ein paar Jahrhunderten. Da malte man Gerippe in Tanzszenen und Totenköpfe in Stillleben. Allerdings sind damals unzählige Menschen an Seuchen gestorben und die Überlebenden hatten das Gefühl, dass der Tod allgegenwärtig ist", erwähnte Leonie.

Magano wies mit dem Finger auf sie. „Und heute verdrängt ihr ihn mit aller Macht. Deshalb denken hier so viele Leute, sie könnten sich alles erlauben und kommen sich vor wie Gott. Das böse Erwachen kommt später, aber es kommt!"

Als sie an der Familiengruft der Hillgerts ankamen, entzündete Magano eine Kerze mit dem Feuerholz, das sie stets bei sich führte.

Leonie konnte förmlich sehen, wie sie ihre Aufmerksamkeit aus der Außenwelt ab- und in sich zurückzog. „Bitte lass mich einen Moment allein", murmelte sie.

„In Ordnung." Leonie setzte sich in einiger Entfernung auf eine Bank. Lange Zeit verharrte Magano tief in sich gekehrt am Grab. Dabei bewegte sie die Lippen und verdrehte die Augäpfel, als spräche sie mit jemandem. Leonie fühlte sich halb erfroren, als Magano endlich wieder ihre Umwelt wahrnahm und ihr zuwinkte.

Nach dieser Begegnung mit Carina in der Anderswelt stand für Magano außer Frage, dass sie Leonie vertrauen konnte und dass ihre Nichte tatsächlich ermordet worden war. Die Vorahnung, ihr Aufenthalt in Deutschland werde länger ausfallen als geplant, hatte sie also nicht getrogen. Das Verbrechen an Mhabates Tochter durfte sie nicht ungesühnt lassen. Sie würde den Mörder finden und auch den Gürtel, der nun endlich nach Hause kommen sollte. Und Carinas ehemalige Mitbewohnerin war zunächst ihre wichtigste Informationsquelle.

„Möchtest du bei mir übernachten?", bot Leonie ihr an.

„Nein, ich habe ein Hotelzimmer gemietet. Aber danke für das Angebot." Sie fasste ihren Arm und drückte ihn freundschaftlich. „Doch ich würde gerne in den nächsten Tagen noch einmal bei dir vorbeikommen."

„Ja klar." Mit den Besuchen bei Lukas in Berlin am Wochenende schrumpfte die Zeit, die ihr fürs Lernen blieb, immer mehr zusammen. Sie würde sich gut organisieren müssen, sonst ging ihr Examen in die Hose und dabei wollte sie jetzt wirklich fertig werden mit dem Studium!

„Ermittelt die Polizei in dieser Sache?"

Leonie bejahte und erinnerte sich an Ruthenmöllers Aufforderung, den Einbruchsversuch anzuzeigen, der sie noch nicht nachgekommen war. Am liebsten hätte sie das bleiben lassen, aber wenn es sich nicht vermeiden ließ, wollte sie wenigstens vorher mit Uli sprechen.

„Weißt du, wie der zuständige Kommissar heißt?"

„Ruthenmöller."

Magano notierte sich den Namen auf einem Notizblöckchen, das sie in der Handtasche mit sich führte. „Dann werde ich dem mal einen Besuch abstatten."

Unbehaglich nickte Leonie. Sie konnte sich selber nicht erklären, was genau ihr Unwohlsein bereitete. Schließlich lag die Aufklärung des Mordes an Carina auch in ihrem Interesse. Aber sie wollte mit den Ermittlungen nichts mehr zu tun haben, und Magano war gerade dabei, sie wieder mitten hineinzuziehen.

7

„Gereon wird ungeschoren davonkommen. Man kann ihm nichts nachweisen", klärte Tobias Robin über den Stand der Ermittlungen auf, den man in der Burschenschaft kolportierte. Sie saßen im Starbucks am Neumarkt und schauten auf die vorbeihastenden Menschen vor der Fensterfront. Die Weihnachtsmarkt-Buden waren längst abgebaut und mit den entlaubten Bäumen wirkte der Platz nun kahl. St. Aposteln thronte majestätisch und behäbig zugleich auf der gegenüberliegenden Seite als bewache der Kirchenbau den Eingang zur Welt des Handels und Kommerzes. Dass sich eine Geldbank mit ihrem Emblem unmittelbar davor in die Sicht schob, mutete Robin wie ein Sinnbild der biblischen Szene von Jesus im Tempel an, der die Schacherer und Händler vertrieb. Nur dass hier niemand das Finanzwesen in die Schranken wies. Genauso wie scheinbar kein Mensch die Treunsteins an ihrem Treiben hinderte.

Die Taxis auf dem Parkstreifen rückten nur langsam in der Warteschlange vor. Von Zeit zu Zeit stieg einer der Fahrer aus, um zu rauchen und sich mit einem Kollegen zu unterhalten. Fußgänger eilten vorbei und versuchten dabei, sich hinter Mützen und Schals vor der Kälte zu schützen. Trat einer von ihnen ein, öffneten sich die gläsernen Schiebetüren mit einem leisen Zischen.

Hier drin war es warm; frisch gemahlene Röstbohnen und aufgeschäumte Milch verströmten einen aromatischen Duft. Die vollautomatischen Kaffeemaschinen fauchten und die Luft war erfüllt vom Lachen der Gäste und von Gesprächsfetzen. Es schien, als habe die Welt noch nicht begriffen, dass sie aus dem Gleichgewicht geraten war.

Unwillig fuhr Robin auf. „Das ist nicht dein Ernst!"

Tobias bestätigte es ihm betrübt. „Das war der Tenor bei der letzten Versammlung." Robins Schultern sackten ab und er starrte grüblerisch auf die runde Tischplatte. Die Geräuschkulisse um sich herum nahm er nicht mehr wahr.

„Wenn du willst, dass er hinter Gitter bleibt, musst du gegen ihn aussagen, solltest du etwas wissen." Tobias sah ihn ernst an. Ihm war bewusst, was es für Robin bedeuten würde, wenn er sich direkt in die Schusslinie begab.

Dieser hob den Kopf, und starrte mit geröteten Augen aus dem Fenster. „Ja, das muss ich wohl."

„Weißt du denn etwas?"

Abermals senkte Robin den Blick. Dann antwortete er so leise, dass Tobias ihn durch den Lärm hindurch kaum verstand: „Die hatten schon einmal eine meiner Ex-Freundinnen dazwischen." Kalter Schweiß brach ihm aus, als er an Sarahs Zustand danach dachte. Er hatte ihr nicht in dem Maße beigestanden, wie er es hätte tun müssen. Ja, er musste aussagen, das war er den beiden Frauen schuldig.

„Brauchst du Unterstützung?"

„Nein, das kriege ich schon allein hin." Ihm Beistand zu leisten, brächte Tobias nur unnötig in Gefahr. Es war klüger, ihn als Informant zu nutzen. „Aber es wäre gut, wenn du in der Verbindung weiterhin unauffällig die Ohren offen hältst."

Tobias´ Brust wurde schwer. „Mach ich, Mann. Sei bloß vorsichtig und pass auf dich auf!"

Robin nickte und kippte rasch seinen lauwarmen Latte macchiato herunter.

***

Erwartungsvoll schritt er den Bahnsteig am Berliner Ostbahnhof ab. Leonies Zug kam später als vorgesehen und dabei konnte Lukas es kaum abwarten, sie zu sehen. Auf dem Nachbargleis rauschte ein Schnellzug durch. Trotz seiner gedrosselten Geschwindigkeit erschauderte Lukas unter dem Druck der kalten Luftstöße, die er verursachte, und das Schlagen der Räder auf den Schienen ratterte in seinen Ohren. Die ersten fünf Arbeitstage waren ähnlich rasant an ihm vorübergezogen - all die neuen Kollegen, Abläufe und Eindrücke, die da auf ihn einstürmten und verarbeitet werden mussten, ganz zu schweigen von der fremden Stadt! Aber die Abende allein in seiner möblierten Zweizimmerwohnung hatten sich lang und einsam angefühlt und er sehnte sich nach Leonie. Fröstelnd kreuzte er die Arme vor der Brust und erwog, doch lieber in der wärmeren Eingangshalle zu warten.

Als er die Treppe bereits halb hinabgestiegen war, kündigte die Bahnhofsansage die verspätete Ankunft des ICE aus Köln an und Lukas hastete wieder nach oben in die Schar der Wartenden, die sich inzwischen gebildet hatte. Wenige Minuten später trat Leonie aus dem Schnellzug und ließ ihren Blick von der letzten Treppenstufe aus suchend über die Menschenmassen schweifen. Lukas eilte auf sie zu und umarmte sie stürmisch. „Da bist du ja endlich! Ich habe mich schon so auf dich gefreut!"

Sie erwiderte seine Umarmung und küsste ihn. „Ich konnte es auch kaum erwarten."

Er nahm ihr Gesicht in beide Hände und drückte seine Stirn an ihren Kopf. Dann schulterte er ihre Tasche. „Komm, lass uns deine Sachen in die Wohnung bringen, ich möchte dir Berlin zeigen. Zumindest das bisschen, was ich schon kenne. Auf jeden Fall sollst du die Baustelle bestaunen, auf der ich arbeiten werde." Er lachte glücklich und lotste sie durch das Bahnhofsgebäude.

„Unbedingt. Die will ich natürlich sehen, damit ich weiß, wo du dich den ganzen Tag herumtreibst, während ich über meinen Klausuren brüte."

„Wie war die Zugfahrt?"

„Ging schnell vorbei. Ich habe kaum etwas mitbekommen." Lukas blieb stehen. „Sag bloß, du hast die ganze Zeit gelernt?"

„Ja klar, muss ich doch. An diesem Wochenende werde ich schwerlich Gelegenheit dazu finden und in der kommenden Woche trete ich schon bei der Klausur in Zivilrecht an."

Lukas schüttelte den Kopf. „Gönn dir mal eine Pause."

„Das ist mitten im Examen ein bisschen schwierig. Ich will ja schließlich bestehen, damit ich zu dir nach Berlin kom-

men kann. Außerdem ist dieses Wochenende für mich wie eine Auszeit." Sie streckte sich und küsste ihn.
„Okay, das lasse ich als Argument gelten."

Wie von Lukas befürchtet, fand sich seine Vermieterin im Treppenhaus ein, sobald sie den Damenbesuch erspäht hatte. Zu DDR-Zeiten war sie Brigadeleiterin in einem Produktionsbetrieb und jederzeit über alle Abläufe und Vorkommnisse in ihrem Arbeitsbereich unterrichtet gewesen. Manch einer hatte in ihr einen Stasi-Spitzel vermutet, doch so weit war es glücklicherweise nie gekommen. Es hatte nie einen meldungspflichtigen Vorfall gegeben. Dass eine der Frauen in ihrer Einheit eine untergetauchte RAF-Terroristin aus dem Westen war, wusste sie von Anfang an. Aber da sich die Betroffene mit Kenntnis und Genehmigung der Parteiführung dort aufhielt und über einen eigenen Betreuer bei der Stasi verfügte, gab es auch mit ihr keinerlei Probleme. Der Gedanke, eine Person zu decken, die unschuldige Menschen auf dem Gewissen hatte, war befremdlich, zumal sie keinen Groll gegen den Westen hegte, wie manch anderer in ihrem Umfeld. Die ideologische Gehirnwäsche hatte sie nicht gänzlich verdreht, auch wenn sie von der Richtigkeit des Sozialismus seinerzeit überzeugt war. Aber in Stasiangelegenheiten mischte man sich besser nicht ein, sonst saß man sehr schnell selber in einem schallisolierten Verhörraum auf einem Stofftuch, das den Geruch speichern sollte. Offiziell war man über solche Methoden natürlich nicht im Bilde. Im Geheimen sprach man trotzdem darüber. Sie seufzte. Nach dem Fall der Mauer war die RAF-Terroristin ohnehin zügig verhaftet und drüben vor Gericht gestellt worden. Also war der Gerechtigkeit dann ja doch noch genüge getan.
Neugierig lauschte sie auf die Stimmen im Treppenhaus. Der neue Mieter gefiel ihr, er war ein Bild von einem Mann! Den hätte sie als junge Frau nicht von der Bettkante geschubst. Sie grinste vergnügt beim Gedanken an eine heiße Liebesnacht mit dem Herrn Bauingenieur aus dem Westen.

Auch nach all den Jahren konnte sie die Einteilung in West und Ost nicht ablegen, die ihr in Fleisch und Blut übergegangen war. Es verärgerte sie, dass die jungen Leute heutzutage hin- und herfuhren und gar keine Vorstellung mehr davon hatten, dass es einmal eine Mauer gegeben hatte, an der etliche Menschen bei der Absicht „rüberzumachen" ihr Leben lassen mussten. Sie alle latschten durch das Brandenburger Tor, als sei dies das Normalste auf der Welt. Von wegen! Fünfundzwanzig Jahre lang wäre man sofort bei dem Versuch erschossen worden, das zu tun. Einen weitläufigen Sperrgürtel hatte man darum errichtet und selbst die Wessis, die mit ihren Bussen glotzen kamen, wie schlecht es ihren „Brüdern und Schwestern in der DDR" vermeintlich ging, ließ man nicht näher heran. Und heute wussten die Grünschnäbel noch nicht einmal, warum die neuen Bundesländer überhaupt „neu" hießen. Sie schnaubte und linste durch den Türspion.

Oh ja, da war er. Rasch öffnete sie die Tür, trat heraus und stellte sich erstaunt, Lukas und Leonie dort anzutreffen.

„Ach, Herr Frieling! Na, das ist ja eine Überraschung! Ich habe Sie gar nicht kommen gehört." Sie strahlte Lukas an und fand zum wiederholten Mal, dass seine Nase ihm etwas unwiderstehlich Verwegenes verlieh.

Er lächelte vielsagend. „Ja, ich hätte auch nicht vermutet, dass wir uns bereits im Treppenhaus begegnen, kaum dass ich meine Freundin dabei habe. Darf ich Ihnen Leonie vorstellen?"

„Gerne!" Sie nickte der jungen Frau zu. Hübsch war sie. Nicht auffallend, aber attraktiv. Ein bisschen mitgenommen und ausgehungert sah sie aus, doch mit ihren schulterlangen, mittelblonden Haaren und dem ebenmäßigen Gesicht erinnerte Leonie sie an ihr eigenes früheres Selbst. Vielleicht hätte es ja tatsächlich etwas gegeben mit ihr und dem Herrn Bauingenieur damals. Der jedoch hielt seine Freundin so fest, als befürchte er, sie könnte ihm weglaufen. Dabei erweckte diese nicht den Eindruck, als habe sie das vor. Kein Wunder, so einen lässt man nicht laufen.

„Freut mich", sagte sie und reichte Leonie die Hand.

„Hallo", erwiderte Leonie und ihr Blick huschte auf die verbeulte Bequem-auf-dem-Sofa-Hose der Vermieterin, die vorgab, sie sei auf dem Weg zum Einkaufen.

Eine Pause entstand.

„Tja, ich muss dann mal", erklärte die alte Frau und strebte zur Haustür.

Lukas und Leonie tauschten einen Blick aus und unterdrückten ein Lachen.

Ein paar Stunden später standen sie auf der obersten Plattform des überdachten Rohbaus seiner Baustelle. Aus dem blanken Beton ragten Stahlstützen; Dämmmaterial lag herum und aus dem Estrich ringelten sich Kabel und Leerrohre. An der Wand lehnte eine Klappleiter mit den Füßen in der Wasserpfütze, die ein Regenschauer dort hinterlassen hatte. Die noch unverschlossenen Fensteröffnungen waren mit Stahlgittern gesichert. Lukas hatte darauf bestanden, dass auch Leonie einen Bauhelm trug, weil das so Vorschrift war. Nun genossen sie in der untergehenden Sonne die Aussicht auf die Dächer von Berlin. Es war still in der Höhe. Der Anblick hatte etwas Mystisches und so gar nichts von einem Großstadtmoloch, wie die Expressionisten ihn beschrieben hatten. Mit Unbehagen entsann sich Leonie an die entsprechenden Gedichte, die sie in der Oberstufe interpretieren musste. Lukas legte seinen Arm um ihre Schultern und zog sie eng an sich. Ihm kam bei dem Ausblick keine expressionistische Großstadtlyrik in den Sinn, sondern die gegensätzliche Erinnerung an die heiße Wüstenstadt, in der er die letzten dreieinhalb Jahre verbracht hatte. Fast wurde er ein bisschen wehmütig, nun, da er es hinter sich hatte. Kein Sandstaub legte sich auf sein Gesicht und drang in seine Ohren. Stattdessen hörten sie gedämpft den Geiger, der sich an der Straßenecke postiert hatte und klassische Musik spielte.

„Schön, nicht wahr?"

Leonie nickte.

„Und, kannst du dir immer noch vorstellen, mit mir hierher zu ziehen?", erkundigte er sich.

„Ich gehe mit dir bis ans Ende der Welt oder kampiere mit dir hier oben auf der Baustelle, wenn es sein muss", gab sie zur Antwort und schmiegte sich an ihn. Sie lösten sich von den letzten Zauberstrahlen der Sonne und sahen sich lange an.

„Ich liebe dich", sagte Lukas und sah Leonie dabei so tief in die Augen, dass ihr Herzschlag aussetzte, als hörte sie die Worte zum ersten Mal in ihrem Leben.

Nach dem stundenlangen Streifzug durch Berlin saßen sie abends in Pankow erschöpft vor dem Fernseher in seiner „Ostblock-Bude", wie Lukas sie nannte. Der Vergilbungsgrad der Blümchentapete ließ darauf schließen, dass sie bereits zu DDR-Zeiten an die Wand geklebt worden war. Ähnlich verhielt es sich mit dem hellbraunen Cordsofa, das ebenfalls noch aus den Siebzigerjahren zu stammen schien. Auf dem PVC-Boden lag eine Art Perserteppich, den ein Nierentisch aus den Fünfzigern mit einem von der Vermieterin eigenhändig gehäkelten Überwurf zierte. Russische Schalen und Vasen rundeten die bunte Dekoration des muffigen Raumes ab. In der dunkelbraunen, furnierten Schrankwand aus Pressspanplatten thronte ein Röhrenfernseher, als sei er einst das Glanzstück in diesem Wohnzimmer gewesen, dabei ließen sich mit ihm gerade mal fünf Sender empfangen.

Lukas massierte Leonies schmerzende Füße und sah mangels Alternativen nur mäßig interessiert beim Curling zu. Da sie für den Sport nicht das Geringste übrig hatte, blätterte Leonie in ihren Unterlagen. Bei jeder Bewegung sank sie an einer anderen Stelle in dem ausgesessen Möbel ein. Sie versuchte, den Geruch zu ignorieren, der dem Polster dann entwich. „Warum siehst du dir das an und schaust nicht wie alle Männer Fußball?"

„Weil gerade Winterpause ist, Frau Staatsanwältin."

„Rechtsanwältin, bitte schön. Ich will arme Seelen verteidigen und sie nicht anklagen."

„Was lernst du da eigentlich schon wieder?"

„Ich wiederhole Zivilrecht: Sachen-, Familien- und Erbrecht. Im ersten Semester sind mir in der Klausur viele Punkte abgezogen worden, weil ich das Abstraktionsprinzip nicht beachtet habe."

Er runzelte die Stirn. „Was ist das?"

„Dabei geht es um die Trennung zwischen Verpflichtungs- und Verfügungsgeschäft bei einem Kaufvertrag. Wenn du zum Beispiel im Supermarkt eine Ware auf das Kassenband legst, machst du dem Händler ein Angebot. Die Produkte in der Auslage sind nur eine invitatio ad offerendum, also die Einladung an dich, deinerseits ein Kaufangebot abzugeben. Das tust du, indem du den Artikel auf das Band stellst. Das nimmt die Kassiererin an, sobald sie den Preis in die Kasse tippt. Damit kommt ein Kaufvertrag zustande. Die Übereignung des Kaufgegenstandes und das Bezahlen der Ware dienen dann jedoch der Umsetzung dieses Kaufvertrages. Es sind also zwei verschiedene Rechtsgeschäfte, die fast gleichzeitig ablaufen."

In der Regel hörte Lukas interessiert zu, wenn sie von ihren Lerninhalten sprach, besonders beim Baurecht. Aber nun merkte sie, dass seine Aufmerksamkeit nachließ. „Ist auch nicht so wichtig, Erstsemesterkram."

Abrupt hielt er im Füßemassieren inne und sagte: „Mann, was hast du kleine Füße! Das ist mir ja noch nie aufgefallen. Kaufst du deine Schuhe in der Kinderabteilung?"

Sie lachte. „Nein, ganz normal bei den Frauen. Sie kommen dir nur winzig vor, weil du so ein Herkules bist."

Er begutachtete ihren Fuß, hob ihn an den Mund und biss spielerisch in einen Zeh. Dann kam ihm offenbar ein Gedanke, denn er ließ ihn mit ernster Miene langsam sinken. Leonie kannte diesen Gesichtsausdruck und wappnete sich, da nun etwas folgen würde, was sie wieder vor eine schwierige Entscheidung stellte. Prompt fragte er: „Könntest du dir vorstellen, die Pille abzusetzen?"

Leonie wurde heiß. Der Gedanke, jetzt schon schwanger zu werden, machte ihr Angst. Andererseits hatte sie selber noch vor ein paar Wochen bei ihrem einsamen Bummel auf der Hohe Straße genau daran gedacht, als sie vor der Spielwaren-Schaufensterdekoration gestanden hatte. Ihr war bewusst, dass sie ihre Worte mit Bedacht wählen musste. „Ja, könnte ich. Aber lass mich vorher das Examen abschließen."

„Du findest immer Gründe, weshalb etwas gerade nicht geht."

Enttäuschung lag in seiner Stimme. Leonie wusste nicht, dass er für sie Thomas und Sally verlassen und seine Zelte in Riad abgebrochen hatte. Doch insgeheim hatte er sich erhofft, dass auch sie ohne Zögern bereit war, sich ganz auf ihn einzulassen. Wie anders hätte Sallys Reaktion auf eine solche Frage ausgesehen! Sie wäre ihm glückselig um den Hals gefallen und hätte die Tabletten in der nächsten Toilette versenkt. Er verdrängte den Gedanken, denn er vergrößerte seine Unzufriedenheit über Leonies verhaltene Antwort.

„Lukas, bitte! Du bist doch erst seit wenigen Wochen wieder da. Gib uns noch ein bisschen Zeit zu zweit. Wenn ein Kind da ist, ist einiges nicht mehr so ohne Weiteres möglich. Außerdem würde ich gerne meine Ausbildung beenden und ein paar Jahre arbeiten."

„Du brauchst nicht arbeiten zu gehen. Ich verdiene genug. In Riad habe ich so viel angespart, dass wir damit eine eigene Wohnung anfinanzieren können."

„Ich studiere doch nicht jahrelang Jura, um anschließend den Beruf nicht auszuüben!"

Er verzog einen Mundwinkel. „Nein, natürlich tust du das nicht." Er war sich sicher, dass Sally bereit gewesen wäre, ihren Job gänzlich aufzugeben, wenn er das gewünscht hätte. Als ihm jedoch klar wurde, dass es besonders ihr Eigensinn und ihr Drang nach Unabhängigkeit waren, weswegen er Leonie so liebte, entspannte er sich wieder und beschloss, sie mit Argumenten zu überzeugen. „Aber ein paar Jahre?

Wie alt sind wir denn dann, ehe wir mal Eltern werden? Sabine erwartet schon das zweite Kind und sie ist deutlich jünger als wir."

„Ja, sie ist früh dran. Außerdem wohnt deine Mutter unmittelbar in ihrer Nähe. Wenn wir nach Berlin umziehen, haben wir niemanden, der uns hilft. Du gehst den ganzen Tag arbeiten und ich sitze mit dem Baby alleine in der Wohnung."

„Dann ziehen wir halt auf den Prenzlauer Berg. Da kannst du jeden Tag mit den Latte-macchiato-Müttern Kaffee trinken gehen." Lukas grinste. Er hatte fast vergessen, wie schwierig es war, Leonie mit Argumenten beizukommen.

„Sehr witzig! Genau so habe ich mir mein Leben immer vorgestellt! Lass uns noch ein bisschen Zeit, okay? Wir sind doch erst Mitte Zwanzig!"

Sie richtete sich auf und schmiegte sich an ihn. Ächzend gab die Couch unter ihnen nach. „Du möchtest wirklich ein Kind mit mir haben?", flüsterte sie in sein Ohr, plötzlich berauscht von dem Gefühl.

„Natürlich will ich das, das habe ich dir bereits vor Riad zu verstehen gegeben."

„Ja stimmt, hast du." Sie betrachtete ihn liebevoll und tastete dann nach dem Ausschaltknopf für den Fernseher auf der abgegriffenen Fernbedienung. „Lass uns schon mal üben, wie man eins macht."

Das ließ Lukas sich nicht zweimal sagen. „Aber bitte nicht hier auf diesem Sofa!"

***

Frustriert starrte Gereon von Treunstein durch das Gitterfenster der JVA Köln-Ossendorf auf den verlassenen Sportplatz vor dem hohen Gefängniszaun und rieb sich über die Mensurnarbe in seinem Gesicht. Sie juckte und kündigte damit einen Wetterwechsel an. Aus dem Gang drangen verhallende Schritte zu ihm herein, dann das Zuschlagen einer Stahltür. Seine Zelle war grau und derart beengt, dass er sich

107

darin kaum rühren konnte. Der Platz zwischen dem Metall-
bettgestell und dem Wandbrett, das als Schreibtisch dienen
sollte, war gerade breit genug, um hindurchzugehen, wenn
man den Holzstuhl mit den Metallfüßen beiseiteschob. Die
spartanische Schaumstoffmatratze war so dünn, dass er im
Liegen darunter den Lattenrost in allen Details spürte wie
die überspannte Prinzessin auf der Erbse aus dem Märchen,
mit dem er als Kind schon nichts anfangen konnte. Und der
Schaumgummikeil war als Kissen ebenfalls denkbar ungeeignet; sein Rücken fühlte sich von oben bis unten ver-
krampft an. Das schlichte Regal und der schmucklose Spind
waren weitestgehend leer, denn es widerstrebte ihm zutiefst,
sich hier häuslich einzurichten. Immerhin musste er auf diesen acht Quadratmetern nicht noch einen Mithäftling ertragen – in den Nachbarzellen hausten oft zwei Insassen
gleichzeitig in Doppelstockbetten. Es nervte ihn bereits,
permanent ihre Radiomusik, Flimmerkisten und weitere Ge-
räuschkulissen durch die Wand hören zu müssen. Er hätte
nicht gedacht, dass er sich jemals nach Stille sehnen würde.
Der Jurist aus der Burschenschaft versuchte unermüdlich,
bessere Haftbedingungen für ihn zu erwirken. Er hatte ihm
einen kleinen Fernseher besorgt und arbeitete daran, ihn auf
Kaution freizubekommen. Sein Vater bezahlte den Anwalt,
selber besuchen kam er Gereon jedoch nicht. Bei dem Gedanken, dass er in den Augen des alten Treunstein den ta-
dellosen Ruf der Familie ruiniert hatte, spannten sich seine
Kiefermuskeln an. Sein Erzeuger versuchte lediglich, ihn
hier rauszuholen, damit er keinen vorbestraften Sohn hatte.
Ansonsten war das Thema für ihn erledigt, da war sich Gereon sicher. Der Zug um seinen Mund verhärtete sich zunehmend und er verschränkte die Arme vor der Brust.
Alles war schief gegangen, seit Carina in der Verbindung
aufgekreuzt war und ihm den Kopf verdreht hatte. Einen
kurzen Moment glänzten seinen Augen, als er ihr Gesicht
vor sich sah, ihre langen, schlanken Glieder. Das Foto im
Vernehmungsraum kam ihm in den Sinn. Wie schön sie
selbst darauf noch ausgesehen hatte!

Was hatte sie bloß an diesem bedeutungslosen Waschlappen Robin gefunden? Dessen Vater besaß lediglich ein Pferdegestüt im Bergischen Land. Welche Machtposition sollte man sich damit wohl aufbauen? Die Treunsteins erfreuten sich weitreichender Beziehungen in allen Bereichen der Wirtschaft und der Politik. Über ihre Aktivitäten in der Rüstungsindustrie reichte ihr Einfluss sogar bis in den Nahen Osten. Macht, Reichtum und Ansehen, das war es, was zählte!

Aber Carina hing an diesem dürren Physiker, als sei er Amor, und schaute auf Gereon, den Kopf der Burschenschaft, herab. Vor der Jahresvollversammlung hatte er sich akribisch vorbereitet, weil er wusste, dass sie in Okahandja aufgewachsen war und dass ihr das Thema Kolonialkrieg am Herzen lag. Er wollte ihr imponieren mit seinem Wissen, sie davon überzeugen, dass das Vorgehen der Schutztruppe in Deutsch Südwestafrika rechtmäßig gewesen war. Und was hatte sie getan? Ihn vor der ganzen Versammlung bloßgestellt! Ihn angefaucht und mit ihrem rasiermesserscharfen Verstand nicht eins der Argumente gelten lassen, die er sorgfältig recherchiert hatte. Zum Schluss hatte sie obendrein seinen Urgroßvater nachgeäfft, wie dieser auf seiner Schulter sitze und als Gollum „Mein Schatzzzzz" in sein Ohr zische. Das war unverzeihlich!

Ein weiteres Mal fühlte er die Demütigung tief und stieß die Faust gegen die Zellenwand. Der Schmerz brachte ihn wieder zur Besinnung. Dann beschleunigte sich sein Atem, als er sich daran erinnerte, wie Randalf und Quentin sie in seinen Keller geschleift und was sie dort mit ihr angestellt hatten. Seidenweiche Haut, fließende Haare und Zähne wie Perlen. Die Verbindung von Lust und Leid ist so eng, wer konnte da unterscheiden, aus welcher Quelle die Schreie sich speisten?

Aber dann hatte sie etwas ebenso Unverzeihliches getan: Sie hatte ihm den Gürtel gestohlen. Noch einmal liefen die Szenen der vergangenen Monate vor seinem inneren Auge ab. Was hatten er und Randalf alles anstellen müssen, um das

Teil wieder zurückzuholen! Nur gut, dass er im Hinterraum der Postfiliale so entschlossen gehandelt hatte. Versteckt hinter den Regalen hatte er das Paket vorsichtig mit der Kante des Autoschlüssels auf der Unterseite geöffnet und sich den Gürtel geistesgegenwärtig sofort um den Hosenbund gebunden. Das war seine Rettung, denn dafür wäre keine mehr Zeit geblieben, als der Postangestellte vom Geräusch des Paketklebeband-Abziehers hellhörig wurde und ihn aufspürte. Ein Glück, dass er nicht das ganze Paket einfach mitgenommen hatte, wie anfangs geplant. Er hatte es hastig in die hinterste Reihe geschoben, sodass man es nicht mit ihm in Verbindung brachte.

So musste die Kripo ihn wieder laufen lassen, denn außer Hausfriedensbruch konnten sie ihm nichts nachweisen. Und er hatte die Gelegenheit genutzt, das Erbstück unversehrt zurück nach München zu bringen. Ihm war klar, was für ein fatales Beweisstück dieser Gürtel in den Händen für die Polizei gewesen wäre – die Blutspuren darauf hätten ihm zum Verhängnis werden können. Seine Gesichtszüge entspannten sich wieder und er wandte den Blick von der trostlosen Aussicht auf das Außengelände der JVA ab. Wenigstens das war geregelt. Jetzt mussten sie nur noch eine Anklage wegen der Videos abschmettern.

Als verurteilter Straftäter verlor er seinen gesellschaftlichen Status und seinem Vater war zuzutrauen, dass er ihn daraufhin enterben und den Vorsitz der deutschnationalen Liga neu besetzte würde. Es stand zu befürchten, dass ihm sämtliche Privilegien, die er bislang in seinem Leben stets genossen hatte, dann abhandenkamen. Abgesehen davon würde er es nicht aushalten, über Jahre in einer Zelle wie dieser eingesperrt zu sein und sich mit kriminellen Mithäftlingen auseinandersetzen zu müssen. Die hatten ein anderes Kaliber als seine reichen Mitschüler im Internat und sahen in ihm einen verwöhnten, arroganten Schnösel, den sie einnorden mussten. Er ließ sich auf das Bettgestell sinken, stützte den Kopf in die Hände und begann, das Rätselknäuel zu entwirren, das ihn auf die Spur derjenigen führen würde, die bei der Polizei über Dinge plauderten, die sie nichts angingen.

***

„Das nervt", sagte Kommissar Ruthenmöller und sah von seinem Bildschirm auf.

Melina Gande schaute unverwandt aus dem Fenster in den grauen Januarhimmel, hörte jedoch auf, ihren Bleistift auf die Tischplatte tippen zu lassen. Ihr Magen knurrte, weil sie heute Morgen verschlafen hatte, und überstürzt ohne Frühstück aus dem Haus geeilt war. Also ignorierte sie das Hungergefühl. „Julius, wir übersehen hier irgendetwas. Die Puzzleteile passen nicht zusammen und es stinkt immer noch entsetzlich aus dieser Akte heraus."

Ruthenmöller seufzte und schob ihr das belegte Brötchen herüber, das er sich auf dem Weg zum Kommissariat beim Bäcker besorgt hatte. „Dein Magen macht dem Metro Goldwyn Mayer-Löwen gewaltig Konkurrenz."

„Wer soll das schon wieder sein?"

Ruthenmöller schnaubte. „Ernsthaft, Melli? Ein bisschen Kulturgut könntest du dir wirklich aneignen!"

Melina grinste und zögerte kurz. Dann siegte das nagende Gefühl im Bauch und sie griff nach der Papiertüte. „Danke. Ich besorge dir in der Mittagspause Ersatz. Oder ich lade dich dafür irgendwann ins Kino ein," ergänzte sie augenzwinkernd.

Ruthenmöller lehnte sich zurück. „Okay, gehen wir es noch mal durch."

Melina biss herzhaft in sein Käsebrötchen und begann kauend: „Als Carina Kamerande in der Badewanne aufgefunden wurde, war Gereon von Treunstein in München. Man kann ihm also keine direkte Tatbeteiligung nachweisen, auch wenn ich stark vermute, dass er dahinter steckt." Sie schluckte den ersten Bissen herunter. „In der Wohnung finden sich weder Einbruchsspuren, noch wurde irgendetwas entwendet – vorausgesetzt, die Mitbewohnerin sagt die Wahrheit. Tatsache ist aber, dass es einen Drohanruf gegeben hat und diesen Brief des Opfers, in dem sie andeutet, dass ihr etwas passieren könnte. Die Dellen in der Wohnungstür sind nach unserem ersten Besuch dort entstanden, also muss anschließend jemand versucht haben einzudringen. Leonie Bühlig erstattet jedoch keine Anzeige und behauptet, die Einbrecher hätten aufgegeben. Und Gereon von Treunstein bricht alleine in die Postfiliale ein. Wieso reist er extra aus München an, erledigt das selber und ohne Komplizen?!"

Ruthenmöller war ihr konzentriert gefolgt. „Weil die anderen Verbindungsmitglieder verhindert waren", mutmaßte er.

„Aber warum?"

Er dachte nach. „Check doch mal, ob die Typen von der Deutschnationalen Liga zu der Zeit in Scharmützel mit den Linksautonomen verwickelt waren."

„Okay", bestätigte Melina und schrieb sich eine Notiz. Dieser Anlass erschien ihr jedoch als Hinderungsgrund zu banal. Gereon von Treunstein besaß ausreichend Druckmittel, um Burschenschaftsmitglieder zu einer Aktion zu verpflichten. Es sei denn, er wollte nicht, dass jemand davon etwas mitbekam. Ihr kam eine weitere Idee und sie notierte auch diese auf dem Zettel, um später zu recherchieren. Noch während sie erwog, ihren Verdacht mit Julius zu besprechen, klopfte es an ihre Tür und eine imposante Frau in farbenfroher Kleidung trat ein. Sie straffte ihren Rücken und fragte forsch: „Ist dies das Büro von Hauptkommissar Ruthenmöller?"

„Ja, das bin ich."

„Ich bin Magano Mungbate und möchte mit Ihnen über den Mord an meiner Nichte sprechen."

„Wer ist denn Ihre Nichte?", fragte Ruthenmöller überrumpelt.

„Carina Kamerande."

Ruckartig richteten die beiden Polizisten sich auf. „Setzen Sie sich doch."

Magano ließ ihr breites Gesäß auf dem Holzstühlchen nieder und schnaufte.

„Wie kommen Sie darauf, dass Ihre Nichte ermordet wurde?"

„Ich habe sie in der Anderswelt getroffen und sie hat mir davon berichtet."

Ruthenmöller und Gande sahen sich kurz an. „In der Anderswelt?", hakte Melina nach.

Magano erwiderte ihren ungläubigen Gesichtsausdruck selbstbewusst.

„So ist es, junge Frau. Und Sie sind?"

„Kriminalkommissarin Gande, ich gehöre zu Hauptkommissar Ruthenmöllers Team." Melina wischte sich die Krümel aus den Mundwinkeln und legte das angebissene Brötchen zurück in die Tüte.

„Ermitteln Sie in dem Mordfall?"

„Es gab bisher zu wenig Indizien für einen Mord. Dass den Staatsanwalt Ihre Hinweise aus dem Jenseits nicht überzeugen werden, verstehen Sie sicher."

Abschätzig zog Magano die Mundwinkel nach unten. „Das ist mir klar. Ich bin ja nicht verblödet und weiß, wie ihr westlichen Menschen tickt. Verständnis habe ich dafür nicht."

Ratlos sahen Ruthenmöller und Gande sich an.

„Hören Sie", begann Magano wieder, „es gab Drohanrufe, die Carina galten, und es gibt einen Brief, in dem sie andeutet, dass sie in Gefahr ist. Da war keine Rede von Selbstmordgedanken. Und dann kommt auch noch das Paket, in dem eigentlich der Gürtel von Chief Gabriel sein sollte, leer in Namibia an."

Sofort hatte sie die volle Aufmerksamkeit der Polizisten.

„Sie meinen das Paket, das Leonie Bühlig im Namen ihrer Freundin nach Namibia verschickt hat?"

Magano nickte übertrieben deutlich. „Jawohl, das meine ich."

„Vielleicht hat Frau Bühlig den Gürtel gar nicht in das Paket gepackt."

„Sie hat mir versichert, dass sie das getan hat, und ich glaube ihr."

„Haben Sie mit ihr gesprochen?"

Erneut nickte Magano überdeutlich. „Ja, ich habe sie aufgesucht, weil ich Carina finden wollte und nur diese Adresse hatte."

Melina lehnte sich zurück und versuchte, die Informationen zu verarbeiten. Treunstein hatte also doch etwas entwendet bei seinem Einbruch in die Postfiliale! Wieso war das den Beamten entgangen, die ihn durchsucht haben?

„Das alleine reicht allerdings nicht aus, um den Tod Ihrer Nichte als Mordfall zu behandeln", erklärte Ruthenmöller Magano sachlich. „Dafür bräuchten wir einen hinreichenden Verdacht."

„Und was ist mit dem starken Beruhigungsmittel in ihrem Blut?"

„Das ist oral verabreicht worden. Es gibt keinen Hinweis auf Fremdeinwirkung, ja es gibt noch nicht einmal Indizien dafür, dass sich zu diesem Zeitpunkt jemand anderes außer ihr in der Wohnung aufgehalten hat."

Mit unbewegter Miene sah Magano ihn an. „Sie ermitteln also nicht?", fragte sie schließlich scharf und ihre dunklen Augen, die sich deutlich vom Weiß ihres Augapfels abhoben, bohrten sich in seine.

`Wir wären gut - anstatt so roh, doch die Verhältnisse sind nicht so´, rezitierte er im Stillen und widersprach dann: „Doch, wir ermitteln. Aber nicht wegen Mordes. Sie wissen, dass Ihre Nichte eines der Opfer auf den Gewaltvideos im Darknet ist?"

Magano bejahte betrübt. Den Gedanken daran versuchte sie zu verdrängen.

„Wir sind für jegliche Hinweise dankbar."

„Dann finde ich jetzt selber heraus, wer Carina ermordet hat und wo der Gürtel nun ist." Sie erhob sich schwerfällig und wandte sich ab.

„Warten Sie, ich begleite Sie nach draußen", sagte Ruthenmöller schnell. Im Treppenhaus reichte er ihr seine Karte.

„Falls Sie auf ermittlungsrelevante Informationen stoßen. Und verstehen Sie", er fuhr sich mit der Hand über den Hinterkopf, während er seine Worte sorgfältig wählte, „Sie wissen sicherlich, dass Sie sich an die Regeln unseres Rechtsstaates halten müssen."

Magano blieb stehen und schnaubte. „Die Regeln Ihres Rechtsstaates erlauben es gewieften Bankern über Cum-Ex- und Cum-Cum-Geschäfte den Steuerzahler um Millionen zu erleichtern." Sie hielt inne und versuchte einzuschätzen, ob dieser Kommissar überhaupt wusste, wovon sie da sprach.

`Was ist ein Dietrich gegen eine Aktie? Was ist der Einbruch in eine Bank gegen die Gründung einer Bank?´ schoss es Ruthenmöller durch den Kopf. Ob Frau Mungbate wohl die Dreigroschenoper kannte, fragte er sich seinerseits.

„Sie erlauben es, dass die Reichen immer reicher und die Armen immer ärmer werden", fuhr Magano schließlich fort. „Sie erlauben es, dass bis heute keine offizielle Entschuldigung auf höchster Regierungsebene für den Völkermord an den Herero stattgefunden hat, von einer Entschädigung der Opfer mal ganz abgesehen. Und sie haben nicht verhindert, dass meine Nichte kaltblütig ermordet wurde. Ich pfeife auf einen solchen Rechtsstaat." Entschlossen stieg sie die restlichen Treppenstufen hinab und strebte zum Ausgang.

Perplex sah Ruthenmöller ihr nach und wunderte sich, wie die Afrikanerin es geschafft hatte, in sein Büro hineinzuspazieren, ohne angekündigt worden zu sein.

Als die beiden das Zimmer verlassen hatten, tippte Melina erneut mit ihrem Bleistift auf die Tischplatte und schaute aus dem Fenster. Ihr Verstand verknüpfte die losen Fäden, und an einigen Stellen ergab sich bereits ein erkennbares Muster im Teppich. Schließlich ließ sie den Stift fallen und begann, die Krankenhäuser in Köln reihum anzurufen.

8

„In welcher Beziehung stehen Sie zu Sarah Henner?", eröffnete Ruthenmöller die nächste Vernehmung ohne Umschweife.

Gereon erstarrte. Die Polizei hatte offenbar die Identität der Frauen auf den Videos geklärt. Aber warum sprach man ihn gezielt auf Carina und Sarah an, Robins Ex-Freundinnen, auf die er scharf gewesen war? Er musste noch vorsichtiger werden. Fragend sah er seinen Anwalt an. Dieser nickte.

„In keiner", antwortete er.

„Sie ist eines der Opfer auf den Videos", erklärte Ruthenmöller.

„Damit habe ich nichts zu tun", erwiderte Gereon.

„Kennen Sie die junge Frau?" Ruthenmöller schob ihm ein Foto von Sarah hin.

Gereon warf einen flüchtigen Blick darauf. „Nein."

Ruthenmöller sah ihn eine Weile lang schweigend an. „Möchten Sie diese Aussage vielleicht noch mal überdenken?"

Widerwillig schaute Gereon auf das Foto. „Könnte sein, dass einer sie mal mit zu einem Treffen gebracht hat."

„Wer?"

„Keine Ahnung, Frauen kommen und gehen. Die Burschen sind alle potent und umtriebig."

Melina wurde hellhörig. „Wie viele Damenbegleitungen haben Sie schon zu Treffen mitgebracht?"

Gereon musterte sie mit schmalen Augen. „Zwei", antwortete er.

„Und die anderen schleppen ständig Neue an?"

Er lächelte anzüglich. „Das Erbgut in der Verbindung ist hervorragend. Ich könnte Kontakte herstellen, wenn Sie Bedarf haben."

Der Anwalt griff ihm in den Arm und schüttelte stumm den Kopf.

„Ich dachte, bei Ihnen geht es um die Reinhaltung des Blutes?" Melina zog die Augenbrauen hoch.

„Man muss die Blagen ja nicht anerkennen, die daraus entstehen", sagte er kalt und richtete seinen Blick wieder auf Ruthenmöller.

„Ihnen wird zur Last gelegt, Sarah Henner schwer misshandelt zu haben", teilte dieser ihm mit und achtete darauf, dass ihm kein Detail von Gereons Reaktion entging.

„Wer beschuldigt mich? Etwa diese Frau?" Die Schlagader an Gereons Hals pochte und er begann, sich über die Finger zu streichen, eine klassische Geste des Sich-selbst-Beruhigens.

Ruthenmöller hob den Kopf und schwieg. Gereon sah zu seinem Anwalt. Dieser wiederholte seine Äußerung. Ruthenmöller zuckte die Schultern. „Wir stellen hier die Fragen."

„Was bedeutet das Schulterzucken? Da kann ja jeder kommen und mich irgendeiner Tat beschuldigen!"

„Es gibt Zeugen", erwiderte Ruthenmöller ruhig und betrachtete Gereon unvermindert aufmerksam.

Gereons Handflächen wurden feucht. „Welche Zeugen? Wofür? Haben Sie Beweise?"

„Ein Zeuge ist ein Beweis."

Hektisch sah Gereon wieder zu seinem Anwalt. Der nickte kaum merklich. „Du kannst die Aussage verweigern", sagte er.

„Möchten Sie Ihre Ausführungen bezüglich Sarah Henner doch noch einmal überdenken?", fragte Ruthenmöller ungerührt. „Vor Gericht gibt es mildernde Umstände für ein Geständnis." Gereon rang mit sich.

„Du kannst die Aussage verweigern", wiederholte sein Anwalt.

Gereon brach der Schweiß aus. Die Nummer wurde ihm entschieden zu eng. Er musste jetzt in Ruhe darüber nachdenken, wer den Strick stetig enger drehte, den er um den Hals liegen hatte, und dann seine Leute darauf ansetzen. Wer immer es war, er war so gut wie tot.

„Ich mache von meinem Recht auf Verweigerung der Aussage Gebrauch", sagte er, lehnte sich zurück, sah auf die graue Wand und bemühte sich, seine Emotionen zu kontrollieren.

„Wie Sie wollen", entgegnete Ruthenmöller, nannte die Uhrzeit und Melina beendete ihre Mitschrift.

***

Kichernd standen Lukas´ Schwestern vor der Schminkauslage des Drogeriemarktes und testeten verschiedene Nagellackfarben, Lidschatten und Kajalstifte. Ihre blonden Locken hatten sie hochgebunden und in der Beleuchtung der verspiegelten Regale schimmerten ihre Gesichter in Neonfarben. Sie sahen sehr jung und hübsch aus. Es war Leonies Weihnachtsgeschenk an sie gewesen, dass sie sich aussuchen durften, was sie wollten und dass Leonie sie dabei beraten würde. Das hatte die beiden Mädchen umgehend mit ihr versöhnt. Lukas lehnte grinsend an der Säule und sah dem Treiben mit etwas Abstand zu.

„Wie findest du den?" Sophie hielt Leonie einen Nagellack in Pink hin.

„Meine Farbe wäre das nicht, doch dir steht sie super."

Sophie strahlte und stellte das Fläschchen in den Einkaufskorb. „Du musst aber nicht ausschließlich brave Töne tragen, nur weil du sechsundzwanzig Jahre alt bist", äußerte sie.

Leonie lachte. „So brav bin ich gar nicht."

Die Mädchen wiegten zweifelnd die Köpfe.

„In eurem Alter war ich weniger artig als ihr."

„Ach ja, was hast du denn angestellt?", erkundigte sich Mara spöttisch und neugierig zugleich.

„Ich bin mit meiner besten Freundin von zu Hause weggelaufen und bis in die Nacht in einer Kölner Diskothek geblieben. Dort hat mein Stiefvater uns dann aufgegabelt, als wir schon ziemlich betrunken waren."

„Was? Ehrlich?" Die Mädchen rissen anerkennend die Augen auf.

Leonie bejahte und sah, dass Lukas sie liebevoll anlächelte. Das war eine der wenigen Geschichten, die er noch nicht kannte.

„Cool! Und, hast du voll Ärger bekommen?"

„Nein, gar nicht."

„Ehrlich? Bis in die Nacht abgehauen, betrunken in der Disco und kein Ärger? Papa würde uns windelweich prügeln, wenn wir das wagten", stieß Sophie hervor und warf Lukas dabei einen kurzen Blick zu. Sie war zwar ein Kleinkind gewesen, als Lukas zu ihnen gezogen war, aber sie hatte noch eine lebendige Erinnerung daran, wie dieser von ihrem Vater geschlagen worden war. Auch Leonie sah zu ihm hin.

Lukas seufzte und richtete sich auf. „Na, an euch Mädchen wird er sich ja wohl nicht vergreifen."

„Bisher noch nicht. Aber zutrauen würde ich´s ihm", erklärte Mara und begann in dem Korb mit den Pröbchen zu wühlen.

Es entstand ein kurzes Schweigen, ein stiller, peinlicher Moment, in dem sie sich alle bewusst wurden, dass sie dem Vater diese Gewalttätigkeit zutrauten.

„Dann richtet ihm aus, dass er es mit mir zu tun bekommt, wenn er das wagt", sagte Lukas halb im Spaß, aber mit einem ernsten Ausdruck in den Augen.

„Ach, Luki, du bist so süß!" Sophie klammerte sich an ihn. „Warum bist du immer so weit weg?"

Lukas legte seine kräftigen Arme um sie und hob sie hoch. „Na, so weit weg bin ich doch jetzt gar nicht mehr."

Sie zog einen Schmollmund. „Berlin ist eine Ewigkeit weg und Köln auch. Uns kommst du nur selten besuchen."

`Und dann ist Leonie dabei´, fügte sie in Gedanken hinzu, sprach es jedoch nicht aus, denn eigentlich fand sie diese ja ganz nett. Aber sie hätte Lukas gerne häufiger für sich allein gehabt. Sie schaute ihrem Halbbruder ins Gesicht und bemerkte durch ihren eigenen Schleier hindurch, dass auch er feuchte Augen bekommen hatte.

„Ich vermisse euch doch genauso", sagte er, drückte sie an sich und setzte sie dann ab. „So, und jetzt kommt mal langsam zum Ende mit eurer Schminkerei hier, sonst lackiere ich mir gleich ebenfalls die Nägel!" Dabei zwinkerte er Leonie zu, wobei eine kleine Träne zwischen seinen Wimpern hängen blieb. Er war nur über´s Wochenende nach Köln gekommen und sie beide hatten noch wenig Zeit alleine miteinander verbringen können, weil seine Schwestern darauf bestanden, ihr Weihnachtsgeschenk so schnell wie möglich einzulösen.

Die Mädchen kreischten begeistert. „Au ja! Mach mal!"

„Nichts da!", versetzte Lukas. „Ab zur Kasse mit euch!"

***

Uli Rattow parkte seinen tiefergelegten silbernen Z4 vor dem Haus, in dem Leonie und Lukas wohnten. Er liebte sein Auto. Erst vor Kurzem hatte er es einem Autonarr abgekauft, der den Wagen wie einen Augapfel gehütet und gepflegt hatte. Bei hoher Geschwindigkeit blockierte die Lenkung manchmal, ein typisches BMW-Problem bei dieser Baureihe, doch das bekamen seinen Jungs sicher in den Griff. Er war stolz darauf, den einzigen tiefer gelegten Z4 mit breiten Reifen und „Kölsch Bloot"-Aufkleber am Kofferraumdeckel hier in der Gegend zu besitzen. Da der FC am Wochenende abermals sein Heimspiel verloren hatte, war er frustriert. Es wurde höchste Zeit, dass die Mannschaft mal wieder ein Spiel gewann, sonst wurde das nichts mehr mit dem Klassenerhalt. Waren sie erst einmal in die 2. Liga abgestiegen, würde er seine Dauerkarte verscherbeln. Er drehte den Rückspiegel so, dass er sich selber darin sehen konnte und überprüfte sein Äußeres. Den Bart hatte er heute Morgen sorgfältig gestutzt und die Zahnzwischenräume mit Zahnseide gesäubert.

Kevin hatte ihn wie vereinbart regelmäßig darüber informiert, wie lange Leonie zu Hause war, wer sie besuchte und wann Lukas aufkreuzte. Er wusste, dass die Polizei aufgelaufen war und eine Schwarze, mit der Leonie dann zum Melatenfriedhof gefahren war. Mit dem Grab, das sie aufgesucht hatten, konnten weder er noch Kevin etwas anfangen. Inzwischen kannten sie aber fast alle Abläufe in der Wohnung. Lukas war wieder in Berlin und würde Uli nicht in die Quere kommen. Kevin hatte ihm versichert, dass Leonie allein zu Hause war und in nächster Zeit wahrscheinlich auch nicht zur Uni fahren würde. Dann hatte er sich auf den Weg gemacht und wartete nun vor der Haustür, bis jemand kam, der ihn mit ins Treppenhaus ließ.

Leonie arbeitete sich hoch konzentriert durch eine Probeklausur, als es klingelte. Ihr Kopf schwirrte von dem Meinungsstreit über Wortmerkmale, der herrschenden und der Mindermeinung und der BGH-Rechtssprechung, die sie auswendig lernen musste. Unter der Woche lief ihr Leben in einem streng regulierten Rahmen ab, in denen die Lernphasen ihren festen Platz hatten. Sie wusste genau, wie viel Zeit ihr bis zur Klausur blieb und was sie bis dahin alles eingeprägt haben musste. Einen Moment lang erwog sie, die Störung zu ignorieren, und ärgerte sich, dass sie nicht in den Lesesaal des Seminars gegangen war, um sich dort auf die Prüfung vorzubereiten. Aber die Freaks, die dort herumliefen und jede Mindermeinung bis ins Detail kannten, machten sie ebenso nervös wie die übermotivierten Asiaten, die mit dem Kopf auf dem Schönfelder ein Nickerchen in der Bibliothek einlegten, um sich von ihrem Pensum zu erholen. Ganz zu schweigen von den Kommilitonen, die dem Leistungsdruck mit Sorgenbrechern begegneten und ihre Alkoholfahnen wie Duftmarken in den Gängen des rechtswissenschaftlichen Seminars hinterließen.

Dann wurde ihr bewusst, dass die Polizei oder Magano vor der Tür stehen könnten, und sie erhob sich widerstrebend. Als sie an der Gegensprechanlage ankam, klopfte es schon an der Wohnungstür. Durch den Spion erkannte sie Uli und zögerte. Da er ihr gegen die Verbindungsmitglieder beigestanden hatte, konnte sie ihn schlecht nicht beachten, und sie musste ja ohnehin noch wegen der Anzeige mit ihm sprechen. Also öffnete sie.

Uli hatte sich herausgeputzt. Er roch nach Rasierwasser und sein Bart sah frisch gestutzt aus. Seine schmalen Hüften steckten in einer teuren Jeans und der muskulöse Oberkörper mit dem breiten Nacken spannte ein ordentlich gebügeltes, schwarzes Hemd in ein ansehnliches Dreieck.

„Ist Lukas da?", erkundigte er sich.

Die Art, wie er fragte, verriet Leonie, dass er wusste, dass sie allein war.

„Nein", gab sie knapp zurück.

„Kann ich reinkommen?"

Zögernd ließ sie ihn herein. „Ja. Ich muss ohnehin noch etwas mit dir besprechen."

„Ach ja, was gibt´s denn?"

Sie gingen in die Küche, wo der Geruch von Pfefferminztee in der Luft hing, und setzten sich an den Esstisch. Uli schob ihre Frühstücksreste beiseite, stützte sich auf seine Unterarme auf und beugte sich zu ihr vor. Von draußen trommelte Eisregen leise an die Fensterscheibe.

Leonie lehnte sich zurück. „Die Polizei war hier und hat die Dellen in der Wohnungstür gesehen. Sie wollen, dass ich Anzeige erstatte, damit gegen die Täter ermittelt werden kann. Ich habe behauptet, sie hätten von selber aufgegeben, als sie die Tür nicht aufbrechen konnten."

„Die können dich nicht zwingen, Anzeige zu erstatten. Das ist doch deine Entscheidung."

„Ich mache mich aber verdächtig, wenn ich´s nicht tue. Habt ihr eure Spuren im Treppenhaus gründlich beseitigt? Ich möchte nicht, dass ihr mit hineingezogen werdet."

„Ich lasse das überprüfen. Dann komme ich vorbei und sage dir Bescheid."

„Danke. Es reicht, wenn du anrufst."

Uli sah ihr lange in die Augen. „Ich schaue aber gerne rein und unterhalte mich ein bisschen mit dir. Dann weiß ich, dass es dir gut geht und dass du in Sicherheit bist."

„Das ist nicht nötig."

Leonies Augenausdruck wurde hart, als sie erkannte, worauf er hinauswollte.

„Lukas ist schließlich weit weg und kann dich nicht so beschützen, wie er möchte. Er hat mich gebeten, das zu übernehmen."

Leonie funkelte ihn mit dem kalten Blick an, den sie in ihrer Kindheit vor dem Spiegel geübt hatte, und hätte am liebsten versetzt, dass sie nicht beschützt werden müsse. Aber so sicher war sie sich da gar nicht. Doch dass Uli sie so dreist anlog, ärgerte sie.

`Oh ja, ich verstehe dich gut, Luki. Sehr, sehr gut sogar´, dachte Uli, als er ihre Kampfbereitschaft wahrnahm.

„Wenn du im Viertel die Oberhand behalten willst, musst du deine Mimik unter Kontrolle bringen. Ich kann sehen, was du denkst", sagte Leonie.

Mit einer raschen Bewegung fasste Uli sie am Arm.

„Und jetzt bist du auch noch dabei, dein Versprechen zu brechen. Das spricht sich ebenfalls schnell herum im Viertel", fuhr sie ruhig fort.

„Welches Versprechen? Wir sind quitt!" Er grinste triumphierend.

Ihr Blick wurde eisig. „Ich hatte dir ein besseres Gedächtnis zugetraut. Wir haben dir die Mörder deines Bruders geliefert, du hast mir die Verbindung vom Hals gehalten. In diesem Punkt sind wir quitt. Aber du hast Lukas auch versprochen, dafür zu sorgen, dass man uns hier in Ruhe lässt, damit weiterhin keiner weiß, wer deinen Kiefer gebrochen hat."

In Ulis Augen flackerte Unsicherheit auf. Er wog ab, ob es sich lohnte zu riskieren, dass Lukas ihr Geheimnis verriet. Es war schließlich lange her, ein Rudelkampf in ihrer Jugend, und doch hatte es für seinen Führungsanspruch im Viertel auch heute noch eine Bedeutung. Viele hatten in Lukas den fähigeren Anführer gesehen.

Es war zu schade. Ihm war völlig klar, dass er Leonie niemals auf Dauer halten könnte, aber sie nur einmal herumzukriegen und neben dem Spaß daran zusätzlich Lukas das Genick brechen zu können, wäre zu schön gewesen. Er ließ sie los.

Sie sah die Anerkennung in seinem Augenausdruck. „Du könntest hier leicht die Frauen hinter dich scharen."

„Das wollte ich nie."

„Schade. Zusammen könnten wir beide ganz Köln aufmischen." `Und du mit Lukas auch´, fügte er in Gedanken hinzu.

„Sehe ich so aus, als ich hätte ich ein Interesse daran?"

„Nein. Aber genau das würde dich gefährlich machen." Erstaunt sah sie ihn an. Seine Logik war bestechend.

„Denk mal darüber nach."

Sie erhoben sich.

„Warum lässt du Lukas nicht in Ruhe?", fragte Leonie. `Weil er mir gedroht hat. Das mag ich nicht´, dachte Uli, sagte aber: „Tue ich doch!"

„Was machst du dann hier?"

Er kam näher an sie heran. „Ich wollte sehen, wie´s dir geht nach dem ganzen Driss hier." Er wies Richtung Wohnungstür.

„Warum hast du dann gefragt, ob Lukas da ist?" `Dein Mundwerk wird dir irgendwann einmal zum Verhängnis werden´, dachte Uli.

„Ich wollte nicht gleich mit der Tür ins Haus fallen", antwortete er.

„Lukas ist wieder da, mir geht´s gut."

„Ach ja, ist er das? Wo ist er denn?" Er breitete die Arme aus und sah sich in der Küche um. „Ich sehe keinen Lukas, der auf dich aufpasst."

„Das tust du doch schon", erwiderte sie gelassen. „Du hast es ihm versprochen und zugesichert, dass wir uns darauf verlassen können."

Er sah sie lange und zunehmend nachdenklich an, denn ihre Logik war ebenfalls zwingend. Dann wandte er sich zum Gehen und wagte einen letzten Versuch. „Scheu dich nicht, zu mir zu kommen, wenn du Hilfe brauchst. Welcherart auch immer." Er zwinkerte ihr zu und betrat den Flur. Dort warf er einen Blick ins Schlafzimmer, zu dem die Tür offen stand, grinste anzüglich und ging.

Als sie die Wohnungstür ins Schloss fallen hörte, atmete Leonie erleichtert auf. Noch einmal würde sie ihm die Tür nicht öffnen.

Abends rief sie Lukas an und erzählte ihm von Ulis Auftritt. „Natürlich habe ich nicht gesagt, dass er auf dich achtgeben soll. Im Gegenteil, ich habe ihm erklärt, dass ich ihm alle Knochen breche, wenn er dich anfasst", empörte er sich.

Leonie seufzte. „Ach Lukas! Du darfst ihm nicht deine Schwachstelle zeigen." Wann würde er das endlich begreifen?

„Unterschätze Uli nicht."

Verblüfft hielt Leonie die Luft an. „Wenn ich irgendetwas nicht tue, dann Uli unterschätzen! Ich halte ihn für brandgefährlich."

„Er wusste auch so, dass du meine Schwachstelle bist. Ich musste ihm das nicht erst verklickern. Ich habe nur dafür gesorgt, dass ihm bewusst ist, dass ich weiß, was er vorhat."

„Und das wäre?"

„Wonach sah es heute aus? Er will dich mir ausspannen, um zu demonstrieren, dass er im Viertel das Sagen hat und bestimmt, was dort läuft."

„Wie blöd ist das denn? Denkt er etwa, du willst ihm in die Quere kommen? Hast du ihm nicht erzählt, dass du jetzt in Berlin bist?"

„Uli ist nicht dumm, es gab in seinem Leben nur niemanden, der ihn in den Hintern getreten und zum Lernen gezwungen hat. Er könnte problemlos mein Kollege sein, wenn die Dinge für ihn anders gelaufen wären."

„Ich sage ja auch gar nicht, dass Uli dumm ist, sondern, dass es blöd ist zu denken, du wolltest das Viertel übernehmen."

„Aber das entspricht seiner Erfahrung als Gangleader und Straßenkämpfer. Er beugt vor und versucht, einen potenziellen Konkurrenten einzuschüchtern, bevor dieser gefährlich wird. Das ist aus seiner Perspektive ein kluger Schachzug."

„Ja, ich bin sehr beeindruckt", erwiderte Leonie lakonisch.

Sie schwiegen eine Weile.

„Du musst da weg, Leo", hob Lukas schließlich wieder an.

„Ach ja, und wohin?"

„Kannst du nicht bei deinen Eltern lernen?"

„Doch zeitweise schon, aber ich möchte nicht die ganze Woche bei ihnen verbringen."

„Du könntest zu mir nach Berlin kommen und dich nur während der Prüfungen in Köln aufhalten."

„Ich habe hier meine Lerngruppe und das Rep."

Lukas seufzte. „Dann werde ich dafür sorgen, dass Uli dir nicht noch einmal auf die Pelle rü..."

„Nein", fiel sie ihm ins Wort. „Tu das nicht. Ich öffne ihm einfach nicht mehr die Tür, okay?"

„Okay. Und ich lasse mir etwas einfallen."

Das Geld, das er in Saudi Arabien angespart hatte, sollte ausreichen, am Stadtrand von Köln eine Wohnung für sie beide zu kaufen, überlegte Lukas. Vielleicht in dem Vorort, wo ihre Eltern lebten. Weit weg von Uli, damit Leonie vor ihm und den Typen aus dieser Studentenverbindung sicher war. Sich in ihrer jetzigen Bleibe aufzuhalten war für Leonie schwer zu ertragen, wenn er nicht zu Hause war. Allerdings war ja noch völlig unklar, wo sie sich auf Dauer niederlassen würden. Auch der Auftrag in Berlin war zeitlich begrenzt.

Er beschloss, auf jeden Fall eine Immobilie in Köln zu kaufen. Selbst wenn sie dort nicht lange wohnten, wäre sie dennoch eine Kapitalanlage und sie könnten die Mieteinnahmen verwenden, um woanders etwas zu anzumieten, bis sie beide endgültig zusammen zurück nach Köln gingen. Bei dem Gedanken, den Rest seines Lebens mit Leonie zu verbringen, wurde sein Herz weit. Er stellte sich vor, wie er sie heiratete und Kinder mit ihr hatte. Wie sie wohl aussah, wenn sie schwanger war, mit seinem Baby im Bauch? Wenn sie erst einmal verheiratet waren und Nachwuchs hatten, würde sie nichts und niemand mehr auseinanderbringen. Er lächelte versonnen vor sich hin und beschloss, ihr bald einen Heiratsantrag zu machen.

***

„Bingo!", dachte Melina, als man ihr an der Uniklinik bestätigte, dass wenige Tage vor Gereons Einbruch in der Postfiliale spätabends drei schwer verletzte junge Männer aus München in der Notaufnahme behandelt worden waren. Sie wurden von einem weiteren, unverletzten Freund gebracht und behaupteten, sie seien in eine Prügelei am Hauptbahnhof verwickelt gewesen. Bei den Verletzungen habe es sich um Knochen- und Kieferbrüche gehandelt, die von stumpfen Gegenständen herrühren mussten. Sie hatten jedoch auf eine Anzeige wegen Körperverletzung verzichtet, weil das ja doch nichts bringe. Der letzte von ihnen, ein Randalf Königstett, sei erst vor ein paar Tagen aus der Reha entlassen worden und zur Nachuntersuchung erschienen. Melina notierte sich die Namen der jungen Männer. Die Identität ihres Begleiters war im Hospital leider unbekannt. Melina vermerkte sich, dass sie bei nächster Gelegenheit mit Gereons Foto beim Klinikpersonal aufkreuzen würde.

Wenn sich ihr Verdacht bestätigte, dann war der arrogante Fatzke gezwungen gewesen, alleine zu operieren, weil seine Spießgesellen verletzt im Krankenhaus lagen. Sie fragte bei den Kollegen von der Schutzpolizei nach, ob sie etwas von einer Prügelei mit schwerer Körperverletzung am Hauptbahnhof zu der genannten Zeit wussten. Aber darüber hatten sie keine Kenntnis. Melina war sich nicht sicher, ob es eine Rolle spielte, weshalb die Kerle solche Blessuren davongetragen hatten. Vielleicht war es wirklich ein Scharmützel mit Linksautonomen gewesen und beide Parteien wollten, wie in der Szene üblich, nicht mit der Polizei kooperieren. Doch warum war der junge Treunstein als Einziger unverletzt geblieben? Wieso stahl er einen Gürtel aus einem bereits aufgegebenen Paket und wer sollte ein Interesse daran haben, Carina Kamerande zu ermorden?

Sie rief in der Technik an, um zu erfragen, wie weit diese mit der Auswertung der verzerrten Bandansage auf Leonies Anrufbeantworter war.

„Da waren Profis am Werk", erklärte ihr der Kollege. „Die Stimme lässt sich nicht rekonstruieren. Das Einzige, was wir sagen können, ist, dass es sich um einen männlichen Sprecher von Mitte bis Ende zwanzig handeln muss. Die Art der Intonation lässt auf einen süddeutschen Dialekteinfluss schließen, das kann ich aber nicht mit Sicherheit belegen."

„Okay, danke dir", sagte Melina und legte auf. In ihrem Kopf setzten sich weitere Puzzleteile zusammen. Was sich ihr nicht erschloss, war das Mordmotiv. Warum sollte die Verbindung dieses Risiko eingehen? Ging es um viel mehr als ein gestohlenes, afrikanisches Kulturgut? Und vor allen Dingen: Wo war dieses jetzt?

Gedankenverloren sah sie zu Julius´ verwaistem Schreibtisch hinüber. Er hatte sich heute krankgemeldet. Melina wusste, dass nicht er, sondern seine Frau unpässlich war, und dass sie ihn um Hilfe gebeten hatte. Einerseits bewunderte sie es, dass die beiden sich immer noch gegenseitig halfen, wenn das nötig war, andererseits war es genau das, was sie störte und weswegen sie sich von ihm getrennt hatte. Das schmerzhafte Gefühl, dass die Zwei sich nie richtig voneinander gelöst hatten, beschlich sie.

Melina erhob sich, wechselte auf die andere Schreibtischseite und setzte sich in Ruthenmöllers Bürosessel. Dann lehnte sie sich weit in die Rückenstütze zurück und drehte den Stuhl hin und her. Es war interessant, das Büro aus seiner Perspektive zu sehen. Sie stellte sich vor, wie er zu ihr hinübersah und sah sich unvermittelt selber dort sitzen, den Blick in die Ferne vor dem Fenster gerichtet. Sie fühlte sich kompetent und wichtig auf diesem Platz, als färbe die Autorität des Sitzplatzes auf sie ab. Tief in sich spürte sie aber auch eine gewisse Traurigkeit und Leere, die von ihm ausging. Ihre Augen wanderten über Ruthenmöllers Schreibtisch. Wie so häufig lagen da mehrere Bücher, die er gleichzeitig las. In der Regel waren das irgendwelche langweiligen Klassiker, aus denen er dann gerne wie ein Literaturprofessor zitierte. Meistens verstand niemand die Andeutungen, weil kaum jemand in seinem Umfeld die alten Schinken kannte. Aber das störte ihn nicht. Im Gegenteil, manchmal schien er Freude daran zu haben, andere auf ihre Bildungslücken hinzuweisen.

Aus dem obersten Wälzer ragte ein Lesezeichen heraus und Melina registrierte, dass es ein Foto war. Sie beugte sich vor und klappte das Buch auf. Als sie erkannte, dass es ein Bild von ihr war, rang sie nach Luft. Er musste sie heimlich bei einem Einsatz mit dem Handy fotografiert haben. Ihr Halbprofil war zu sehen, aus dem die hohen Wangenknochen hervortraten, und der Wind wehte ihr die Haare ins Gesicht. Dazu tauchte Abendsonne die Szene in ein diffuses Weichzeichnerlicht und ihr Blick war in die Ferne gerichtet. Und genau dorthin wanderte er auch jetzt, weg von dem Foto, hinaus in die Nachmittagssonne vor ihrem Fenster, denn es war die Aufnahme eines liebenden Fotografen.

***

Leonie stöhnte auf, als es schon wieder an ihrer Tür klingelte. Magano stand mit zerzausten Haaren vor der Tür und begrüßte sie mit den Worten: „Die Polizei ist bei diesem Stand der Ermittlungen nicht willens, Carinas Tod als Mordfall zu behandeln."

Leonie seufzte innerlich.

„Oje. Aber irgendwie war das zu erwarten", sagte sie. „Komm´ rein und lass uns die Fakten noch einmal zusammentragen."

Gemeinsam gingen sie alle Details durch, suchten erneut die Wohnung nach Hinweisen ab und lasen den Artikel im Stadtanzeiger zu Gereons Einbruch in der Postfiliale Wort für Wort. Magano notierte sich seinen Namen und sie googelten die Familie von Treunstein.

„Das ist ja noch schlimmer, als ich dachte!", entfuhr es Leonie. Burkhard von Treunstein, der anscheinend über großen wirtschaftlichen Einfluss deutschlandweit und darüber hinaus bis in den Nahen Osten verfügte, wurde im Internet

129

die Unterstützung rechtsnationaler Vereinigungen und Beteiligung an Waffenschiebereien nachgesagt.

Magano richtete sich auf und strich sich durch ihre derangierten Haare. „Dann werde ich Burkhard von Treunstein wohl mal einen Besuch abstatten."

„Was erhoffst du dir davon?"

Magano zuckte die Schultern. „Keine Ahnung. Irgendwo muss ich ansetzen. Das ist die einzige Spur, die ich habe."

Leonie spürte, wie sich ein schlechtes Gewissen in ihr regte. Sie sollte Magano bei ihrer Suche helfen, alleine würde es schwierig für sie werden, etwas herauszufinden. Aber sie steckte mitten im Examen, Lukas scharrte in Berlin mit den Hufen, sie wollte endlich aus der Wohnung heraus und zu allem Überfluss hatte sie auch noch Uli an den Fersen. Sie nagte an ihrer Unterlippe. Unvermittelt klingelte es abermals.

„Erwartest du Besuch?", fragte Magano.

„Nein, ich erwarte überhaupt niemanden", erwiderte Leonie und ging ans Küchenfenster, um nachzusehen, ob auf der Straße ein Polizeiwagen oder ein silberner Z4 parkte. Sie atmete tief durch, als sie Robins schwarze Barke am Straßenrand entdeckte. Was wollte der denn hier?

Verdrossen drückte sie den Knopf der Gegensprechanlage. „Ja bitte?"

„Hi, hier ist Robin. Ich muss mit dir sprechen."

Widerwillig betätigte Leonie den Türöffner. Durchs Treppenhaus klackte das Geräusch des Haustür-Schnappers und kurz darauf vernahm sie unregelmäßige Schritte, als zöge jemand ein Bein nach. Sie öffnete die Wohnungstür und blickte Robin ins schmerzverzerrte Gesicht.

„Hallo", sagte er gepresst mit ernster Miene.

Er wirkte noch hagerer als sonst und hatte Ringe unter den dunklen Augen.

„Hallo", erwiderte sie und ließ ihn herein. Tatsächlich hinkte er sichtbar.

„Ist dein Bein nicht besser geworden?", fragte sie.

Er schüttelte den Kopf. „Das wird wohl so bleiben."

„Du hast dich den anderen in den Weg gestellt, nicht wahr?"

Er nickte.

„Warum hast du das getan?"

„Ich wollte verhindern, dass noch mehr passiert."

Einen stummen Moment lang musterten sie sich im Flur stehend.

„Danke."

Er zuckte die Achseln. „Hat ja leider nicht viel genutzt."

Er deutete mit dem Daumen über die Schulter zur Wohnungstür.

Zum ersten Mal empfand Leonie so etwas wie Sympathie für ihn.

„Komm, ich möchte dich jemandem vorstellen."

Sie führte Robin in die Küche, wo Magano vor einer dampfenden Tasse Kaffe am Esstisch saß und ihnen erwartungsvoll entgegensah.

„Das ist Magano Mungbate, Carinas Tante aus Namibia, und dies ist Robin, der Mann, mit dem Carina zuletzt zusammen war."

Magano musterte den jungen Mann und war sich sicher, dass er ein Grund gewesen wäre, warum ihre Nichte Deutschland nicht verlassen hätte. Robin erwiderte Maganos Blick schuldbewusst und überrascht. Er hatte nicht damit gerechnet, jemanden aus dem Familienkreis seiner Ex-Freundin hier anzutreffen, zumal er in den zwei Jahren ihres Zusammenseins niemand aus ihrer Verwandtschaft zu Gesicht bekommen hatte.

„Setz dich doch", bot Leonie an, holte eine weitere Tasse aus dem Schrank und goss ihm ebenfalls Kaffee ein. Dann nahm sie wieder auf ihrem Stuhl Platz.

„Wir sprechen gerade darüber, wie wir die Polizei davon überzeugen können, dass Carina ermordet wurde und nicht selber Hand an sich gelegt hat."

„Deswegen bin ich auch hier. Ich glaube nicht an einen Selbstmord."

Maganos Miene hellte sich auf.

„Ich war letzte Woche bei der Kripo und habe zu Protokoll gegeben, dass eine meiner früheren Freundinnen von Verbindungsmitgliedern brutal misshandelt worden war und dass sie mir Gereon als Haupttäter genannt hatte. Leider habe ich keine Kontaktdaten mehr von ihr, aber ich denke, die Polizei wird sie ausfindig machen und um eine Aussage bitten."

Leonie hielt den Atem an. „Sarah?"

Robin blickte sie überrascht an. Dann nickte er flüchtig.

Ihr lag auf der Zunge, zu erklären, dass sie Sarahs Nummer hatte, doch dann fiel ihr ein, dass sie ihr zugesichert hatte, niemandem von dem zu erzählen, was sie ihr anvertraut hatte. Nun war ihr früherer Freund in die Offensive gegangen. Sie würde erst selber mit ihr sprechen, bevor sie sie in die Sache mit hineinzog. Aufmerksam sah sie Robin an. Vor ein paar Jahren hatte er bei ihrem gemeinsamen Besuch im Stadtgarten bei der Erwähnung von Sarahs Namen keine Miene verzogen, als würde er sie gar nicht kennen. Woher rührte sein Sinneswandel?

„Und Carina? Hat sie auch etwas gesagt?" Hoffnung schwang in Maganos Frage.

Doch Robin schüttelte den Kopf. „Nachdem wir uns getrennt hatten, habe ich sie nicht mehr gesehen. Als ich aus Nürnberg zurückkam, fand ich die Wohnung verlassen vor. Ich habe versucht, sie zu finden, aber du hast mir am Telefon mitgeteilt, sie sei nicht bei dir. Und als ich hier ankam, war sie bereits tot."

Für einige Augenblicke füllte betroffene Stille den Raum.

„Warum hast du sie denn gesucht?", fragte Leonie dann.

Robin sah auf die Tischplatte. „Weil ich sie zurückholen wollte. Ich habe sie vermisst und gemerkt, wie viel sie mir bedeutet hat. Außerdem hatte ich Sorge, dass Gereon …"

Er unterbrach sich, weil seine Stimme zu versagen drohte.

„Dass Gereon was?" Leonie fasste ihn fordernd am Arm.

Robin hob den Blick und sah erst Leonie und anschließend Magano traurig an. „Er war scharf auf sie und sie hat ihn bei der Jahresversammlung bloßgestellt." Zunächst stockend, dann immer schneller erzählte er den Frauen, was sich in München zwischen Carina und Gereon abgespielt hatte. Er schloss mit den Worten: „Sie hat ständig von einem bescheuerten Gürtel gesprochen, den die Treunsteins unrechtmäßig an sich genommen hätten, und den sie zurückfordern wolle." Unwillig schüttelte er den Kopf. „Scheinbar hat sie ihn ja bekommen."

„Woher weißt du das?", hakte Leonie nach und Maganos Augen weiteten sich, während sie konzentriert dem Gespräch folgte.

„Tobias hat mir erzählt, dass Gereon ihn aus einem Paket entwendet hat, das bereits bei der Post aufgegeben worden war."

„Also doch!", mischte sich Magano nun grimmig ein. „Der Gürtel ist wieder bei den Treunsteins?"

„Meines Wissens nach ja."

„Was hat Tobias denn mit der ganzen Sache zu tun?", fragte Leonie ungläubig.

„Er ist Mitglied in der Verbindung und bekommt dort so einiges mit. Bitte behaltet für euch, was er weitergegeben hat, sonst gerät er auch in die Schusslinie. Wir sollten ihn nicht unnötig in Gefahr bringen."

Leonie dachte einen Moment lang darüber nach, dann nickte sie. Robins Stimme gewann wieder an Sicherheit. „Bist du seitdem noch mal behelligt worden?"

Sie schüttelte den Kopf.

„Ich habe keine Ahnung, was die alles tun werden, um Gereon aus der U-Haft zu bekommen und vor einem Prozess zu bewahren. Sei vorsichtig", ergänzte er besorgt.

Ihr wurde mulmig bei der Erinnerung an die vergangenen Wochen. Sie wollte sich nicht noch einmal mit den Verbindungsmitgliedern auseinandersetzen und auf Ulis Hilfe angewiesen sein. Dann blickte sie wieder nach vorne.

„Und was ist mit dir? Werden sie nicht erfahren, dass du Gereon beschuldigt hast?"

„Das werden sie ganz sicher."

Leonie musterte ihn fragend.

„Das bin ich Sarah und Carina schuldig", erklärte er ruhig, damit die Frauen nicht merkten, wie kalt es in seinem Inneren wurde.

9

„Magano?" Carinas piepsende Kinderstimme erklang in Maganos Kopf, als sie sich liebevoll daran erinnerte, wie die kleine Tochter ihrer Halbschwester an ihrem Rockzipfel gehangen hatte. Mit leerem Blick sah sie aus dem Fenster des ICE, der sie nach Stuttgart bringen würde, und verweilte bei ihren wärmenden Erinnerungen. Mhabate und ihr Ehemann waren viel unterwegs gewesen, um ihre Entwicklungshilfeprojekte zu organisieren, und hatten ihren Augapfel oft Maganos Obhut überlassen. Magano war immer da, immer verfügbar, denn sie bewegte sich nur ungern aus Okahandja fort. Sie hatte zu diesem Zeitpunkt schon einiges von der Welt entdeckt, und was sie dabei erlebt hatte, gefiel ihr nicht. Es gab zu Hause Wichtigeres für sie zu tun und zu lernen. Die Älteste hatte beschlossen, dass Magano ihre Nachfolgerin werden sollte, und wies sie in die entsprechenden Praktiken ein.

Oft war Carina mit anwesend. Ihre Wissbegier und die Art, wie sie bereits als Kleinkind mit den existenziellen Fragen des Daseins umging, verdeutlichten, dass ihre Seele weit offen stand und ihr Geist Informationen aus vielen Leben in sich gespeichert hatte. Es war nicht verwunderlich, dass die Ondangere in ihr eine Wanderin zwischen den Welten gesehen hatte. Aber das Mädchen hätte den Pfad, den ihr die Älteste zuwies, besser nicht beschritten. Sie hätte ihren eigenen Weg wählen müssen. Die Hüterin des Ahnenfeuers hätte sie nicht hineindrängen sollen. Carina hatte einen glasklaren Verstand und war gleichzeitig hochsensibel. Eine Kombination, die sie mit diesem Auftrag nur ins Verderben hatte führen können.

Im Zugabteil, das Richtung Süden rauschte, verfinsterte sich Maganos Mimik, denn sie hatte das Unheil bereits damals kommen sehen. Wieso war die Ondangere, die doch um vieles hellsichtiger war, blind dafür gewesen? Oder hatte sie es ignoriert, weil ihrer Meinung nach der Zweck die Mittel heiligte? Das war eine allzu westliche Art zu denken, die Mhahabi so gar nicht entsprach.

Sie hatte Carina geradewegs geopfert, als hätten die Ahnen ihr mitgeteilt, dass die Kleine mit dieser Bestimmung ins Leben eingetreten war.

Wusste die Ondangere tatsächlich etwas, was sie Magano verschwieg? Sie dachte an den merkwürdigen Unfalltod von Mhabate und Martin. Ohne erkennbare Fremdeinwirkung waren sie vom Kalahari Highway abgekommen. Ihr Wagen hatte sich überschlagen und beide starben sofort, als hätten unsichtbare Kräfte ihre Lebensschnüre durchtrennt. Als hätten sie ihren Lebenszweck erfüllt, und wären daraufhin nach Hause beordert worden.

In der Erinnerung schauten Carinas große, kluge Kinderaugen sie an. „Magano?"

„Ja, mein Herzchen?"

„Magano", wiederholte das Kind zum dritten Mal und schmiegte sich an die samtigen Rundungen der Tante. Sie wusste, dass Maganos Herz dann umgehend weich wurde. „Erzählst du mir vom Wind?"

„Du meinst den Wind, in dem die Geister wohnen?", fragte Magano und hob Carina auf ihren Schoß. Das Mädchen nickte wissend und glücklich. Sie kannte die Geschichten längst, hörte sie aber gerne immer wieder. Außerdem ergänzte ihre Tante ab und zu ein Detail, das sie zuvor verschwiegen hatte. Während Magano ihr auf Otjiherero vom Wind erzählte, strich Carina mit ihren kleinen Händen liebevoll über die runden Wangen der Älteren. Sie liebte ihre schöne Mutter, aber ihre Tante mochte sie auch. Die Wangen ihrer Mutter waren dünn und man fühlte deutlich die Knochen. Maganos Gesicht war so angenehm gepolstert, da machte das Fühlen und Streicheln mehr Spaß. Außerdem kannte sie so tolle und spannende Legenden vom Wind, dem Feuer, der Erde und dem Wasser.

Die Ondangere kannte noch mehr Geschichten. Sie erzählte am liebsten von den schrecklichen Deutschmännern und was sie Schlimmes angerichtet hatten im Herero-Land.

Diese Erzählungen machten Carina traurig. Sie waren so ernst und ließen kaum Platz für kindliche Fantasie.

Magano seufzte. Sie hatte ihre Nichte geliebt wie ihr eigenes Kind, und ihr nach dem Tod ihrer Eltern, als Carina längst in Deutschland lebte, angeboten, dass sie jederzeit zu ihr kommen könne.

Warum hatte Carina das nicht genutzt? Weshalb hatte sie sich nicht bei ihr gemeldet, als sie merkte, dass die Dinge sich schief entwickelten? Hatte sie Angst gehabt, ihrer Mission nicht gewachsen zu sein, und befürchtet, deshalb verstoßen zu werden? Das hätte Magano niemals getan. Unwillkürlich schüttelte sie den Kopf und richtete ihre Aufmerksamkeit wieder auf die Landschaft, die vor ihrem Fenster vorüberzog.

Doch der schnelle Bilderwechsel der vorbeieilenden Natur bescherten ihr wenig Ruhe, also schloss sie die Augen und fokussierte sich auf ihr Vorhaben. Sie hatte keine klare Vorstellung davon, wie sie Burkhard von Treunstein entgegentreten sollte, ja wie sie ihn überhaupt dazu bewegen konnte, mit ihr zu sprechen.

Dann fiel ihr ein, dass sie die Ondangere noch gar nicht darüber informiert hatte, was mit Carina geschehen war. Sie zog ihr Handy aus der Tasche und wählte Mhahabis Nummer.

„Was gibt´s?", meldete diese sich schon nach wenigen Klingeltönen. Sie musste mit Maganos Anruf gerechnet oder gar auf ihn gewartet haben.

„Ich habe schlechte Nachrichten", eröffnete Magano der Dorfältesten.

„Carina ist tot, ich weiß. Sie hat mich am Ahnenfeuer aufgesucht."

„Hat sie dir einen Hinweis gegeben?"

„Ja, sie hat immer wieder auf einen deutschen Soldaten in Schutztruppenuniform gezeigt."

„Auf meinen Großvater?"

„Nein. Das war ein anderer. Um den scharten sich viele Herero-Kinder."

„War er beliebt bei den Herero?" Allein die Vorstellung war absurd.

„Nein. Es waren seine Kinder, von denen er nichts wusste und um die er sich nie gekümmert hat. Im Feuer machte es eher den Eindruck, als verfolgten sie ihn."

Magano dachte nach. Was mochte das bedeuten? Dann kam ihr eine Idee. „Wie hieß der Soldat, der deine Großtante geschwängert hat?"

„Von Treunstein", erwiderte die Ondangere, ohne zu zögern, mit einem bitteren Unterton. „Eduard, meine ich, wieso fragst du?"

„Okay. Ich bin gerade auf dem Weg zum Familiensitz der Treunsteins. Vermutlich haben sie Chief Gabriels Gürtel."

Mhahabi zog scharf die Luft ein, als sie verstand. „Gut, sei vorsichtig. Ich bitte die Ahnen um Beistand für dich. Melde dich, wenn du etwas herausgefunden hast."

„Mache ich", sagte Magano und legte auf.

Zufrieden schaute sie erneut aus dem Abteilfenster auf die mittlerweile weißgezuckert vorbeiziehende Winterlandschaft Süddeutschlands. Sie wusste nun, wie sie Burkhard von Treunstein dazu bringen würde, ihr seine Tür zu öffnen. Dann fiel ihr Blick auf die Titelseite der „Süddeutschen Zeitung", die der Geschäftsreisende ihr gegenüber las. Sie überflog die Schlagzeilen und lächelte.

***

Die Dinge in Sophie von Treunsteins Leben hatten sich anders entwickelt, als sie sollten. Bei ihrer Hochzeit mit Burkhard vor fast dreißig Jahren hatte sie geglaubt, das große Los gezogen zu haben. Er sah gut aus, entstammte einem alten, wohlhabenden Adelsgeschlecht und verfügte über weitreichende Beziehungen. Aber schon bald musste sie feststellen, dass sie sich in seinem Charakter getäuscht hatte, denn er zeigte sich zunehmend verschlossen und wenig zugewandt. Die Schwangerschaft mit Gereon war beschwerlich. Sophie erbrach sich die gesamten neun Monate mehrmals täglich, ab der zwanzigsten Woche litt sie zusätzlich unter Frühwehen und musste wochenlang im Bett liegen. Die Geburt war mit Komplikationen verbunden und endete in einem Notkaiserschnitt. Für diesen Fall hatte Sophie bereits im Vorfeld unterschrieben, dass dann auch gleich ihre Eileiter durchtrennt werden sollten. Ihren Mann, der durch Abwesenheit glänzte, hatte sie gar nicht erst nach seiner Meinung gefragt. Für sie stand fest, dass sie kein weiteres Kind austragen würde, zumal Burkhard ihr während der gesamten Schwangerschaft in keiner Weise eine Hilfe gewesen war.

Als sie ihm einige Monate nach Gereons Geburt erzählte, was sie getan hatte, tobte er, denn die Treunsteins hatten stets für eine große Nachkommenschaft gesorgt. Ein einzelner Stammhalter genügte da keinesfalls. Er wurde grob und näherte sich ihr immer seltener liebevoll. Dann blieb er erst für ein paar Nächte weg, später für Wochen und irgendwann bekam sie ihn monatelang nicht zu Gesicht. Es brauchte nicht viel Fantasie, um sich vorzustellen, womit oder mit wem er seine Zeit nun verbrachte. Sophie saß allein mit dem Kind auf dem Sitz der Familie bei Stuttgart, einem zugegebenermaßen herrschaftlichen Anwesen.

Kam er, interessierte er sich nicht für sie und erzog seinen Sohn mit unbarmherziger Strenge. Wenn es seiner Meinung nach sein musste, gehörte dazu Prügel mit einem alten Gürtel, mit dem er selber schon von seinem eigenen Vater traktiert worden war. Ob er sie damit ebenfalls strafen wollte, blieb unausgesprochen. Jedoch kam es ihr bisweilen so vor.

„Es hat mir nicht geschadet, und ihn wird es auch nicht umbringen", entgegnete er ungerührt, als sie ihn bat, die körperlichen Attacken gegen den Jungen zu unterlassen. „Er kann gar nicht früh genug lernen, dass die Welt ein Raubtiergehege ist, in dem nur die Härtesten überleben. Wer nicht gefressen werden will, muss sich durchsetzen, sonst wird irgendwann einmal jemand anderes über ihn bestimmen. Willst du, dass ihm später jemand sagt, was er zu tun und zu lassen hat?"

139

„Nein, aber …"

„Ich weiß, wovon ich rede, denn ich bin tagtäglich von Wölfen umgeben, die nur darauf warten, dass meine Kehle einen Moment lang ungeschützt ist."

Sophie hatte keine Ahnung, worüber er sprach, schließlich ging es ihnen doch gut. Sie hasste den Gürtel und war froh, als Gereon, der zu dem Folterinstrument eine merkwürdig zwiespältige Beziehung entwickelt hatte, es nach familiärem Brauch mit nach München nahm, wohin er zum Studieren ging. Sie hatte den Kontakt zu ihm zunehmend verloren, als er noch ganz klein war und ihr Mann ihn ihr durch seine Strenge entzog.

Burkhard hatte ihn derart verprügelt, dass er sich verkapselte und wochenlang kaum ansprechbar war. Apathisch hatte das zuvor fröhliche Kind in die Leere gestarrt und sich dabei wie ein Autist vor- und zurückbewegt. Sophie hatte ihn heimlich zu einem Kinderpsychologen gebracht, der ihn nach und nach aus dem Schneckenhaus wieder herausholte. Aber er war nicht mehr derselbe. Die inneren Narben blieben trotz der Behandlung.

Der Psychologe hatte sie ernst angesehen und ihr erklärt, dass sie mit verantwortlich dafür sei, was mit ihrem Kind geschehe und dass sie sich nicht darauf zurückziehen könne, dass sie gegen ihren Mann nichts auszurichten vermochte.

„Trennen Sie sich von ihm!", hatte er gesagt.

Der Versuch, das zu tun, hätte sie beinah den Kopf gekostet. Burkhard hatte sich nicht selber die Hände schmutzig gemacht, sondern Schläger geschickt, die sie an den Haaren aus der eilig angemieteten Wohnung zerrten. Zum Aufenthalt in einem Frauenhaus hatte sie sich aufgrund der Sorge um ihre Stellung nicht durchringen können. Mit Hieben und Tritten hatte man sie dann ins Auto gefördert und zurück zum Familiensitz gebracht, welchen sie fortan als ihr Gefängnis betrachtete. Die Frage, warum sie ihren Stolz nicht überwunden und damals dem Rat des Psychologen folgend doch in ein Frauenhaus gegangen war, beschäftigte sie jahrelang. Irgendwann begann sie, ihre Selbstvorwürfe im Alkohol zu ertränken und der Realität mithilfe von Medikamenten zu entfliehen. Gereons Anblick, der das alles miterleben musste, konnte sie in nüchternen Momenten kaum ertragen, und war fast froh, als er alt genug war, um in ein Eliteinternat geschickt werden zu können. Von diesem Tag an gab es für Sophie keine Veranlassung mehr, den Familiensitz zu verlassen. Burkhard war so gut wie nie da, sie hatte das ganze Haus für sich und konnte sorgenfrei im Wechsel zwischen Luxus und Delirium leben, zusammen mit ihrem neuen Freund, dem Alkohol, der sie tröstend in den Arm nahm und mit gnädigem Vergessen in den Schlaf wiegte.

Seitdem bewohnte Sophie das Anwesen nahezu allein mit einem Stab an Angestellten, die alles in Ordnung hielten. Burkhard kam nur, wenn ein gesellschaftliches Großereignis anstand oder wenn er selber dazu eingeladen hatte. Dann erwartete er von ihr, dass sie die repräsentable Ehefrau spielte und ihm keine Scherereien machte. Da sie sich mehr als einmal eine schmerzhafte Ohrfeige von ihm eingefangen hatte, wenn sie es wagte, ihm zu widersprechen, oder sich in seinen Umgang mit Gereon einzumischen, war sie verstummt. Sie fragte ihn nicht mehr nach seinem Tagesgeschäft oder wo er seine Zeit verbrachte und fügte sich in ihr ansonsten komfortables Schicksal. Die Langeweile und Leere in ihrem Leben vertrieb sie fortan mit Tennis, Kaffeekränzchen und Spirituosen. Niemand sah ihr an, wie es ihrem Inneren aussah, denn äußerlich wahrte sie die Fassade. Und so bescheinigten ihre Freundinnen vom Tennisklub ihr einen guten Geschmack für Kleidung und Makeup. „Stil" zu haben bedeutete jedoch in ihrem Fall, das Spiel der Eitelkeiten und Oberflächlichkeiten mitzuspielen.

Vor ein paar Wochen war Burkhard überraschend aufgetaucht und hatte eine alte Reisetasche im Weinkeller deponiert. Sie war ihm die Steintreppe hinunter gefolgt und hatte ihn vorsichtig gefragt, wie es Gereon gehe.

„Na, wie geht´s einem schon, wenn man im Knast sitzt und sich mit solchen Anschuldigungen konfrontiert sieht", hatte Burkhard geblafft, ohne sie anzusehen.

In dem steinernen Kellergewölbe roch es muffig und eine modrige Kühle kroch in ihre Glieder. Er drehte die alten Weinflaschen, auf die sich eine graue Staubschicht gelegt hatte, damit sie während der Lagerung keinen Schaden nahmen. Sicherheitshalber hielt Sophie Abstand zu ihm, falls er auf die Idee kam, auszuholen und ihr einen Schlag zu versetzen.

Sie fröstelte. „Und wie geht es jetzt weiter? Wir können doch nicht tatenlos abwarten, wie sich die Ermittlungen der Polizei entwickeln!"

Da hatte Burkhard sich ihr zugewandt. Er sah immer noch gut aus, auch wenn sein Haar nun von grauen Strähnen durchzogen war. Sein kantiges Gesicht zeigte tiefe Falten und spiegelte die Schärfe seines Wesens. „Natürlich sitze ich nicht untätig herum. Habe ich jemals etwas tatenlos abgewartet?"

Sie nahm all ihren Mut zusammen und sah ihn unverwandt an.

„Es wird nicht zu einem Prozess kommen. Ich habe einiges in die Wege geleitet und ihm den besten Anwalt besorgt", fügte er hinzu und deutete mit einem knappen Kopfnicken in Richtung der Reisetasche. Die Geste verriet ihr, dass sich darin etwas Wichtiges befand, und dass sie sich davon fernhalten sollte.

„Hast du ihn besucht?"

Unwirsch fuhr er sich durch die Haare. „Keine Zeit. Fahr du ihn besuchen, dann hast du endlich einmal etwas Sinnvolles zu tun." Er wandte sich ab und bedeutete ihr mit einer kurzen Handbewegung, dass sie verschwinden sollte.

Sophies blau geschminkte Oberlider zuckten merklich. Wie sie diese Geste hasste, mit der man einen Hund oder ein anderes lästiges Tier verscheuchte. Die Kälte, die ihr entgegenschlug, ließ sie bis tief in ihr Innerstes erschaudern.

Erst ein paar Tage, nachdem er wieder fortgegangen war, wagte sie es, im Untergeschoss Nachforschungen anzustellen. Mit zittrigen Händen öffnete sie die Reisetasche und erkannte erstaunt den verhassten Gürtel, mit dem Burkhard sein Kind verprügelt hatte. Was er damit „in die Wege geleitet" hatte, um den Sohn aus seiner misslichen Lage zu befreien, erschloss sich ihr nicht. Sie dachte an Gereon, dem wirklich abscheuliche Sachen vorgeworfen wurden, kehrte an die antike, gut gefüllte Anrichte im Kaminzimmer zurück und bekämpfte auf die vertraute Art den Trübsinn, der ihren Atem zu lähmen drohte. Natürlich hoffte Sophie inständig, dass ihr Sohn nicht die Dinge getan hatte, die ihm zur Last gelegt wurden. Aber wenn sie ehrlich war, musste sie zugeben, dass sie ihm das zutraute. Und sie trug eine Mitschuld an dem, was aus dem vertrauensseligen Jungen geworden war, den sie zur Welt gebracht hatte. Bebend goss sie sich einen Whisky nach. Der Gedanke war derart unerträglich, dass sie auch das zweite Glas in einem Zuge leerte.

Da sich selten unangekündigter Besuch am Tor einfand, welches das Herrenhaus vor dem Rest der Welt abschirmte, war sie verwundert, als die Bedienstete meldete, Burkhards Cousine wünsche, ihn zu sprechen. Noch war sie klar genug im Kopf, um selber zur Sprechanlage zu gehen, und ihre Neugier besiegte die Abneigung gegenüber dem Familienkreis der von Treunsteins.

„Mein Mann ist nicht da", erklärte sie dem Mikrofon und betrachtete den eleganten Hut, der den Bildschirm der Überwachungsanlage ausfüllte, sodass das Gesicht der Cousine nicht zu sehen war. Burkhard hatte eine weitläufige Verwandtschaft und Sophie kannte weiß Gott nicht jeden von ihnen.

„Darf ich trotzdem reinkommen? Ich habe eine weite Anreise hinter mir und etwas wirklich Wichtiges zu besprechen", sagte die Stimme mit einem merkwürdigen Akzent.

„Warum haben Sie nicht angerufen?", wollte Sophie erwidern, aber das erschien ihr doch zu unhöflich. Außerdem war eine Abwechslung willkommen, ein oberflächlicher Plausch vertrieb die Zeit und konnte nicht schaden. Also betätigte sie den Toröffner und beobachtete mit offenem Mund vom Fenster aus, wie eine imposante Dunkelhäutige mit einem großen Hut auf dem Kopf schnaufend zu Fuß die Einfahrt hochmarschierte.

„Ich glaube, hier liegt eine Verwechslung vor", empfing Sophie die Fremde am herrschaftlichen Eingangsportal. „Sie können unmöglich eine Cousine meines Mannes sein!"

Die Frau lächelte abschätzig. „Wegen meiner Hautfarbe? Eduard von Treunstein war wie viele seiner Kameraden nicht wählerisch. Es gab so gut wie keine weißen Frauen in Deutsch Südwestafrika, also bedienten sie sich der Herero-Mädchen, ob diese wollten oder nicht. Sie produzierten eine Menge Mischlingskinder, ohne sich weiter um sie zu kümmern. So auch mein geschätzter Großvater. Aber wie ich sehe, hinterlässt er mir ja wenigstens ein Vermögen."

Magano wies auf das Anwesen.

Ihr überfallartiges Manöver hatte sie sich wohlüberlegt, und die unsicheren Bewegungen der Hausherrin verrieten ihr, dass sie erwartungsgemäß überrumpelt war.

„Das Haus gehört meinem Mann", erwiderte Sophie steif.

„Und mir", entgegnete Magano ungerührt. „Es wäre schön, wenn wir uns in dieser Erbangelegenheit gütlich einigen könnten und nicht die Gerichte bemühen oder gar die Presse einschalten müssten. Darf ich reinkommen?"

Verblüfft starrte Sophie Magano an. Burkhard hasste es, Aufsehen zu erregen. Wenn er erfuhr, dass ihr Verhalten dazu geführt hatte, dass diese fremde Person sich an die Öffentlichkeit wandte, wäre der Teufel los.

Als habe sie ihre Gedanken gehört, fuhr die Frau fort: „Die Süddeutsche Zeitung ist sehr interessiert an der Aufarbeitung der deutschen Kolonialgeschichte und dem Umgang der Nachfahren mit ihrer Erbschuld." Sie zog die Augenbrauen hoch, was ihrem Gesicht etwas Eulenhaftes verlieh.

Sophie hatte keine Ahnung, wovon die Fremde da sprach. Sie wusste wohl, dass Eduard von Treunstein Burkhards Großvater war und sich in Afrika als Soldat angeblich wacker geschlagen hatte. Von dem Rest verstand sie nichts. Aber sie erkannte, dass diese Frau den Mut hatte, es mit ihrem Mann aufzunehmen, und das imponierte ihr ebenso wie die selbstbewusste, markante Erscheinung ihres Besuches. Ihr war zunehmend gleichgültig, ob sie wirklich seine Cousine war oder nicht.

„Kommen Sie herein", sagte sie. „Dann können wir uns in Ruhe unterhalten."

***

„Können wir skypen?" Thomas´ Whatsapp-Nachricht auf Lukas´ Handy war keine fünf Minuten alt.

„In zehn Minuten. Muss noch etwas mit dem Polier besprechen und den Rechner hochfahren", tippte er zügig in sein Smartphone und setzte einen Smiley mit Schweißperlen ans Ende seiner Antwort.

Die Replik „Okay" kam prompt.

„Hi, Mann, wie geht´s dir?", begrüßte Thomas ihn später grinsend.

„Danke gut. Und dir?" Lukas freute sich, das Gesicht des Freundes zu sehen. Obwohl dieser grinste, erkannte er gleich, dass ihm etwas Sorgen bereitete.

„Ja, auch ganz gut. Wie immer. Konntest du regeln, was du vorhattest?" Sein Schmunzeln wurde noch breiter.

„Ja, Mann und wie!" Lukas konnte sich ein Strahlen nicht verkneifen.

„Freut mich für dich! Wirklich."

„Danke. Was gibt´s? Ist alles okay auf der Baustelle?" Die Frage nach Sally lag Lukas auf der Zunge, doch sie schien ihm unpassend.

„Ja, hier auf der Neuen schon. Aber mit der Alten gibt´s Ärger. Die Saudis wollen nun auf einmal geklärt haben, warum der erste Bauabschnitt weggesackt ist. Sie haben eine Untersuchung eingeleitet und ich muss nachweisen, dass hier kein Baumangel vorlag. Du als mein Assistent sollst mit zur Anhörung erscheinen und eine eigene Aussage machen."

„Wieso kommen die jetzt damit, wo das Gebäude fertig ist? Das hat doch vorher keinen so richtig interessiert. Im Gegenteil, sie haben zugegeben, dass wir vorab auf unsere Bedenken bezüglich des Gründungsgutachtens und der minderwertigen Tragfähigkeit des Bodens ausdrücklich hingewiesen hatten!"

„Ja, das habe ich auch so in Erinnerung. Du hast das im Bautagebuch entsprechend dokumentiert. Jetzt steht Aussage gegen Aussage. Die Saudis sind im Moment nicht gut auf uns zu sprechen, seit der Außenminister sich kritisch zur Menschenrechtssituation hier geäußert hat. Da haben die gleich mal ihren Botschafter aus Berlin abgezogen. Ich habe gehört, dass seitdem keine Aufträge mehr an deutsche Firmen vergeben worden sind. Vielleicht wollen die uns aus dem Land haben, und eine Absage damit begründen, dass wir schlampig gearbeitet hätten. Ist nur eine Vermutung, aber wer weiß das schon."

„So ein Mist! Und jetzt?"

„Die Firma will, dass du kommst, und meine Aussage vor dem Untersuchungsausschuss bestätigst."

Lukas wurde blass. „Wann ist die Anhörung?"

„Nächste Woche Mittwoch."

„Ich stecke hier mitten in einem Projekt!"

„Davon müssen sie dich solange freistellen. Es liegt auch im Interesse des Unternehmens, unbescholten aus der Sache herauszukommen, sonst werden wir bei Folgeaufträgen nicht mehr berücksichtigt."

Lukas nickte langsam. Er würde erneut nach Saudi Arabien fliegen müssen, und dort vor einen Untersuchungsausschuss gezerrt zu werden, war keine Kleinigkeit. Gerade jetzt. Das durfte doch bitte alles nicht wahr sein!

Thomas deutete seinen Gesichtsausdruck richtig. „In ein paar Tagen kannst du wieder zurück."

„Was macht dich da so sicher? Mein Pass wird einbehalten und wenn den Saudis irgendetwas nicht passt, behalten sie uns so lange im Land, bis das endgültig geklärt ist. Und vor ein saudisches Gericht möchte ich nicht gestellt werden."

„Du bist nicht der Angeklagte, sondern ein Zeuge. Wofür sollten sie dich anklagen? Es geht hier nicht um ein Verbrechen. Das Schlimmste, was der Firma drohen kann, ist, dass sie hier keine Aufträge mehr bekommt und für die Mängel haften muss. Dann wird´s allerdings teuer", ergänzte Thomas gedehnt. Nach einer Weile fügte er hinzu: „Lass mich nicht alleine mit dem Mist hier hängen!"

„Nein, Mann, natürlich nicht. Ich rede gleich mit der Geschäftsleitung."

„Danke."

Sie schwiegen einen Moment, in denen ihnen vieles durch den Kopf ging. Lukas würde ein Visum beantragen und sich um den Flug kümmern müssen. Er würde Leonie schon wieder mehrere Wochen lang nicht sehen. Aber es kam noch schlimmer.

„Wie geht´s Sally?", fragte Lukas dann doch.

Thomas sah ihn betroffen an. „Sie ist schwanger."

Der Schreck fuhr Lukas durch Mark und Bein. „Was?!"

Thomas bestätigte es ihm mit einem gequälten Gesichtsausdruck. Lukas starrte ihn an, als könne er in seinem Gesicht ablesen, ob sich sein Freund einen üblen Scherz mit ihm erlaubte. Offensichtlich war dies nicht der Fall.

„Im wievielten Monat ist sie?", brachte Lukas mühsam hervor.

„Im fünften." Thomas sah aus, als stünde seine Hinrichtung kurz bevor. Lukas überschlug im Kopf die vergangenen Monate und kam zu dem Ergebnis, dass es bei einem der letzten Male, an denen sie überhaupt zusammen gewesen waren, passiert sein musste. Ihm war speiübel. Wie sollte er das Leonie erklären?

***

„Dein Vater ist auf 180", erklärte Randalf Gereon mühsam im kahlen Besucherraum der Haftanstalt. Er war noch nicht lange aus der Reha entlassen worden und sein Kiefer bereitete unvermindert Probleme. In dem Raum waren die würfelförmigen Holztische enger gestellt als in einem McDonald´s Restaurant, an der oberen Wandecke hingen runde, konvexe Spiegel und eine Raumseite bestand komplett aus Glasbausteinen. Zum Glück waren sie die einzigen Besucher, denn klaustrophobisch durfte man hier drin nicht veranlagt sein.

„Was tust du hier?", zischte Gereon ihn an. „Wenn die Kripo dich hier oder auf der Besucherliste sieht, haben die ganz schnell Eins und Eins zusammengezählt!"

„Dein Vater hat mich angerufen und gefragt, was für einen Murks wir da veranstaltet hätten."

Die erneute Erwähnung seines Vaters und die Tatsache, dass dieser sich die Mühe gemacht hatte, Randalf persönlich am Telefon Vorwürfe zu machen, verhieß nichts Gutes. Das war höchst ungewöhnlich und ließ befürchten, dass noch irgendetwas Unvorhergesehenes passiert war.

Sein Freund bestätigte den Verdacht unmittelbar. „Da ist so `ne Negerin bei euch in Stuttgart aufgelaufen und hat behauptet, sie sei seine Cousine. Jetzt beansprucht sie ihren Erbanteil und die Herausgabe des Gürtels."

Gereon wurde blass. Das wurde ja alles immer dramatischer! Nun stand plötzlich auch noch sein Erbe auf dem Spiel. Woher wusste die blöde Kuh, dass die Treunsteins den Gürtel hatten? Irgendetwas war gewaltig schief gelaufen. Wütend zog Gereon seine Augenbrauen dicht über der Nasenwurzel zusammen und eine schmale Falte grub sich scharf zwischen ihnen an der Stirn ein. „Kümmert sich mein Vater darum?"

„Er sagt, sie habe gar keinen Erbanspruch, selbst wenn sie von deinem Urgroßvater abstamme, weil uneheliche Kinder, die vor 1949 geboren wurden, per Gesetz als nicht verwandt mit ihrem Vater gelten. Das trifft dann auch auf ihre Vorfahren zu. Aber sie will an die Öffentlichkeit gehen."

Gereon fasste über den Tisch nach Randalfs Arm. „Du musst herausfinden, wer hinter all dem steckt. Irgendjemand war bei der Kripo und hat Sachen preisgegeben, die er besser für sich behalten hätte. Die haben mich gezielt wegen Sarah und Carina in die Mangel genommen. Und wer in Dreiteufelsnamen weiß von dem Scheißgürtel?"

Randalf zuckte mit den Schultern. „Diese Mitbewohnerin, die hat ihn ja verschickt."

„Und wieso weiß sie, dass er nicht angekommen ist?!"

Die beiden sahen sich an und ihre Augen wurden schmal. Es war vollkommen still im Raum.

„Von Sarah und Carina weiß zum Beispiel Robin, und der ist eng mit Tobias befreundet", flüsterte Randalf und Gereon nickte bedächtig.

„Kontrollier das und kümmere dich um ihn. Mach ihm mit allen Mitteln klar, mit welchen Konsequenzen er rechnen muss, wenn er über Dinge redet, die ihn nichts angehen. Und knöpf dir vor allem Carinas Mitbewohnerin vor. Die Schlampe war auch bei der Polizei und hat denen erzählt, dass sie den Gürtel verschickt hat."

Beide schwiegen einen Moment und ließen die Tragweite dieser Aufforderungen auf sich wirken.

„Kannst dich auf mich verlassen", bestätigte Randalf schließlich. „Wir holen dich hier raus!"

Zweifelnd sah Gereon in das verbeulte Gesicht seines Kumpels und verfluchte ihn innerlich dafür, dass ihm so viele Fehler unterlaufen waren und dass er selber nun dazu verdammt war, untätig in der Untersuchungshaft herumzusitzen.

Es war extrem schwierig, von hier aus die Fäden zusammenzuhalten und seine Leute zu dirigieren. Dabei war es nun wichtig, schnell und effektiv zu handeln. Es war keine Zeit mehr für ausgetüftelte Sperenzchen.

Unauffällig sah er sich nach dem Wärter um und erkannte, dass dieser weit genug weg war. Dann erklärte er Randalf leise, wo er eine Pistole und Munition in seiner Wohnung finden konnte.

„Was soll ich denn mit der Waffe? Ich will nicht noch jemanden umbringen, ich habe doch Carina schon auf dem Gewissen."

„Nur zur Sicherheit, damit die sehen, dass du es ernst meinst" erklärte Gereon ihm im beschwörenden Ton und versuchte zu erkennen, ob Randalf umzufallen drohte.

Unbehaglich erwiderte dieser seinen Blick. Er verstand, dass Gereon ihn daran erinnern wollte, dass Randalfs Fehler ihn überhaupt erst in diese missliche Lage gebracht hatten. Hätte er Carina in der Kammer nicht allein gelassen oder sie anschließend wenigstens abgesucht, hätte sie nicht den Gürtel entwenden können. Hätte er seinen Job in der Wohnung richtig gemacht, hätte Gereon nicht aus München kommen müssen, um das Teil abzufangen.

Randalf nagte an seiner Unterlippe. Ihm war bewusst, dass er ohnedies gezwungen war zu tun, was die Treunsteins wollten, wenn er nicht seine Zukunft verspielen wollte..

„Ich verstehe aber immer noch nicht, wieso mein Vater ausgerechnet dich angerufen hat. Woher kennt er deine Nummer?", fragte Gereon mit unverändert zusammengezogenen Augenbrauen.

Randalf blickte an ihm vorbei. „Von meinen Eltern."

Gereon schüttelte unwirsch und verständnislos den Kopf.

Sein Gegenüber spannte die Kiefermuskeln an. „Sie sind in der Bredouille, weil eine ihrer Firmen im Nahen Osten Mist gebaut hat. Dein Vater hat ihnen zugesichert, dass er seine Kontakte vor Ort nutzen wird."

„Und was hast du damit zu tun?"

„Als Gegenleistung erwartet er, dass ich mich hier um alles kümmere, und tue, was nötig ist, um dich hier rauszubekommen." Randalf senkte den Blick und versicherte sich selber, dass er es Gereon ohnehin schuldig war, dass er ihn hier wieder rausholte, koste es, was es wolle. „Dabei hätte ich das sowieso getan", erklärte er seinem Freund anschließend.

10

Leonie freute sich unbändig auf ihr Wochenende mit Lukas. Sie hatten sich fünf Tage nicht gesehen und wenig telefoniert, weil er so beschäftigt war. Ihre letzte Klausur in Strafrecht war geschrieben und bis zur mündlichen Prüfung blieben ihr nun ein paar Monate Pause. Endlich kam sie in Berlin an und konnte ihn umarmen. Er drückte sie an sich, aber sein besorgter Gesichtsausdruck entging ihr dabei nicht. Etwas nagte an ihm, das erkannte sie sofort.

Sie lockerte seinen Griff. „Was ist los?"

Er wagte kaum, sie anzusehen. „Nichts. Lass uns Pizza essen gehen."

Er nahm ihre Hand und führte sie vom Bahnsteig. Beklommen folgte Leonie ihm. Sie ahnte, dass etwas Gravierendes vorgefallen sein musste und ihre Vorfreude auf das Wochenende fiel in sich zusammen. Was mochte passiert sein? Schweigend gingen sie nebeneinander her, bis Lukas sich besann.

„Wie war die Zugfahrt?", erkundigte er sich betont locker.

Leonie warf ihm einen Blick zu. Dachte er wirklich, er könne sie täuschen? „Ganz gut, allerdings kam sie mir diesmal wie eine Ewigkeit vor. Ich habe mich wahnsinnig auf dich gefreut und konnte kaum erwarten, hier zu sein."

Abrupt blieb Lukas stehen, sah sie eine Weile an und küsste sie dann lange. Schweigend setzten sie ihren Weg fort. Es graute ihm vor dem, was er Leonie sagen musste, aber er wollte ihr gemeinsames Leben nicht mit einer Lüge beginnen. Die letzten Tage und Nächte waren schwierig für ihn gewesen. Er hatte kaum geschlafen und konnte sich tagsüber nicht auf die Arbeit konzentrieren. Schon kurze Zeit nach der Skype-Sitzung mit Thomas hatte er eine „Einladung" des saudischen Ministeriums für Wirtschaft und Planung erhalten, zusammen mit einem Visum, das ihn ausschließlich zum Aufenthalt in Riad berechtigte. Das Schreiben enthielt eine detaillierte Auflistung darüber, warum seine Einreise erforderlich war. Am liebsten hätte er es zerknüllt und weggeworfen. Aber er konnte Thomas nicht damit allein lassen, die betriebliche Führungsebene bestand darauf, dass er ihn mit seiner Aussage entlastete und das Ansehen der Firma verteidigte. Hinter vorgehaltener Hand hatte man ihm zu verstehen gegeben, dass man auf den Zuschlag für ein Großprojekt hoffte.

Auch der Gedanke, dass Sally möglicherweise ein Kind von ihm bekam, brachte ihn um den Schlaf. Wie hatte ihm das passieren können? Die Zwickmühle, in die er sich hineinmanövriert hatte, war unlösbar. Ließ er sie sitzen, wiederholte er den Fehler, den sein Vater begangen hatte. Die Konsequenzen hatte er in seiner Kindheit am eigenen Leib erlebt. Stand er zu ihr, war er gezwungen, die Liebe seines Lebens aufzugeben. Der Konflikt zerriss ihn innerlich. Er wollte Leonie auf keinen Fall verlieren und ersann fieberhaft Mittel und Wege, um das Dilemma zu lösen. Doch klar war ihm bisher nur, dass er mit beiden Frauen reden musste. Er sah Leonie von der Seite an und spürte einen Stich in der Brust. `Verlass mich nicht!´, dachte er inständig, als könne er so seine Gedanken in ihren Kopf übertragen. Er würde daran zerbrechen und war bereit, alles Nötige zu tun, um das zu verhindern.

„Ich muss für zwei Wochen nach Riad fliegen", hob er an, als sie in einer der Pizzerias am Hackeschen Markt mit Aussicht auf den historischen Stadtbahnviadukt saßen, hinter welchem der Fernsehturm aufragte. Lukas kämpfte mit seinem Gewissen und konnte Leonie kaum in die Augen sehen.

„Was? Warum das denn?", fuhr Leonie auf. Das war es also, was ihm Kopfzerbrechen bereitete!

„Der Bauleiter, dessen Assistent ich war, hat mich informiert, dass die Auftraggeber geklärt haben wollen, weshalb der erste Bauabschnitt instabil war und erneuert werden musste. Ich kann ihn damit jetzt nicht hängen lassen. Wir müssen vor einem Untersuchungsausschuss aussagen."

Leonie wurde flau im Magen, als sie an die Bilder der Dokumentation dachte, die sie vor wenigen Monaten im Fernsehen gesehen hatte. Dort hieß es, dass in Saudi Arabien Menschen für Delikte zum Tode verurteilt wurden, die in Deutschland noch nicht einmal als Vergehen im strafrechtlichen Sinne galten.

„Bitte, bleib hier!", bat sie im Reflex, obwohl ihr bewusst war, dass er seinen Kollegen nicht dem Schicksal überlassen würde.

„Leo, ich kann nicht." Er fasste nach ihrer Hand. „Die Firma hat angeordnet, dass ich vor diesem Ausschuss aussage."

„Wie lange wirst du weg sein?"

„Ich hoffe, nur ein oder zwei Wochen."

„Hoffentlich geht alles gut."

Ihre Bestellung wurde gebracht und bedrückt begannen sie zu essen. Leonie war der Appetit vergangen und sie aß mit wenig Begeisterung. Auch Lukas schob die Pizzastücke auf dem Teller lediglich hin und her.

„Da ist noch etwas", hob er wieder an, ohne den Blick von der Tischplatte zu heben.

Als er nicht weitersprach, sah Leonie ihn an. Fieberhaft zerbrach er sich den Kopf, wie er ihr schonend beibringen konnte, was er zu sagen hatte. Aber es gab keinen Weg, das behutsam zu tun, also sprach er es kurz und bündig aus: „Die Frau, mit der ich in Riad zusammen war, ist schwanger."

Schockiert ließ Leonie die Gabel sinken und schob ihren Teller von sich weg. In ihren Ohren begann es zu rauschen.

Lukas drückte fest ihre Finger. „Leo..."

„Kann es denn sein, dass du der Vater des Kindes bist?", fragte sie wie versteinert.

Lukas griff nach ihren Händen. „Leo, es tut mir unendlich leid. Wenn ich das rückgängig machen könnte, würde ich es tun."

Fassungslos sah sie ihn an. „Ich habe die ganzen Jahre auf dich gewartet und keinen Mann angerührt!", sagte sie tonlos.

Er senkte den Blick. „Ich dachte, du wolltest mich nicht mehr und hättest einen anderen. Ich habe nie aufgehört, dich zu lieben, das schwöre ich dir."

„Und hast du das auch deiner Freundin gesagt?"

„Um ehrlich zu sein, ja. Sie wusste von Anfang an, dass es dich gibt und dass du die Liebe meines Lebens bist."

Sie entzog ihm ihre Hände und sah ihn aufgewühlt an. Sie musste weg. Das Rauschen in ihren Ohren spitzte sich zu demselben zermürbenden Pfeifton zu, der sie nach Carinas Anblick in der Badewanne aus der Schockstarre gerissen hatte. Sie konnte hier nicht einfach sitzen bleiben, Pizza essen und sich mit Lukas sachlich darüber unterhalten, dass eine andere Frau ein Kind von ihm erwartete. Ihr Kopf war merkwürdig hohl und in der Leere war nichts als Schmerz. Ihr schwindelte. Als die lähmende Erstarrung nachließ, griff sie reflexhaft nach ihrer Jacke und machte Anstalten, sich zu erheben. Mit einer raschen Bewegung fasste Lukas ihr Handgelenk und hielt sie fest.

„Nein, Leo, lauf bitte nicht wieder weg! Bleib hier und setz dich mit mir auseinander. Was passiert ist, war Mist und ich bedauere es zutiefst. Aber ich habe das nicht alleine zu verantworten. Wir haben beide dafür gesorgt, dass die letzten Jahre so verlaufen sind. Lass mich nicht hier hängen mit meinem Schuldgefühl und der Angst, dich erneut zu verlieren, wo wir uns doch gerade erst wieder gefunden haben."

Seine Finger umschlossen eisern ihr Handgelenk und sein Blick war flehend. Sie unternahm einen halbherzigen Versuch, sich seinem Griff zu entwinden, aber er lockerte ihn nicht. Also blieb sie sitzen und sah ihm unverwandt in die geliebten blauen Augen, die nun feucht schimmerten. Endlose Minuten verrannen.

Schließlich bat er: „Versprich mir, dass du nicht wegläufst, wenn ich dich jetzt loslasse!"

Sie schaute aus dem Fenster auf die Rosetten des renaissance-ähnlichen Baus gegenüber, ohne sie wahrzunehmen, und nickte dann schwach. Durch ihre Eingeweide bohrte sich der Schmerz wie eine Lanze. Sie liebte Lukas über alles und nun erwartete irgendwo auf der arabischen Halbinsel eine fremde Frau ein Kind von ihm, das eigentlich ihres sein sollte. Es war unerträglich. Zwischen ihren Wimpern sammelten sich Tränen.

Er rückte näher an sie heran und umschloss nun ihre Finger mit seinen beiden Händen. „Lass mich hinfliegen und das regeln, damit wir endlich gemeinsam da weitermachen können, wo wir vor dreieinhalb Jahren aufgehört haben."

„Ich würde dir das gerne glauben. Aber es wird nie mehr so sein, wie es war. Wie soll das gehen? Du wirst Vater!"

Lukas drehte ihr Gesicht zu sich hin. „Ja, es sind unvorhergesehene Dinge geschehen und ja, wir haben uns verändert. Nun müssen wir uns neu finden, und ich bin bereit, das zu tun. Du auch?"

Sie zögerte und er legte seine Stirn an ihre. „Du bist die Frau meines Lebens", wiederholte er und führte seine große Hand an ihre Wange. „Lass nicht zu, dass uns wieder etwas entzweit." Eindringlich sah er sie an. „Ich liebe dich." Vorsichtig küsste er sie, bis sie den Kuss erwiderte.

***

„Bingo!", rief Melina Gande, als sie sich durch die Liste der Personen arbeitete, die Gereon von Treunstein in der Untersuchungshaft besucht hatten.

„Seit wann spielst du Bingo?", fragte Ruthenmöller scherzhaft, ohne vom Computerbildschirm aufzuschauen. „Ich dachte, das ist ein Freizeitvergnügen älterer britischer Ladys, vorzugsweise in Seniorenwohnheimen und nicht von intelligenten, hoch motivierten Kriminalkommissarinnen."

„Oh, der Meister ist aus dem Urlaub zurückgekehrt und lässt uns an seinen scharfsinnigen Überlegungen teilhaben!" Melina warf ihm einen schiefen Blick zu.

„Ich war nicht im Urlaub, das weißt du genau", verteidigte er sich vehement.

„Ach ja, stimmt. Du warst krank. Ging es dir arg schlecht?" Sie achtete darauf, dass die Ironie in der Äußerung nicht zu überhören war, weil es sie ärgerte, dass er seine Krankmeldung auf mehrere Tage ausgedehnt hatte.

„Claudia leidet an Morbus Crohn und hatte einen akuten Schub. Sie konnte sich nicht selbst versorgen und musste ein hoch dosiertes Cortison-Präparat einnehmen. Es ging ihr wirklich dreckig. Hätte ich sie damit allein lassen sollen?"

Seine nüchterne Ehrlichkeit entwaffnete sie. Nein, natürlich ließ man niemanden im Stich, der so krank war. Sie schob die Unterlippe vor. „Hat sie keine Verwandten, die sie unterstützen können?"

„Ihre Eltern sind tot und andere Angehörige wohnen weit entfernt. Sie ist damals wegen mir nach Köln gezogen."

Melina senkte ihren Blick und bereute, dass sie quer über ihr Foto, das er als Lesezeichen benutzte, mit einem roten Edding geschrieben hatte: „Küssen verboten!"

Er hatte das noch nicht gesehen, zumindest lag das Buch scheinbar unberührt an seinem Platz.

„Also, was ist Bingo?", fragte er nun.

„Einer der Kerle, die im November schwer verletzt in die Uniklinik gebracht worden sind, hat Treunstein in der U-Haft besucht."

Interessiert beugte er sich vor. „Wer?"

„Ein Randalf Königstett."

„Haben wir seine Adresse?"

„Jawoll."

„Dann laden wir ihn mal vor."

„Yes, Sir."

„Gute Arbeit, Melli."

Sie sahen sich über ihre Schreibtische hinweg lange an als prüften sie, ob weiteres `Gutes´ sie verband. Dann erhob Melina sich einem inneren Impuls folgend und trat zu ihm herüber. Obwohl sie wusste, dass es falsch war und unerlaubt sowieso, nahm sie sein Gesicht in ihre Hände und küsste ihn spontan auf den Mund.

Überrascht schaute er zu ihr auf. „Ich dachte, küssen sei verboten."

Er hatte das Foto wohl doch schon gesehen.

„Hatte ich glatt vergessen", erwiderte Melina und schlenderte zurück auf ihre Seite, um Randalf Königstett ausfindig zu machen.

***

„Mit totalitären Regimen muss man vorsichtig umgehen." Nachdenklich und besorgt neigte Lukas´ Vermieterin ihren Kopf zur Seite, als er ihr davon erzählte, dass er erneut nach Saudi Arabien musste und warum. „Man darf die Leute, die am langen Hebel sitzen, auf keinen Fall provozieren. Geben Sie ihnen niemals einen Anlass, Sie einzusperren. Wenn das passiert, sehen Sie so schnell das Tageslicht nicht mehr."

„So weit wird es hoffentlich nicht kommen", wandte Lukas betont zuversichtlich ein. „Ich bin ja schließlich nicht angeklagt."

Die alte Dame sah ihn eindringlich an. „Ich war zum Glück nie betroffen, aber einige Genossen aus der Brigade. Einer hat mir mal gesagt, dass man selbst dem kleinsten Licht mit Respekt begegnen müsse, wenn die einen mal in ihren Fängen haben. Niemals dürfe man einem von ihnen zeigen, was man von ihm hält. Und lassen Sie sich auf keine Diskussionen mit denen ein, denn die Einfältigen sind die schlimmsten. Brutal und unberechenbar, sobald sie merken, dass sie geistig unterlegen sind. Dann spielen sie ihre Machtposition bis zum bitteren Ende aus."

„Na, jetzt malen Sie aber mal nicht den Teufel an die Wand!" Lukas lachte, obwohl ihm unbehaglich zumute war. Wieso machten sich alle solche Sorgen? Es ging doch nur um eine Zeugenaussage! Im ungünstigsten Fall musste die Firma eine hohe Geldsumme zahlen, Schlimmeres war nicht zu erwarten.

„Halten Sie mich nicht für eine verschrobene, alte Schachtel." Seine Vermieterin fasste ihn ermahnend am Arm.

„Glauben Sie mir, ich weiß, wovon ich rede. Ich habe dreißig Jahre in der DDR gelebt und manchen gesehen, den die Stasi dazwischen hatte. Wenn die wieder entlassen wurden,

157

waren das gebrochene Menschen. Nehmen Sie das nicht auf die leichte Schulter. Können Sie nicht einfach hierbleiben? Die werden ja wohl kaum einen Auslieferungsantrag wegen einer Zeugenaussage stellen."

„Nein, das kann ich nicht. Zum einen verbietet es der Anstand, meinen Kollegen die Angelegenheit alleine ausbaden zu lassen ..."

„Der hat nichts davon, wenn Sie neben ihm baumeln!"

Lukas ignorierte ihre geschmacklose Bemerkung. „Zum anderen wartet die Firma auf einen Folgeauftrag, der bisher nicht erteilt wurde. Sie wollen die Angelegenheit geklärt haben und, dass die Auftraggeber sehen, dass wir ihr Anliegen ernst nehmen."

Sie schnaubte und fuchtelte mit den Armen. „Ihr Anliegen ernst nehmen! Ihr Anliegen ernst nehmen! Wenn ich das schon höre!"

Lukas legte ihr begütigend die Hand auf die Schulter. „Außerdem hat die Firma uns ihre Unterstützung zugesichert."

„Pah, denen geht es nur ums Geld, wie allen Westfirmen. Ist doch klar, müssen sie ja auch, sonst gehen sie kaputt. Lassen Sie sich nicht vor irgendeinen fremden Karren spannen." Sie bemerkte die Entschlossenheit in seinem Blick und lenkte ein. „Ich wünsche Ihnen viel Glück, Herr Frieling. Ich werd´ an Sie denken!" Fürsorglich tätschelte sie seinen Arm. „Was machen Sie denn mit Ihrer Freundin?"

„Die bleibt natürlich hier."

„Natürlich." Sie nickte und dachte: `Wenn das mal gut geht!´

11

Den Journalisten ausfindig zu machen, der vor ein paar Jahren versucht hatte, Burkhard von Treunstein vor laufender Kamera zu seinen rechtsnationalen Aktivitäten zu befragen, war leichter, als Magano nach der Lektüre diverser Internetartikel über dieses Interview vermutet hatte. Leon Bolt hatte den Sender verlassen, weil man ihn auf Betreiben Treunsteins hin bei seinem damaligen Arbeitgeber kaltgestellt hatte. Nun schrieb er Artikel für überregionale Tageszeitungen und produzierte als freier Publizist Beiträge, die er an unabhängige Rundfunkstationen verkaufte. Die neuen Kontakte hatte er dafür genutzt, über die Vorfälle rund um Treunstein zu berichten, und war mehrfach anonym bedroht worden. Aber er war Journalist durch und durch, angestachelt von Neugier und der Jagd nach Wahrheit. Einige seiner Freunde sahen in ihm einen Getriebenen, andere einen erfolgshungrigen Investigativjournalisten. Beides spornte ihn gleichermaßen an, den Finger noch tiefer in die Wunde zu legen.

Mit großem Interesse war er Maganos Ausführungen am Telefon gefolgt und bereit, sich mit ihr im Ludwig im Museum in Köln zu treffen. Das Café war gut gefüllt, als Magano ächzend durch die Glastür eintrat, die vom Eingang der Kunstsammlung ins Lokal führte. Die wenigen Treppenstufen hatten sie schon wieder kurzatmig gemacht. Aber das lag sicherlich auch an den dicken Kleidungsstücken, in die sie sich in diesem kalten Land ständig hüllen musste, um nicht zu erfrieren. Wärme, Stimmengemurmel und der Duft nach gerösteten Kaffeebohnen schlugen ihr entgegen. Sie mochte den Geruch und als sie in der Karte las, dass hier ausschließlich Fair-Trade-Kaffee serviert wurde, seufzte sie zufrieden. Die Wahl des Treffpunkts war in Ordnung, hoffentlich war das auch ein gutes Omen für ihre Verabredung mit dem Mann, von dem sie bislang nur die dunkle Stimme am Telefon kannte.

Glücklicherweise erhob sich ein junges Pärchen von einem Tisch am Fenster, sodass Magano die Aussicht auf die Hohenzollernbrücke genießen konnte, während sie auf den Journalisten wartete. Sie schaute nach draußen und ließ ihr Gespräch mit Sophie von Treunstein Revue passieren. Diese hatte sie mit freundlichen, aber vagen Worten abgespeist und behauptet, sie wisse nichts von einem Gürtel. Geschäftliche und familiäre Angelegenheiten regle ihr Mann und sie habe keine Kenntnis von solchen Dingen. Als sei sie ein unbedarftes Kind, das am Gängelband lief, und nicht eine erwachsene Frau. Im Laufe der Unterredung gewann Magano zunehmend den Eindruck, dass Sophie tatsächlich naiv war und zudem einen Schwips hatte. Zumindest ließ ihre undeutliche, breite Aussprache das vermuten. Aber sie überspielte das geschickt, als sei sie darin geübt, und Magano war schließlich unverrichteter Dinge wieder abgereist, nur mit Sophies Versprechen in der Tasche, ihr Mann werde sich bei Magano melden. Doch ein Anruf von Treunsteins war nie erfolgt. Also machte sie nun ihre Drohung wahr und wandte sich an die Presse.

Ihre Aufmerksamkeit kehrte zu dem Ausblick vor dem Fenster zurück und sie wunderte sich über das seltsame Verhalten der Ordnungskräfte, die Passanten beiseite scheuchten.

„Das war ein Schildbürgerstreich sondergleichen", sagte der ältere Herr mit dem schütteren Haar und dem zerfurchten Gesicht am Nachbartisch mürrisch. Er deutete nach draußen. „Seit Jahren bezahlt die Stadt nun diese Ordner, die bei Wind und Wetter die Leute vom Dach der Philharmonie fernhalten. Was für eine Verschwendung von Steuergeldern!"

Seine Gesprächspartnerin, eine Frau mittleren Alters mit Brille und intelligentem Gesichtsausdruck, wirkte geistesabwesend, als habe sie diese Bemerkung schon öfters zu hören bekommen.

„Dann finden momentan wohl wieder Proben in der Philharmonie statt", erwiderte sie.

160

„Oder ein Konzert", sagte er und wies auf die Ordner. „Sieh dir das mal an! Die armen Leute sind doch total durchgefroren und müssen sich von den Fußgängern auch noch giftige Bemerkungen anhören, weil die nicht begreifen, warum sie jetzt nicht über das Pflaster marschieren dürfen. Was waren da Dilettanten am Werk!"

Magano betrachtete nun ihrerseits die Szene und stimmte dem älteren Herrn zu. In Deutschland schien es ihr allerdings mehr als nur eine gigantische Fehlplanung zu geben. Dabei rühmte man die Deutschen doch auf der ganzen Welt für ihre fachkundigen Ingenieure! Ihr Blick wanderte weiter zu der stattlichen Reiterstatue, die die Hohenzollernbrücke flankierte und auf den Dom zuzureiten vorgab. Da die umstehenden Bäume nahezu kahl waren, war sie gut zu erkennen, mitsamt dem Helm, auf dem ein Reichsadler thronte. Magano zögerte einen Augenblick, dann bat sie die beiden Deutschen am Nachbartisch, ein Auge auf ihre Handtasche zu haben, streifte sich die Jacke über und verließ das Café durch die Drehtür Richtung Brücke.

Ein eisiger Wind schlug ihr entgegen und sie stemmte sich dagegen, während sie, die Abschottung des Philharmoniedaches achtend, auf das Reiterdenkmal zuhielt. Am mannshohen Sockel erkannte sie, dass sie recht gehabt hatte mit ihrer Vermutung, dass sie nun zu Kaiser Wilhelm II. in Bronze aufsah. Dem Menschen, dem die Herero die Anwesenheit der deutschen Schutztruppe in ihrem Land zu verdanken hatten. Als Kind hatte sie sich oft gefragt, wer dieser Mann war, nach dessen Namen der Berg nahe Okahandja benannt worden war. Nun wurde sie durch den Aufbau der Skulptur widerwillig dazu gezwungen, zu ihm aufzusehen.

`Er thront dort oben auf seinem hohen Ross, als sei er ein Held, obwohl er zumindest politisch die Verantwortung für den ersten Völkermord des 20. Jahrhunderts trägt´, dachte sie. `Aufrecht und stolz hockt er auf dem martialischen Pferd mit dem gestutzten Schwanz und wendet den Blick von mir ab, als sei ich zu unbedeutend, um Beachtung zu finden. Und seine schuldbeladene Uniform ist behängt mit Orden und Reichsinsignien.´

Verächtlich verzog Magano den Mund und hätte am liebsten vor dem Denkmal ausgespuckt. Dann fiel ihr auf, dass die Bronze im Laufe der Jahre so oxidiert hatte, dass es aussah, als habe der Kaiser sein eigenes Pferd vollgepinkelt, und dieses ebenfalls Wasser gelassen. Das reichte ihr vorerst als Genugtuung. Sie wandte den Blick wieder ab. Über die Hohenzollernbrücke strömten Fußgänger, ein IC fuhr langsam in den Bahnhof ein und die Stahlkonstruktion dröhnte und quietschte unter seinem Gewicht. Unbeeindruckt gingen die Menschen daneben her, als könne nichts und niemand dieses Wunderwerk der Technik zum Einsturz bringen. Auch nicht die abertausend Vorhängeschlösser, die die Absperrung zwischen Fußgängerbereich und Gleisen nahezu vollständig bedeckten. Magano schüttelte ihren Kopf über die Verschrobenheiten der Industrienationen und ging zurück ins Ludwig unter dem Hahnenkammdach des Museums. Leon Bolt stand bereits im Café und hielt Ausschau nach einer schwarzen Frau Ende fünfzig, als sie wieder eintrat. Ihre eindrucksvolle Erscheinung sprang ihm ins Auge und zögernd trat er auf sie zu.

„Sind Sie Magano Mungbate?“

Sie bejahte. „Leon Bolt?“

„Ja. Wunderbar, dass das Treffen so problemlos geklappt hat.“

„Ich habe uns bereits einen Platz gesichert.“ Magano führte Leon zu dem kleinen Tisch am Fenster und bedankte sich bei ihren Tischnachbarn.

Sie setzten sich und Leon betrachtete Magano aufmerksam, als wolle er seinen Bericht mit einer Beschreibung ihrer Person und ihres Treffens in diesem Café beginnen, wie das in vielen Reportagen üblich war.

„Sie möchten mit mir über Burkhard von Treunstein sprechen?“, sagte er und es klang eher nach einer Feststellung als nach einer Frage. Seine stämmige, untersetzte Statur und das gescheitelte, Mittelblonde Haar passten zu der dunklen

162

Stimme die Magano wiedererkannte, und verliehen ihm das Charisma eines Mannes, der Dinge entschlossen anpackt und zu Ende bringt.

„Oh ja", bestätigte Magano übertrieben deutlich. Dann begann sie, dem jungen Journalisten die ganze Geschichte zu erzählen. Sie deutete auf das Reiterdenkmal und schlug Bolt vor, seinen Fernsehbericht mit einer Aufnahme von Wilhelm II. zu beginnen und mit der Historie der Deutschen in Südwestafrika, einschließlich der begangenen Kriegsverbrechen und dem Raub an Kulturgütern. Damit war der Bogen zu dem Gürtel von Chief Gabriel geschlagen und sie berichtete ihm von dessen Verschwinden, von Carinas Suche nach dem Diebesgut und ihren ungeklärten Todesumständen, die einen Mord nahelegten. Gereons Einbruch in die Postfiliale erwähnte sie ebenso wie ihren Besuch auf dem Familiensitz der Treunsteins, welche ihren Informationen zufolge im unrechtmäßigen Besitz des Riemens seien. Sie beklagte die vielen unehelichen Kinder, die Eduard von Treunstein in Deutsch Südwestafrika gezeugt anschließend sich selbst überlassen habe. Zum Schluss wies sie darauf hin, dass wichtige Herero-Vertreter nicht zu der Übergabe der Gebeine in Berlin Ende August eingeladen worden seien. Als sie geendet hatte, schaute Leon Bolt sie sprachlos an.

„Das ist perfekt", sagte er schließlich. „Sind Sie bereit, vor die Kamera zu treten und Ihre Ausführungen zu wiederholen?"

„Aber selbstverständlich", bejahte Magano entschieden mit ernster Miene.

„Sind Sie sich bewusst, in welche Gefahr Sie sich begeben?"

„Wenn Ihr Beitrag erst einmal gesendet ist, bin ich sicherer als jetzt, wo man mich noch recht unauffällig aus dem Weg räumen könnte." Sie war sich ihres Vorgehens gewiss, hatte sich in den vergangenen Tagen lange genug mit dem Für und Wider auseinandersetzen können. Bolt nickte langsam und erfreut. „Dann lassen Sie uns keine Zeit verlieren."

Der Flug nach Saudi Arabien mutete Lukas wie ein Déjà-vu an. Wieder saß er alleine in der Maschine, wieder war er im Unfrieden mit Leonie auseinandergegangen, wieder war er wie betäubt und verstand die Welt nicht mehr. Sie hatte sich zwar nicht von ihm getrennt, aber es war nicht zu übersehen gewesen, wie getroffen sie war. Natürlich war sie verletzt! Er mochte sich gar nicht ausdenken, wie es ihm erginge, wenn Leonie von einem anderen Mann schwanger wäre! Wie hatte er gelitten, als er dachte, der Sportwagen-Typ sei ihr neuer Freund! Und nun war er selber derjenige, der ihre Beziehung erneut in eine Sackgasse manövriert hatte, ohne es zu wollen.

Die Stewardess stellte ein Getränk und das Bordessen vor ihm ab und lächelte ihn freundlich an. Er bedankte sich geistesabwesend und starrte mit leerem Blick auf das eingeschweißte Sandwich vor sich. Ein Leben lang würde er die Verantwortung für ein Kind tragen, das er vermutlich kaum zu Gesicht bekam und das ihm irgendwann zurecht Vorwürfe machte, weil er sich nicht gekümmert, sondern durch Abwesenheit „geglänzt" hatte. Eigentlich wollte er ja gerne seinen Sprössling aufwachsen sehen und auf seinem Lebensweg begleiten, schließlich hasste er Sally nicht. Im Gegenteil, er mochte sie noch immer und sorgte sich, was aus ihr nun wurde. Saudi Arabien musste sie sicher verlassen, sobald ihre Schwangerschaft bekannt wurde. Wohin konnte sie dann gehen? Zurück in das Zuhause, vor dem sie geflohen war? Selbstverständlich würde er sie finanziell unterstützen und regelmäßig dorthin fliegen, wo sie sich aufhielt. Aber das stellte seine Zukunftsplanung infrage und setzte die Beziehung zu Leonie einer Dauerbelastung aus. Dass sie damit problemlos zurechtkam und ihn dabei unterstützte, konnte er sich kaum vorstellen. Und was wäre, wenn sie beide keinen Nachwuchs bekamen? Dann wäre es für Leonie gewiss noch viel schlimmer zu wissen, dass er bereits Vater war.

Wie sollte er das alles seiner Mutter erklären? Er sah sie vor sich, abgearbeitet und verhärmt, wie sie in vorwurfsvoll anschaute, weil er Sally ebenso hängen ließ, wie sein eigener Erzeuger das mit ihr getan hatte. Und er sah das triumphierende Glitzern in den Augen von Leonies Mutter, die sich in ihrer Einschätzung bestätigt sah, dass er ein Tunichtgut war. Jählings spürte er den Drang, den Klapptisch hochzuschlagen, sich den Gurt vom Körper zu reißen, brüllend durch das Flugzeug zu laufen und seine Fäuste in die Klapptüren der Gepäckfächer zu rammen. Nur mit Mühe unterdrückte er diesen Impuls. Das erste, was er heute Abend im Compound tun würde, war mit Thomas den Fitnessraum aufzusuchen, um auf den Boxsack einzudreschen. So ein verfluchter Bockmist! Wieso musste ihm das passieren? Unwirsch riss er das Sandwich auf, biss hinein und kaute wütend darauf herum. Aus dem Kern der Wut heraus bahnte sich eine Sorge langsam ihren Weg nach oben: Was wird Leonie nun unternehmen? Nie und nimmer nahm sie das einfach nur so hin, denn es brachte ihre Beziehung in eine Schieflage.

Er stöhnte.

„Oh, schmeckt das so übel?", erkundigte sich seine Sitznachbarin besorgt und betrachtete stirnrunzelnd ihr eigenes, noch verpacktes Sandwich.

„Nein, ich habe mir aus Versehen auf die Zunge gebissen", behauptete Lukas.

Die Frau warf ihm einen langen Blick aus dicht bewimperten Augen zu und lächelte dann vielversprechend. „Oje, Sie Armer."

„Kein Problem, geht schon", erwiderte er und richtete seine Aufmerksamkeit auf den Bordmonitor vor ihm. Eine Computergrafik demonstrierte, wo sich das Flugzeug auf der Route momentan befand. Unter dem monotonen Dröhnen der Triebwerke schwankte die Maschine leicht.

„Ich bin Amanda", verkündete die Frau und reichte ihm ihre schlanke Hand mit den manikürten Fingern.

„Manfred." Lukas hob seine Hand zum Gruß.

„Haben Sie beruflich in Saudi Arabien zu tun?" Sie warf ihm noch immer diesen vieldeutigen Blick zu.

`So, jetzt reicht´s´, dachte Lukas, biss nochmals in das pappige Sandwich und antwortete mit vollem Mund: „Ja, ich habe als Schweißer auf dem Bau angeheuert. Aber nächste Woche fliege ich zurück und heirate die Mutter meiner drei Kinder. So, und nun muss ich mal aufs Klo."

Mit einem Ruck riss er den Gurt auf und zwängte sich aus dem engen Sitz. Ihren pikierten Blick ignorierend strebte er den Gang hinunter. Eine halbe Stunde lang blieb er vor der freien Bordtoilette stehen. `Hoffentlich läuft bei der Anhörung nicht auch noch etwas schief´, grübelte er, als sich der Gedankenkreisel wieder in Bewegung setzte, und ihm wurde übel. Die ganze Welt hatte sich gegen ihn verschworen und das ausgerechnet in einem Moment, als er sich am Ziel seiner Träume angekommen sah. Er schlug mit der flachen Hand an die Bordwand und wünschte sich, Uli wäre da. Mit dem hätte er sich nun eine saftige Prügelei liefern können wie in früheren Zeiten.

Stattdessen sah er Sally schwanger vor sich stehen und versuchte, sich vorzustellen, wie ihr gemeinsames Kind aussehen würde. Leonie wollte noch ein paar Jahre warten, mit Sally konnte er nun schon eine Familie gründen. Gedankenverloren schüttelte er den Kopf. Es war ja gar nicht irgendeine Familie, nach der er sich sehnte. Er wünschte sich eine mit Leonie. Aber wenn er Sally mit dem Baby allein ließ, wiederholte er das Fehlverhalten seines Vaters, den er dafür verwünscht hatte. Als wollte eine finstere Macht ihm hämisch beweisen, dass er auch nicht besser war als sein alter Herr. Dieser hatte ihm einmal anvertraut, dass Lukas einfach „passiert" sei, ohne dass er viel für seine Mutter empfunden hatte.

„Als junger Mensch macht man Fehler. Wenn Leonie diejenige welche ist, dann achte darauf, dass dir so etwas nicht geschieht", hatte er ihm an Weihnachten eingeschärft. Lukas hatte geschwiegen. Damals wusste er nicht, dass bereits ein Kind unterwegs war, und war sich sicher gewesen, dass ihm ein solcher Fehltritt niemals unterlaufen würde. Vor ein paar Wochen erst hatte er geplant, Leonie einen Antrag zu machen. Und nun war er auf dem Weg zu einer Frau, die er zwar mochte, aber nicht wollte, und Leonie saß verstört alleine in Köln, wo Uli ihr nachstellte.

`Schlimmer kann es kaum kommen´, dachte er niedergeschlagen und schleppte sich widerstrebend zu seinem Platz zurück.

***

Es lag nun schon ein paar Monate zurück, dass Leonie mit Sarah in den Staaten telefoniert hatte. Damals hatte Sarah einfach aufgelegt, weil sie die Erinnerung an das, was ihr in der Verbindung widerfahren war, so mitgenommen hatte. Dann hatte sie Leonie eine Whatsapp-Nachricht geschickt mit dem Link zu dem Zeitungsartikel über Gereon von Treunstein. Es brauchte nicht viel Fantasie, sich vorzustellen, was dieser Vorfall in Sarah angerichtet hatte, wenn man die Videos gesehen hatte, die im Darknet kursiert waren. Und nun würde Leonie sie fragen müssen, ob sie bereit war, gegen ihn auszusagen. Es fiel ihr schwer, das zu tun, aber sie wollte es nun nicht länger aufschieben. Tief durchatmend wählte sie die Nummer ihrer Freundin. Das elektronische Signal in der Leitung hallte nach, doch als sie ihre Stimme hörte, klang sie so nah, als säße Sarah in der Wohnung nebenan.

„Hallo Sarah, ich bin´s, Leonie."

Es dauerte einen Moment, bis Sarah begriff. „Hallo Leonie! Schön, dich zu hören. Wie geht´s dir."

„Ehrlich gesagt, eher mittelmäßig, aber ich möchte dich nicht mit meinem Kram belästigen ..."

„Du belästigst mich nicht. Ich habe Zeit und würde gerne hören, wie´s dir geht. Die Kinder sind bei meinen Schwiegereltern, es stört uns niemand. Also, was gibt´s?"

Leonie seufzte. „Nun, zum einen stecke ich mitten im Examen und habe mich in den letzten Wochen fast nur durch

Paragrafen, Skripte und Grundsatzurteile geackert. Die Klausuren sind inzwischen geschrieben und ich habe ein bisschen Luft, aber zum Durchatmen komme ich nicht so richtig."

„Warum? Was ist los?"

„Ich habe die Polizei am Hals, denn vor einigen Wochen haben Robins Verbindungsmitglieder versucht, in meine Wohnung einzubrechen. Außerdem nervt mich der Obermacker aus dem Viertel hier und jetzt ist auch noch Carinas Tante aus Namibia aufgetaucht, die die Todesumstände ihrer Nichte aufklären möchte. Zudem ist Lukas zurück aus Saudi Arabien und wir sind eigentlich wieder ein Paar."

Sie holte tief Luft.

„Puh", sagte Sarah. „Und ich dachte, ich hätte ein ereignisreiches Leben!"

Leonie lachte kurz und bitter. „Meins dürfte gerne etwas ruhiger verlaufen! Ich könnte gut auf den Stress verzichten."

„Wie sind die Klausuren gelaufen?"

„Ich glaube, ganz okay."

„Na, das ist doch schon mal etwas! Warum wollte denn die Verbindung bei dir einbrechen?!" Sarah arbeitete das Gehörte chronologisch ab.

„Sie haben nach einem Gegenstand gesucht, den Carina hier versteckt hatte."

„Aha. Und wie bist du die losgeworden?"

„Dafür brauchte ich die Hilfe des Obermackers aus dem Viertel, den ich jetzt an der Backe habe."

„Oje. Wie laufen denn die Ermittlungen im Fall Gereon?" Die Frage klang gepresst. Es fiel Sarah schwer, den Namen aus- und das Thema anzusprechen.

„Deswegen rufe ich an." Leonie zögerte. „Die Polizei hat zu wenig Beweise, um ihn festzunageln. Deine Aussage gegen ihn wäre Gold wert."

Sarah seufzte.

„Ich weiß. Meine Eltern haben mich schon informiert, weil die Kripo Kontakt zu ihnen aufgenommen hat. Die Schilderung konnte ich hier zu Protokoll geben. Ich hoffe, das genügt, um den Mistkerl für den Rest seines Lebens hinter Gitter zu bringen."

„Oh, das wusste ich nicht. Es ist mutig, dass du das gemacht hast." Erleichterung löste den Klammergriff um Leonies Brustkorb.

„Hm", bestätigte Sarah, „war irgendwie auch befreiend. Hat mich zwar ein paar Sitzungen in der Selbsthilfegruppe gekostet, aber es hat sich gelohnt. Annas Unterstützung war sehr hilfreich."

„Der deutschen Leiterin dieser Gruppe?"

„Ja, genau. Doch jetzt lass uns mal von etwas Angenehmen reden. Erzähl mir von Lukas!"

„Er ist seit Dezember zurück in Deutschland und wir sind wieder zusammen."

„Ach, wie schön! Das freut mich für dich. Wie lange war er denn weg?"

„Dreieinhalb Jahre. Aber nun ist er erneut nach Saudi Arabien geflogen, weil er dort vor einem Untersuchungsausschuss aussagen muss und eine Vaterschaftsklage am Hals hat, und ich werde hier krank vor Eifersucht."

„Nicht dein Ernst!"

„Doch!"

„Der hatte da etwas mit einer anderen Frau?!"

„Mit einer Lehrerin aus Blackpool."

„Na ja, dass er dreieinhalb Jahre lang nur Däumchen dreht, kann man nicht von ihm erwarten", gab Sarah trocken zu bedenken.

„Ach ja? Ich habe das getan. Ich dumme Kuh habe brav auf ihn gewartet."

„Schön blöd", hatte Sarah auf den Lippen liegen, verkniff sich die Bemerkung jedoch. Stattdessen fragte sie: „Wann hast du das letzte Mal Urlaub gemacht?"

„Urlaub? Ewig nicht mehr. Das letzte Mal war ich vor ein paar Jahren mit Carina in den Bergen zum Wandern."

„Nicht dein Ernst!"

„Doch!"

„Hast du Zeit?"

169

„Wieso?"

„Komm mich besuchen, das ist ohnehin längst überfällig."

„Ich soll zu dir nach San Diego fliegen?"

„Ja, warum nicht? Das kannst du ruhig mal machen. Hier ist es auch im Winter erfreulich warm."

„Ich stecke doch mitten im Examen."

„Hast du nicht gesagt, die Klausuren sind gelaufen und du hast ein bisschen Zeit bis zur mündlichen Prüfung?"

„Jaja, aber ich muss mich auf eine Falllösung und drei Prüfungsgespräche in Zivilrecht, Öffentlichem Recht und Strafrecht vorbereiten!"

„Lernen kannst du hier genauso gut und während des Fluges sowieso. Der dauert zwölf Stunden."

Leonie dachte nach. So abwegig die Idee ihr im ersten Moment auch erschienen war - sie fand zunehmend Gefallen an der Vorstellung, nach Kalifornien zu fliegen. Sie würde damit zumindest zeitweise einige Probleme gleichzeitig loswerden: Sie wäre aus der Wohnung raus, in der sie sich nicht mehr sicher und wohlfühlte. Uli könnte sie nicht belästigen, sie bräuchte keine Angst vor den Verbindungsmitgliedern zu haben; sie hätte einen Tapetenwechsel und wäre mit anderen Dingen beschäftigt als dem, was Lukas und diese Frau betraf.

„Weißt du was, Sarah? Ich glaube, du hast recht. Ich schaue gleich mal, ob ich einen Flug bekomme."

„Was? Ehrlich? Super! Ach, ich freue mich, Leo! Wir haben uns schon lange nicht mehr gesehen und ich möchte dir hier so vieles zeigen. Wohnen kannst du bei uns, wir haben genug Platz."

„Ja, ich freue mich auch sehr auf dich!"

Sie tauschten sich noch eine Weile darüber aus, wie es ihren Eltern und Sarahs Kindern ging, und wie sich ihr Leben in San Diego gestaltete. Während dieser Zeit gewann die Vorstellung eines Trips in die USA in Leonie zunehmend an Kontur, die sich mit Vorfreude füllte. Und so beendete sie ihr Gespräch mit einem überzeugten: „Ich melde mich, sobald ich etwas gefunden habe. Bis später."

***

„Hier hat sich in den letzten Monaten einiges getan, seit Kronprinz Muhammad sich zunehmend an den Regierungsgeschäften beteiligt. Bald sollen Kinos eröffnen, Frauen ab Sommer sogar Auto fahren dürfen und Visa für Alleinreisende ausgestellt werden." Thomas sah blass und abgespannt aus, als er den Wagen durch Riad in Richtung des Compounds lenkte. Seine dunklen Locken fielen ihm strähnig in die Stirn und seine Wangen waren eingefallen.

„Ach!" Lukas schaute auf die überlebensgroßen Abbildungen von König Salman und seiner Familie, an denen sie eben vorbeifuhren. War das Land wirklich dabei, sich der Moderne zu öffnen? Der Blick aus dem Seitenfenster löste überraschend heimatliche Gefühle in ihm aus. Es war ein bisschen so, als käme er nach einem langen Urlaub zurück nach Hause, so vertraut war der Anblick dieser Stadt mit ihren Farben, den Geräuschen und dem ganz eigenen Licht ihm geworden.

„Das absehbare Ende der Ölreserven zwingt die Saudis zur Öffnung", fuhr Thomas fort. „Die Religionspolizei ist abgeschafft worden und in den neuen Cafés ist die Geschlechtertrennung aufgehoben. Das Land setzt jetzt verstärkt auf Tourismus. Am Roten Meer sind Luxusresorts geplant. Außerdem eine Superstadt in der Wüste: Neom City."

Lukas staunte, welche tief greifenden Veränderungen in den drei Monaten seit seiner Abwesenheit vonstattengegangen waren.

„Die Raketenangriffe aus dem Jemen haben jedoch leider noch nicht aufgehört", relativierte sein Freund den positiven Eindruck.

Lukas dachte an die Anhörung, die ihnen bevorstand. Die Geschichten seiner Vermieterin aus der DDR kamen ihm in den Sinn. Was, wenn der Ausschuss zu dem Ergebnis kam, Thomas und er hätten grob fahrlässig oder gar vorsätzlich gehandelt? Über die Konsequenzen mochte Lukas gar nicht weiter nachdenken. Unbehaglich rieb er sich am Leder des

171

Beifahrersitzes und hoffte, dass die Veränderungen, die in den letzten Monaten stattgefunden hatten, weitreichend genug waren.

Thomas steuerte das Auto durch die Absperrung ins Compound und hielt vor seinem Haus an.

„Ich glaube, ich muss mich gleich mal bewegen und abreagieren. Kommst du mit zum Training in den Fitnessraum?", fragte er.

„Ja, gute Idee. Dabei können wir besprechen, wie wir unsere Aussagen aufeinander abstimmen. Wir sollten da keine Abweichungen haben."

Thomas war einverstanden.

„Ich würde nur vorher gerne versuchen, meine Freundin per Skype zu erreichen." Bereits am Flughafen hatte er versucht, eine Verbindung zu Leonie herzustellen. Aber sie hatte seine Anfrage nicht angenommen.

„Okay, dann packe ich schon mal ein paar Sachen zusammen und lege dir die Unterlagen für die Anhörung raus."

Erschöpft vom Training im Recreation Center saß Lukas später auf der Couch in Thomas´ Haus und starrte auf Leonies ernstes Gesicht auf dem Bildschirm. „Du willst nach Kalifornien?", fragte er erschrocken.

Sie war blass, ihre Augen hatten an Leuchtkraft eingebüßt und die Haare waren nachlässig mit einem Gummi zusammengebunden.

Seine Stimme und sein Gesichtsausdruck auf dem Computerbildschirm verrieten ihr erste Anzeichen von Panik. Aber er war in Riad und konnte sie nicht mehr am Arm festhalten, wenn sie wegwollte. Und sie musste eine Weile fort von hier, das spürte sie seit dem Telefonat mit Sarah deutlich.

„Warum das denn?", bohrte er nach.

„Ich werde Sarah besuchen und ein bisschen Urlaub dort machen, während du deine Vaterschaftsangelegenheiten klärst."

„Leo, es ist doch noch gar nicht geklärt, ob das Kind überhaupt von mir ist!" Es schien ihm ratsam, sie zu besänftigen.

„Von wem soll es denn sonst sein? Du warst derjenige, der sich intensiv mit ihr beschäftigt hat."

Getroffen sah er sie an. „Leo, bitte. Ich dachte, du hättest dich endgültig von mir getrennt und einen Neuen, als das schwarze Sportauto vor deiner Tür stand. Ich hätte niemals etwas mit ihr angefangen, wenn ich geahnt hätte, dass du auf mich wartest! Sie wusste von Anfang an von dir und dass ich dich liebe."

„Sabine hat dir doch gesagt, dass der Typ Carinas und nicht mein Freund war!"

„Ja, aber sie hat mir zu verstehen gegeben, dass du meine Nummer nicht haben wolltest und erklärt hättest, unsere Unstimmigkeiten ließen sich nicht so ohne Weiteres klären."

„Am Telefon und auf diese Entfernung, habe ich gesagt."

„Das kam bei mir anders an. Du hast auch nie auf meine Anrufe reagiert." Er senkte den Blick. „Leo, es tut mir leid, ich wollte dich nie verletzen und will es nun ebenso wenig. Doch ich musste hierhin fliegen, das weißt du. Ich kläre das und komme sofort zurück zu dir."

Sie schwieg. Dann sagte sie leise: „Ich muss hier weg, sonst werde ich krank vor Eifersucht. Außerdem hocke ich immer noch in der Wohnung, die eigentlich du haben wolltest und nicht ich. In der Carina ermordet worden ist und wo die Ligatypen mich auch fast überfallen hätten!"

„Das Letzte verstehe ich. Doch zur Eifersucht hast du keinen Grund, das schwöre ich dir!"

Sie schwieg abermals.

„Dann flieg halt nach Kalifornien, wenn dir das guttut. Aber lass mir bitte eine Nummer da, unter der ich dich erreichen kann." In den USA wäre sie wenigstens vor Uli sicher.

„Wir können skypen."

Verdrossen erwiderte er: „Willst du mich davon abhängig machen, dass du an den Computer gehst, wenn ich mit dir sprechen möchte? Soll das eine Strafe sein? Glaub mir, ich

173

bin genug gestraft damit, dass ich dreieinhalb Jahre ohne dich alleine im Ausland verbringen musste und nun diese unsägliche Angelegenheit hier zu klären habe."

„Ich will dich nicht bestrafen", entgegnete Leonie und fügte in Gedanken hinzu: `Doch ich habe Angst, dass du bei der Frau und dem Kind bleibst.´ Die alte, tief im Verborgenen lauernde Furcht, verlassen zu werden, regte sich in ihr. Dabei hatte sie geglaubt, das Relikt ihrer vaterlosen Kindheit längst hinter sich gelassen zu haben. In diesem Fall wäre es jedoch ein zweites Mal ausgerechnet die Person, die ihr am nächsten stand. Gleichzeitig sehnte sie sich so sehr nach ihm, dass sie ihre Hand aufs Display legte, in der Hoffnung ihn spüren zu können. Aber der Bildschirm war hart und kalt. Auch Lukas hielt seine Finger an den Monitor.

„Ich liebe dich", sagte sie und unterbrach die Verbindung, weil ihr erneut Tränen in die Augen stiegen.

Die Luft im Büro war stickig und trocken von der Heizung. Doch draußen schob sich dichter Feierabendverkehr durch die Straßen und bei geöffnetem Fenster verstand man sein eigenes Wort kaum mehr. Missgelaunt sah Melina Gande Randalf Königstett mit einem Blick an, der ihre Geringschätzung hinter einer neutralen Maske verbarg. Sein zertrümmerter und mühsam zusammengeflickter Kiefer verlieh seinem flächigen Gesicht etwas Trauriges, während die gerade, konturierte Nase, die hohe Stirn und die kurz geschnittenen Haare vermuten ließen, dass er vor der Verletzung ein recht attraktiver Mann gewesen war. Doch sie konnte das Gefühl nicht ignorieren, schon lange keinen so dämlichen Verdächtigen mehr vernommen zu haben. Binnen kürzester Zeit hatte er sich, in Bezug auf seine Aussagen zur angeblichen Prügelei am Hauptbahnhof, in Widersprüche verwickelt. Von da war der Sprung zum Einbruchsversuch bei Leonie Bühlig nicht mehr weit. Bereits nach wenigen gezielten Fragen hatte er zugegeben, an diesem Vergehen beteiligt gewesen zu sein.

„Wie ist es Ihnen gelungen, Carina Kamerande in der Wohnung zu überwältigen, ohne Spuren zu hinterlassen?", fragte Melina auf gut Glück und in der Hoffnung, dass er nicht merkte, dass sie ihm etwas unterstellte, was er noch gar nicht gestanden hatte.

Randalf grinste zufrieden. So war er schon lange nicht mehr für die Ausführung eines Auftrags gelobt worden. „Das war ganz einfach."

`Bingo´, dachte Melina wieder. Aber es war fast zu simpel gewesen, um wirklich Freude und Genugtuung daran zu empfinden. Sie konnte kaum glauben, dass Gereon von Treunstein einen solchen Einfaltspinsel seine Drecksarbeit erledigen ließ. Als nichts weiter kam, hob sie fragend die Augenbrauen.

Randalf grinste sie noch immer dümmlich an, als wollte er sagen: „Clever, was?"

„Aha, und wie genau ist einfach?"

„Na", begann er mit großzügiger Gebärde, „wir haben uns im Treppenhaus versteckt und gewartet, bis sie wieder hochkam."

„Von wo hochkam?"

Randalf seufzte, als sei sie begriffsstutzig.

Melina hätte ihm am liebsten einen Handkantenschlag verpasst. Warum lernte man so etwas beim Einsatztraining, wenn man es nicht bei einem Spatzenhirn wie diesem hier anwenden durfte?

„Also, der Wolf hat bei ihr angerufen, um sie aufzuschrecken. Wir sollten beobachten, was sie tut, und sie anschließend kaltstellen."

Melina fiel der Drohanruf auf Leonie Bühligs Anrufbeantworter ein und sie fragte sich, ob es diese Nachricht war, von der Randalf sprach. Sollte es gelingen, die Stimme zu rekonstruieren, wäre es ein Leichtes, den Urheber zu identifizieren. „Wer ist der Wolf?"

„Das weiß keiner. Und wenn ich´s wüsste", er grinste schief, „würde ich es nicht verraten. Bin ja nicht blöd. Aber wir müssen seine Anweisungen befolgen."

Melina musterte ihn mit zusammengekniffenen Augen. Sie hielt es für unwahrscheinlich, dass er die Identität des Auftraggebers nicht kannte.

Er lehnte sich in seinem unbequemen Stuhl zurück und erwiderte ihren Blick zufrieden. Möglicherweise war er doch nicht so dumm, wie er sich stellte.

„Was hat sie denn getan, nachdem sie aufgeschreckt worden war?"

„Sie ist in den Keller gelaufen."

„Was wollte sie da?"

„Keine Ahnung, vielleicht Klopapier holen, weil sie die Hose voll hatte", erwiderte Randalf prompt. Im nächsten Moment weiteten sich seine Lider, als ihm klar wurde, weshalb Carina tatsächlich in den Keller gegangen und welch fataler Fehler ihm unterlaufen war. Er hätte ihr folgen müssen, anstatt oben auf sie zu warten. Hoffentlich erfuhr Gereon nie davon!

„Was ist los?", erkundigte sich Melina, der Randalfs entgleitende Mimik nicht entgangen war.

„Nichts", erwiderte er und hatte sich wieder im Griff.

„Woran haben Sie gerade gedacht?"

„An ihr volles Höschen." Er lächelte vielsagend.

Melina sah ihn frostig an und dachte: `Der Typ ist einfach nur widerlich.´ Laut fragte sie: „Sie kam also vom Keller wieder hoch. Und dann?"

„Haben wir sie überfallen, als sie die Tür aufschließen wollte. Einer von uns hat ihr Chloroform vors Gesicht gehalten, wir haben sie in die Wohnung geschoben und die Tür hinter uns zugemacht. Ab da konnte keiner mehr etwas mitbekommen."

Er schaute Melina an, als erzählte er von einem Sonntagsausflug mit seinen Neffen.

„Wer hatte das Betäubungsmittel dabei?"

„Weiß ich nicht, ich kenne die anderen nicht. Der Wolf sorgt immer dafür, dass wir uns nicht gegenseitig verpfeifen können."

„Ich glaube Ihnen kein Wort."

Randalf zuckte die Schultern. „Warum sitzen wir dann hier?"

„Weil Sie eine Frau umgebracht haben."

„Beweisen Sie's."

„Ich bin gerade dabei. Wie ging's in der Wohnung weiter?"

Randalf seufzte und verschränkte die Arme vor der Brust. „Wir haben gewartet, bis sie wieder zu sich kam und in der Zeit unauffällig die Räume durchsucht. Mit Handschuhen, versteht sich."

Er zupfte seine Hemdärmel zurecht.

„Wonach haben Sie gesucht?"

Randalf hielt inne. „Sie hatte irgendwo etwas gestohlen, was der Wolf haben wollte."

„Was?"

Randalf zögerte. „Einen Siegelring", log er und sah Melina dabei fest in die Augen.

„Und, haben Sie ihn gefunden?"

Randalf nickte bedächtig.

„Wo?"

„Im Keller", log er geistesgegenwärtig.

„Hatte sie ihn dort versteckt, nachdem sie vom Wolf aufgeschreckt worden war?"

„Gut möglich. Hat aber nichts genützt."

„Sie lügen."

„Warum sollte ich?"

„Vor ein paar Minuten wussten Sie noch nicht, weshalb sie in den Keller gegangen war."

„Kann ich hellsehen oder in ihren Kopf schauen?"

Melina sog hörbar Luft ein und bezweifelte, dass irgendetwas von dem, was Randalf von sich gegeben hatte, vor Gericht verwertbar war. Aber laufen lassen würde sie ihn nicht so schnell.

„Randalf Königstett, ich verhafte sie wegen Mordes an der Studentin Carina Kamerande."

Sein selbstsicheres Grinsen verschwand. „Das können Sie nie und niemals beweisen. Ich widerrufe alles, was ich eben gesagt habe, weil es frei erfunden war."

Ungerührt erwiderte sie: „Nun, das werden wir ja sehen. Immerhin deckt sich Ihre Schilderung mit dem, was Gereon von Treunstein über den Mord an Carina Kamerande ausgesagt hat."

Unsicherheit flackerte in seinem Blick auf. „Nie im Leben hat Gereon sich dazu geäußert."

„Ach nein? Warum sind Sie sich da so sicher?"

„Weil er gar nicht dabei war."

12

Der Flug nach San Diego kam Leonie endlos vor. Alleine eine Fernreise anzutreten, war eine Herausforderung, so viele Filme hintereinander konnte man sich gar nicht ansehen. Glücklicherweise war die Maschine nicht ausgebucht und sie beschloss, sich auf den freien Sitzplätzen auszubreiten und zu schlafen.

„Wenn Sie möchten, wechsle ich in den Seitenbereich, dann können Sie sich ganz hinlegen," bot ihr der dunkelhaarige Amerikaner am anderen Ende ihrer Sitzreihe an.

Unsicher sah Leonie zu ihm herüber. Fühlte er sich von ihr belästigt? Aber der junge Mann sah sie freundlich an. „Ich bin auch müde und weiter hinten ist noch eine Reihe frei. Da lege ich mich dann hin", erklärte er.

„Oh, das ist nett. Danke."

„George." Er reichte ihr die Hand.

„Leonie."

„Fliegen Sie in den Urlaub?"

„Ich besuche meine Freundin. Und Sie?"

„Ich lebe in San Diego. Komme gerade von einer Geschäftsreise zurück." Er lächelte ihr noch einmal zu. „Also, schlafen Sie gut."

Leonie erwiderte sein Lächeln. „Sie auch."

George erhob sich und suchte die hinteren Plätze auf. Sie machte es sich in der Sitzreihe bequem, soweit das möglich war, aber einschlafen konnte sie nicht. Das Skype-Gespräch mit Lukas geisterte durch ihren Kopf, und der Gedanke, dass sie nun schon wieder so weit voneinander entfernt waren, sammelte ihre Tränen hinter den verschlossenen Lidern. Es war nicht nur die räumliche Trennung, die ihr zusetzte. Eine Scheibe aus Panzerglas hatte sich zwischen sie geschoben, sodass sie ihn zwar noch sehen, jedoch nicht mehr spüren konnte. Leonie rollte sich auf die Seite und drückte ihr Gesicht in das Sitzpolster. Sie fühlte sich betrogen und der Schmerz nagte in ihren Eingeweiden. Während sie auf Lukas gewartet hatte und durch die Hölle gegangen war, hatte er sich in Saudi Arabien mit einer anderen vergnügt und wer wusste, ob sie die Einzige war! In ihrem Kopf stellten sich Bilder ein, wie er mit diesen Frauen zusammen gewesen war, wie er sie berührt hatte, was er ihnen ins Ohr geraunt haben mochte. Verbittert verzogen sich ihre Mundwinkel. Niemand außer ihr sollte so von ihm angefasst und geliebt werden!

Der Schmerz wurde unerträglich und sie atmete tief dagegen an. Hatte er recht damit, dass sie eine Mitschuld an der Misere trug? Hätte sie ihm nicht einfach nur seine Sachen hinhalten sollen, sondern gemeinsam mit ihm überlegen, wie sie die Zeit der Trennung gut überstanden?

Wahrscheinlich wäre das klüger gewesen. Aber er hatte sie mit dem Rücken an die Wand gedrängt! Das konnte sie doch nicht hinnehmen! Als ihr bewusst wurde, wie sehr sie Lukas liebte, rannen die Tränen zwischen den geschlossenen Lidern hervor. Sie beide könnten längst verheiratet sein und Familie haben, dann müssten sie sich nicht mit dieser verzwickten Situation auseinandersetzen! Das Gespräch in seiner Berliner Wohnung fiel ihr ein und dass sie gesagt hatte, sie wolle in den nächsten Jahren noch keine Kinder mit ihm haben. Sein erschrockenes Gesicht und sein Hinweis auf ihr Alter waren ihr nicht entgangen. Wenn ihm eine Familie so wichtig war – nun konnte er sie haben. Mit dieser Lehrerin aus Blackpool!

Würde er bei ihr bleiben, um nicht den gleichen Fehler wie sein Vater zu begehen und sein Kind bei einer alleinerziehenden Mutter aufwachsen zu lassen? Je länger sie darüber nachdachte, desto unwahrscheinlicher erschien es ihr, dass Lukas eine schwangere Ex-Freundin im Stich ließ. Das entsprach nicht seinem Charakter, für den sie ihn so sehr liebte. Und täte er es - wie viel Achtung hätte sie dann noch vor ihm? Schließlich war sie selber vaterlos aufgewachsen und wusste, was das mit ihrer Mutter und ihr selbst gemacht hatte. Sie sah sich diese dunkle Stelle in ihrer Psyche nur ungern an, aber es würde sie nicht wundern, wenn ihre Urangst vor der Einsamkeit und dem Verlassenwerden dort ihren Ursprung hatte. Und nun sollte sie darauf spekulieren, dass Lukas das seinem eigenen Kind antat? Wäre es nicht moralischer, auf die Liebe ihres Lebens zu verzichten? Es war ein Dilemma, bei dem sie in jedem Fall verlieren würde.

Kurz vor Ende des Flugs kam George zurück in ihre Sitzreihe. „Darf ich mich zu Ihnen setzen? Zu zweit lässt sich die Landung vielleicht besser ertragen." Er lächelte halb entschuldigend, halb leidend.

Leonie richtete sich auf und rieb sich verstohlen die geröteten Augen. „Sind wir gleich schon da?"

„In zwanzig Minuten landen wir, so Gott will. Der Pilot hat bereits mit dem Sinkflug begonnen." Er wies auf die aufleuchtenden Gurtsymbole und grinste säuerlich. „Ich merke es in den Ohren."

„Ja klar, setzen Sie sich zu mir. Stehen wir das gemeinsam durch."

Er ließ sich nieder und seufzte. „Sie haben also eine Freundin in San Diego?"

„Ja, meine beste Jugendfreundin. Vor ein paar Jahren hat sie einen Amerikaner geheiratet und ist zu ihm nach San Diego gezogen. Inzwischen haben sie drei Kinder."

„Oh, wie schön, dass Sie Kontakt gehalten haben und sich noch gegenseitig besuchen. San Diego wird Ihnen gefallen, ist wirklich eine tolle Stadt."

Sie tauschten einen Blick aus und Leonie erahnte plötzlich, wie es passieren konnte, dass man in der Fremde etwas mit einem anderen anfing, weil man sich vom eigenen Partner unverstanden oder schlecht behandelt fühlte. Sie wandte sich ab und beobachtete, wie die Großstadt unter ihnen immer größer wurde und wie sie schließlich in unmittelbarer Nähe zum Jachthafen im Zentrum die Landebahn am Flughafen ansteuerten.

George deutete auf die Hafenanlage. „Wussten Sie, dass San Diego der wichtigste Marinestützpunkt der USA ist?"

Leonie schüttelte den Kopf und sah auf das Glitzern des Wassers im Hafenbecken. Kilometerlange Sandstrände zogen sich an der Küste entlang. „Wow, das sieht traumhaft aus!", rief sie.

Er bohrte seine Finger in die Armlehne. „Warten Sie erst mal ab, bis Sie unten sind", brachte er gequält lächelnd hervor. Nach geglückter Landung atmete er erleichtert aus.

„Na, da habe ich mich ja nicht gerade heldenhaft benommen."

Sie lachte. „Keine Sorge, ich verrate es niemandem."

George begleitete sie durch die Passkontrolle und gab ihr zum Abschied die Hand. „Machen Sie es gut. Genießen Sie Ihren Urlaub in unserer schönen Stadt. Vielleicht sehen wir uns ja mal wieder."

„Ja, wer weiß?", erwiderte Leonie und sah ihm nach, als er Richtung Taxistand davonging.

„Hallo Leo, wie schön, dass du gekommen bist!" Sarah umarmte ihre Freundin minutenlang und strich sich die Tränen aus den Augenwinkeln.

Leonie erwiderte die Umarmung ebenso herzlich. „Ich freue mich auch! Lass dich anschauen. Gut siehst du aus!"

Sarah hatte ihre Diätpläne in die Tat umgesetzt. Ihre Figur war immer noch üppig, aber der Gewichtsverlust war deutlich zu sehen. Sie strahlte. „Zehn Kilo sind runter! Gut, was? Jetzt halte ich das erst einmal, dann geht´s weiter mit dem Abnehmen bis zur Strandfigur."

Arm in Arm verließen sie das Flughafengebäude und Sarah führte sie zu ihrem Parkplatz. Dabei leuchteten ihre roten Locken im Sonnenlicht auf und sie wiegte ihre Hüften wie ein junges Mädchen. Wenig später glitten sie unter einem strahlend blauem Himmel in Sarahs SUV durch die Talsenke des Freeway 163, der sie streckenweise vergessen ließ, dass sie sich in einer Millionenmetropole befanden. Während der Fahrt war Sarahs Redefluss kaum zu stoppen, als habe ein Staudamm seine Schleusen geöffnet. Endlich konnte sie Leonie zeigen, wo sie nun lebte. Als sie in Clairemont ankamen, fragte Leonie sich, ob Sarah wohl so viel redete, damit keine Gesprächspause aufkam, die ein Ansprechen der unangenehmen Ereignisse der Vergangenheit provozieren würde.

Plaudernd steuerte sie den Wagen über eine breite Straße, die rechts und links gesäumt war von Einfamilienhäusern mit weitläufigen Vorgärten. Die Gebäude glichen Fertighäusern und die Rasenflächen waren gepflegt. Die ganze Anlage sah akkurat, aber auch irgendwie leblos und steril aus. Niemand hielt sich auf dem Bürgersteig oder in den Grünflächen auf. Mit Schwung lenkte Sarah das Auto in eine großzügige Auffahrt.

„Mi casa", sagte sie. „Fühl dich wie zu Hause. Ich habe die Kinder zu Jims Eltern gebracht, damit wir uns erst mal in Ruhe unterhalten können."

Jim trat aus der Haustür und lächelte ihnen entgegen. „Hallo, da seid ihr ja!" Er reichte Leonie die Hand. „Schön, dich kennenzulernen und dass du uns mal besuchst. Kommt rein!" Er nahm ihr die Reisetasche ab.

Sie betraten den kühlen Flur und Sarah zeigte ihr das Zimmer, in dem sie ihre Sachen ablegen konnte. Leonie räumte ihre Kleidung in den Schrank, in dem Sarah Platz für sie geschaffen hatte. Als sie ihr Handy einschaltete, sah sie, dass ihr Netz nicht funktionierte und dass Lukas ihr vor einiger Zeit eine Skype-Anfrage geschickt hatte. Sie klappte die Schutzhülle des Handys wieder zu, steckte es in ihre Handtasche und ging ins Esszimmer.

Sarah hatte gekühlten Eistee und selbst gebackene Cookies bereitgestellt. Durch die Terrassentür sahen sie Jim und einen Nachbarn albernd am Grill stehen und mit den Wendezangen in den Händen gestikulieren.

„Setz dich zu mir, die beiden sind beschäftigt", sagte Sarah trocken und klopfte auf den Stuhl neben sich.

Leonie ließ sich nieder. „Gemütlich hast du es hier."

„Genieß die Ruhe. Wenn die drei Wilden wieder da sind, geht's hier drunter und drüber." Sarah lachte, als fände sie genau das gut.

„Ich bin schon ganz gespannt auf deine Kinder. Bisher habe ich nur die Große zu Gesicht bekommen, und die war damals noch ein Baby."

Sarah nickte. „Sie ist inzwischen fünf Jahre alt. So, jetzt erzähl doch mal, was mit Lukas und dieser Frau in Saudi Arabien los ist."

Leonie atmete tief durch und erzählte ihrer Freundin, was sich seit dem Wiedersehen im Dezember zwischen Lukas und ihr abgespielt hatte.

Sarah hörte ihr aufmerksam zu und wiegte ihren Kopf.

„Hoffentlich kommen er und sein Kollege unbeschadet aus der Anhörung vor dem Untersuchungsausschuss heraus", sagte sie.

Leonie nickte betrübt. Die Sorge, was Lukas bei der Untersuchung blühen konnte, war von dem Gedanken an diese andere Frau überlagert worden.

Sarah fasste ihre Hand. „Ist es sicher von ihm?"

„Ich finde schon die Vorstellung, dass es von ihm sein könnte, grauenhaft."

„Leonie, ernsthaft! Du hast ihn vor die Tür gesetzt und dann erwartet, dass er dreieinhalb Jahre lang die Flossen stillhält?!"

„Erstens habe ich ihn nicht vor die Tür gesetzt, und zweitens hat Sabine mir erzählt, dass er ständig nach mir frage und dass er mich liebe."

„Das eine schließt das andere nicht aus", entgegnete Sarah lapidar.

„Seit wann bist du denn so desillusioniert?" Erschrocken hielt Leonie inne. „Entschuldige! Das ist mir so rausgerutscht. Ich habe nicht nachgedacht. Tut mir leid."

„Schon okay. Ich habe mich noch nie irgendwelchen Illusionen hingegeben, was Männer angeht. Auch vor München nicht. Ich bin mit vier älteren Brüdern aufgewachsen und habe oft genug mitangehört, wie die sich unterhalten haben. Von einfühlsamem Liebesgesäusel kann da keine Rede sein. Wenn dein Lukas tatsächlich so feinfühlig ist, wie du sagst, ist er ein Mensch gewordener Sechser im Lotto."

„Er hat drei jüngere Schwestern, die ihn anhimmeln. Das ist das andere Extrem."

Sie zögerte einen Augenblick. „Ich denke, dass er in Riad bleiben sollte, um für die Frau zu sorgen und für sein Kind da zu sein."

„Ach, jetzt warte doch erst einmal ab, wie sich die Dinge entwickeln, bevor du Lukas wieder fortschickst."

„Ich bin selber ohne Vater aufgewachsen und weiß, wie das ist. Meine Mutter hat damals behauptet, er sei tot, aber inzwischen habe ich von Robert erfahren, dass er noch lebt. Er hat kein einziges Mal Kontakt zu mir aufgenommen. Dem eigenen Elternteil derart egal zu sein, ist ein grässliches Gefühl, das einem echt an die Substanz geht!"

Sarah legte ihr den Arm um die Schultern. Eine Zeit lang sahen sie beide in Gedanken versunken vor sich hin.

Dann fragte Leonie: „Fühlst du dich wieder richtig wohl oder suchen die Geister der Vergangenheit dich manchmal noch heim?"

Sarah senkte den Blick. „Es geht mir auf alle Fälle viel besser als vor ein paar Jahren, aber ab und zu träume ich davon. Es gibt auch Situationen, die für einen Moment eine Erinnerung wachrufen. Eine Stimme, ein Bild oder Nachrichten im Fernsehen." Sie trank einen großen Schluck gekühlten Tee, in dem Eiswürfel klirrend aneinanderstießen.

„Der räumliche Abstand ist gut. Ich kann inzwischen viel gefasster damit umgehen und habe aufgehört, mich zu fragen, warum ausgerechnet mir so etwas passiert ist. Solche Gedanken tun mir nicht gut. Am schlimmsten sind die Scham- und Schuldgefühle."

Leonie legte ihre Hand auf den Unterarm der Freundin. „Und dabei sind es die Täter, die Scham und Schuld empfinden sollten, nicht die Opfer. Ach Sarah, es tut mir so leid, dass ich nicht für dich da war in dieser schwierigen Phase."

„Na ja, du wusstest ja nichts davon. Nein, meine Liebe, mach dir da mal keine Vorwürfe. Dass wir zu der Zeit so wenig Kontakt hatten, lag ja auch an mir."

„Wie ist denn Robin damals damit umgegangen?"

Sarah sah in die Ferne. „Total überfordert. Er wollte, dass ich Anzeige erstatte, aber dazu war ich nicht in der Lage. Er hat Gereon zur Rede gestellt, doch der stritt alles ab. Weiter zu gehen war er nicht bereit, da er ja Karrierepläne hatte, für die er die Verbindung brauchte. Ich habe es in München nicht mehr ausgehalten und auch nicht mit ihm. Also bin ich gegangen."

Sie schwiegen eine Weile und nur das Lachen der Männer im Garten war zu hören. Das Fleisch brutzelte zischend auf dem Grill und Qualmwolken stoben in die Luft.

„Inzwischen bereut er es, sich so verhalten zu haben", sagte Leonie schließlich. „Er hat nun gegen Gereon ausgesagt."

„Na immerhin."

„Kann ich euer WLAN-Passwort haben? Lukas will mit mir skypen. Möglicherweise möchte er mir schon mitteilen, dass er in Riad bleibt." Säuerlich verzog sie den Mund.

„Ach was!" Sarah erhob sich, um die PIN-Nummer zu holen. „Und falls doch: Vielleicht gefällt es dir in San Diego ja so gut, dass du hierherziehen möchtest. Dann helfe ich dir, ein schickes Haus in meiner direkten Nachbarschaft zu finden."

Leonie zog die Nase kraus und grinste. „Danke. Eigentlich wollte ich nur zwei Wochen Urlaub machen."

„Das Leben hier ist in keiner Weise mit dem in Deutschland vergleichbar. Die Leute und die Atmosphäre sind viel relaxter. Das würde dir sicher gefallen", sagte Sarah im Weggehen. „Und gut aussehende Männer gibt´s in San Diego wie Sand am Meer. Du brauchst dich nur an den Ocean Beach zu setzen und die Surfer aus dem Wasser zu pflücken, die dort angeschwemmt werden."

Leonie lachte über dieses Bild. Es war beruhigend, dass Sarah trotz der schlimmen Erlebnisse ihren Humor nicht verloren hatte. Aber ihr war momentan wirklich nicht danach, einen Wellenbezwinger aus dem Meer zu „pflücken." Sie war gedanklich eher dabei, Lukas loszulassen.

***

Die vielen Menschen am Rheinufer waren unangenehm. Das Klacken der Absätze auf dem Kopfsteinpflaster, das Stimmengemurmel und Lachen, das Rascheln der offen getragenen Wintermäntel, all das entwickelte nur eine störende Resonanz in Maganos Kopf, denn sie wäre gerne alleine mit sich und ihrer Trauer um Carina gewesen. Bei den zahlreichen Aktivitäten in den letzten Wochen war dafür wenig Platz. Sie betrachtete, wie das Flusswasser aufgebracht gegen die Kaimauer klatschte. An der Anlegestelle der Köln-Düsseldorfer Schifffahrt tummelten sich Familien mit Kleinkindern, die eine erste verfrühte Ausflugsfahrt nach der Winterpause auf dem Rhein unternehmen wollten, während die Schiffsschrauben bereits wild und laut das Wasser aufwarfen. Hinter Maganos Rücken schoben sich Touristen durch die malerische Altstadt Kölns. Sie stützte ihre Unterarme auf das Geländer und seufzte.

Es war kaum zu erwarten, dass Burkhard von Treunstein den Gürtel herausrückte, nur weil Leon Bolt einen Fernsehbericht darüber brachte. Er würde genauso verleugnen, ihn zu besitzen, wie seine Frau das getan hatte. Auch sie wollte nichts von einem Herero-Kulturgut wissen, obwohl sie neugierig nachgefragt hatte, was es damit auf sich habe. Dass Magano möglicherweise eine Cousine ihres Mannes war und Anspruch auf den Familienbesitz haben könnte, schien sie jedoch mehr zu interessieren. Letztendlich war Magano dennoch unverrichteter Dinge abgereist; hatte sich in die Schusslinie gebracht, ohne etwas zu erreichen.

Wozu sollte das alles gut sein? Vielleicht war es klüger, die Vergangenheit ruhen zu lassen. Die vielen Toten in der Omaheke-Wüste wurden nicht wieder lebendig, wenn die Bundesrepublik Entschädigungszahlungen leistete. Carina weilte auch dann nicht mehr unter ihnen, wenn die Täter hinter Gitter saßen. Und für den Gürtel von Chief Gabriel hatte in Okahandja niemand mehr wirklich eine Verwendung. Was genau bewirkte sie also hier?

187

Sobald der Fernsehbericht ausgestrahlt war, würde er entweder ignoriert werden oder für eine Welle der Empörung sorgen. Beides war für Magano fast gleichermaßen unangenehm. Es wäre bequemer, sich in die nächste Maschine zu setzen und nach Hause zu fliegen. Mit Leonie konnte sie sich auch nicht mehr austauschen, denn diese war nach San Diego geflogen. Immerhin hatte sie ihr ihren Wohnungsschlüssel überlassen, damit sie dort übernachten konnte. Magano beabsichtigte, genau das zu tun: Sich eine Nacht lang in der Wohnung aufhalten und erspüren, welche Ahnen auftauchten, und was diese ihr mitzuteilen hatten. Sie atmete tief durch. Es wäre das Letzte, was sie in Deutschland noch unternehmen würde, bevor sie zurückflog und sich auf das konzentrierte, was ihre eigentliche Aufgabe war, beschloss sie seufzend. Wenn die Ondangere unbedingt den Gürtel haben wollte, sollte sie selber herkommen und ihn holen.

Das Handy klingelte.

„Hallo Frau Mungbate", sagte Leon Bolt, „ist bei Ihnen alles in Ordnung?"

„Ja, warum?"

„Bei mir wurde eingebrochen, sämtliche Unterlagen sind durchwühlt. Der Bericht wird trotzdem gesendet, denn ich habe ihn glücklicherweise gestern Abend bereits an die Redaktion weitergeleitet. Aber ich kann Ihnen nicht mehr garantieren, dass Ihre Identität bis zum Sendetermin geheim bleibt. Haben Sie die Möglichkeit, bis dahin irgendwo unterzutauchen?"

Magano schlug das Herz bis zum Hals. Argwöhnisch blickte sie sich um, und glaubte prompt einige Passanten zu entdecken, die ihr verdächtig viel Aufmerksamkeit widmeten. Zwei junge Männer waren in unmittelbarer Nähe stehen geblieben und sahen unauffällig zu ihr herüber. Ihr Kopf arbeitete fieberhaft, bis ihr Leonies Angebot einfiel. „Ja, habe ich", bestätigte sie.

„Dann tun Sie das zu Ihrer eigenen Sicherheit."

***

Den Dolmetscher hatte die Firma engagiert, damit Thomas und Lukas ihre Aussagen auf Deutsch tätigen konnten, ohne Gefahr zu laufen, sich wegen ihrer mittelmäßigen Arabisch-Kenntnisse um Kopf und Kragen zu reden. Außerdem hatte man ihnen einen Unterhändler zur Seite gestellt, der erfahren im Vermitteln bei geschäftlichen Unstimmigkeiten war. Ihnen saßen vier Saudis in den landestypischen Gewändern gegenüber, unter den traditionellen Kopftüchern stachen ihre nahezu schwarzen Augen und Bärte hervor. Lukas fiel es manchmal schwer, die orientalischen Männer zu unterscheiden, insbesondere wenn sie einen Vollbart und das Kufiya trugen. Aber er war sich fast sicher, dass einer darunter der Mann war, der ihnen bei ihrem Ausflug in die Wüste vor ein paar Jahren seinen Falken gezeigt und von der Tierärztin in Abu Dhabi erzählt hatte. Die auffällige Pigmentverschiebung unter dem Auge war deutlich zu erkennen. Falls er sie wiedererkannte, so ließ er es sich nicht anmerken. Lukas überlegte angestrengt, wie er eine Bemerkung über die Falkenjagd einfließen lassen könnte, aber ihm fiel nichts Geistreiches ein.

Nervös folgte er Thomas´ sachlichen Ausführungen: „Vor der Ausschreibung wurde eine geologische Bodenprüfung durch ein Ingenieurbüro durchgeführt und der Baugrund für die geplante Bebauung freigegeben. Unsere Firma hatte bereits kurz nach Baubeginn Bedenken bei den zuständigen Stellen bezüglich der Tragfähigkeit des Bodens angemeldet. Dort hatte man uns auf das Gutachten und die Freigabe hingewiesen und die Fortführung der Bauarbeiten angeordnet. Ein Baumangel seitens des Unternehmens liegt nicht vor, das Bautagebuch, in welchem unsere Vorbehalte dokumentiert sind, wurde ordnungsgemäß geführt und lässt keine Rückschlüsse auf einen Fehler unsererseits zu. Die Setzrisse im ersten Bauabschnitt sind auf ein Absacken des Baugrunds zurückzuführen."

Die Ausschussmitglieder hörten sich seine Darlegung mit unbewegten Mienen an, untersuchten die Kopie des Ausschreibungstextes, auf denen die Beurteilung der Bodenqualität markiert war, und stellten einige Nachfragen. Obwohl der Raum mit einem kühlen Marmorboden ausgelegt und voll klimatisiert war, begann Lukas zu schwitzen. Irgendetwas stimmte hier nicht.

Als einer der Araber fragte, ob sie der Meinung seien, das Königshaus habe bei der Ausschreibung eine Fahrlässigkeit begangen, fühlte er sich in seiner Befürchtung bestätigt und verneinte mit Nachdruck.

„Das glaube ich nicht", erklärte er. „Ich bin überzeugt davon, dass im Vorfeld Bodenproben entnommen wurden, die auf die genannte Tragfähigkeit hinwiesen. Dem entsprechenden Gutachten haben wir alle Vertrauen geschenkt."

Seine Vermieterin wäre vermutlich stolz auf ihn gewesen.

„Dann hätte die zuständige Behörde das Bodengutachten durch ein Zweitgutachten überprüfen lassen müssen?", hakte ein anderer Saudi nach.

Nun schaltete der Unterhändler sich ein. „Nach Freigabe ist das unüblich. Da in unmittelbarer Nähe ebenfalls Großbauten errichtet wurden, war man sicher davon ausgegangen, dass der Baugrund hier tragfähig ist", behauptete er, obwohl es von Seiten der Auftraggeber natürlich klüger gewesen wäre, ihren Bedenken nachzugehen, zumal die Firma damit eigentlich aus der Gewährleistung entlassen war. Lukas verstand nicht, warum ausgerechnet sie sich hier verantworten mussten, anstelle eines Vertreters von jenem Ingenieurbüro, das das fehlerhafte Gutachten erstellt hatte.

Die Araber tauschten sich kurz flüsternd aus, dann entließ man Thomas und Lukas mit einer Geste. Beim Hinausgehen warf der Unterhändler ihnen einen ernsten Blick zu und flüsterte auf Deutsch: „Es sieht nicht gut für Sie aus. Das Gründungsgutachten und das Bautagebuch, das dem Ausschuss vorliegt, sind manipuliert worden. Auf mich wirkt das so, als wolle das Ingenieurbüro seinen Fehler vertuschen und den Schaden auf Ihre Firma abwälzen."

Während sie die weiße Marmortreppe hinabstiegen, raunte Thomas Lukas zu: „Wie sind die denn an die Unterlagen der Kommission gekommen?"

„Vielleicht hat jemand die gefälschten Dokumente gegen die Originale ausgetauscht." Eine andere Erklärung hatte Lukas auf die Schnelle nicht.

„Derjenige müsste aber verdammt gute Beziehungen zum Verwaltungsapparat des Ministeriums haben", gab Thomas zu bedenken. Er war blass und wirkte fahrig.

„Ist alles okay bei dir?"

„Ich muss noch ein paar Dinge regeln, bevor ich nach Dubai gehe."

„Ich kann dir helfen, das Zeug aus deiner Wohnung zu räumen und auch einiges mit nach Deutschland nehmen, wenn dir das hilft."

„Ja, das wäre nett." Wirklich zu beruhigen schien es ihn nicht.

Als sie das Gebäude verließen und zu Thomas´ Wagen gingen, bemerkten sie, dass ihnen zwei Araber folgten, die sich nicht einmal die Mühe gaben, das zu verbergen.

„Die beschatten uns! Versucht man jetzt, uns noch etwas anderes anzuhängen? Hast du Alkohol in deiner Wohnung im Compound?", fragte Lukas leise.

„Vielleicht eine Flasche Wodka. Wieso?"

„Lass sie sicherheitshalber unauffällig verschwinden."

Während der Rückfahrt sprach Thomas kein einziges Wort.

191

13

Am Tag nach ihrer Ankunft in San Diego drängte Sarah darauf, Leonie die Horton Plaza zu zeigen und ihre Lieblingseisdiele dort zu besuchen. Die Sonne schien mild auf die Stadt und einschmeichelnde Musik begleitete sie auf ihrem Weg durch das Einkaufszentrum. Sarah hakte sich bei Leonie unter und zog sie mit in ihre Lieblingsgeschäfte. Im Vergleich zu ihrem letzten gemeinsamen Einkaufsbummel in Köln vor ein paar Jahren war sie agiler und weniger bequem. Als Leonie in einem Bekleidungsgeschäft aus der Umkleidekabine trat, fiel Sarahs Blick durch die offene Ladentür und ihr Gesicht begann zu leuchten. „Wenn ich nicht mit Jim glücklich verheiratet wäre und drei Kinder hätte, würde ich mir den angeln." Sie deutete auf einen jungen Mann, der aus einiger Entfernung in ihre Richtung kam. „Wer ist das denn?"

Einen Moment lang glaubte Leonie George, ihren Sitznachbarn aus dem Flugzeug, in ihm zu erkennen. Aber schon im nächsten Augenblick sah sie, dass sie sich täuschte.

„Ryan, einer von Jims College-Kollegen", antwortete Sarah und in ihren Augen begann es zu glitzern, als habe sie damit gerechnet, dass sie ihn hier antreffen.

Verwundert warf Leonie ihr einen Blick von der Seite zu. „Du würdest dir einen seiner Freunde angeln?!"

„Spielte dann ja keine Rolle. Er ist solch ein Schnuckelchen, sieh ihn dir an! Und so nett! Zieh dich schnell um, ich halte ihn so lange auf."

Und schon hatte sie das Geschäft verlassen. Kopfschüttelnd beobachtete Leonie, wie der schlanke Mann mit den dunklen Haaren Sarah erkannte und erfreut begrüßte. Sie betrachtete sich noch eine Weile im Spiegel. Das Kleid gefiel ihr. Also zog sie sich um, bezahlte und schlenderte langsam zu den beiden.

„Ich habe Besuch von einer lieben Freundin aus Deutschland", erklärte Sarah ihrem Bekannten und wies auf Leonie.

Er reichte ihr die Hand. „Oh, bist du die Leonie, von der Sarah mir schon so viel erzählt hat?"

Leonie sah Sarah fragend an. Diese nickte grinsend. „Ja, ein paar von unseren Jugendsünden habe ich zum Besten gegeben."

Ryans braune Augen hafteten auf Leonie. „Ihr scheint eine Menge Spaß zusammen gehabt zu haben."

Sie schmunzelte. „Ja, das war eine schöne Zeit damals."

Sarah fasste Ryan am Ärmel seines Anzugs. „Kommst du von der Arbeit?"

„Ja, ich hatte gerade meinen letzten Geschäftstermin für heute."

„Magst du nicht mit uns ins Eiscafé gehen?"

Er zögerte. „Ja, warum nicht", sagte er dann.

Als sie zur obersten Ebene flanierten, erkundigte sich Ryan nach Jim und den Kindern. Sarah hakte sich bei ihm unter und Leonie fragte sich, ob sie ernsthaft beabsichtigte, eine Affäre mit dem Freund ihres Mannes zu beginnen. Doch während sie in der Eisdiele saßen, zog Sarah sich aus der Unterhaltung immer weiter zurück und sah lächelnd von ihr zu Ryan.

Diesen Blick kannte Leonie aus ihrer gemeinsamen Vergangenheit und ihr wurde mulmig. Offenbar hatte ihre Freundin anderes im Sinn. Tatsächlich gab sie dann vor, ihren Seidenschal in einem der Geschäfte vergessen zu haben, und verschwand, ehe Leonie etwas sagen konnte. `Sie kuppelt schon wieder´, stellte Leonie unbehaglich fest. `Wie früher.´

Verlegen drehte Ryan das Wasserglas in seinen Händen.

„Wie lange wirst du in San Diego bleiben?"

„Zwei Wochen." Innerlich schüttelte sie über Sarahs Manöver den Kopf.

„Wenn du mal Gesellschaft haben willst, kannst du dich bei mir melden. Ich zeige dir gerne ein paar angesagte Bars und Clubs im Gaslamp Quarter hier gleich um die Ecke. Sarah kann ja nicht immer so weg, wie sie möchte, solange Jim arbeitet."

„Danke für das Angebot. Das ist nett." Leonie hatte Mühe, sich auf das Gespräch zu konzentrieren, denn in Gedanken war sie mit Sarahs Aktion beschäftigt. `Na warte!´, dachte sie halb schmunzelnd, halb ernst.

Es entstand eine Pause und Leonie löste sich von ihrer inneren Auseinandersetzung mit Sarah.

„Du weißt also schon eine Menge aus Sarahs und meiner Jugendzeit", stellte sie fest, um das Gespräch wieder in Gang zu bringen.

Ryan grinste.

„Und was hast du in deiner Jugend gemacht?"

Er richtete sich auf. „Ich bin hier aufgewachsen, aber früher war San Diego eher ein verschlafenes Nest. Inzwischen hat sich das Nachtleben hier ordentlich gemausert, das solltest du dir nicht entgehen lassen. Als ich jünger war, war hier nicht viel los. Klar, man konnte surfen, doch ich war vielmehr der Wildwasser-Typ. Während des Studiums habe ich ein paar Jahre lang in den Semesterferien in den Smoky Mountains in Tennessee am Cripple Creek als Rafting-Führer gejobbt. Aus der Zeit stammen die Tattoos." Er schob den Hemdkragen tiefer und deutete auf die Symbole an seinem Hals.

„Damals waren meine Haare länger und ich habe einen Zopf getragen." Er schmunzelte. „Ein paar Mal war Jim ebenfalls am Cripple Creek mit dabei. Das hat richtig Spaß gemacht. Man hat zwar die Leute nur kurz kennengelernt, weil sie angereist sind, an ein oder zwei Rafting-Touren teilgenommen haben und dann weitergezogen sind. Aber darunter befanden sich jede Menge interessante Menschen aus der ganzen Welt. Es kamen auch immer mal wieder deutsche Reisegruppen, die quer durch die USA gereist sind und unterwegs einen Stopp bei uns eingelegt haben, um etwas Spannendes zu erleben."

Sein Blick glitt in die Ferne, als ihm die schöne Teilnehmerin in den Sinn kam, mit der er damals mehr als nur geflirtet hatte. Leider hatte sie keinen Kontakt zu ihm gehalten, obwohl sie so verblieben waren. Nun sah er wieder zu Leonie und lächelte. Deutsche Frauen hatten etwas, das ihn anzog. Eine Ernsthaftigkeit, die sie von vielen Amerikanerinnen unterschied. Leonie erinnerte ihn an seine Affäre.

„Was studierst du?", fragte er.

„Jura."

„Oh. Dann sind wir ja Kollegen!"

„Du arbeitest als Anwalt?"

„Ja, allerdings bin ich bei einer Firma angestellt und nicht selbstständig."

„Worauf bist du spezialisiert?"

„Vertragsrecht."

„Ich hatte ursprünglich vor, mich auf Steuerrecht zu spezialisieren, aber ich glaube, ich gehe lieber in die Strafverteidigung."

Ryan zog die Augenbrauen hoch. „Oh, das ist ja eine komplett andere Richtung. Wieso hast du dich anders entschieden?"

„Das hat etwas damit zu tun, was mir in den letzten Monaten passiert ist."

Ryan hob zu einer Frage an, da kehrte Sarah atemlos zurück und hielt triumphierend einen Schal in die Höhe. „Er war noch da", behauptete sie und ließ sich wieder auf ihrem Platz nieder. „Hast du deinen Liebsten eigentlich per Skype erreicht?", fragte sie Leonie dann ohne Zusammenhang.

Überrascht verneinte diese. Wenn Sarah Leonie mit Ryan verkuppeln wollte, war die Äußerung kein kluger Schachzug gewesen. Eher ein klassisches Tour-Vermasseln. Dabei war Sarah ausgesprochen geschickt darin, Amor zu spielen – die meisten von Leonies Jugendliebschaften waren von ihr eingefädelt worden. Zielte sie darauf zu verhindern, dass Leonie und Ryan sich näherkamen, weil sie ihn doch selber haben wollte?

Das Glitzern in Sarahs Augen verriet Leonie, dass sie Ryan mit voller Absicht wissen ließ, dass Leonie eigentlich vergeben war. Vermutlich wollte sie ihn darüber informieren, dass es einen Nebenbuhler gab, damit er seine Taktik entsprechend anpassen konnte.

195

Bedächtig nippte sie an ihrem Milchkaffee und antwortete: „Ich habe es noch gar nicht versucht."

***

Mit offenem Mund starrte Melina Randalf Königstett hinterher, der zufrieden lächelnd mit seinem Anwalt das Polizeirevier verließ.

„Was wird das?", fuhr sie Ruthenmöller an, der gerade aus dem Büro kam.

„Wir können ihn nicht festhalten, weil wir zu wenig gegen ihn in der Hand haben. Er behauptet wieder, am Hauptbahnhof in eine Schlägerei verwickelt worden zu sein und von einem Einbruch bei Leonie Bühlig nichts zu wissen. Er habe dir eine Lügengeschichte aufgetischt, da du so viel Freude daran gehabt hättest."

Melina schnaubte. „So ein Schwachsinn!"

Wütend wandte sie sich ab, verschwand in ihrem Büro und schlug die Tür hinter sich zu. Was tat sie hier eigentlich? Sie arbeitete wieder mit Julius zusammen, obwohl sie das nicht wollte, an einem Fall, der in erster Linie ihm oblag und nicht ihr. Sie zog die Strippen, entdeckte die Lücken, fügte die Puzzleteile ineinander. Diesen enorm wichtigen Verdächtigen hatte sie ausfindig gemacht, sie hatte eins und eins zusammengezählt, während Julius seiner ach so kranken Frau das Händchen gehalten hatte. Und nun ließ man den brandgefährlichen Königstett laufen! Es war zum Haareraufen.

Er hatte praktisch zugegeben, dass er bei dem Überfall und möglicherweise sogar Mord an Carina Kamerande beteiligt war. Er stellte sich dumm, aber Melina hielt ihn für eine tickende Bombe. Oder zumindest für einen Schläfer, der wie eine terroristische Zelle losschlug, sobald sie aktiviert wurde. Und was machte Julius? Ließ ihn gehen! Im Affekt stieß sie einen Stapel Aktenordner vom Tisch.

„So, jetzt reicht´s aber. Komm mal wieder runter." Ruthenmöller war eingetreten und sah das Chaos auf dem Fußboden.

196

„Mir reicht's auch. Ich möchte aus den Ermittlungen abgezogen und an meinen vorigen Platz zurückversetzt werden."

Getroffen sah er sie an. „Weil ich meiner kranken Frau geholfen habe?"

„Nein, weil ich die ganze Arbeit mache und du den wichtigsten Zeugen einfach laufen lässt."

Ruthenmöller kam es vor, als führte Melina einen persönlich motivierten Feldzug gegen Gereon von Treunstein. Seine herabwürdigende und sexistische Art musste etwas in ihr getriggert haben, was sie dazu veranlasste, sich wie ein Terrier in ihn zu verbeißen. Vielleicht wollte sie ihn stellvertretend für alle abfälligen Bemerkungen bestrafen, die Melina als Weißrussin zu hören bekommen hatte. Er seufzte.

***

„Ich kann euch eure Pässe nicht so ohne Weiteres aushändigen", erklärte der Chef der Personalabteilung ihrer Firma, den sie noch am gleichen Tag in seinem Haus im Compound aufsuchten. „Das darf ich erst, sobald die Ausreise genehmigt ist, und solange eine offene Schadensersatzforderung im Raum steht, werdet ihr das Land nicht verlassen dürfen." Besorgt sah er von Lukas zu Thomas. „Wenn ihr Stress mit den Saudis habt, müsst ihr euch an die deutsche Botschaft wenden."

„Ich weiß nicht einmal, mit wem wir eigentlich Stress haben", sagte Lukas bitter. Aus dem Augenwinkel sah er, dass die beiden Araber ihnen bis in den Compound gefolgt waren und sie noch immer unverhohlen beobachteten. „Ich dachte, die Religionspolizei ist abgeschafft worden."

Thomas sah unauffällig zu den Männern hin. „Das ist auch nicht die Religionspolizei."

„Wer denn sonst?"

„Keine Ahnung, wer uns hier auf dem Kieker hat."

Ihr Kollege seufzte. „Ich rate euch dringend, euch an die Botschaft zu wenden. Wenn ihr beschattet werdet, möchte

197

man möglicherweise überprüfen, ob ihr euch an die Gesetze hier haltet. Seht zu, dass eure Bude alkoholfreie Zone ist."

Thomas und Lukas wechselten einen Blick. Sie hatten bereits versucht, den Wodka loszuwerden, aber das war unter ständiger Beobachtung schwierig. Schließlich hatten sie ihn wehmütig in den Abfluss gekippt, doch die leere Flasche mit dem verräterischen Etikett stand immer noch in Thomas´ Wohnung.

„Und schwängert hier bloß keine Frau."

Nun wurden beide blass. Lukas hatte die Begegnung mit Sally bisher vermieden. Das musste er nun angehen, bevor er schleunigst das Land wieder verließ.

***

Das Barbecue, das Jim und Sarah zu Ehren ihres Gastes aus Deutschland veranstalteten, war auf großen Zuspruch gestoßen. Kaum jemand hatte abgesagt, und so wimmelte es auf ihrem gepflegten Grundstück von Freunden und Verwandten. In den ordentlich gestutzten Hecken verströmten Lampions stimmungsvolles Licht und vereinzelte Fackeln warfen zuckende Schimmer zwischen die Gäste. Durch den Garten summte ihr Gemurmel, ab und an unterbrochen durch Gelächter. Leonie fühlte sich deplatziert unter all den fremden Menschen, doch Sarah zog sie unbeirrt von einem Grüppchen zum anderen und machte sie mit allen bekannt.

Ryan betreute mit Jim den Grill und beobachtete die beiden dabei. Ihm gefiel Leonies ebenmäßiges Profil, ihr blondes, welliges Haar und ihre ruhige Art. Er sinnierte darüber, wie glücklich Jim mit Sarah war. Sein Freund und er hatten wohl ein Faible für deutsche Frauen. Schon manches Mal hatte er Jim um sein Glück beneidet, auch wenn Sarah nicht seinem Typ entsprach. Ihm war bekannt, dass ihr in Deutschland Schlimmes widerfahren und dass sie gemeinsam mit Jim dabei war, diese Dinge zu verarbeiten. Das tat sie nicht nur seelisch, sondern vor allem auf der körperlichen Ebene. Dass es ihr nun gelang, Gewicht abzubauen, signalisierte ihm, dass sie auf einem guten Weg war, worüber er sich freute.

Die beiden Frauen hatten ihre Runde durch die Gäste beendet und schlenderten nun zu ihnen an den Grill.

„Ryan, kümmerst du dich bitte um Leonie? Ich muss in der Küche nach den Salaten schauen und sie fühlt sich verloren unter all den Fremden hier." Sarah zwinkerte.

„Ich helfe dir gerne bei den Salaten", setzte Leonie mit Nachdruck dagegen. Sie brauchte keinen Babysitter.

„Nichts da, die Party richten wir für dich aus. Also bist du unser Ehrengast."

Sarah drückte sich an Jim und gab ihm einen langen Kuss, ehe sie Richtung Küche verschwand.

Ryan zog zwei Stühle an den Grill heran. „Magst du dich setzen?"

Er nahm ebenfalls Platz, beugte sich zu ihr vor und stützte seine Unterarme auf den Knien auf. „Ihr saht beide so ernst aus gerade eben. Das bin ich von Sarah gar nicht gewöhnt." Er lächelte sie an. „Und du, bist du immer so ernst?"

Ihre Blicke trafen sich und Leonie hatte das Gefühl, einem tiefen See bis auf den Grund zu schauen. Sie erwiderte sein Lächeln. „Leider ja, meistens schon."

„Das sollten wir ändern. Hier scheint jeden Tag die Sonne und du bist im Urlaub bei deiner besten Freundin in einer der angesagtesten Städte Nordamerikas. Es gibt keine Veranlassung, ernst zu sein."

Bei der Erwähnung ihrer besten Freundin verschwand jedoch Leonies Lächeln.

„Was ist los? Habe ich etwas Falsches gesagt?"

Sie schüttelte den Kopf und zögerte einen Moment, ehe sie antwortete, denn das Thema schien ihr für eine gesellige Gartenparty ungeeignet.

„Eine andere wirklich enge Freundin von mir ist vor einigen Monaten ermordet worden und ich habe ein paar Probleme am Hals."

Ryan erschrak betroffen. „Oh, das tut mir leid. Das wusste ich nicht."

„Schon okay." Sie hatte ihn nicht in eine trübe Stimmung hineinziehen wollen, aber irgendetwas an ihm löste Zutrauen in ihr aus.

„Ist das der Grund, warum du in die Strafverteidigung gehen möchtest?" Er wunderte sich, dass sie nicht eher ein Amt als Staatsanwältin anstrebte.

„Ja, mir sind ein paar Leute zu Hilfe gekommen, die mit dem Gesetz auf Kriegsfuß stehen. Ich würde gerne den Straftätern helfen, die aus sozialer Not heraus kriminell geworden sind."

Interessiert neigte Ryan den Kopf leicht zur Seite und begann, ihr die Vor- und Nachteile des Rechtssystems der Vereinigten Staaten zu erläutern. Bald waren sie in ein angeregtes Gespräch über die Gemeinsamkeiten und Unterschiede der deutschen und der amerikanischen Gesetzgebung vertieft.

Leonie genoss es, sich mit ihm fachlich unterhalten zu können, ohne Grundkenntnisse vermitteln zu müssen und zu merken, dass er das Interesse verlor. Im Gegenteil. Er rückte in seinem Stuhl immer näher an sie heran und lauschte aufmerksam ihren Worten.

Als er dann begann, von seinen Erfahrungen als Berufsanfänger zu erzählen, hörte sie ihm gespannt zu. Und während sie seinen Ausführungen folgte, wurde ihr deutlich, dass er in einem Elternhaus aufgewachsen sein musste, in dem Bildung kein Fremdwort war.

„Und dein Freund, was macht der?", fragte er später, um dem Gespräch eine andere Richtung zu geben.

„Der hält sich gerade in Saudi Arabien bei seiner früheren Freundin auf."

Sie hielt inne und schaute in ihr Glas, als ließe sich darin wie im Kaffeesatz lesen. „Wir haben im Moment keine gute Zeit miteinander und ich denke, dass es aus bestimmten Gründen besser wäre, wenn er bei ihr bliebe."

„Das tut mir leid."

Sein Bedauern klang ehrlich und Leonie lächelte ihn dankbar an.

Aus dem Haus erklangen Kinderstimmen und ein Mädchen mit roten Locken und Sarahs Gesichtszügen erschien an der Hand ihrer Großmutter in der Terrassentür.

„Ryan!", rief sie begeistert und rannte auf ihn zu. Ryan fing sie auf und hob sie hoch.

„Prinzessin Goldlöckchen", begrüßte er sie. „Das ist aber schön, dass wir uns einmal wiedersehen. Schau mal, das ist Leonie, eine Schulfreundin von deiner Mama."

Das Mädchen blieb auf seinem Arm und nahm Leonie in Augenschein. „Hallo", sagte sie zurückhaltend. Dann wisperte sie hörbar in Ryans Ohr: „Ich dachte schon, sie ist deine Freundin."

Er schüttelte den Kopf.

„Liebst du sie?"

„Ich habe sie gestern erst kennengelernt", flüsterte er.

„Gefällt sie dir?"

Schmunzelnd sah er das Mädchen an und nickte dann. Ja, Leonie gefiel ihm, daran gab es keinen Zweifel.

***

Sarah, die durchaus zu Übertreibungen neigte, hatte kein bisschen übertrieben, als sie ankündigte, in ihrem Haus gehe es drunter und drüber, sobald ihr Nachwuchs anwesend war. Leonie war daran gewöhnt, alleine oder allenfalls zu zweit in ihrer Wohnung zu sein, und musste sich nun an den Trubel erst gewöhnen. Doch es war eine gute Gelegenheit, einen typischen Familienalltag mitzuerleben, um zu entscheiden, ob dieser für sie selber in Betracht kam. Sarahs Kinder waren Goldstücke, keine Frage, aber seit sie von ihren Großeltern zurückgekehrt waren, sah Leonie Sarah permanent in Aktion. Wenn sich die Sprösslinge in ihrer Nähe aufhielten, konnte sie kaum einen Satz zu Ende sprechen, ohne dass eines nach ihr rief. Wollte sie in Ruhe telefonieren, stiegen manchmal alle drei im Gänsemarsch hinter ihr her die Treppe hoch. Es gab ständig Tränen und Streit, kleinere Verletzungen mussten verarztet, Termine mit Spielkameraden arrangiert und koordiniert werden. Wenn Sarah die Kinder nicht mit dem Auto irgendwohin fuhr, kaufte sie ein, kochte, putzte das Haus und versorgte den Garten, während Jim beruflich unterwegs war.

Da Sarah rund um die Uhr eingespannt war, unternahm Leonie hin und wieder auf eigene Faust Ausflüge in die Stadt und einmal auch an den Ocean Beach. Der Strand dort war weitläufig und von langen, dünnen Palmen gesäumt. Die Luft roch wohltuend nach Salz und Meer. Sie zog ihre Schuhe aus und ging barfuß. Es knirschte unter ihren Füßen, die sanfte Berührung an den Sohlen glich einer Massage und beruhigte. Sie blickte auf den Ozean hinaus, tausende Meilen Wassermassen, die sie von Lukas in Saudi-Arabien trennten, und dachte daran, was aus ihrer Beziehung geworden war. Wie hatten sie es so weit kommen lassen können? Sie hatte nun seit Tagen nichts mehr von ihm gehört, das verhieß wenig Gutes. Abermals überprüfte sie ihr Handy, doch die Nachricht, die sie ihm gesendet hatte, war bei ihm nicht angekommen, und er hatte ihr seinerseits keine geschickt. Je länger sie darüber nachsann, desto sicherer wurde sie sich, dass sie von nun an und in Zukunft auf ihn verzichten musste. Sie konnte es nicht mit ihrem Gewissen vereinbaren, einem neuen Erdenbürger den Vater wegzunehmen. Er selber würde sich das auf die Dauer nicht verzeihen können. Also musste sie es tun, wenn er diesen Schritt nicht zu gehen vermochte. Die Entscheidung war eine der härtesten, die sie in ihrem Leben bisher getroffen hatte. Das Herz wurde ihr schwer und Tränen nahmen ihr die Sicht. Eine Zukunft ohne Lukas erschien ihr trost- und sinnlos. Sie setzte sich in den Sand, vergrub ihr Gesicht in beiden Händen und während ihre Schultern zuckten, breitete sich Schwärze und Leere in ihr aus. Es dauerte lange, bis sie sich beruhigt hatte und wieder aufs Meer hinaus schauen konnte.

Das sachte Rauschen der Wellen wirkte besänftigend und ihr wurde bewusst, wie traumhaft schön es hier war. Die Stadt war weitläufig, das Klima angenehm und im Wasser tummelten sich Surfer. Hier zu wohnen musste sich wie Dauerurlaub anfühlen. Sarahs Kuppelversuche mit Ryan drängten sich in ihre trüben Gedanken. Es war verlockend, den Schmerz hinter sich zu lassen und hier neu anzufangen. Mit einem Mann, mit dem man keine lange Vorgeschichte teilte, mit dem man unbelastet von früheren Dramen bei Null beginnen würde. Keine unangenehmen Erinnerungen an Morde, Einbruchsversuche oder Nebenbuhlerinnen. Keine Winter mit kalten Füßen, in denen man eingepackt wie ein Michelin-Männchen herumlaufen musste, keinen nasskalten Herbst voller Nebel und Regen. Statt dessen Sonne, Strand, Meer und ein nahezu gleichbleibend mildes Klima. Es kam ihr verrückt vor, das nicht in Betracht zu ziehen. Ryans dunkle Augen und seine keltischen Tattoos kamen ihr in den Sinn. Sie mochte ihn, obwohl sie ihn kaum kannte. Da war mehr als reine Sympathie zwischen ihnen, und er unterschied sich deutlich von ihren bisherigen Partnern. Sie atmete tief durch. Es wäre zu schön, unbelastet nach vorne schauen und über Lukas hinweg kommen zu können.

***

Randalf kam sich vor wie Ryan Gosling in „Drive". Passend dazu hörte er die Musik aus dem Film, denn er liebte Soundtracks. Mit dem Gejaule und Sehnsuchtsgewimmer in Popsongs konnte er nichts anfangen. Er wollte nicht zugetextet werden, sondern die Tonfolgen genießen. Nun war er der Fahrer mit einem gefährlichen Auftrag. Robin rechnete sicher bereits damit, dass jemand aus der Verbindung ihm einen Besuch abstattete, immerhin hatte er sich ihnen in den Weg gestellt, als sie vor der Wohnung Stellung bezogen, in der Carina sich aufgehalten hatte. Er wollte Gereon zur Rede stellen. Randalf grunzte über diese absurde Idee. Als ob Gereon sich von einem Würstchen wie Robin etwas sagen ließ! Allein, dass er das in Betracht gezogen hatte, zeigte, was für eine Hohlbirne Robin war. Er hatte in der Burschenschaft nichts zu melden gehabt und durfte nur seine

Freundinnen dort abliefern. Und das hatte er in aller Naivität schön brav zweimal getan.

Leider sorgte seine zweite Liebesperle selbst nach ihrem Tod noch für reichlich Ärger. Und jetzt saß Robin offenbar dem Irrtum auf, er könne an dem Ast sägen, auf dem Gereon saß. Sicher, aus dem Ast war inzwischen eher ein dürrer Zweig geworden, der jederzeit unter ihm wegzubrechen drohte. Doch Gereon hatte ja ihn, Randalf, auch wenn er nicht ganz freiwillig die Aufräumarbeiten übernahm. Er würde ihn da rausholen und ihm so zur Seite stehen, wie Gereon das für ihn in ihrer Schulzeit getan hatte.

Randalf dachte nur ungern an die Jahre im Internat zurück. Seine Eltern waren früher beide erfolgreiche Geschäftsleute gewesen, die regelmäßig ihr Geld in Oasen wie den britischen Kanalinseln oder Panama vor der Steuer in Sicherheit brachten. Sie investierten Zeit in entsprechende Transferreisen, in Golfmitgliedschaften und Spendengalas, wo sie ihre aufgepolsterten Gesichter in die Kameras der Klatschpresse hielten. Nur für ihn, ihren einzigen Sohn hatten sie keine Zeit aufgebracht. Nur ungern gestand er sich ein, dass er seine Erzeuger dafür hasste. Dass der Schmerz, ungeliebt zu sein, bis heute in seiner Seele brannte. Als sie merkten, dass er mit den hochbegabten, vielseitig talentierten Kindern in ihrem Umfeld nicht mithalten konnte, schoben sie ihn auf ein Eliteinternat ab, das den Mangel beseitigen sollte. Sie kamen ihn weder an Ostern, noch an Weihnachten, noch an seinem Geburtstag besuchen. Nur in den Ferien, wenn die Internatsschule für drei Wochen ihre Tore schloss, schickten sie einen Fahrer, der ihn abholte und vor der Tür der heimischen Villa absetzte. Einen Augenblick lang fragte er sich, warum er überhaupt diesen Auftrag angenommen hatte. Es war ganz sicher nicht seine Verpflichtung, seine lieblosen Eltern vor dem Ruin zu retten. Aber die Antwort lag auf der Hand – wenn sie untergingen, zogen sie ihn mit in den Abgrund. Es war der reine Pragmatismus, der ihn mit geladener Waffe durch Köln fahren und Robin verfolgen ließ.

Er merkte, wie seine Kiefermuskeln zu mahlen begannen und entspannte sie wieder, weil das zu sehr schmerzte. Sollte er jemals herausfinden, wer ihm den Kiefer derart zertrümmert hatte, würde er – ja was? Er tastete nach der Pistole, in deren Besitz er nun war. Sie vermittelte ein ungewohntes Gefühl von Macht. Die kalte Glock 17 in der Jackentasche auf dem Beifahrersitz und das mit ihr verbundene Machtgefühl waren ein befriedigender Gegenpol zu der Ohnmacht, die er als Kind in dem furchtbaren Internat durchlitten hatte. In den ersten Monaten war er der Willkür anderer superreicher und wohlstandsverwahrloster Jungen ausgesetzt gewesen, die dort ihr Unwesen trieben. Er war drangsaliert, geschubst, nachts aus dem Bett geholt und unter die kalte Dusche gestellt worden. Seine Schulsachen wurden mit Joghurt beschmiert und eines Morgens wachte er mit einem kahl geschorenen Schädel auf.

Sein Martyrium endete schlagartig, als Gereon auftauchte, der es mit den anderen an Kaltblütigkeit mühelos aufnehmen konnte und dabei überaus geschickt vorging. Rasch scharte er Anhänger um sich, die er sich zum Teil mit Drohungen gefügig gemacht hatte. Aus irgendwelchen unerfindlichen Gründen ließ er Randalf in Ruhe und schritt sogar ein, als die Mitschüler ihn wieder einmal dazwischen hatten. „Randalf steht unter meinem Schutz", hatte er gesagt. „Wer ihm Ärger macht, bekommt es mit mir zu tun."

Von dem Tag an war Randalf nicht mehr von seiner Seite gewichen und hatte für ihn erledigt, was notwendig war. Als er älter wurde, kam ihm der Verdacht, dass Gereon vielleicht genau das von Anfang an beabsichtigt hatte. Diese Frage stellte er sich aber nur ein einziges Mal. Dann verschob er sie in den hintersten Winkel seines Bewusstseins, weil es keine Rolle spielte. Hier ging es um nichts Geringeres als Loyalität und eine Bruderschaft im Geiste. Denn je besser er seinen Freund kennenlernte, desto mehr wurde ihm bewusst, dass auch dieser nur ein einsamer, emotional verwahrloster Junge war, der zudem von seinem brutalen Vater verprügelt wurde. Er hatte ihm erzählt, dass er mit ansehen musste, wie seine Mutter von Schlägern des alten Treunstein übel zugerichtet worden war. Das Wissen hütete Randalf wie ein Priester ein Beichtgeheimnis. Niemals würde eine Menschenseele von ihm diese intimen Dinge über Gereon erfahren, der für ihn mehr als ein Freund, ja sogar mehr als ein Bruder war. Er war ein konstanter Bestandteil seines Lebens, das Bein auf dem er stand, das Rückgrat, das ihn aufrecht hielt. Um nichts in der Welt würde er ihn verraten.

Freudig stellte er fest, dass es sich bei den zwei Gestalten, die vom Stadtgarten aus die Venloer Straße stadtauswärts spazierten, unverkennbar um Robin und Tobias handelte. Sein Puls beschleunigte sich bei dem Gedanken an die Chance, beide gleichzeitig einschüchtern zu können. Hinter ihm hupte jemand, weil er so langsam fuhr. Er ließ das Seitenfenster herunter und bedeutete dem Fahrer mit einer Handbewegung, dass er überholen solle. Das tat dieser auch, aber nicht, ohne ihn aus dem Auto heraus gestikulierend wüst zu beschimpfen. Dann ließ er den Motor aufheulen, gab Gas und Randalf sah sein Kennzeichen aufleuchten, als er vor der nächsten Ampel bereits wieder abbremsen musste.

Tobias und Robin unterhielten sich so angeregt, dass sie von ihrer Umgebung nichts mitbekamen. Robin zog ein Bein nach, stellte Randalf befriedigt fest. Warum sollte es ihm auch besser gehen als ihm selbst, Quentin oder Holger? Während er an der Ampel warten musste, fiel Randalfs Blick auf die bunten Graffitis auf der Seitenwand des Café zum Ludolf. Er hasste die Schmierereien der Linken. Er verabscheute die ganze linke Szene. Egal wofür sie sich einsetzten, es war immer anarchischer Mist. Mit grimmiger Miene folgte er Robin und Tobias in Richtung der dunklen Universitätswiese, wo keine Nachtschwärmer mehr unterwegs waren, die etwas beobachten oder Randalf bei seinem Vorhaben stören könnten.

***

Als Leonie vom Strand zurückkam, stand Sarah mit dem Kleinsten auf dem Arm kochend am Herd und telefonierte mit dem Hörer eingeklemmt zwischen Wange und Schulter. Leonie wollte ihr den Jungen abnehmen, lächelte ihn an und redete mit Engelszungen leise auf ihn ein. Aber das Kind strampelte mit den Füßen und klammerte sich an Sarahs Hals, an dem sich anschließend rote Striemen zeigten. Was von ihr gut gemeint war, störte Sarah letztendlich nur beim Telefonat und beim Kochen. Leonie betrachtete das Chaos in der Küche und im Wohnzimmer, in dem sich Spielzeug türmte, und beschloss, dass sie nicht mit Sarah tauschen wollte. Nachdem die Kinder abends endlich im Bett waren, wobei alle noch mehrmals nach Sarah gerufen hatten, lag diese erledigt auf der Couch. Und Leonie hatte vollstes Verständnis dafür, dass ihre Freundin entgegen ihren Diätplänen Chips und Schokolade in sich hineinstopfte.

„Tut mir echt leid, Leo. So schlimm ist es normalerweise nicht. Ich glaube, die Kids sind im Moment so aufgedreht, weil du da bist. Ich hoffe, ich kann mich bald ein bisschen freieisen, damit wir wieder etwas zusammen unternehmen können."

Leonie griff in die Chipstüte und sah auf den überdimensionalen Fernsehbildschirm, wo über Donald Trumps neueste Twitter-Attacke gegen Kim Jong Un diskutiert wurde.

„Wie konntet ihr diesen Heini zum Präsidenten wählen?", fragte sie Sarah.

„Die Mehrheit hat ihn gar nicht gewählt. Es lag an dem veralteten Repräsentanten-Wahlsystem hier, dass er sich durchgesetzt hat. Außerdem haben da im Vorfeld massive Manipulationen stattgefunden. Ist darüber in Deutschland nicht berichtet worden?"

„Doch schon, aber irgendwie schlägt man sich nun nur noch damit herum, dass er da ist und die Welt aufmischt. Und immerhin haben ihn eine Menge Leute gewählt, sonst wäre er nicht Staatschef geworden."

„Es gibt hier einen Fernsehsender, der seine Eskapaden ständig ungefiltert unters Volk gebracht hat. Das Wahlrecht der Latinos und Afroamerikaner in den Südstaaten ist eingeschränkt worden und Präsident kann hier ohnehin nur werden, wer in der Lage ist, einen Wahlkampf zu bestreiten, dessen Kosten nahezu eine Milliarde Dollar erreichen. Das geht oft nur über Spenden reicher Geldgeber, die sich darüber ihren Einfluss sichern. Doch selbst das brauchte Trump nicht, weil die Medien ständig kostenlos Werbung für ihn gemacht haben."

Ungläubig schüttelte Leonie den Kopf. „Das hat aber mit Demokratie nicht mehr viel tun!"

„Nein." Schweigend verfolgten sie die Beiträge der Kommentatoren, die in wechselnden Live-Schaltungen eingeblendet wurden und allesamt sehr aufgeregt schienen.

Leonie dachte an ihre gemeinsame Jugendzeit in Köln. „Irgendwie habe ich mir unser Leben als Erwachsene anders vorgestellt. Hättest du es mit 15 für möglich gehalten, dass wir beide nun hier in Kalifornien vor der Glotze sitzen? Du mit drei zugegebenermaßen süßen Monstern an der Backe und ich mit einem Freund aus dem Tal der brennenden Mülltonnen, der sich in Saudi Arabien mit einer Anhörung und einer Vaterschaft auseinandersetzen muss?"

„Beides nein", antwortete Sarah ungerührt und sah mit unbewegter Miene auf den Fernseher. „Mein Leben ertrage ich nur, weil ich meine Familie liebe und nach und nach in das Hamsterrad hineingewachsen bin. Für dich ist das hier vermutlich die volle Dröhnung auf einen Schlag. Wenn du dich für Kinder entscheiden solltest, wächst du da auch allmählich rein. Apropos Familie: Ryan fragt, ob wir mit ihm ausgehen wollen. Ich habe zugesagt. Wir treffen uns morgen Abend mit ihm und dann zeigen wir dir das Nachtleben von San Diego."

„Was ist mit Jim?"

„Einer muss bei den Kindern bleiben und ich konnte auf die Schnelle keinen Babysitter finden. Reicht dir ein Mann nicht?" Sie zog die Augenbrauen hoch.

Leonie lachte und schlug gespielt nach ihr, als sei sie entrüstet. Sarah bemerkte, dass sie rot geworden war, und freute sich. Das würde spannend werden und ihre Freundin auf angenehmere Gedanken bringen!

„Nur für den Fall, dass Lukas in der Wüste bleibt." Sie grinste vielsagend.

14

Es war dunkel und ungemütlich im kalten Nieselregen. Randalf hatte den Wagen in einiger Entfernung am Straßenrand abgestellt und war den beiden Männern rasch zu Fuß gefolgt. Sie verließen den Bürgersteig in Richtung der in Finsternis liegenden Universitätswiese. Oberhalb der Baumsilhouetten stach die Spitze des Fernsehturms eine Wunde in die Wolken und in der Ferne schimmerten die Lichter der Fenster am Herkulesturm vor dem tief hängenden Blauschwarz des Nachthimmels. Tagsüber wimmelte es hier von Fahrradfahrern und Fußgängern. Doch in der Dunkelheit verirrte sich kaum jemand hierher und so war er allein mit den beiden. Ein paar Meter folgte er ihnen im Schutz der Nadelbäume. Das Magenta der illuminierten Telekom-Werbung auf dem Funkturm warf einen Hauch surrealen Lichts auf den Park. Robin und Tobias waren derart in ihr Gespräch vertieft, dass sie Randalf nicht bemerkten. Besser hätte es gar nicht laufen können. Er hörte Robin davon faseln, dass Carina eine tolle Frau gewesen sei und dass er sein eigenes Verhalten zutiefst bedauere. Er vermisse sie, träume nachts von ihr und würde alles dafür geben, wenn er die Zeit zurückdrehen könne. Seine Stimme klang, als habe er ein paar Kölsch zuviel getrunken.

Beide fuhren überrascht herum, als Randalf sie an der alten Kiefer neben dem Kinderspielplatz mit vorgehaltener Waffe ansprach.

„Wir wissen, dass du bei der Polizei gequatscht hast", sagte er zu Robin und dann zu Tobias: „Und dass du Interna aus der Verbindung weitergibst."

Die Wolkendecke am Himmel öffnete sich, sodass Mondlicht hindurch schimmerte und die Szenerie vor Randalf in ein fahles Licht tauchte. Er konnte den beiden jetzt in die Gesichter schauen und erkannte erstaunt, dass Robin keineswegs eingeschüchtert oder verunsichert war. Im Gegenteil, seine Augen funkelten ihn empört an. Schon bei den

Mensuren war er durch eine ungewöhnliche Furchtlosigkeit aufgefallen und der Alkohol schien ihm zusätzlich Mut zu verleihen.

Aufgebracht fuhr Randalf fort: „Ihr habt offensichtlich keine Ahnung, wozu die Verbindung in der Lage ist. Wenn ihr euch nicht aus der Angelegenheit heraushaltet und vor allen Dingen eure geschwätzigen Klappen haltet, machen wir ernst!" Zur Bekräftigung der Drohung hob er die Waffe und zielte auf Robins Gesicht.

Doch dieser kam unbeeindruckt auf ihn zu, als hantiere Randalf mit einer Spielzeugpistole herum, und packte seine Gurgel mit beiden Händen. „Hast du Carina auf dem Gewissen?", herrschte er ihn an. „Hast du das mit Sarah gemacht? Hast du das all diesen Frauen angetan?" Wie von Sinnen drückte er Randalfs Kehle zu.

Dessen Arme schwangen unkontrolliert zur Seite und ein Reflex im rechten Zeigefinger löste einen Schuss aus der Waffe aus. Die Kugel traf Tobias in die Brust. Er gab einen kurzen dumpfen Laut von sich und sein Körper fiel kraftlos auf den Rücken. Der Knall der Pistole brachte Robin zur Besinnung. Er lockerte einen Moment lang den Griff an Randalf Hals, sodass dieser ihn mit einem Kopfstoß von sich schmettern konnte. Ohne nachzudenken riss Randalf seinen Arm nach vorn und zielte erneut auf Robin.

„Bist du bescheuert?", röchelte er. „Was hast du getan? Ist er tot?"

Bestürzt beugte Robin sich zu seinem leblosen Freund hinunter und fühlte dessen Puls, während ihm das Blut aus der Nase schoss und auf Tobias´ Gesicht hinab tropfte. Auf der Inneren Kanalstraße ertönte ein Martinshorn.

„Was ist? Ist er tot?", wiederholte Randalf und versuchte panisch das Geräusch zu orten. Aber das Polizei-Horn verebbte.

Anstatt zu antworten, schnellte Robin mit einer kraftvollen Bewegung aus der Hocke empor, trat Randalf die Waffe aus der Hand und stürzte sich auf ihn. Vor ein paar Monaten wäre ein Zweikampf zwischen ihnen schnell beendet gewesen. Randalf übertraf Robin an Körpergröße und Kraft. Aber sein Körper war geschwächt und hatte sich noch nicht von den zahlreichen Splitterbrüchen erholt, die ihm mit Baseballschlägern zugefügt worden waren. Robin hatte ebenfalls an Kraft und Schnelligkeit eingebüßt, doch in wesentlich geringerem Maße, und das Überraschungsmoment sowie seine überschäumende Wut sorgten dafür, dass er gegen den bulligen Randalf eine reelle Chance hatte.

Vom Schwung des Aufpralls aus dem Gleichgewicht gebracht, stürzte dieser seinerseits auf den Rücken. Robin warf sich auf ihn und drückte mit beiden Händen seinen Kehlkopf zu. „Mörder!", zischte er.

Randalf tastete im Gras nach der Waffe, aber sie lag nicht in Reichweite. Er kam zur Besinnung, stellte geübt ein Bein auf und schwang sich mitsamt Robin auf die Seite, der daraufhin den Würgegriff lockern musste, um nicht unter seinen Gegner zu geraten. Randalf holte aus und rammte ihm die Faust ans Kinn. Ein Halswirbel knackte und Robin sank auf die Wiese. Während er versuchte, sich wieder aufzurichten, suchte Randalf in der Dunkelheit hektisch nach der Pistole. Unsicher stemmte sich Robin auf und wankte auf ihn zu, das verletzte Bein nachziehend, in seiner erhobenen Hand ragte ein Ast ins fahle Mondlicht. Endlich fühlte Randalf das kalte Metall der Waffe neben seinem Knie am Boden und ein weiterer Schuss durchschlug die Stille des Parks. Mit einem überraschten und zornigen Gesichtsausdruck fiel Robin der Länge nach auf das feuchte Gras.

Randalf fasste sich an die Kehle, röchelte und hustete. Die Pistole hielt er noch immer in der Hand, während er sich auf dem Knie aufstützte. Das Blut schoss durch seinen Körper und die Adern an seinen Schläfen schwollen an. Das hier war gründlich in die Hose gegangen. Innerhalb von wenigen Minuten hatte er zwei Menschen umgebracht, die er gut kannte und die er eigentlich nur einschüchtern wollte. Einem jähen Impuls folgend richtete er sich auf und rannte Richtung Auto. Übelkeit breitete sich in ihm aus und er atmete tief durch den schmerzenden Kehlkopf ein. Wieso war

Robin so aggressiv geworden, anstatt um sein Leben zu flehen? Er begann zu fluchen. Der Mond hatte sich beschämt hinter einen Wolkenschleier zurückgezogen, nur von den Laternen auf der Venloer Straße fiel ein schwacher Lichtschein bis zu dem Weg hinüber, an dessen Ende, direkt am Spielplatz, seine Opfer liegen mussten. Randalf verlangsamte seine Schritte.

Es war nur eine Frage der Zeit, bevor die ersten Personen den dunklen Pfad als Abkürzung nutzen würden. Er rang mit sich, weil er so schnell wie möglich von hier verschwinden wollte. Aber waren die beiden wirklich tot? Zögernd blieb er stehen und schaute zurück in den Park. Er brauchte Gewissheit und noch ein bis zwei unentdeckte Stunden, damit er seinen Auftrag beenden konnte. Dazu musste er die Leichen von hier fortschaffen, direkt am Weg würde man sie gleich, vielleicht sogar schon diese Nacht, finden. Bis zu den Bäumen, die neben der Kiefer in einer dichten Gruppe beisammen standen, waren es in seiner Erinnerung nur ein paar Meter, und wenn sie dort lagen, dauerte es länger, bis sie gefunden wurden. Das verschaffte ihm etwas Zeit, bevor er untertauchen musste. Hektisch sah er sich um, ob wirklich niemand in der Nähe war. Aber er konnte keine Menschenseele in der Finsternis ausmachen. Randalfs Herz hämmerte im Stakkato gegen seine Brust, als er sich vorsichtig dem Tatort näherte. Ihm gruselte bei der Vorstellung, die Toten könnten von dort verschwunden sein. Doch sie lagen unverändert, und wäre der widerliche Blutgeruch nicht gewesen, hätte die Szenerie nahezu friedlich gewirkt. Zuerst packte er Tobias unter den Schultern und schleifte ihn bis zum Rand der Wiese, dann Robin. Beide Körper waren schwer und die Glieder schlenkrig. Er zog sie so weit zwischen die Bäume, dass sie vom Weg aus nicht mehr entdeckt werden konnten, und huschte vor Aufregung und Angst schwitzend im Schutz der Dunkelheit so schnell er konnte zu seinem Wagen zurück.

In der Eile stolperte er beinahe gegen eine der Linden, die den Fahrradweg von der Straße trennten, und als er heiser atmend in sein Auto einstieg, wurde er erneut von einem anderen Fahrer angepöbelt, der Randalfs Wagentür ausweichen musste. Nur mit Mühe unterdrückte er den Impuls, den Mann ebenfalls zu erschießen. Stattdessen wandte er sein Gesicht ab, damit dieser ihn nicht wiedererkennen würde. Eine Weile lang fuhr er anschließend ziellos durch die Stadt und versuchte zu verarbeiten, dass er nun bereits drei Menschen auf dem Gewissen hatte. Die dramatische Filmmusik konnte er nicht mehr ertragen. Dann entschloss er sich, keine weitere Zeit zu verlieren. Drei oder vier Tote, das war nun keine ernsthafte Frage mehr, der er sich stellen musste. Er würde sich jetzt um Carinas Mitbewohnerin kümmern und im Anschluss untertauchen. Das wäre der letzte Dienst, den er Burkhard von Treunstein als Gegenleistung für die Rettung seiner Eltern erwies.

***

Sarah und Leonie standen unter der beleuchteten Lichtbrücke, die den Einstieg ins historische Gaslamp-Quarter von San Diego markierte, als Ryan ihnen in Freizeitkleidung entgegenkam, sehnig und mit einem nächlässig-selbstbewussten Gang.
Durch die Straße wehte ein kühler Abendwind und bewegte sachte raschelnd die Blätter der Bäume. Die Nachtschwärmer wurden von den blinkenden Farben der Bars und Restaurants rechts und links der Bürgersteige angezogen wie Motten vom Licht. Viele kamen vom Einkaufen in der Horton Plaza und schwangen lässig ihre Tüten und Taschen im Takt ihrer Schritte, die einige von ihnen zielstrebig in die Lokale führten, aus denen mal eher rockige, mal deutlich jazzige Musik drang. Einen Moment lang versuchte Leonie, sich Lukas in dieser Umgebung vorzustellen. Aber er passte genauso wenig hierher wie ein martialischer Krieger in eine Night-on-Bourbon-Street-Szenerie.
Ryan dafür umso mehr.

Er begrüßte sie herzlich und seine Augen hafteten auf Leonie. „Und, wie waren deine ersten Urlaubstage bei den Dorsons?"

Sie lachte. „Turbulent. Familienleben hardcore."

„Das kann ich mir lebhaft vorstellen. Die Kleinen halten dich ganz schön auf Trab, nicht wahr, Sarah?"

Diese winkte ab. „Ich will jetzt nicht über die Kinder reden. Lasst uns ins Florent gehen und eine Grundlage für die Cocktails schaffen, sonst bin ich betrunken, bevor der Abend richtig angefangen hat."

Ryan sah Leonie fragend an.

„Von mir aus. Ich verlasse mich auf eure Empfehlungen."

Die beiden führten Leonie in das Restaurant, wo sie nach dem Abendessen nahtlos zum Cocktailtrinken übergehen konnten. Ein Lounge DJ sorgte für chilligen Background und Leonie spürte, wie sie sich zunehmend entspannte. Lukas, die noch ausstehende mündliche Prüfung, der Stress mit der Polizei, das alles war weit entfernt. Sie fühlte sich wohl mit Sarah und auch mit Ryan, der ihr immer wieder warme Blicke zuwarf und sie unaufdringlich mit in das Gespräch zog. Nur einmal driftete sie mit ihren Gedanken ab und dachte an Lukas und was er vermutlich derzeit in Riad trieb. Ein weiterer Skype-Versuch war fehlgeschlagen. Entweder passte die Zeit nicht, die Internetverbindung war schlecht oder er war schlicht unterwegs. Sie hatte ihm noch nicht mitteilen können, dass sie bereit war, ihn gehen zu lassen, damit er sich um seine junge Familie kümmern konnte. Der Schmerz über diesen rein vernunftsbezogenen Verzicht versetzte ihr einen Stich.

Ryan berührte sie sanft am Arm. „Alles okay?"

Sie bejahte und straffte die Schultern. Ryan hatte nichts von Lukas′ maskuliner Ausstrahlung, die Leonie so anziehend fand. Dafür war er sensibel und zugewandt, erinnerte sie eher an ihren Jugendfreund Erik. In einer Beziehung mit ihm konnte sie vielleicht eine Seite an sich ausleben, die mit Lukas nicht zutage trat. Prüfend betrachtete sie ihn. Er hielt ihrem Blick stand.

215

„Woran denkst du?", wollte er wissen.

Sie schmunzelte bei der Vorstellung, ihm nun ehrlich zu antworten. „An nichts Besonderes", erwiderte sie stattdessen und bemerkte nun erst, dass Sarah nicht mehr mit am Tisch saß. Sie stand an der Theke und unterhielt sich angeregt mit dem Barkeeper. Ryan fasste Leonies Arm und sie ließ es geschehen.

Sarah kam zurück zu ihnen. „So, ihr Turteltäubchen, wohin geht´s jetzt?"

„Ins Prohibition?", schlug Ryan vor.

„Guter Plan."

„Was ist das?" Leonie bemerkte an ihrem eigenen Tonfall, dass sie schon etwas angesäuselt war.

„Eine 20er-Jahre-Cocktail-Bar mit Live-Musik im Untergrund."

„Klingt gut." Leonie dachte an Lukas´ möblierte DDR-Wohnung in Berlin und kam sich vor wie in einer Parallelwelt.

Als sie die Treppe zu der nur dämmrig beleuchteten Bar hinab stiegen, klingelte Sarahs Handy.

„Oh nein!", stöhnte diese, als sie sah, dass Jim anrief. „Mir schwant nichts Gutes."

Tatsächlich war ihre älteste Tochter beim Herumklettern von der Toilette gestürzt und hatte sich am Badewannenrand die Lippe aufgeschlagen. Sie blutete so stark, dass Jim mit ihr ins Krankenhaus fahren wollte und Sarah bat, zu kommen und auf die beiden anderen aufzupassen.

„Okay, Leute. Das war´s. Ich bin raus. Bringst du Leo nach Hause?" Sie sah Ryan fragend an und ignorierte dabei ihre Freundin.

„Ja klar, tue ich. Mach dir keine Gedanken und kümmere dich um die Racker. Alles Gute für Goldlöckchen!"

Leonie öffnete den Mund, doch Sarah hatte sich schon abgewandt, und strebte ihrem Wagen zu. Ryan sah Leonie auffordernd an und sie gab ihren letzten Widerstand auf. Gemeinsam stiegen sie die restlichen Stufen hinab, wobei Ryan seine Hand an Leonies Rücken legte. Ihr wurde bewusst, wie lange kein anderer Mann sie so berührt hatte, und Wärme breitete sich in ihr aus.

***

Seit mehreren Tagen hielt Magano sich nun in Leonies Wohnung auf. Die Räume hatten ihr Geschichten aus den vierzig Jahren ihres Bestehens erzählt. In den Wänden hingen die Spuren von Trauer und Zorn, Betrug und Einsamkeit. Besonders frisch allerdings waren die Schimmer einer tiefen Liebe zwischen Leonie und ihrem Freund, die Maganos Herz mit Freude erfüllte. Carina besuchte sie regelmäßig und viele andere Ahnen, wenn sie auf dem Balkon in der zweckentfremdeten Grillschale ihre Feuerrituale abhielt. Sie sah das Echo der Ereignisse, die zu Carinas Tod führten, doch die Gesichter der Täter waren verhüllt. Carina versuchte mehrfach, ihr einen Namen zuzurufen, aber sie war noch nicht lange genug in der Anderswelt, um störungsfrei kommunizieren zu können. Die Wörter, die Magano in ihrem Kopf hörte, klangen metallisch verzerrt wie bei einer gestörten Telefonverbindung. Sie ergaben keinen Sinn.

Was sie jedoch begriff, war, dass Carina und dann immer mehr Ahnen ihr zunehmend zu verstehen gaben, dass sie in der Wohnung in Gefahr war. Sie konnte sich nicht vorstellen, welche Bedrohung von diesen Räumen ausgehen sollte, in denen sie ganz alleine war und niemand sie behelligte. Wo sollte sie sonst untertauchen? Woanders war es für sie viel riskanter als hier. Leon Bolts Bericht würde in ein paar Tagen ausgestrahlt, solange wollte sie hierbleiben. Danach konnte sie ja wieder in ein Hotel ziehen oder nach Hause fliegen, je nachdem, welche Wirkung die Sendung entfaltete. Schließlich schaltete die Ondangere sich ein. Sie rief Magano auf dem Handy an. „Wieso ignorierst du die Warnungen?", schimpfte sie durch den Hörer. „Bist du taub? Oder hältst du dich für unverwundbar?"

„Ich kann hier nicht weg", erwiderte Magano indigniert.„Ich muss untertauchen."

217

„Verlass´ die Wohnung! Sofort!", befahl die Ondangere.

„Was ist denn los? Hat man mich hier aufgespürt?" Hektisch begann sie ihre Sachen zusammenzusuchen.

„Nein, aber es kommt jemand, der dir großen Schaden zufügen wird."

Ein Schauer durchfuhr Magano, als sie nun selber den Schatten spürte, den die Gefahr vorauswarf. Hastig durchstreifte sie die Räume, um nachzusehen, ob sie alles eingepackt hatte, und übersah dabei die Reste ihres Feuerholzes auf dem Balkon.

Dann stürmte sie aus der Wohnungstür.

***

Nebeneinander spazierten Leonie und Ryan am Hafengelände in San Diego entlang, wo schlichte Boote und teure Jachten einträchtig in der Sonne glänzten, als mache diese keine Unterschiede zwischen arm und reich. Vom Meer wehte eine sanfte Brise und trug den Geruch von Tang und Motoröl zu ihnen herüber. Es war schön, so friedlich mit Ryan hier zu flanieren. Sie hatte ihm erzählt, was in Deutschland passiert war, und er war behutsam damit umgegangen. Nun fühlte sie sich gelöst und entspannter als davor. Aber es kam ihr auch falsch vor, sich mit Ryan wohlzufühlen, weil sie nicht wusste, was mit Lukas war, und jeder weitere Tag in San Diego verunsicherte sie zunehmend. Der Schaden, den sein Geständnis in ihrer Beziehung angerichtet hatte, war enorm und die Enttäuschung darüber, dass es eine andere Frau in seinem Leben gegeben hatte, saß tief. In den vergangenen Tagen hatte sie sich mit dem Gedanken angefreundet, ihn gehen zu lassen, und nun gab es auch noch Ryan. Der Zwiespalt, in dem sie steckte, ließ sich nur schwer ignorieren.

Sie mochte Ryan, ihr wurde warm, wenn er sie mit seinen braunen Augen ansah. Seine Hände waren feingliedrig und weich und die Berührungen sanft. Beim Lachen entblößte er ebenmäßige, weiße Zähne, und sympathische Lachfältchen bildeten sich um seine Mundwinkel. Leonie merkte, dass sich unwillkürlich ein Strahlen in ihr Gesicht schlich, wann immer sie sich anschauten. Es wäre in der Tat reizvoll, mit ihm hier neu anzufangen. Als ahnte er, was sie dachte, legte er den Arm um ihre Schultern und wies auf eine der Jachten.

„Wenn ich mal groß bin, kaufe ich mir eine von denen."

Leonie lachte. „Darf ich dann mal mitfahren?"

Er beugte sich zu ihr hinunter. „Ich hoffe, du wirst mein Dauergast sein."

Verlegen zog sie seinen T-Shirt-Kragen ein Stück tiefer, sodass die Tätowierungen zum Vorschein kamen. Langsam fuhr sie mit dem Zeigefinger die schwarzen Linien der Dreierspirale nach, die rechts unterhalb der Schlagader saß. „Was bedeuten diese Zeichen?"

Er neigte den Kopf noch weiter in ihre Richtung. „Das ist die Triskele. Sie steht für den Kreislauf des Daseins: Geburt, Leben und Tod; das Werden, Sein und Vergehen. Außerdem ist sie ein druidisches Symbol für eine Dreifachgöttin."

Leonies Augen weiteten sich und sie musste reflexhaft an Carina und deren Hang zur Mythologie denken. Sie lächelte Ryan warm an. Carina hätte ihn gemocht.

„Und dieses?", fragte sie und fuhr über die dahinter liegenden Linien.

„Das ist das Rad des Seins. Es steht für die vier Elemente, die in Balance sind, oder auch für die Himmelsrichtungen", erwiderte er leise und kam ihr noch näher.

„Warum hast du dir diese Symbole tätowieren lassen?" Es schien merkwürdig unpassend für einen Anwalt, jedoch sehr stimmig für einen Natursportler, der als Raftingführer arbeitet. Sie fand es reizvoll, dass sich hinters Ryans korrekter Fassade ein freier Geist verbarg, dem es offensichtlich nicht an Tiefe mangelte. Einen Moment lang wunderte sie sich zum ersten Mal darüber, dass Lukas keine Tätowierung trug. Sie fragte sich, welche er sich wohl stechen lassen würde, und kam zu dem Schluss, dass es sicherlich nicht keltische Symbole wären.

„Das hat mit der deutschen Frau zu tun, mit der ich mal zusammen war", antwortete Ryan nun.

„Trägt sie die gleichen Tätowierungen?" Augenblicklich spürte Leonie, wie sie innerlich einige Zentimeter von ihm abrückte.

„Nicht, dass ich wüsste. Aber sie hat damals etwas in mir ausgelöst, das mich dazu brachte, mich mit den Symbolen zu beschäftigen. Ich habe sie mir erst stechen lassen, als sie schon lange weg war."

„Wie habt ihr euch kennengelernt?"

„Beim Raften." Er richtete sich auf. „Sie kam als Teilnehmerin einer Reisegruppe und saß neben mir im Boot."

„Oh, und da hat es gleich gefunkt? Das ist dir bestimmt oft passiert, dass Frauen dich angehimmelt haben, stimmt´s?"

„Das Raften in einem Schlauchboot auf einem Gebirgsfluss mit Stromschnellen ist nicht ungefährlich. Die Teilnehmer müssen vorab unterschreiben, dass sie auf eigene Gefahr mitmachen. Da ist man als derjenige, der das Wildwasser beherrscht, für die Unerfahrenen so etwas wie ein Held, mit dem man gerne flirtet." Er grinste, wurde aber schnell wieder ernst. „Als Elena mitfuhr, sind wir unter einen Katarakt geraten und das Boot hat sich in Sekunden mit Wasser gefüllt. Sie wurde herausgeschleudert und ich konnte sehen, dass sie im Strudel die Orientierung verlor. Verfangen sich in dieser Situation die Leinen der Rettungswesten in den Felsen, ertrinken die Leute, bevor man sie retten kann. Das ist leider schon vorgekommen." Er verstummte.

Auf Leonies Armen bildete sich eine Gänsehaut. „Ist es in einer deiner Gruppen passiert?"

„Nein, zum Glück nicht. Aber bei einem meiner Kollegen." Mit schmalen Augen beobachtete er die kreischenden Möwen, die über dem Hafen ihre Kreise zogen.

„Und was ist mit Elena geschehen?", fragte Leonie, als ihr das Schweigen zu lang wurde.

Ryan sah noch immer in die Ferne. „Ich habe sie am Arm gepackt und zurück ins Boot gezogen. Dieser Moment war existenziell. Wir haben uns angesehen und aus dem anfänglichen Flirt wurde eine Seelenverbindung." Er richtete seinen Blick auf Leonie und sagte nach einer Weile leise: „Du erinnerst mich an sie. In dir erkenne ich die gleiche Tiefe und Ernsthaftigkeit."

„Warum seid ihr nicht mehr zusammen?"

„Sie ist bei ihrem Freund geblieben, mit dem sie die Rundreise unternommen hat."

„Sie hat mir dir geflirtet, obwohl sie mit ihrem Partner unterwegs war?!"

Ryan nickte. „Dass ich ihr Leben gerettet habe, hatte etwas tief Verbindendes. Aber vermutlich wollte sie nicht mit einem Kerl zusammen sein, der einen unsicheren Job hat. Ihr Freund war solider."

„Hat dich das dazu bewegt, Jura zu studieren und Anwalt zu werden? Um für Elena eine sichere Basis zu sein?"

„Nicht für Elena. Für die Frau, die ich einmal lieben und mit der ich mein Leben verbringen werde."

Er kam mit seinem Gesicht so nah an sie heran, dass sich ihre Lippen fast berührten, und Leonie schob ihr schlechtes Gewissen beiseite. Sie küssten sich und sahen sich dann ernst an. Ihr Aufenthalt in San Diego war begrenzt und bald würde es unvermeidbar sein, über eine mögliche Zukunft zu sprechen. Bisher hatte insbesondere Leonie das vermieden. Am liebsten hätte sie gar keine Entscheidung getroffen und gehofft, dass sich der Zwiespalt von allein auflöste. Die Saite, die Ryan in ihr berührte, war ihr selber wenig vertraut. Mit ihm lernte sie einen Wesenszug an sich kennen, der bislang ein Schattendasein geführt hatte und nun ans Licht drängte. Aber sie war sich nicht sicher, ob er jemals mächtig genug sein würde, um ihr Leben zu bestimmen, und ob das, was sie mit Lukas verband, nicht viel zu stark war, um es aufgeben zu können.

15

Julius Ruthenmöller sah blass aus, als Melina Gande morgens in ihr gemeinsames Büro kam.

„Alles okay bei dir?", fragte sie und befürchtete, dass einmal mehr seine Frau der Grund dafür war.

Er spitzte die Lippen und erwiderte dann sachlich: „Einer unserer Zeugen ist erschossen auf der Universitätswiese aufgefunden worden."

Melina ließ sich auf ihren Stuhl sinken. „Wer?"

„Robin von Odenheim."

„So ein verdammter Mist", entfuhr es Melina. „Der war unser wichtigster Mann! Gibt's schon Hinweise auf den oder die Täter?"

„Bislang haben wir noch keine Zeugen gefunden. Die Auswertung des Projektils nützt uns nichts, solange wir die Waffe nicht haben. Odenheim ist auch nicht das einzige Opfer. Neben ihm lag Tobias Neroth. Die Kollegen haben ihn schon gecheckt. Die beiden waren eng befreundet und haben zusammen studiert."

„Ein Zufallsopfer? Zur falschen Zeit am falschen Ort?"

„Moment - jetzt kommt's: Beide waren Mitglieder der Deutschnationalen Liga."

Melina nickte langsam. Von Robin war ihnen das ja bereits bekannt. „Der andere auch? Bei Odenheim leuchtet der Mord mir ein, da wollte die Verbindung einen Belastungszeugen loswerden, der Gereon von Treunstein hätte in den Knast bringen können. Doch warum dieser Neroth? Ist der schon irgendwann in Erscheinung getreten?"

Ruthenmöller schüttelte den Kopf. „Er nicht, aber seine Schwester. Leonie Bühlig hat uns im November Kim Neroth als Zeugin ihres Streits mit Carina Kamerande genannt."

Melina verzog den Mund. „Irgendwie führen immer alle Spuren zu Leonie Bühlig. Ich habe dir ja direkt gesagt, an der Sache ist etwas faul. Ich durchschaue nur nicht, was."

„Und Gereon von Treunstein kann nicht der Mörder gewesen sein, weil er in U-Haft sitzt." Ruthenmöller rieb sich die Augenbrauen.

„Ihr hättet diesen Randalf nicht laufen lassen dürfen!", sagte Melina scharf. „Der hat Treunstein besucht und da haben die beiden garantiert darüber gesprochen, wer aus dem Weg geräumt werden muss."

„Wir hatten nichts gegen ihn in der Hand, um ihn länger festzuhalten. Sein Anwalt hätte Kleinholz aus uns gemacht."

„Dann laden wir ihn wegen dieser Morde erneut vor."

„Das ist nicht unser Fall."

„Dann sollen die Kollegen ihn vorladen!", blaffte Melina.

„Jaja, schon gut. Wir sollten ohnehin jetzt eng mit denen zusammenarbeiten."

„Und Leonie Bühlig laden wir auch vor und nehmen sie mal richtig in die Mangel. Ich bin davon überzeugt, dass sie uns etwas verschweigt."

Ruthenmöller nickte. „Gut, übernimmst du das?"

„Aber gern", bestätigte seine Kollegin mit Nachdruck.

Er zögerte, stand auf und lehnte sich an ihren Schreibtisch. „Sind wir beide wieder okay miteinander?"

Melina schmunzelte über diese Formulierung. „Ja, wir sind wieder okay, solange du niemanden laufen lässt, den ich mühsam eingefangen habe."

„Melli! Ich ..."

„Jaja, ich weiß: Du konntest nichts tun, dir waren die Hände gebunden, blablabla. Andere Verdächtige hast du doch auch festgenagelt."

Aufmerksam sah er sie an. Wenn Madame Chauchat sich ereiferte, war sie besonders schön.

„Warum willst du diesen Treunstein eigentlich unbedingt in den Knast bekommen?"

Ihre schräg stehenden Augen schmälerten sich. „Der soll sich nie wieder an einer Frau vergreifen können und anschließend noch behaupten, sie habe Spaß daran gehabt! Genau dafür bin ich Polizistin geworden."

Fragend zog Ruthenmöller eine Augenbraue hoch.

Melina atmete tief durch. „Der Vater meiner Schulfreundin hatte auch immer solche Sprüche auf Lager. Irgendwann hat sich herausgestellt, dass er Mitglied einer Schlepperbande war und seine eigene Tochter zur Prostitution gezwungen hat."

Mitfühlend legte Ruthenmöller seine Hand auf ihre Schulter und er begriff, welche Beherrschung es sie gekostet haben musste, Gereon von Treunstein wegen seiner sexistischen Bemerkungen nicht an die Kehle zu gehen. „Wo ist sie jetzt?"

„Sie hat sich das Leben genommen."

***

Es war gefährlich, sich erneut in dieses hässliche Mietshaus einzuschleichen, das war Randalf bewusst. Aber es stand zuviel auf dem Spiel. Inzwischen hatte er erfahren, dass Gereons Vater vergeblich versucht hatte, seinen Sohn auf Kaution freizukommen, was in Deutschland ohnehin nur selten gelang. Tatsächlich hatte die Staatsanwaltschaft den Antrag mit dem Hinweis auf eine bestehende Verdunklungsgefahr abgelehnt. Es mussten definitiv noch weitere Leute unschädlich gemacht werden, um Gereon vor einer Haftstrafe bewahren zu können. Dazu gehörte nun mal Carinas Mitbewohnerin, die offensichtlich zu viel wusste. Wenn der Staatsanwaltschaft die Zeugen ausgingen, dann würden sie ihn bestimmt nicht mehr lange unter Arrest halten können. Sicherheitshalber klingelte er mehrmals, falls doch jemand zu Hause war.

Er hatte das Gebäude eine Weile beobachtet, es rührte sich nichts und in keinem der Fenster erschien Licht, als es draußen dämmerte. Im Schutz der Nacht schlich Randalf sich ins Treppenhaus, als ein Bewohner das Haus verließ. Lautlos stieg er die Stufen zu Leonies Wohnung hinauf und öffnete die Wohnungstür mit einem Dietrich. Stille und Dunkelheit empfingen ihn, genauso wie er es erwartet hatte. Er hatte noch eine gute Erinnerung an die Anordnung der

Zimmer und orientierte sich im Finsteren. Irgendwann kam sie nach Hause und er würde sie erwarten.

Breitbeinig setzte er sich auf das Sofa im Wohnzimmer, die Waffe vor sich auf dem rechten Oberschenkel. Er hatte den Rubikon überschritten, nun gab es kein Zurück mehr. Nachdem seine Unterredung mit Robin und Tobias schief gelaufen war, blieb ihm jetzt nur noch die Flucht nach vorn. Gereons Pistole war mit Sicherheit nicht registriert, man konnte die Kugeln also nicht auf ihn zurückverfolgen. Aber die Polizei würde eins und eins zusammenzählen und ihn verdächtigen. Wenn der Job hier erledigt war, konnten sie Gereon nichts mehr nachweisen und er selber würde untertauchen. Er seufzte und lehnte sich zurück. Wie dämlich die beiden Idioten doch gewesen waren! Er hatte sie lediglich zur Rede stellen und einschüchtern wollen. Jetzt saß er in Leonies Wohnung und dachte darüber nach, wie er vorgehen sollte. Sich hier aufzuhalten hatte den Vorteil, dass die Polizei ihn nicht so schnell finden würde, denn hier vermutete man ihn ganz sicher nicht. Er faltete die Hände vor dem Bauch wie zum Gebet und verdrängte den Gedanken an das, was er angerichtet hatte. Seine Eltern durften nicht erfahren, was er hier getan hatte, obwohl sie der eigentliche Grund für diese Verbrechen waren. Er hatte nicht wirklich eine Wahl gehabt. Die eigenen Erzeuger über die Klinge springen zu lassen, war keine echte Alternative gewesen. Und wenn Burkhard von Treunsteins Bedingung für die Aktivierung seiner internationalen Beziehungsgeflechte war, dass Randalf hier die nötigen Schritte unternahm, dann tat er das natürlich. Die Firma blieb liquide und verschaffte ihnen die Möglichkeit, wieder Fuß zu fassen. Es war Randalf zwar schleierhaft, wie sie es geschafft hatten, ihr Vermögen derart herunterzuwirtschaften, dass eine Entschädigungszahlung sie ruiniert hätte, aber sie informierten ihn ohnehin nie über ihre Transaktionen. Über diese Gedanken schlief er ein.

Im Morgengrauen erwachte er, weil jemand „Mörder" in sein Ohr zischte. Er blinzelte in das Dämmerlicht und erschrak. An der gegenüberliegenden Wand glaubte er, Carina stehen zu sehen, blass und schön. Mit kaltem Blick fixierte sie ihn, dann verschwand das Trugbild. Randalf schüttelte den Kopf und rieb sich die Augenlider. Halluzinierte er? Seine Blase drückte, und er schleppte sich zum Badezimmer. Er öffnete die Tür und prallte am tiefen Rot zurück. Der Raum schien in Blut getränkt zu sein. Reflexartig schaltete er die Deckenlampe ein und sah mit Erleichterung, dass alles normal war. Seinen ganzen Körper überzog eine Gänsehaut, als er sich anschließend auf der Toilette erleichterte. Schnell löschte er das Licht. Die Wahnvorstellungen hatten ihn unvorsichtig werden lassen. Aus der Dunkelheit spähte er zwischen den Lamellen des Rollos am Fenster hindurch prüfend auf die Straße hinunter. Alles war still. Hoffentlich kreuzte diese Mitbewohnerin endlich auf, damit er seinen Job erledigen und sich dann aus dem Staub machen konnte.

***

„Randalf Königstett ist wie vom Erdboden verschluckt", erklärte Melina Ruthenmöller verärgert. „Aus seinem Hotel hat er ausgecheckt, in München ist er aber nicht aufgetaucht. Wo steckt der Mistkerl?"

„Der ist bestimmt noch in Köln", erwiderte Ruthenmöller schuldbewusst. Ihm war klar, dass sie Randalf besser dabehalten hätten.

„Und was ist mit Leonie Bühlig?", fragte er, um abzulenken.

„Der bin ich auch ganz schön hinterhergelaufen – die macht Urlaub in San Diego. Übrigens bei der früheren Ex-Freundin von Robin von Odenheim, Sarah Henner, eines der Opfer auf den Videos. Ich habe den Kollegen vor Ort um Amtshilfe gebeten, der bereits Henners erste Aussage aufgenommen hat. Der war sehr kooperativ und verzichtet auf den Papierkram im Vorfeld. Ich habe aber auch ein bisschen dramatisiert und von Gefahr im Verzug gesprochen." Sie grinste.

Ruthenmöller nickte bedächtig. Nun ermittelten sie bereits bis in die USA, und angefangen hatte alles mit einem harmlosen Einbruch in eine Postfiliale am Stadtrand, bei der vermeintlich noch nicht einmal etwas entwendet worden war.

`Don´t judge a book by its cover´, dachte er.

***

Überrascht sah Leonie den Polizisten an, der vor Sarahs Haustür stand. Sergeant Miller trug zur langen, blauen Hose ein blaues Hemd, auf dem die Embleme des Police-Departements aufgenäht waren, und die Waffe erkennbar am Halfter um seine Hüfte. In der Einfahrt stand ein charakteristischer, schwarzer San Diego Police Wagen mit dem weißen Dach und ebensolchen Türen, auf denen gut sichtbar die Aufschrift: „America´s finest to protect and serve", Emblem und amerikanische Flagge inklusive, prangte. Die Lampen der breiten Blau-Weiß-Rotlichtleiste standen still. Mit der Glatze und den asiatisch angehauchten Gesichtszügen erinnerte Miller Leonie an Yul Brunner.

„Ja, bitte?", sagte sie.

„Ich möchte mit Sarah Dorson sprechen", erklärte der Polizist.

Leonie zuckte innerlich zusammen. Sie war überzeugt gewesen, dass sie hier ihre Ruhe vor der Polizei hätte!

Sarah war hinter sie getreten. „Was ist los?"

„Darf ich Sie bitten, mit auf das Revier zu kommen?"

Sarah wurde blass. „Warum?"

„Die Kollegen in Deutschland haben uns um Amtshilfe gebeten. Es geht um einen Mordfall in Köln. Sie wollen von Ihnen lediglich ein paar Angaben haben."

„Solange die Kinder in der Schule und im Kindergarten sind, habe ich Zeit." Sarah sah Leonie hilfesuchend an.

„Ich komme mit", erklärte diese sofort.

„Danke", sagte Sarah erleichtert. Sie zogen ihre Schuhe an und folgten Sergeant Miller zu dessen Wagen. Schweigend fuhren sie zum Polizeirevier. Sergeant Miller und der Fahrer wechselten ein paar Worte in einem derart breiten Akzent, dass Leonie nichts verstand. Ihr war unbehaglich zumute. Miller hatte von einem Mord gesprochen. Behandelten Ruthenmöller und Gande Carinas Tod inzwischen als Mordfall oder ging es um etwas anderes? Sie warf Sarah einen besorgten Blick zu und diese drückte stumm ihre Hand. „Wird schon nichts Schlimmes sein", sagte sie.

Im Polizeirevier herrschte reges Treiben, ständig klingelte irgendwo ein Telefon, Polizisten in Uniform kamen und gingen. Miller führte Leonie und Sarah in ein Großraumbüro und ließ sich dort an einem Schreibtisch nieder. Er fuhr den Rechner hoch und öffnete ein neues Protokolldokument.

„Worum geht es denn?", fragte Sarah, der das alles viel zu lange dauerte.

Miller kramte in seinen Unterlagen und zog ein Schreiben daraus hervor. Er überflog die Zeilen und antwortete dann betont sachlich: „Um den Mord an Robin von Odenheim und Tobias Neroth."

Sarah schlug sich die Hand vor den Mund. „Robin ist umgebracht worden?", rief sie erschrocken.

„Und Tobias auch?", ergänzte Leonie tonlos und dachte an Robins Besuch in ihrer Wohnung, bei dem er Magano und ihr erzählt hatte, was er wusste. Ihnen allen war bewusst gewesen, in welche Gefahr er sich begeben hatte und nun war er tot. Leonie erbleichte.

„Nun", Miller verlagerte sein Gewicht im Bürostuhl. „Die Kollegen in Deutschland wollen wissen, was Sie über Robin von Odenheim sagen können, da sie mit ihm befreundet waren."

„Was ist den beiden denn passiert?", wollte Sarah wissen.

„Darüber haben wir keine Kenntnis. Ich bin lediglich gebeten worden, ihre Aussagen aufzunehmen und nach Deutschland weiterzuleiten."

Sarah nickte und gab alles zu Protokoll, was sie über Robin und Tobias wusste. Leonie ergänzte einige Details. Miller schrieb ihre Aussage mit, druckte anschließend das Dokument aus und ließ es sie unterschreiben.

„Das war's schon", sagte er.

Ungläubig schaute Sarah ihn an. „Und wie kommen wir jetzt wieder nach Hause?"

Miller zuckte die Schultern. „Das Departement führt keinen Shuttle-Service. Am Ende der Straße gibt's eine Bushaltestelle."

„Na super, sehr freundlich", sagte sie und erhob sich.

Sie verließen das Revier und gingen schweigend, jede in ihre eigenen Gedanken versunken, zur Haltestelle. Nach hundert Metern blieb Leonie stehen. Sarah hielt ebenfalls inne, und sie sahen sich an. Dann nahmen sie sich in die Arme und weinten.

***

Im Omnia Nachtklub in San Diego wogte die tanzende Menge gebadet in zuckenden Lichtblitzen dem DJ entgegen, der sie einpeitschte und mit Elektrobeats befeuerte. Frauen in knappen Outfit warfen ihre langen Haare im Rhythmus hin und her, ihre Körper glänzten vom Schweiß. Aus den Wänden schossen Trockeneisfontänen wie Geysire und tauchten das Neonlicht in diffuse Wolken. Tausende Silberpapierschnipsel fielen von der Decke auf die Taumelnden, die die Arme in die Höhe hielten und den Takt der Musik mitklatschten. Gebannt schaute Leonie sich um. Sie war nie gerne in Diskotheken gegangen, hatte sich früher eher von Sarah mitziehen lassen, als dass es ihr selber ein Bedürfnis gewesen wäre. Aber diese hier faszinierte sie. Sie war nicht mit denen in Köln zu vergleichen. Es wunderte sie, dass Ryan, nachdem er erfahren hatte, was mit Robin und Tobias passiert war, ausgerechnet einen Klub auswählte, in dem sie beide zu den ältesten Gästen gehörten und Musik für deutlich jüngere Leute gespielt wurde. Als wolle er der Präsenz des Todes in ihrem Leben pralle Daseinsfreude entgegensetzen.

Unwillkürlich fiel Leonie das Gespräch ein, dass sie mit Magano auf dem Melatenfriedhof über die Allgegenwart der

Vergänglichkeit geführt hatte, und sie sah den Tod wie in den Barock-Bildern mittanzen zwischen all den jungen Menschen, die vor pulsierender Vitalität strotzten. Sie alle würden in weniger als achtzig Jahren ebenfalls tot sein. Manche von ihnen vielleicht schon morgen, übermorgen oder nächste Woche. Ein verfrühter Totentanz in erotischer Kleidung und aufreizenden Posen. Jäh überkam sie der Wunsch, der Endlichkeit zu entfliehen und sich vehement in das viel zu kurze Leben zu werfen. Sie ließ sich vom Rhythmus des Beats und ihrem steigenden Alkoholpegel mitreißen. Wenigstens für ein paar Stunden wollte sie vergessen, was zu Hause passiert war. Dass nun bereits drei Menschen gestorben waren, die sie kannte. Auch Carina, Robin und Tobias waren noch vor wenigen Jahren so jung gewesen wie die Klubgäste um sie herum, und jetzt waren sie tot. Es war schon schwer genug, Carinas Tod zu verkraften und nicht jeden Tag an ihren Anblick in der Badewanne zu denken. Nun gesellten sich Bilder von Tobias' und Robins erbleichten Gesichtern dazu. Es war kaum zu ertragen, und sie nahm dankbar Ryans Angebot an, ihr einen weiteren Cocktail zu bestellen. Sie leerte ihn rasch und ließ sich von seinen magischen braunen Augen auf die Tanzfläche lotsen, wo er sie an sich zog, sein Knie zwischen ihre Beine schob und ihren Oberkörper im Takt der Musik wiegte. Seine Pupillen funkelten und sein Verlangen war nicht zu übersehen.

Das Blut in Leonies Adern begann zu rauschen. Das hier war heiß, ganz anders als mit Lukas, aber erregend, und sie lechzte danach, die Bilder aus ihrem Kopf verdrängen zu können. Niemand würde von Ryan und ihr erfahren, wenn sie das nicht wollte. Und Sarah hatte kein bisschen übertrieben, als sie ihn ihr als „tollen Mann" angepriesen hatte. Lukas bekam ein Kind mit einer anderen Frau, das machte eine Beziehung mit ihm auf Dauer unmöglich. Sie verspürte das Bedürfnis, den Moment zu genießen und das Leben intensiv zu fühlen, denn es konnte jeden Augenblick vorbei sein. Carina, Robin, Tobias – sie alle waren in ihrem Alter gewesen. Entschlossen zog sie Ryans Gesicht nah an ihres heran und drängte ihm ihre Zunge in den Mund. Sofort legte er beide Arme um ihren Rücken und dirigierte sie langsam durch die Menge auf der Tanzfläche dem Ausgang entgegen.

An der Küste war es immer noch warm und der Sand weich. Die Lichter der Stadt warfen einen dämmrigen Schein und am Himmel schimmerten Sterne wie Leuchtsignale. Das Meer war ruhig und schwappte schmatzend in sanften Wellen an den Strand, ein milder Wind streichelte ihre Haut. Mit Ryan hier an diesem Ort zu sein, war aufregend, weil es sich so deutlich von ihrem Liebesleben in Deutschland unterschied. Er war nicht annähernd so kräftig gebaut wie Lukas, aber drahtig und definiert. Respektvoll und empathisch näherte er sich ihr, und ihr Zusammensein hätte kaum romantischer sein können. Berauscht vom Alkohol, von der Atmosphäre des Ortes und Ryans zärtlichen Berührungen ließ Leonie sich verleiten und klammerte sich an das Leben, das in ihren Adern pulsierte und den Schmerz verdrängte.

Als sie anschließend nebeneinanderlagen und dem monotonen Rauschen des Pazifiks lauschten, blickte Leonie auf die blinkenden Sterne im Nachthimmel und konnte nicht verhindern, dass ihr erneut die zahlreichen Toten in ihrem Umfeld und Lukas in den Sinn kamen. Abermals versetzte der Schmerz über seinen Verlust ihr einen Stich.

Ryan seufzte wohlig und fuhr mit der Hand durch ihre Haare. „Mit mir könntest du ein Leben in Leichtigkeit verbringen."

Sie lächelte. „Was sollte ich hier mit meinem Staatsexamen in Jura anfangen?"

Kopfschüttelnd erwiderte er: „Ich biete dir ein unbeschwertes Dasein an, und du machst dir Sorgen um deinen Abschluss!"

„Ja, du hast recht. Ziemlich teutonisch, nicht wahr?"

„Ich weiß nicht, was typisch deutsch ist, Sarah vermittelt mir einen anderen Eindruck. Aber rationale Kontrolle scheint deine Eigenart zu sein, und es tut mir weh, das zu sehen. Du könntest viel mehr erleben als einen Alltag in starren Regeln. Überleg' es dir in Ruhe, bevor du eine Entscheidung triffst."

Er beugte sich über sie und sie küssten sich lange. Als ihre Finger an seinem Rücken entlang strichen, fragte sie sich, ob es ihr tatsächlich möglich wäre, mit ihm ein neues Leben zu beginnen. Schweigend fuhren sie später zu Sarahs und Jims Haus in Clairemont. Während der Fahrt ergriff Ryan ihre Hand und warf ihr immer wieder liebevolle Blicke zu. Vor der Haustür umarmte er sie minutenlang. Bevor er ging, sagte er ernst: „Ich weiß, dass du bald nach Deutschland zurückfliegst und dass du dort gerne als Rechtsanwältin arbeiten möchtest. Ich will dich nicht bedrängen. Die Entscheidung, die du triffst, werde ich akzeptieren, egal wie sie ausfällt. Aber du sollst wissen, dass ich sehr viel für dich empfinde."

Leonies Wangen wurden heiß, als sie errötete und seinen Kuss erwiderte.

∗∗∗

Auf dem Weg zu ihrem Häuschen in Riad wurde Lukas bewusst, dass auch Sally eine attraktive und tolle Frau war. Er konnte sich lebhaft vorstellen, dass es eine Menge Männer gab, die sie liebend gern als Partnerin hätten. Ihre Beziehung wäre harmonischer verlaufen, wenn er Leonie nicht vor ihr begegnet wäre. Sally war lebenslustig und offenherzig, mit ihr schien das Dasein unkompliziert. Der einzige Fehler war, dass Lukas bereits Leonie liebte und sie an dieser Liebesfront niemals gewinnen konnte. Zu tief war seine Zuneigung zu der Person, mit der er seit seiner Kindheit verbunden war – eine Nähe, die keine andere Frau in der Art und Weise erreichen konnte. Er fragte sich, ob es Zufall oder Vorsehung war, dass einem jemand so früh begegnet.

Damit man sich mit dieser Seele derart verband, dass sie einen durchs Leben begleitete. Hätte er Sally vor Leonie getroffen, wäre vieles leichter gewesen. Und hätten Leonie und er überhaupt zueinandergefunden, wenn sie nicht einschneidende Kindheitserfahrungen teilen würden?

`Die Schwangerschaft steht ihr gut´, war Lukas' erster Gedanke, als Sally die Tür öffnete und ihm herausfordernd entgegenblickte. Sie wirkte nicht überrascht. Wahrscheinlich wusste sie von Thomas, dass er gekommen war, um dessen Aussage vor dem Untersuchungsausschuss zu bestätigen.

„Hallo Lukas", sagte sie trocken. Ihr Bauch wölbte sich noch nicht deutlich, aber sichtbar für alle, die von der Schwangerschaft wussten, und ihre Gesichtszüge waren weicher geworden. Sie trug eine Schwangerschaftshose, die den Bauchansatz betonte, und die rotblonden Haare locker hochgesteckt.

„Hallo Sally, wie geht's dir?"

Sie nickte und zögerte. Dann öffnete sie die Tür ganz, ließ ihn herein und ging vor ihm her in die kleine Küche. Ihre Bewegungen zeigten einen ersten Ansatz von Watschelgang und Lukas fühlte sich seltsam berührt, dass er nun wieder bei ihr im Compound war und dass sie möglicherweise sein Kind unter ihrem Herzen trug. Sally war ihm noch so vertraut, dass es ihm selbstverständlich erschien, bei ihr zu sein. Er atmete tief durch und folgte ihr.

„Möchtest du einen Kaffee?"

Lukas nickte.

„Setz dich."

Schuldbewusst ließ er sich am Esstisch nieder, während Sally den Kaffee zubereitete. In ihrer Wohnung hatte sich nichts verändert, seit er das letzte Mal hier war. Auf dem Sofa kuschelten sich die ihm bekannten Stofftiere mit Blick auf das Neuseeland-Poster, und das Sonnenlicht fiel wie gehabt durch geblümte Vorhänge, sodass der Raum in ein diffuses farbiges Muster eingetaucht schien. Nur die Fotos von ihm waren verschwunden. Nach ein paar Minuten setzte Sally sich mit zwei dampfenden Tassen zu ihm. Sie warf ihm

233

einen langen, prüfenden Blick zu und fühlte das Kribbeln in ihrem Körper, das sie in seiner Nähe stets gespürt hatte. Er war zurückgekommen und saß ihr gegenüber, als sei allenfalls ein Wimpernschlag seit ihrem letzten Beisammensein hier vergangen. Sie bräuchte lediglich die Hand auszustrecken, könnte die Finger in seine schulterlangen Haare senken und sie wären noch einmal wie Aethelfled und Uthered aus den Cornwell-Romanen. Zum Greifen nah war er und wirkte doch so entrückt. Die Rastlosigkeit war aus seinen Augen verschwunden, genauso wie die Traurigkeit. Sie war einem Ausdruck von Bedrückung gewichen. Seine Stirn legte sich in Falten, als er ihren Blick erwiderte.

Etwas bereitete ihm Sorgen. Die Anhörung bei den Saudis? Thomas hatte ihr davon erzählt. Alles hatte er ihr erzählt. Sie wusste Bescheid. Thomas vertraute ihr, viel mehr als Lukas das in ihrer gemeinsamen Zeit vermocht hatte. Sie atmete tief durch und unterdrückte den Impuls, ihn zu berühren, denn es tat nur unnötig weh. Ihn ziehen zu lassen, war sehr schmerzhaft für sie gewesen, und sie brauchte ihre ganze Kraft für das Baby. In ein paar Wochen würden seine Bewegungen in ihrem Bauch spürbar sein. Und bald könnte sie auch die Schwangerschaft nicht mehr verheimlichen und musste das Land verlassen. Sie hatte noch keine Vorstellung davon, wie es dann weitergehen sollte. Mit dieser Unsicherheit ließ sich ihr Zustand nicht genießen, er war überschattet von Zweifeln und Ängsten. Was sie auf keinen Fall wollte, war zurück zu ihren Eltern, doch wenn sich nicht bald etwas Entscheidendes tat, blieb ihr nichts anderes übrig.

„Warum bist du hier?", fragte sie.

„Na ja, ich dachte, wir hätten wohl einiges zu bereden."

Sie sah ihn fragend an.

„Thomas hat mir von der Schwangerschaft erzählt."

Sie zog die Augenbrauen hoch. „Oh, hat er das? Was hat er denn dazu gesagt?"

„Nichts. Nur, dass du schwanger bist."

„Warum sollten wir deswegen etwas zu bereden haben?"

Dann begriff sie. „Du denkst, das Baby ist von dir?"

Unsicher erwiderte er ihren Blick. „Könnte doch sein, oder etwa nicht?"

Sie drehte die Tasse in ihrer Hand und schaute auf den aufsteigenden Dampf. In ihr überschlugen sich neben dem Gefühlschaos nun auch noch die Gedanken. Lukas war wieder hier, weil er vermutete, das Kind sei von ihm! Würde er bei ihr bleiben, wenn sie ihm sagte, dass es so war? Und würde das gut gehen, obwohl er eine andere Frau so liebte, dass er für sie nach über drei Jahren Trennung noch in Riad alles stehen und liegen und sogar seinen Freund im Stich gelassen hatte? Einen Moment lang wog Sally die Risiken ab, die damit einhergingen. `Nein!´, entschied sie dann, denn sie wollte keinen Mann, der nur wegen eines Babys bei ihr blieb. „Das Kind ist von Thomas", erwiderte sie tonlos.

„Von Thomas?!" Lukas konnte seine Erleichterung kaum verbergen. Gleichzeitig machte Verärgerung sich in ihm breit. Wieso hatte Thomas das nicht gesagt und ihn im Glauben gelassen, er sei der Vater? Außerdem: Wenn Sally im fünften Monat war, mussten die beiden unmittelbar etwas mit einander gehabt haben, nachdem Lukas beschlossen hatte, zurück nach Deutschland zu gehen. Dabei hatte Thomas eine Frau und Kinder! Und überhaupt – es gehörte sich nicht, mit der Partnerin eines Kumpels anzubändeln. Auch nicht mit einer Ex-Freundin!

Sally las in seinem fassungslosen und gleichzeitig befreiten Gesichtsausdruck und es bedrückte sie, was sie darin erkannte. Eine schwere Last war von ihm abgefallen, und zugleich empörte er sich über den vermeintlichen Verrat des Freundes.

„Geh jetzt", sagte sie schroff.

Er stutzte. Schließlich war er gerade erst gekommen und hatte den Kaffee noch nicht angerührt. „Brauchst du Hilfe?", fragte er.

„Nein."

Es war offensichtlich, dass sie ihn nicht mehr hier haben wollte. Widerstrebend erhob er sich. „Es tut mir leid", sagte er, obwohl er nicht genau wusste, was ihm eigentlich leidtat.

„Das braucht es nicht", entgegnete sie abweisend.

Er legte seine Hand an ihre Wange. „Leb wohl, Sally."

Sie schloss die Augen und neigte für einen Augenblick ihr Gesicht in seine Handfläche. „Lebwohl, Lukas", sagte sie dann.

Als er sich zum Gehen wandte, fragte Sally: „Weiß sie, was sie an dir hat, und an deiner Liebe?"

„Ja, das weiß sie", bestätigte er und fügte in Gedanken ein `hoffentlich´ hinzu.

`Wie könnte sie auch nicht´, dachte Sally und schaute in die Leere, als Lukas verschwunden war.

„Wieso hast du mir nicht gesagt, dass Sallys Kind von dir ist?", herrschte Lukas Thomas an, als dieser von der Baustelle zurückkam.

„Spielt es für dich eine Rolle, von wem sie schwanger ist?", entgegnete Thomas verständnislos.

„Ob das für mich eine Rolle spielt? Ist das dein Ernst? Ich dachte, ich bin der Vater, und habe deswegen einen Riesenstress mit meiner Freundin!" Lukas war außer sich.

„Oh, das wusste ich nicht. Tut mir leid. Ich bin momentan sehr mit meinen eigenen Problemen beschäftigt. Meine Frau weiß nichts von dem Kind und jetzt droht der Firma auch noch diese enorme Schadensersatzforderung. Ich kann das neue Bauprojekt nicht rechtzeitig beginnen, weil ich hier festsitze, und habe keine Ahnung, was nun aus Sally werden soll." Sein Gesicht war noch grauer als zuvor und rund um die Wangen eingefallen.

„Wieso hast du überhaupt etwas mit ihr angefangen? Sie war meine Freundin!"

Thomas stutzte. „Sie kam weinend zu mir und sagte, du wolltest sie nicht mehr."

„Und dann hast du sie gleich mal ausgiebig getröstet, oder was?" Perplex starrte Lukas ihn an. In dem Viertel, in dem er aufgewachsen war, waren die Frauen der anderen tabu gewesen. Man rührte sie nur an, um einem Kontrahenten

eins auszuwischen und nicht, um sie zu trösten. Thomas´
Verhalten war ein Vertrauensbruch, ein No-Go. Enttäuscht
wandte er sich von ihm ab und begann, seinen Koffer zu
packen.
Thomas kam ihm hinterher. „Tut mir leid, Mann. Ich wusste nicht, dass du noch so an ihr hängst."
„Es spielt keine Rolle, ob ich an ihr hänge oder nicht. So
was tut man einfach nicht! Du hättest mich wenigstens fragen können, ob es mir etwas ausmacht."
Betroffen sah Thomas ihn an. „Tut mir echt leid", wiederholte er. „Ich wusste nicht, dass du so darüber denkst. Ich
dachte, dein Herz hängt an dieser Frau in Deutschland."
„Das tut es auch."
Als er Thomas´ irritierten Gesichtsausdruck sah, fügte er
hinzu: „Wo ich aufgewachsen bin, hat man solche Dinge
anders gehandhabt."
„Und da, wo ich großgeworden bin, spielte es keine Rolle,
wer mit wem vorher zusammen war. Komm Luke, ich
möchte nicht zusätzlich noch Stress mit dir haben. Ich bin
ratlos, wie ich das alles wieder in den Griff bekommen soll.
Außerdem liegt mir wirklich etwas an Sally. Zwischen meiner Frau und mir läuft es schon lange nicht mehr gut." Er
sank auf den Sessel.
„Dann nimm Sally mit nach Dubai", schlug Lukas versöhn-
lich vor. Es war ihm angenehmer, wenn er sie in guten Händen wusste.
Thomas nickte langsam. „Ich muss ihr das alles jetzt erst
einmal schonend beibringen. Und meiner Frau auch."
`Und ich muss nun meine Wildstute wieder einfangen´,
dachte Lukas betrübt. Hoffentlich war es dafür nicht schon
zu spät.

16

Als Leonie am Abend von einem Strandspaziergang mit Ryan zurückkam, sah Sarah ihr mit ernstem Gesicht entgegen.

„Lukas hat angerufen", sagte sie. „Der wäre am liebsten durchs Telefon gesprungen, als ich ihm nicht so genau sagen wollte, wo du bist und mit wem. Ich habe versucht, ihm eine Lügengeschichte aufzutischen, aber er hat das gemerkt. Ich glaube, da haben bei ihm die Alarmglocken geläutet. Wenn du krank vor Eifersucht bist, ist er kurz vorm Durchdrehen. Wenn er könnte, würde er sich mit Sicherheit ins nächste Flugzeug setzen und herkommen. Da war keine Rede davon, dass er auch nur im Ansatz vorhat, bei dieser anderen Frau zu bleiben."

Trotz ihres besorgten Gesichtsausdrucks glitzerten ihre Augen begeistert und prompt fügte sie hinzu: „So ein aufregendes Leben wie du möchte ich auch mal wieder haben! Wie war's mit Ryan?"

Leonies Kopf fühlte sich seltsam ausgehöhlt an. „Wir haben ein bisschen Händchen gehalten und rumgeknutscht."

„Soll ich schon mal nach einem Häuschen in der Nachbarschaft Ausschau halten?" Sarah strahlte.

„Ich weiß nicht, das geht mir ein bisschen zu schnell." Sie sah Sarah an, dass diese nur mit Mühe eine Bemerkung zurückhielt. „Was ist?"

„Wenn du Lukas nicht mehr willst, leihe ich ihn mir gerne mal aus", platzte es aus ihr heraus.

„Also wirklich, Sarah! Wenn Jim dich hören könnte."

„Der versteht kein Deutsch." Ihre Augen glänzten vor Vergnügen. „Außerdem wird man ja wohl mal ein bisschen fantasieren dürfen."

„Ja, aber nicht mit meinem Freund."

„Oh, das klingt ganz anders als noch vor ein paar Tagen! Da warst du bereit, ihn ziehen zu lassen." Sarah Grinsen ver-

schwand. „Ich glaube, wenn du ihn fallen lässt, stehen ruck zuck jede Menge Frauen Schlange, die gerne mal seinen ..."
„Sarah!"
Sarah lachte und knuffte sie in die Seite. „War doch nur Spaß. Deine Probleme möchte ich mal haben!"
„Was willst du eigentlich? Mich mit Ryan verkuppeln oder mit Lukas? Ich werde aus deinem Verhalten nicht schlau."
„Ich möchte, dass es dir gut geht. Tu, was das Richtige für dich ist. Natürlich hätte ich dich gerne dauerhaft in meiner Nähe und habe darauf spekuliert, dass Ryan dir gefällt und dass du mit ihm Glück erlebst. Falls Lukas bei dieser anderen Frau bleibt, oder du ihn sprichwörtlich in die Wüste schickst. Ehrlich gesagt fand ich das nach deiner Schilderung sogar ziemlich wahrscheinlich. Aber eben am Telefon habe ich gemerkt, wie ernst es ihm mit dir ist und er hat mir leidgetan. Ich weiß auch nicht, was ich dir raten soll. Probier´s aus. Du wirst merken, welcher von beiden der Richtige ist."

In Riad knallte Lukas fluchend das Mobilteil von Thomas´ Telefon auf die Ladestation. Wie hatte ihnen so ein Mist wieder passieren können? Er war sich so sicher gewesen, dass nichts sie mehr trennen konnte und nun saß Leonie womöglich mit irgendeinem Surfer in Kalifornien am Strand, während er in Saudi Arabien festsaß. Was musste er noch tun, damit Leonie begriff, dass er sie liebte und niemand anderen? Bezweifelte sie ernsthaft, dass er zurückkam? Es wurde Zeit, endlich das Land zu verlassen.
Die einzige Anlaufstelle, die ihm noch einfiel, war der deutsche Tierarzt in der Falkenklinik. Lukas war sich selber nicht darüber im Klaren, was er sich davon versprach, ihn in der Praxis aufzusuchen. Aber die Personalabteilung verweigerte die Herausgabe ihrer Pässe, die Botschaft hatte auf ihr Ersuchen bisher nicht reagiert und Thomas und er wurden rund um die Uhr beschattet. Es war eine Frage der Zeit, bis einem von ihnen ein Fehler unterlief, der für eine Anklage ausreichte.

Lange saß er am späten Nachmittag alleine im Wartezimmer der Tier- und Falkenklinik, denn die verschleierten Frauen mussten mit ihren kleinen Patienten in einem anderen Raum warten.

Er trug die Kopien des Originalgründungsgutachtens und des Bautagebuchs bei sich, mit denen er die Richtigkeit ihrer Darlegung beweisen wollte. Vielleicht hatte der Arzt einen guten Draht zu einflussreichen Saudis.

Draußen neigte sich der Tag dem Ende zu und kühlere Luft wehte durch das offene Fenster herein. Die Sonne hatte sich glutrot eingefärbt und tauchte auch den Außenbezirk der Stadt in rötliches Licht. Stunde um Stunde verrann. Lukas hatte sich bereits mehrfach durch die ausliegende Tageszeitung geblättert und aus Langeweile versucht, den ebenfalls bereitliegenden Koran auf Arabisch zu lesen.

Dann geschah das Unfassbare: Der Saudi mit der Pigmentverschiebung im Gesicht betrat mit seinem Falken auf dem Arm den Wartebereich.

Er zögerte einen Moment, als er Lukas erkannte, nahm schließlich aber grußlos ihm gegenüber Platz. War das ein Zufall?

Lukas schlug das Herz bis zum Hals. Das war entweder eine Riesenchance oder sein Verderben. Er betrachtete den Greifvogel, dem eine kunstvoll gefertigte Lederhaube über den Kopf gestülpt worden war. „Was für ein prachtvolles Tier!", sagte er auf Arabisch.

Der andere hob überrascht die Augenbrauen, als habe er nicht damit gerechnet, dass Lukas seine Sprache beherrschte, wenn auch nur mittelmäßig.

„Ich habe es schon fliegen und jagen gesehen", fuhr Lukas fort.

Nun zog der Mann die Brauen zusammen. „Wann?"

„Das ist bereits einige Jahre her. Als ich neu in Riad war, hat mein Kollege mich zu einer Jeeptour in die Wüste eingeladen. Dort haben wir Sie und ein paar weitere Falkenkundige getroffen. Sie haben uns Ihre Vögel gezeigt. Erstklassige, wunderbare Tiere."

Der Mann nickte bedächtig und offensichtlich geschmeichelt. Er erinnerte sich nun schemenhaft an die Begegnung mit Thomas und Lukas in den Sanddünen.

„Damals habe ich gedacht, was für ein freundliches Land Saudi Arabien ist, und nicht verstanden, wieso der Westen immer wieder Kritik daran übt." Er legte eine Pause ein und sah den Araber eindringlich an.

„Und heute?", fragte dieser herausfordernd.

„Heute werde ich gegen meinen Willen hier festgehalten und von Männern beobachtet, die sich kleiden wie Polizisten, obwohl ich kein Unrecht begangen habe. Die Unterlagen, die dem Untersuchungsausschuss vorlagen, sind manipuliert. Dies hier sind Kopien der Originale." Er reichte die Duplikate dem Saudi, der sie zögernd annahm, studierte und ihm wieder zurückgab.

Einen Moment lang musterten sie sich stumm.

Dann betrat die Arzthelferin das Wartezimmer und verkündete, dass der nächste Patient zum Arzt gebracht werden könne.

Der Araber erhob sich sofort, befahl Lukas: „Sie gehen nach mir", und folgte der Frau mit erhobenem Haupt.

Es dauerte nicht lange, bis die Helferin erneut hereinkam und Lukas aufforderte, nun das Behandlungszimmer zu betreten. Den Saudi sah er nicht mehr, er musste einen anderen Ausgang genommen haben.

„Was führt Sie zu mir?", fragte der Arzt, der etwa Anfang fünfzig sein musste, auf Arabisch, als er sah, dass Lukas kein Tier bei sich hatte.

„Ich weiß es selber nicht so genau, aber ich brauche Hilfe", antwortete Lukas auf Deutsch. „Mein Kollege und ich werden im Land festgehalten und beobachtet."

Der Arzt neigte bedächtig den Kopf. „Die Zeiten haben sich geändert und die Stimmung gegenüber uns Deutschen hat sich gewandelt. Für Ausländer, die ins Visier bestimmter Personen geraten, empfiehlt es sich, Saudi Arabien schleunigst zu verlassen." Er sah ihn eindringlich an und Lukas verstand, dass diese Warnung nicht von ihm kam.

241

„Ich kann nicht ausreisen, weil mein Pass nicht herausgegeben wird und der Antrag noch nicht bewilligt worden ist", erwiderte er mit wachsender Verzweiflung.

„Schalten Sie sofort die deutsche Botschaft ein und bitten Sie um Vermittlung. Es gibt Männer an den zuständigen Stellen, die Ihr Anliegen wohlwollend prüfen werden." Erneut sah der Arzt ihn bedeutungsvoll an.

„Womit haben wir denn überhaupt erst den Unmut dieser bestimmten Personen auf uns gezogen?"

„Kann es sein, dass Sie mächtige Gegenspieler in Deutschland haben, die über Beziehungen zur Rüstungsindustrie verfügen?"

Lukas´ Augen wurden rund. „Was haben Waffenlieferungen mit einem Bauschaden zu tun?!"

Der Arzt zuckte mit den Schultern. „Ich habe lediglich eine Frage gestellt."

In Lukas begann es fieberhaft zu arbeiten. Wenn er den Mediziner richtig deutete, dann saß die Quelle des Konflikts offenbar in Deutschland. Das warf ein neues Licht auf die Situation, machte sie aber nicht weniger brenzlig. Welches Interesse hatte dieser Gegenspieler daran, Thomas und ihn unschädlich zu machen? Er konnte keine Verbindung erkennen, die einen Sinn ergab.

Ging es tatsächlich darum, einen finanziellen Schaden von dem Ingenieurbüro abzuwenden, das das Bodengutachten erstellt hatte, und ihn auf Lukas´ Firma abzuwälzen? Doch wie sollte ausgerechnet ein Ingenieurbüro Waffenlieferungen gewährleisten können?

Hier musste jemand mit einem weitreichenden Beziehungsgeflecht aktiv sein.

„Spüren Sie die veränderte Haltung den Deutschen gegenüber auch?"

„Die Saudis lieben ihre Falken über alles, und ich bin der Einzige weit und breit, der ihnen helfen kann, wenn eines der Tiere ernsthafte Probleme hat."

`Bis auf die Ärztin in Abu Dhabi´, versetzte Lukas in Gedanken.

Als er die Praxis verließ, waren die beiden, wie Polizisten gekleideten Saudis das Erste, was er sah. Sie standen aufmerksam vor dem Gebäude, richteten sich auf und sahen ihm entgegen. Ihr Blick fiel auf die Unterlagen in seiner Hand. Die drei Männer taxierten sich einen Moment lang, dann machte Lukas auf dem Absatz kehrt und rannte in entgegengesetzter Richtung davon. Die Araber nahmen sofort seine Verfolgung auf.

***

Es gab nicht mehr viel, was Magano noch tun konnte, aber sie war nicht bereit, sich geschlagen zu geben. Das Einzige, was ihr nunmehr einfiel, war, den Polizisten auf die Nerven zu gehen, die gegen Treunsteins Sohn ermittelten. Sie straffte die Schultern, als sie vor dem Kommissariat stand und klingelte. Dem Wachmann gegenüber, der wissen wollte, was ihr Anliegen sei, behauptete sie, sie habe wichtige Informationen für Hauptkommissar Ruthenmöller und werde von Unbekannten verfolgt. Sollte er ihr abermals erklären, ihre Hinweise aus der Anderswelt seien irrelevant, würde sie ihm eben von ihrem Besuch bei Sophie von Treunstein erzählen. Nach einigem Zögern ließ man sie herein.

„Frau Mungbate", begrüßte Ruthenmöller sie freundlich in seinem Büro, wo auch die blonde Kommissarin wieder saß. „Was führt Sie zu uns?"

„Ich wollte wissen, ob Sie inzwischen begriffen haben, dass der Tod meiner Nichte ein Mord war."

„Dafür gibt es nach wie vor keine Beweise", behauptete Ruthenmöller, obwohl die Vernehmung von Randalf Königstett tatsächlich in diese Richtung wies. Aber noch war das nicht offiziell, und er war erfahren genug, um zu wissen, welche Folgen Spekulationen haben können. Vor ihm saß eine bedauernswerte Frau, die einen persönlichen Verlust betrauerte und die Hilfe erwartete. Doch sie war letztlich vor allem eine potenzielle Zeugin, und daher musste er genau überlegen, was er ihr anvertraute.

Magano schnaubte empört. „Selbst ihr Ex-Freund glaubt nicht an einen Selbstmord."

„Ihr Ex-Freund? Und wer ist das?"

„Er heißt Robin und sie haben in München zusammen gewohnt."

Melina und Ruthenmöller wechselten einen schnellen Blick.

„Was ist?", fragte Magano, die das Gefühl beschlich, dass die beiden ihr etwas verschwiegen.

„Robin von Odenheim?"

„Ich kenne nur seinen Vornamen. Wieso?"

Ruthenmöller sah Melina fragend an. Sie seufzte und erhob sich. „Ich gehe schon."

„Was ist los? Warum geht sie jetzt weg?", wollte Magano wissen. Sie war konsterniert. Man behandelte sie nicht gut hier. Eine Zeit lang maßen sie und Ruthenmöller sich mit Blicken.

„Ich hole Ihnen mal einen Kaffee", bot er schließlich an.

„Ist der Fair Trade?"

„Das glaube ich nicht."

„Dann behalten Sie Ihren Kaffee und bringen mir lieber ein Glas Wasser."

Ruthenmöller schwankte zwischen Verärgerung und Belustigung. „Was habe ich dir denn bloß getan, dass du mich so respektlos behandelst?", hatte er auf der Zunge liegen. Aber er bezweifelte, dass Magano *Der Pate* kannte, und verkniff sich die Bemerkung. Manchmal fing er an, sich selber mit den ständigen Zitaten auf die Nerven zu gehen.

Also entschied er sich dafür, Maganos Anmaßung gelassen zu ertragen, und holte ihr das Wasser. Immerhin hatte die Frau ihre Nichte verloren, an der ihr offensichtlich viel gelegen hatte.

Zwei Minuten später kam Melina mit einem Kollegen des anderen Ermittlungsteams zurück und zeigte Magano ein Foto von Robin. „War das dieser Mann?"

Magano betrachtete das Bild. „Ja, das ist er. Warum sieht er so komisch aus und hat die Augenlider geschlossen?", fragte sie, obwohl sie die Antwort schon erahnte.

„Er ist tot." Melina ließ sich auf ihrem Platz nieder und der Kollege lehnte sich gegen den Aktenschrank. „Erschossen. Zusammen mit seinem Studienkollegen Tobias Neroth."

Magano riss die Augen auf. In ihr begann es fieberhaft zu arbeiten. Sie erinnerte sich an Robins Besuch bei Leonie und dass er sie gebeten hatte, nichts weiterzuerzählen, um Tobias zu schützen. Aber nun war vermutlich genau dieser Tobias tot und musste nicht mehr geschützt werden. Genauso wie Robin, der damit gerechnet hatte, ins Visier der Täter zu geraten. Sie atmete tief durch, als ihr die Gefahr bewusst wurde, in der sie selber sich möglicherweise befand. „Ich möchte etwas zu Protokoll geben", erklärte sie förmlich.

„Okay." Ruthenmöller nickte Melina zu, die den Rechner hochfuhr, um mitzuschreiben. Magano berichtete den Beamten von ihrer Begegnung mit Robin und was er den Frauen über Gereons Verhältnis zu seinen beiden Ex-Freundinnen und den Verbleib des Gürtels gesagt hatte. Sie endete, dass er damit gerechnet hatte, in Gefahr zu geraten und dass sie selber sich verfolgt fühle.

„Das zieht ja immer weitere Kreise", sagte der Kollege vom Odenheim-Ermittlungsteam. „Wenn jetzt auch noch der alte Treunstein mit drin hängt, müssen wir uns wappnen! Der hat Beziehungen bis in die obersten Schichten."

Ruthenmöller nickte unglücklich. „Und der Haifisch, der hat Zähne, und die trägt er im Gesicht. Und Macheath, der hat ein Messer, doch das Messer sieht man nicht" zitierte er gedankenverloren Berthold Brecht.

„Schwanz einziehen gilt nicht", forderte Melina ungerührt und Magano fand sie mit einem Mal sympathisch.

***

Erleichtert sah Lukas in einiger Entfernung die schwarz-rot-goldene Flagge mit dem Bundesadler wehen, als er endlich das Diplomatenviertel von Riad erreichte. Obwohl die Abendluft deutlich kühler war, lief ihm der Schweiß aus allen Poren, weil er nun schon seit zwanzig Minuten adrenalingepeitscht durch die staubigen Straßen rannte. Die Distanz zu seinen Verfolgern konnte er zwar vergrößern, denn ihre langen Gewänder behinderten sie beim Laufen. Doch er war sich sicher, dass sie nicht aufgegeben würden. Später, abgetaucht im Labyrinth der Straßen, verlangsamte er seinen Schritt und fingerte hektisch nach dem Handy, um Thomas anzurufen.

„Pack die nötigsten Sachen ein, setz dich ins Auto und komm´ so schnell wie möglich zur Botschaft", forderte er ihn keuchend auf, während er sich gehetzt umsah.

„Was? Wieso? Wo bist du?"

„Ich bin zu Fuß auf dem Weg dorthin. Ich werde schon wieder von angeblichen Polizisten verfolgt, aber diesmal wollen sie mich einkassieren. Ich bin mir sicher, dass es denen um die Originale geht. Irgendjemand will verhindern, dass wir dem Ausschuss die richtigen Unterlagen zeigen. Pack unsere Sachen und komm hierher!"

Thomas war bleich geworden und spähte aus dem Wohnzimmerfenster auf die Straße im Compound und entdeckte, dass dort ebenfalls Araber standen und seinen Eingang beobachteten.

„Die stehen hier auch schon vor dem Haus", flüsterte er beklommen.

„Ruf´ Sally an. Sie muss uns helfen und die Typen ablenken."

„Okay, ich versuche es. Wir haben ohnehin eine Einladung in die Botschaft bekommen. Scheinbar haben sie endlich mal etwas unternommen."

Kaum hatte Lukas aufgelegt, da sah er in der Ferne auch schon aus zwei Richtungen Araber entschlossen auf sich zukommen. Er fluchte, steckte das Handy wieder ein und wischte sich mit dem Ärmel den Schweiß aus dem Gesicht. Dann spähte er in aufkommender Panik um die Hausecke, ob der Weg, den er nun einschlagen wollte, frei war. Im letzten Moment sah er die Faust, die ihm entgegen schnellte, und riss den Kopf zur Seite. Der Schlag traf ihn nicht frontal, doch seine Wucht reichte aus, um ihn aus dem Gleichgewicht zu bringen. Er schwankte rückwärts und die Kopien fielen aus seiner geöffneten Hand.

***

Seit geraumer Zeit hatte Julius Ruthenmöller Quentin Hagedorn bereits in der Mangel, während sein Kollege im Nebenraum Holger Neiswant bearbeitete. Beide jungen Männer trugen noch deutliche Spuren der Blessuren, die sie bei der angeblichen Prügelei am Hauptbahnhof davongetragen hatten. Melina hatte nach Randalf nun auch die zwei anderen Verletzten aus der Uniklinik ausfindig gemacht und vorgeladen. Die Schwestern in der Notaufnahme hatten Gereon anhand eines Fotos zweifelsfrei als denjenigen identifiziert, der die Verwundeten ins Krankenhaus gebracht hatte. Sein stilettförmiger Schmiss auf der Wange war ihnen in Erinnerung geblieben. Damit war eine Verbindung zu der laufenden Ermittlung hergestellt und das reichte aus, um die jungen Männer zu vernehmen. Anders als Gereon hatten sie nicht sofort auf der Hinzuziehung eines Anwalts bestanden, was die Sache erheblich erleichterte.

Ruthenmöller war sich darüber im Klaren, welch großen Anteil an ihren bisherigen Ermittlungserfolgen er Melina zu verdanken hatte. Es hatte ihn viel Mühe gekostet, sie in seinem Team zu behalten. Nun war er es ihr schuldig, dass sie die Verdächtigen festnagelten, sollten sie wirklich an den Verbrechen beteiligt gewesen sein. Davon war Melina überzeugt und wenn er diese beiden auch noch laufen ließ, würde sie kein Wort mehr mit ihm sprechen und die Ermittlungen schleifen lassen.

Quentin erwies sich als harte Nuss, ihm war offensichtlich bewusst, was auf dem Spiel stand. Aber Ruthenmöller war ausdauernd und versuchte unerbittlich in seine mentalen Lücken vorzustoßen. Irgendwo in Hagedorns Ausweich- und Lügenkonstrukt musste es etwas geben, das er noch nicht bedacht hatte, egal wie gut er vorbereitet war. Ruthenmöller spekulierte auf das Nachlassen seiner Konzentration und Denkgeschwindigkeit und deckte nach und nach mit einem trichterförmigen Fragesystem, bei dem der Verdächtige sich auf Aussagen festlegen musste, Widersprüche auf. Dabei blieb er ruhig und hatte ihn nun schon fast weich gekocht.

Quentin beharrte auf seiner Version, nach der er mit Holger Neiswant zur Tatzeit im Cinedom einen Action-Streifen gesehen habe. Den Inhalt des Films kannte er zwar, doch den konnte er sich auch zu einem anderen Zeitpunkt angeschaut haben. Ruthenmöller hatte das Alibi bereits überprüft. Nachdem Hagedorn als Vorführraum einen Kinosaal benannte, in dem der Film gar nicht gelaufen war, und beim Benennen des Preises der Eintrittskarte übersah, dass an diesem Abend vergünstigte Kinotagtarife galten, konfrontierte Ruthenmöller ihn mit den Tatsachen.

Schuldbewusst blickte der junge Mann ihn an. Der Hauptkommissar nannte ihm die Details, die Randalf Melina gestanden und später widerrufen hatte. An Quentins immer starrer werdendem Blick und der steigenden Blässe seiner Gesichtsfarbe erkannte Ruthenmöller, dass Randalf die Wahrheit gesagt hatte. Melina hatte wirklich einen verdammt guten Riecher.

„Möchten Sie sich den Aussagen Ihres Kollegen anschließen, oder lassen Sie es lieber darauf ankommen, vor Gericht mit den Fakten konfrontiert zu werden?"

Quentin sah noch immer starr vor sich hin.

„Ich habe Ihre Antwort nicht gehört."

Der Verdächtige schaute verärgert und zunehmend eingeschüchtert zu ihm auf, dann sagte er resigniert: „Ja, wir haben Robins Ex-Freundin im Treppenhaus aufgelauert."

„Und weiter?"

„Als sie aus dem Keller hochkam und die Tür aufschloss, hat Holger ihr Chloroform vor's Gesicht gehalten und wir haben sie in die Wohnung bugsiert. Dort sollten wir sie dazu bringen, uns zu sagen, wo der Gürtel ist. Aber sie kam nicht mehr zu sich. In der Zeit haben wir die Zimmer so

248

durchsucht, dass wir keine Spuren hinterlassen." Sein Kopf
sackte nach vorn.

„Wie ist sie in die Badewanne gelangt?"

Quentin wandte sein Gesicht ab. „Als sie endlich wach wurde, fing sie an, um sich zu schlagen, und ich habe ihr die
Ko-Tropfen gegeben. Dann ist Randalf damit rausgerückt,
dass Gereon sie aus dem Weg schaffen will, weil sie uns verpfeifen könnte, und wir haben sie in die Wanne gelegt."

Ruthenmöller frohlockte innerlich: Gereon von Treunstein
war tatsächlich der Drahtzieher!

„Und darauf haben Sie sich einfach so eingelassen, obwohl
von Mord im Vorfeld keine Rede gewesen war?!"

„Wir waren überrumpelt und haben angefangen, mit Randalf zu diskutieren, aber der hat gesagt, die ʽMulatten-
schlampeʼ habe Gereon vor versammelter Mannschaft
bloßgestellt, und uns gefragt, ob wir etwa bereit seien, das
hinzunehmen." Er zögerte. „Man widerspricht Gereon
nicht, wenn er etwas anordnet", fügte er leise hinzu.

„Und Randalf ist Gereons Sprachrohr?"

Quentin zuckte die Schultern und wandte den Blick ab.

„Wie kam es zu den Schnittverletzungen an ihren Handgelenken?"

Quentin begann, sich vor und zurück zu wiegen.

„Einer hat ihr die Pulsadern aufgeschnitten."

„Wer?"

„Weiß ich nicht."

„Es wäre für Ihren Prozess von großem Nachteil, wenn Sie
nun wieder die Unwahrheit sagen. Eine Kooperation hinge-
gen hätte einen positiven Effekt auf die Höhe der Strafmaß-
bemessung." Ruthenmöller gab ihm Zeit nachzudenken.

„Es war Randalf." Quentin zögerte und schauderte bei der
Erinnerung an den Anblick des Blutes, das pulsierend aus
Carinas Handgelenken geflossen war und das Badewasser
rot eingefärbt hatte.

Ruthenmöller gab sich alle Mühe, seine Freude über dieses
Geständnis zu verbergen. „Und die Aktion ist auf Betreiben
von Gereon von Treunstein geschehen?"

Quentin sah ihn an. „Wenn ich Ihnen das jetzt bestätige, bin ich so gut wie tot."

Ruthenmöller sah ihn schweigend an und dachte, dass er das doch längst getan hatte. Scheinbar betrachtete er eine ausdrückliche Bestätigung eher als Verrat als die Schilderung des Hergangs. Dann fragte er: „Waren Sie auch an den Videos beteiligt, die Ihre Studentenverbindung ins Netz gestellt hat?"

Quentin fuhr auf. „Damit habe ich nichts zu tun!"

„Wissen Sie, wer daran beteiligt war?"

„Wenn ich Ihnen das sage, bin ich so gut wie tot", wiederholte Quentin gebetsmühlenartig und begann wieder, sich vor- und zurückzubewegen. Er wusste, er hatte bereits zuviel gesagt. Er war schon so gut wie tot.

***

Taumelnd nahm Lukas wahr, dass vor ihm ein Araber mit entschlossener Miene erneut zum Schlag ausholte. Der Schmerz des ersten Treffers durchzuckte Lukas und er schüttelte den Kopf. Für Bruchteile von Sekunden lähmte ihn Furcht, dann gewann das Adrenalin wieder die Oberhand. Er war nicht bereit, sich im Wüstenstaub zu krümmen und traktieren zu lassen. Die einzigen Hiebe, die er eingesteckt hatte, ohne sich zu wehren, waren die seines Vaters gewesen, und damals hatte er sich geschworen, dass ihm das niemals mehr widerfahren würde.

Seine letzte ernst zu nehmende Prügelei war die mit Uli und lag zehn Jahre zurück. Aber sein Körper erinnerte sich noch gut daran und sein Gehirn rief sich das Training in Erinnerung, das er bei Uli im Boxring beobachtet hatte. Dessen Zuruf: „Pass auf deine Deckung auf!" hallte durch seinen Kopf und instinktiv riss er den linken Oberarm hoch, um den Schlag abzufangen. Gleichzeitig ließ er die rechte Faust wie auf den Boxsack im Recreation Center vorschnellen und traf den Angreifer mit voller Härte am Kinn. Der Kopf des Mannes kippte zurück, und er prallte gegen die Hauswand.

Intuitiv zog er dabei ein Bein hoch und trat Lukas gezielt auf den Solar Plexus.

Stöhnend sank Lukas mit dem Oberkörper nach vorn. Er rang um Atem, als ihm einen Moment lang schwarz vor Augen wurde. Blinzelnd erkannte er, dass der Abstand der anderen Verfolger sich erheblich verringert hatte. Bald würde er es nicht mehr nur mit einem Gegner zu tun haben, sondern mit fünf. Unbändige Wut machte sich in ihm breit. Brüllend richtete er sich auf und rammte dem Araber einen rechten Haken in die Magengrube, sodass dieser röchelnd zu Boden ging.

Keuchend taumelte Lukas die Straße entlang weiter in Richtung Botschaft. Es war zweifelhaft, dass er es in dem Tempo rechtzeitig dorthin schaffte, bevor seine Verfolger ihn eingeholt hatten. Die gleißende Sonne blendete ihn und salziger Schweiß rann in sein Auge.

Plötzlich vollführte neben ihm ein Wagen am Straßenrand eine Vollbremsung. Die Staubwolke, die das Bremsmanöver verursachte, nahm ihm die Sicht. Erschrocken wich Lukas zur Seite aus. Die Fahrertür flog auf und Thomas´ Stimme rief: „Steig´ ein!"

So schnell er vermochte, umrundete Lukas das Fahrzeug, riss die Beifahrertür auf, sprang in den Wagen und Thomas gab Gas.

„Sie sind ganz dicht hinter mir!" Schweißtropfen rannen ihm an den Schläfen herunter und seine dunklen Locken klebten in Ringen an der Stirn.

„Verdammt!", erwiderte Lukas und löste die Zentralverriegelung aus. Sein Kopf dröhnte, der linke Unterarm und der Solar Plexus schmerzten. Mit dem Handrücken wischte er sich das Blut aus dem Mundwinkel. Er war unendlich erleichtert, dass sie beide nun im Auto saßen und die deutsche Botschaft in unmittelbarer Nähe war. Thomas fuhr mit quietschenden Reifen an den Gitterzaun am Botschaftsgebäude vor und zeigte dem Pförtner ihre Einladung. Dieser prüfte das Dokument in aller Seelenruhe und nahm in Zeitlupe den Telefonhörer in die Hand.

„Wir haben es sehr eilig", beschwor Thomas ihn fieberhaft, während Lukas durch die Heckscheibe auf die Straße spähte.

„Da kommen sie", zischte er.

Beiden schoss das Blut durch die Adern.

Der Pförtner beendete unbeeindruckt das Telefonat und öffnete erst dann die Schranke. Thomas steuerte das Fahrzeug mit quietschenden Reifen auf das Botschaftsgelände, kaum dass die Einfahrt weit genug geöffnet war. Als sich die Absperrung hinter ihnen wieder schloss, registrierte Lukas durch das staubverdunkelte Seitenfenster, dass Thomas´ Verfolger mit versteinerten Mienen langsam vorbeifuhren.

„Das war knapp!" Erleichtert ließ er sich in seinen Sitz zurücksinken. „Unfassbar, dass wir hier wie Verbrecher auf der Flucht sind, nur weil ein fehlerhaftes Gründungsgutachten den ersten Bauabschnitt lahmgelegt hat!"

Thomas parkte den Wagen neben dem ockerfarbenen Sandsteingebäude mit den Arkaden, das sich äußerlich kaum von den anderen älteren Gebäuden in der Stadt unterschied und der Wadilandschaft anpasste. Als sie ausstiegen, versagten Lukas´ Beine ihren Dienst und er sackte in die Knie. Der Botschaftsangestellte, der sie in Empfang nahm, betrachtete verwundert ihre verschwitzte, staubige Kleidung, verlor aber kein Wort darüber. Er führte die beiden Männer ins Innere, wo eine angenehme Kühle sie empfing.

„Sie haben Glück, dass Sekretär Wiegmann noch da und bereit ist, sich mit Ihrem Anliegen zu befassen. Normalerweise erwarten wir eine Terminabsprache im Vorfeld", sagte er.

„Das ist ein Notfall und duldet keinen Aufschub mehr", erklärte Thomas barsch.

Sie folgten dem Angestellten über die schmale, unmittelbar an der hohen, geweißten Wand entlang führenden Treppe zwei Stockwerke hinauf, ehe sie ins Büro des Sekretärs der Handelsabteilung gelangten.

„Das ging ja schnell", begrüßte Sekretär Wiegmann sie freundlich aber sachlich. „Ich habe Sie frühestens in der kommenden Woche erwartet."

Ungläubig sah Lukas ihn an. „Sie haben ernsthaft gedacht, ich bleibe sieben Tage lang untätig im Königreich, obwohl ich in Deutschland ein Bauprojekt betreue?"

Wiegmann breitete die Arme aus. „Manche ihrer Berufskollegen haben es da nicht so eilig. Nehmen Sie Platz." Er wies zum Besprechungstisch hinüber und sie ließen sich daran nieder.

„Ich habe mit meinem Kollegen von der Rechtsabteilung gesprochen. Grundsätzlich haben wir nicht die Möglichkeit, in laufende Ermittlungen der saudischen Justiz zu intervenieren. Wir müssen also das Ergebnis abwarten, zu dem der Untersuchungsausschuss kommen wird. Sollten Ihnen dann Strafen drohen, die nach unserem Rechtsempfinden in einem Missverhältnis stehen, würden wir auf diplomatischem Weg nach einer Lösung suchen."

Lukas hatte Schwierigkeiten ihm konzentriert zu folgen, aber er verstand, dass von Seiten der Botschaft nicht viel Hilfe zu erwarten war.

Thomas hob an zu sprechen, doch Wiegmann unterbrach ihn. „Wir gehen im Sinne unserer binationalen Wirtschaftsbeziehungen und den rechtlichen Bestimmungen, die diesen zugrunde liegen, davon aus, dass Sie den Bauauftrag ordnungsgemäß durchgeführt haben. Jedoch bleibt es dem saudischen Staat natürlich unbenommen, eine eigene Ermittlung zur Klärung der Ursache für den entstandenen Schaden einzuleiten."

„Ich dachte, dass der diplomatische Austausch momentan etwas schwierig ist", warf Thomas nun ein. „Wir können es nicht riskieren, das Ergebnis des Untersuchungsausschusses abzuwarten, weil irgendjemand die Unterlagen manipuliert hat."

Der Sekretär sah sie fragend an und sie berichteten ihm von der Anhörung, von Lukas´ Begegnung mit einem der Ausschussmitglieder und ihrer Beschattung durch die Araber. Nachdenklich strich sich er über sein glatt rasiertes Kinn.

„Wie sieht der Mann aus, mit dem Sie in der Tierklinik gesprochen haben?"

Lukas zwang sich zur Konzentration und beschrieb Wiegmann die auffällige Pigmentverschiebung im Gesicht des Mannes.

Der Diplomat spitzte die Lippen. „Ich glaube, ich weiß, wer das ist." Er dachte einen Moment nach, dann erhob er sich. „Warten Sie hier. Ich spreche mit dem Botschafter und schaue, was wir in die Wege leiten können. Machen Sie es sich bequem, das kann jetzt länger dauern. Möchten Sie etwas trinken?"

Die Stunden vergingen. Lukas und Thomas wurden mit Getränken und Essen versorgt. Thomas rief Sally an, um ihr zu sagen, wo sie waren, und den Personalsachbearbeiter der Firma, damit auch er informiert war. Lukas hätte gerne Leonie angerufen, aber ihr Handy war nicht erreichbar und er verkniff sich die Frage nach dem Passwort des WLAN-Netzes der Botschaft. Die Nacht war längst hereingebrochen, als Wiegmann zu ihnen zurückkam und erklärte, sie müssten sich auf eine Übernachtung im Konsulat einrichten.

Die Nacht in der provisorischen Unterkunft des Botschaftsgebäudes war kurz und unbequem, aber immerhin fühlten sie sich sicher und sie entspannten sich zunehmend. Auch am nächsten Morgen zogen die Verhandlungen sich stundenlang hin, bis Wiegmann endlich mit der erlösenden Nachricht kam, dass ihre Ausreise aus Saudi Arabien genehmigt worden sei.

„Wir haben Kontakt zu Ihrem Unterhändler aufgenommen", erklärte er, und sie atmeten erleichtert aus.

„Er hat den zuständigen Stellen die Originaldokumente vorgelegt", fuhr Wiegmann fort. „Die saudische Regierung betont, dass sie mit den Angriffen auf Sie beide nichts zu tun habe. Ihr sei an einer ordnungsgemäßen Aufklärung der Verzögerung des Bauvorhabens gelegen und sie agiere ausschließlich nach rechtsstaatlichen Prinzipien. Die Männer, die Sie verfolgt haben, gehörten nicht der Polizei an."

„Aha. Und wer sind sie dann?", hakte Lukas nach.

„Es wird eine Untersuchung eingeleitet und die Täter werden zur Verantwortung gezogen. Die zuständigen Stellen versichern, dass sie Ihre Unannehmlichkeiten bedauern. Sollte jemand im Ministerium für Wirtschaft sich der Bestechlichkeit schuldig gemacht haben, wird er gemäß den saudischen Gesetzen bestraft. Wie Sie vermutlich wissen, hat es im November bereits eine entsprechende `Säuberungsaktion´ gegeben." Wiegmann unterstrich seine Worte mit einer Handbewegung.

„Na, da bin ich ja mal gespannt", entgegnete Thomas von der anderen Tischseite aus trocken.

***

Während des gesamten Rückflugs von Riad nach Berlin sah Lukas aus der Fensterluke auf Wattewolken und Miniaturlandschaften. Das gleichmäßige Schwanken der Maschine hatte etwas Beruhigendes, ebenso das unterschwellige Gemurmel im Passagierraum. Er dachte nach. Darüber, wie knapp Thomas und er ihren Verfolgern in Riad entkommen waren. Über sein bisheriges Leben, die Zukunft und Leonie. Sie hatte auf keine seiner letzten Skype-Anfragen reagiert. Lediglich seine Whatsapp-Nachricht, dass er glimpflich aus der Angelegenheit mit den Saudis herausgekommen war, hatte sie mit Freude- und „Daumen hoch"-Emojis beantwortet, seine Schilderung der Verfolgungsjagd mit „Erschrocken"-Emojis. Aber sie hatte kein einziges Wort an ihn gerichtet und das irritierte ihn. Er verstand nicht alles, was sie tat oder nicht tat. Dass seine Beziehung zu Sally sie tief getroffen hatte, war jedoch mehr als deutlich. Scheinbar hatte sie sich innerlich für den Fall gewappnet, dass er bei Sally blieb. Womöglich bändelte sie gerade in Kalifornien mit einem anderen Mann an und wusste nun nicht, wie sie mit Lukas umgehen sollte. Sein Blick wurde leer. Das musste ein Ende haben.

Er loggte sich in das WLAN-Netz des Flugzeugs ein und kontrollierte seine Nachrichten.

„Das Kind ist nicht von mir", hatte er ihr bereits vor ein paar Tagen geschrieben. Er überlegte kurz und drückte dann entschlossen auf „erneut senden." Anschließend hielt er mit festem Griff sein Smartphone vor sich auf dem Schoß, als könne er dadurch eine Reaktion erzwingen, und wartete angespannt mehrere Minuten, aber es kam keine Antwort. An der Zeitverschiebung konnte das nicht liegen. Vielleicht war ihr Handy defekt.

Er begann wieder zu tippen: „Ich kaufe für uns beide eine Wohnung in Köln und bitte meine Firma, mich nach dem Einsatz in Berlin entweder freizustellen oder heimatnah einzusetzen."

Nach kurzer Zeit vibrierte sein Handy.

„Du musst nicht unbedingt in Köln arbeiten. Es genügt, wenn wir uns ein paar Tage in der Woche sehen, wenn du dafür dem Beruf nachgehen kannst, den du liebst. Oder willst du etwa den Bau von Reihenhäusern beaufsichtigen?"

Seine Finger wieselten über die Display-Tastatur. „Wenn es sein muss, tue ich das." Er lächelte, legte den Kopf an die Lehne und schloss erleichtert die Augen.

17

Auf dem Weg von der Baustelle zu seinem Büro in der Firma klingelte Lukas´ Handy. Er war in Eile und hätte den Anruf gern ignoriert, doch vielleicht war es Leonie. Als er die Schutzhülle aufklappte, entnahm er der Anzeige auf dem Display, dass sein Vater ihn anrief. Manfred meldete sich selten. Meistens brauchte er einen Zimmermann, der einspringen konnte, oder es gab etwas Familiäres zu besprechen. Für beides hatte Lukas keine Zeit. Das Telefonat würde zügig beendet sein.

„Wie ist die Abwicklung des Projekts in Riad gelaufen?"", erkundigte sich sein Vater. Lukas hatte ihm verschwiegen, weswegen er tatsächlich dorthin gereist war.

„Alles okay, war schnell über die Bühne. Ich weiß gar nicht, warum ich unbedingt dabei sein sollte."

Manfred brummte zustimmend. „Ein Haufen Kosten und Arbeitszeit für nichts." Er zögerte einen Moment. „Wie sieht´s aus, ich wollte dich in den nächsten Tagen mal auf der Baustelle besuchen."

„Okay. Ich dachte, du kommst im Mai." Lukas umrundete im Laufschritt eine Absperrung.

„Passt es dir nicht?"

„Doch, doch. Bleibst du über Nacht?"

„Bist du unterwegs? Du klingst so kurzatmig."

„Ja, ich muss schnell ins Büro. Also, bleibst du über Nacht?"

„Ich weiß noch nicht."

„Du kannst in meiner Bude schlafen, wenn du möchtest."

„Störe ich euch da nicht?"

„Leonie ist nicht da."

„Vielleicht bringe ich meine Sachen mal mit. Ich melde mich, sobald ich losfahre."

„Okay. Bis dann." Verwundert klappte Lukas die Handyhülle wieder zu. Was wollte sein Vater hier? Was erregte sein plötzliches Interesse an seinem Sohn und an dem, was er tat? Nachholen, was er in Lukas´ Kindheit und Jugend versäumt hatte? Die Schläge wiedergutmachen, die er damals ausgeteilt hatte? Lukas war über diese Dinge längst hinausgewachsen, und er konnte seinem alten Herrn schlecht verweigern, ihn in Berlin besuchen zu kommen. Sollte er halt anreisen und sich den Baubetrieb ansehen. Ein wenig war er auch stolz darauf.

Schon am übernächsten Tag erschien sein Vater auf der Baustelle und sie begrüßten sich mit einem kumpelhaften Schulterklopfen. Lukas führte ihn herum, zeigte ihm die verschiedenen Bauabschnitte und stieg mit ihm bis auf das oberste Plateau. Der Baubetrieb lief geordnet ab und anerkennend nahm sein Vater wahr, dass Lukas von den Arbeitern respektiert wurde. Die Anweisungen, die er gab, hatten Hand und Fuß, und es gab keine Anzeichen von Unsicherheit. Es lag auch nicht haufenweise Material auf dem Boden herum, sondern nur das, was gerade verbaut wurde. Sie sprachen sachlich miteinander und vermieden es dabei, sich länger als nötig anzusehen.

„Wie läuft es mit Leonie?", fragte Manfred, als sie oben angekommen waren und einen freien Blick über die Stadt hatten.

„Nicht so gut im Moment", antwortete Lukas, kniff die Augen zusammen und sah in die Ferne.

„Bau nicht den gleichen Mist wie ich." Sein Vater schaute ebenfalls in die Weite des Himmels.

Lukas schwieg eine Weile, dann sagte er: „Ohne Leonie hätte ich damals die erste Zeit im Viertel nicht durchgestanden."

Sein Vater spannte die Kiefermuskeln an, ahnte, was Lukas ihm damit auch sagen wollte. Schweigend schauten sie über die Dächer von Berlin.

Dann klopfte Lukas ihm auf die Schulter. „Aber ohne die Zeit bei dir im Betrieb würde ich jetzt nicht hier stehen. Wahrscheinlich würde ich im Viertel irgendwelche krummen Dinger drehen."

Manfred nickte. „Ja, vermutlich würdest du das. Es war gut, dass Nicole dich zu mir gebracht hat, auch wenn das für uns alle anfangs nicht einfach war."

Erneut sahen sie beide schweigend über die Stadt.

„Mein Rücken macht nicht mehr mit", hob der Vater schließlich wieder an. „Ich will die Firma langsam abgeben." Nun richtete er den Blick auf seinen Sohn. „Ich dachte, du könntest sie vielleicht übernehmen. Sie ist zwar klein, aber sie hat uns alle ganz gut ernährt. Du kannst daraus ja eine Baufirma machen, expandieren, wie man heute sagt - und richtig Geld damit verdienen. Das Zeug dazu hast du."

Überrascht erwiderte Lukas seinen Blick. Wenn er das Angebot annahm, konnte er mit Leonie in Brühl oder Köln bleiben und musste nicht nach Berlin oder sonst irgendwohin ziehen, wurde ihm sofort bewusst.

„Du wirst hart arbeiten und dich auf einem rauen Markt behaupten müssen", fuhr Manfred fort. „Aber auch das traue ich dir zu. In der Anfangszeit helfe ich dir, bis du Fuß gefasst hast."

Zum ersten Mal im Leben sah Lukas seinen Vater wohlwollend an und ihm fiel auf, wie ähnlich er ihm sah. „Ich danke dir für das Angebot! Ich lasse es mir durch den Kopf gehen."

Manfred war zufrieden. Das war die richtige Antwort. „Tu das, mein Junge!"

Gleich nachdem sein Vater wieder abgereist war, loggte Lukas sich in seinen Skype-Account ein und wählte Leonies Kontaktadresse an. Sie hatten sich seit fast zwei Wochen nicht mehr gesehen oder miteinander gesprochen, obwohl wichtige Dinge zu klären waren. Endlich nahm sie seine Gesprächsanfrage an und ihr Gesicht erschien mit Zeitverzögerung und verpixelter Mimik auf dem Bildschirm. Es dauerte eine Weile, bis die Verbindung störungsfrei stand.

„Hallo Lukas", sagte sie und neigte schuldbewusst den Kopf. Als sie seine vertrauten Züge sah, fühlte es sich an, als schwappte eine heiße Welle durch ihren Körper, in der sich ihre Gewissensbisse und Zärtlichkeit für ihn vermischten. Schmerzhaft wurde ihr bewusst, wie sehr sein Verlust sie innerlich zerrissen hatte. Nun, da sie wusste, dass er nicht Vater wurde, mutete es sie absurd an, wie sie sich in den Wahn hineingesteigert hatte, ihn gehen lassen zu müssen. Dennoch meldete sich in ihr ein Rest an Enttäuschung darüber, dass er sich auf jemand anderes eingelassen hatte. Wie ein Kloß saß er in ihrem Hals, gleich neben den Schuldgefühlen wegen dem, was sie mit Ryan verband. Eine merkwürdige Patt-Situation war entstanden, und sie wusste, dass sie nun wirklich die Letzte war, die Lukas einen Vorwurf zu seinem Verhalten in Riad machen durfte.

Er bemerkte ihre Veränderung, die über das attraktive Urlaubsäußere - ihr Gesicht war gebräunt und die Haare in hellen blonden Strähnen ausgebleicht - hinausging. Er versuchte, es zu ignorieren, damit würde er sich später auseinandersetzen müssen. Sie sah unfassbar gut aus und er fand es unerträglich, dass sie so weit von ihm entfernt war.

„Hallo meine Bezaubernde", erwiderte er. „Du siehst erholt aus. Geht es dir gut?"

„Ja, es ist nett hier. Wo bist du? In Köln?"

„Nein, ich bin schon seit ein paar Tagen wieder in Berlin. Ich muss mich hier um die Baustelle kümmern."

„Ich bin froh, dass du heil zurück bist!"

„Ja, ich auch."

Es entstand eine Pause.

„Mein Vater war heute hier", hob Lukas dann wieder an.

„Ach." Erstaunt zog Leonie die Augenbrauen hoch und war dankbar für das unverfängliche Thema. „Wollte er eigentlich nicht erst im Mai kommen?"

„Ja. Aber es war ihm wohl doch etwas dringender. Er wollte sehen, wie ich mich hier anstelle, um abzuchecken, ob ich in der Lage bin, eine Firma zu führen."

„Und, wie hast du dich geschlagen?" Sie grinste zaghaft.

„Offenbar ganz gut, denn er hat mir tatsächlich angeboten, seinen Betrieb zu übernehmen und mit seiner Hilfe zu einem Bauunternehmen auszubauen."

„Ui! Na, das nenne ich mal eine Überraschung!"

Lukas sah ernst in die Kamera. Dann erklärte er: „Leo, ich möchte dir eine Frage stellen, auch wenn das auf diesem Weg etwas merkwürdig ist. Aber irgendetwas sagt mir, dass ich es nicht aufschieben sollte."

„Okay. Was ist denn?" Erschrocken beugte sie sich vor. Wollte er nun etwa wissen, ob sie ihm treu geblieben war?

„Willst du mich heiraten und gemeinsam mit mir in Köln wohnen? Dann übernehme ich den Betrieb meines Vaters", sagte er feierlich.

Fassungslos fixierte Leonie den Bildschirm. Lukas hatte ihr einen Antrag gemacht! Fieberhaft schossen die Gedanken in ihrem Kopf hin und her. Vor ein paar Tagen hatte sie sich schweren Herzens innerlich von ihm verabschiedet und nun das! Er würde in Köln bleiben und sie konnten zusammen sein! Es gab keine Nebenbuhlerin oder ein Kind mehr, das zwischen ihnen stand. Auf der anderen Seite pochten Ryan und ihre Gefühle für ihn auf ihr Recht, die Verlockung eines Neuanfangs in Kalifornien. Die Sekunden verrannen, in denen Lukas sie erwartungsvoll ansah, jedes weitere Zögern wäre fatal, und er hatte vorsorglich angekündigt, dass er die Frage nie mehr wiederholen werde. Sie musste eine Entscheidung treffen. Jetzt.

Tränen stiegen ihr in die Augen und sie legte solange ihre Hand auf sein Gesicht im Display, bis sie die Wärme fühlte, auch wenn es nur die der eigenen Finger war.

„Ja, das will ich." Noch während sie die Antwort aussprach, spürte sie, dass das der Wahrheit entsprach.

„Dann komm jetzt endlich nach Hause!", forderte Lukas sanft, aber mit Nachdruck.

***

Nervös lief Lukas zwei Tage später hinter der wartenden Menge am Ankunftsbereich des Flughafens Köln/Bonn auf und ab. Er war selber erst vor einer halben Stunde mit einer Maschine aus Berlin gelandet. Die Luft der Klimaanlage trocknete seine Kehle aus und die Geräusche seiner Schritte verhallten in der Größe des Raums. Zur Ablenkung betrachtete er einige Minuten lang die filigrane Dachunterkonstruktion und vollzog gedanklich die komplizierte Montage des Stahlgebildes nach, die nötig gewesen waren, um das Dach zu stabilisieren. Er war sich sicher, dass die Deckenlüfter und Glaselemente zur Regulierung des Lichteinfalls und Sonnenschutzes elektronisch gesteuert wurden. Noch während er darüber nachsann, bemerkte er, wie wenig er im Moment dazu in der Lage war, nüchtern und im Detail Statik-, Wind- und Schneelastprobleme zu durchdenken.

Sein Instinkt sagte ihm, dass in San Diego etwas passiert war. Er hatte es in Leonies Gesicht gelesen. Und obwohl sie seinen Antrag angenommen hatte, war er sich unsicher, ob sie nun tatsächlich zurückkam. Er hatte nur eine vage Vorstellung davon, was die letzten Wochen mit ihr gemacht hatten, doch die Erinnerung an ihren Abschied vor seinem ersten Flug nach Riad war in seinem Gedächtnis lebendig, und er traute ihr alles zu.

Etliche Passagiere waren bereits durch die Glastür herausgekommen und von ihren Verwandten und Freunden freudig begrüßt worden. Jedes Mal, wenn sich die Schiebeelemente mit einem leisen Zischen öffneten, setzte sein Herzschlag aus und er wartete gebannt, ob jetzt nicht doch endlich auch Leonie erschien. Die Menge vor ihm lichtete sich und seine Nervosität stieg. Versetzte sie ihn?

Da erhaschte er einen Blick ins Innere der Gepäckabholung und er sah sie am Gepäcklaufband stehen. Er atmete auf und versuchte, sich zu beruhigen. Sie war gekommen. Das ließ hoffen, dass sie ihm verziehen hatte. Blieb nur noch die Ungewissheit, wie und mit wem sie ihre Zeit in Kalifornien verbracht hatte. Doch diese Frage wollte er nach hinten schieben, und wappnete sich. Dann endlich kam sie heraus und lächelte ihm scheu entgegen.

Leonie sah sofort, dass die Ringe unter Lukas´ Augen dunkel schimmerten und dass seine Wangen eingefallen waren. Mit schnellen Schritten kam er auf sie zu und sie umarmten sich minutenlang stumm. Die Welt schien stillzustehen, weil Yin und Yang wieder zueinandergefunden hatten.

„Da bist du ja endlich!", sagte er, nahm ihr Gesicht in seine Hände und versank in ihren Augen. Wie immer erkannte er darin neben ihr auch sich selber. Aber diesmal entdeckte er noch mehr. Er hatte es gewusst! Sein Eindruck beim Skypen hatte ihn nicht getäuscht. Aufgewühlt verstärkte er seinen Griff. Sie ließ es geschehen, denn sie hatte damit gerechnet, dass dieser Konflikt ganz schnell zwischen ihnen aufbrechen würde. Es hätte nicht unbedingt gleich am Flughafen sein müssen, wenn es nach ihr gegangen wäre, aber sie beide konnten einander nun einmal nichts vormachen.

Noch wagte er nicht zu fragen, ob sein Verdacht stimmte. Er schulterte seine Tasche, nahm ihren Koffer und sie an die Hand und ging ein paar Meter auf den Ausgang zu. Dann blieb er abrupt stehen. Leonies stockte der Atem. Sie hatte Angst vor dem, was jetzt kam.

„Ist in San Diego irgendetwas gelaufen?", fragte er mit erzwungener Ruhe.

Sie sah auf seine Brust. „Ich habe jemanden kennengelernt."

„Was bedeutet das?"

Leonies Herz begann zu rasen. „Wir sind uns nähergekommen."

Er ließ sie los und ging einen Schritt zurück. Ihre Lider zuckten kurz, aber sie rührte sich nicht. Einen Moment lang starrte er sie wie versteinert an, und die Luft zwischen ihnen vibrierte vor Anspannung. Dann wandte er sich ab und trat gegen einen Gepäckwagen, der einige Meter scheppernd durch die Halle schlitterte. Die Passanten um sie herum raunten und blieben stehen.

„Verdammt, Leo!", entfuhr es ihm. „Ich habe dir einen Antrag gemacht!"

„Ja, und ich habe ihn angenommen. Ich bin hier, Lukas."

„Warum hast du dann etwas mit jemand anderem angefangen?"

Sie schluckte. „In San Diego hatte ich mir vorgenommen, dich aufzugeben, damit du für dein Kind da sein kannst."

263

Lukas´ Augen weiteten sich.

„Dann habe ich Ryan kennengelernt", fuhr Leonie fort, „und er ist ein wirklich netter Mensch." Sie hielt inne und blickte unter sich. Die Erinnerung daran, Ryan wehgetan zu haben, war beklemmend. Er hatte das nicht verdient. Für ihn war es gewesen, als wiederhole sich seine Elena-Geschichte, und doch hatte er auch in diesem für ihn schwierigen Moment Größe gezeigt und ihre Entscheidung wie angekündigt akzeptiert.

Lukas sah sie an und begriff, dass der andere sie in Amerika behalten wollte, und dass es sich keineswegs um eine bedeutungslose Affäre gehandelt hatte.

„Der Typ hat dich gebeten, bei ihm zu bleiben", stellte er fest.

Leonie nickte, hob den Blick und schaute ihm unverwandt in die vor Aufgebrachtheit seltsam dunklen Augen. Die Passanten setzten sich langsam wieder in Bewegung. „Aber ich bin hier", wiederholte sie beschwörend.

Lukas sah sie lange an und kämpfte mit seinen widerstreitenden Gefühlen. „Hast du dich in ihn verliebt?", fragte er heiser.

Leonie senkte erneut den Blick. „Ich hatte Angst, dass du in Riad bleibst, wenn dort tatsächlich dein Kind unterwegs gewesen wäre. Dass du merkst, dass du doch mehr für diese Sally empfindest. Später dachte ich, dass ich dich freigeben muss, damit du für die beiden sorgen kannst. Dann hat Sarah mir Ryan vorgestellt. Ich war verletzt und er hat mir gutgetan." Sie zögerte. „Ich fühlte mich von dir betrogen."

„Ich habe dich nicht betrogen", widersprach er heftig. „Wir waren getrennt, als ich mit Sally etwas hatte. Im Gegensatz zu jetzt." Er griff nach ihrer Hand und zog sie mit sich in Richtung des gläsernen Aufzugs, der ins Untergeschoss führte.

„Ich weiß, es hat sich aber so angefühlt. Außerdem hattest du diese Affäre über Monate und beinahe ein Kind mit ihr", wandte Leonie ein, während sie versuchte, mit ihm Schritt zu halten.

Er hielt inne. „Was muss ich eigentlich tun, damit du begreifst, was du mir bedeutest?"

Leonies Herz hämmerte gegen ihre Rippen, doch sie hielt seinem Blick stand. „Ich weiß nicht. Es sind so viele schreckliche Dinge passiert in den letzten Monaten. Ich glaube, ich stehe immer noch neben mir." Sie unterbrach sich und schmiegte sich an ihn. „Ich freue mich so sehr, dich wiederzusehen!"

Etwas zaghaft legte er einen Arm um sie.

„Du wolltest mich gehen lassen?", fragte er nach einer Weile ungläubig.

Sie nickte.

„Ich wollte aber gar nicht gehen."

„Wir hätten es uns nicht verziehen, wenn du dein Kind im Stich gelassen hättest."

Lukas dachte über ihre Worte nach und begriff, dass viel mehr Wahrheit in ihnen steckte, als er sich eingestanden hatte, und dass Leonie ihn aus Liebe verlassen hätte, nicht aus Gleichgültigkeit. In einem Stoßgebet dankte er dem Schicksal, dass Thomas der Vater von Sallys Baby war und nicht er. Er verstand, wie nah sie beide am Abgrund gestanden hatten, und wagte nicht zu fragen, wie weit Leonie mit diesem Ryan in ihrer Verzweiflung gegangen war. Er wusste nicht, was ihre Antwort in ihm auslösen würde, also wollte er sie lieber gar nicht erst hören. Nachdenklich ergriff er abermals Leonies Hand und führte sie zum Aufzug. Nie wieder würde er die schlanken Finger loslassen, die sich nun vertrauensvoll in seine drückten.

Als sie allein im Aufzug nach unten fuhren, presste Lukas sich an sie, schob seine Arme in ihre geöffnete Jacke und sie begannen, sich leidenschaftlich zu küssen.

***

Uli Rattow war auf dem Weg zum Hohenzollernring, als sein Handy klingelte. Sein alter Z4 besaß keine Freisprecheinrichtung, und er sah auch keine Notwendigkeit, eine einbauen zu lassen. Also nahm der das Telefon in die Hand. Er erkannte, dass es Kevin war, der ihn anrief. Rasch stoppte er „The Four Horsemen" von Aphrodite´s Child, das Lieblingslied seines Bruders Rudo, das in voller Lautstärke aus den Boxen ertönte. Er wurde manchmal sentimental, wenn er es mit der Türsteherszene am Ring zu tun hatte, denn diese hatte seinen großen Bruder das Leben gekostet. Dann hörte er dessen Musik, doch niemand sollte mitbekommen, dass er sich einen alten Schinken aus den 1970er Jahren anhörte. Diesen Titel mochte er besonders, weil es um die apokalyptischen Reiter ging, und das konnte er erst recht keinem vermitteln. Einmal hatte er Ramon davon erzählt, aber der hatte noch nie etwas von Apokalypse gehört.

Er klickte sich durch seine Playlist. Linkin Park, Nickelback, Rammstein - bei Metallica blieb er hängen, entschied sich für deren „Four Horsemen", die so gar nichts mit der Version von Aphrodite´s Child gemeinsam hatte, und nahm dann das Gespräch an. „Was gibt´s?"

„Irgendetwas ist komisch bei Lukes Schnalle."

Es dauerte einen Moment, bis Uli begriff, wovon Kevin sprach. Nach seinem Besuch bei Leonie war offensichtlich, dass bei ihr nichts zu holen war, und Lukas hielt sich aus dem Viertel heraus, sodass er das Interesse an den beiden verloren und schon seit Wochen nicht mehr an sie gedacht hatte. Er hatte sogar vergessen, Kevin von seinem Beobachtungsposten abzuziehen.

„Was soll das heißen?", fragte er nun.

„Ich habe sie schon seit zwei Wochen nicht mehr gesehen. In der Wohnung hat ein paar Tage eine Schwarze gewohnt und danach war es immer dunkel. Aber seit gestern sehe ich ab und zu einen großen Schatten an den Fenstern."

„Vielleicht ist Luke da."

„Und warum macht der abends kein Licht an?"

Uli zögerte und dachte nach. „Ich muss mit Ramon noch etwas erledigen. Danach komme ich", sagte er dann.

18

Randalf kam sich vor wie ein Schäferhund im Zwinger. Seit zwei Tagen hielt er sich nun in der Wohnung auf, aber niemand kam. Die wenigen haltbaren Sachen in Kühlschrank und Vorratsregal hatte er längst aufgegessen, und sein Magen knurrte. Es war überaus anstrengend, permanent zu vermeiden, dass er Spuren hinterließ. Wenn er auf dem Sessel einschlief, bürstete er anschließend das Polster ab, das Klo desinfizierte er nach jedem Gang. Mit Handschuhen ließ es sich auch nicht gut essen. Und immer wieder halluzinierte er die tote Carina wie einen Schatten in seiner Nähe. Er musste raus aus dem Zwinger. Nur kurz an die Luft, im Supermarkt etwas einkaufen, dann zurück.

Die beiden letzten Tage hatte er damit zugebracht, im Tageslicht Leonies Regale und Schränke zu durchsuchen. Die Hans Zimmer-CD aus dem Auto hatte er inzwischen derart oft rauf und runter gehört, dass das erhebende Gefühl bei der Steigerung der Musik hin zum Höhepunkt sich nicht mehr einstellte. Und in den dramatischen Momenten spielte sich in seinem Kopf die Szene auf der Universitätswiese in zermürbender Schärfe ab. Während im Hintergrund leise die Filmmusik zur Andockszene in Interstellar oder den kollabierenden Träumen in Inception lief, hatte er sich zur Ablenkung Leonies Fotoalben angesehen, ihre Briefe gelesen und in ihren Aktenordnern geblättert. Offensichtlich war sie eine ordentliche Person, alle Dokumente waren abgeheftet und die Register alphabetisch sortiert. Die Fotos an den Wänden halfen ihm, sie zu erkennen, wenn sie nach Hause kam. Lange hatte er ihre Hochhaus-Bildergeschichten betrachtet. Sie gefielen und berührten ihn. Während die Streicher auf der CD die Stimmung einpeitschten und die Bläser gleichzeitig das Blut in Wallung brachten, verfolgte er auf den Zeichnungen den Kampf des Mädchens gegen Unterweltungeheuer und marodierende Jugendbanden. Je besser er Leonie kennenlernte, desto mehr bedauerte er es, sie beseitigen zu müssen. Er fand sie sympathisch und ansehnlich. Sie wäre bei der Jahresvollversammlung bestimmt ein echter Hingucker gewesen. Leider suchte Gereon sich stets die besten Weibsbilder aus, um sie zu zerstören. Als wollte er sein Kindheitstrauma immer wieder durchspielen, wie die trefflichste aller Frauen, seine Mutter, von den Schlägern des alten Treunstein zerstört wurde. Irgendwann würde das aufhören, da war Randalf sich sicher. Er seufzte und streifte sich die Jacke über.

Sein Handy vibrierte. Erstaunt sah er auf die Nachricht von Gereons Vater, der ihm das Foto einer Schwarzen mit der Information zuschickte, dass sie Magano Mungbate heiße. Randalf solle sich bei ihm melden, wenn er sie gefunden habe. Verdrossen schob er das Telefon zurück in seine Hosentasche. Das ging eindeutig über die Vereinbarung hinaus und hatte nichts damit zu tun, Gereon aus dem Gefängnis zu holen.

In der Kommode fand er einen Ersatzschlüssel für die Wohnungstür und steckte ihn ein. Das würde die Sache erheblich vereinfachen. Sicherheitshalber warf er einen Blick durch den Spion in der Tür. Das Treppenhaus war frei, soweit er das überblicken konnte. Leise öffnete er die Tür, trat hinaus und schloss sie hinter sich ab. Mit einem Gefühl der Empörung über Treunsteins neuerliche Aufforderung lief er die Treppe hinab und war froh, endlich etwas Anständiges essen zu können.

***

In ihrer Wohnung angekommen lief Lukas wie ein Tiger im Käfig umher und kämpfte mit seinen widersprüchlichen Gefühlen. Verletzt und verunsichert, was Leonies Zeit in San Diego anging, war er gleichzeitig unendlich dankbar dafür, sie wieder bei sich zu haben und zu wissen, dass sie ihr Leben mit ihm und nicht mit dem Amerikaner verbringen wollte. Er tat Leonie leid. Jedes Mal, wenn er an ihr vorüberkam, griff sie nach ihm und versuchte, ihn an sich zu ziehen. Schließlich siegte sein Verlangen nach ihr. Sie begannen erneut, sich wild zu küssen. Energisch drängte er sie ins Schlafzimmer, wo er sie mit einer Heftigkeit liebte, die neu für sie war.

Schnell und tief atmend lagen sie anschließend nebeneinander. Lukas verhakte seine Finger in ihre. Leonie betrachtete ihn aufmerksam. „Und, konntest du ihn aus mir verjagen?"

Betroffen erwiderte er ihren Blick. „Entschuldige, ich wollte dir nicht wehtun."

„Das hast du auch nicht, aber wir haben uns schon zärtlicher geliebt."

Er schwieg einen Moment. Dann sagte er: „Ich habe mir nur zurückgeholt, was jemand anderes mir fortnehmen wollte."

Sie streichelte sein Gesicht und die Muskeln an seinen Armen, die deutlicher als sonst hervortraten. Er hatte sichtbar an Gewicht verloren.

„Ich bin hier, weil ich dich liebe", versicherte sie ihm und drückte ihren Mund auf seine Lippen. Ihr Magen knurrte zur Bekräftigung und sie mussten beide lachen.

„Ich hole uns etwas zum Essen." Lukas schälte sich aus den Laken und ging in die Küche. „Du meine Güte, der Kühlschrank ist ja leer und das Vorratsregal auch!", rief er von dort.

„Oh, vielleicht war das Magano." Leonie erhob sich ebenfalls und nahm die Wohnung in Augenschein. Bis auf die verschwundenen Vorräte hatte sich seit ihrer Abreise nichts verändert. Sie konnte nicht erkennen, ob die Afrikanerin ihr Angebot angenommen hatte. Erst als sie auf den Balkon trat und dort eine Grillschale mit Ascheresten und einem Stück Holz liegen sah, war sie sich sicher, dass Carinas Tante da gewesen war. Sie vergewisserte sich in der obersten Schublade der Kommode, ob Magano ihren Wohnungsschlüssel zurückgelassen hatte. Doch sie fand weder diesen noch den Ersatzschlüssel vor. Leonie runzelte die Stirn. Vielleicht würde sie wiederkommen, aber wieso fehlte der Reserveschlüssel?

„Hast du den Ersatzschlüssel an dich genommen?", erkundigte sie sich verwundert bei Lukas.

„Nein, ich war seit drei Wochen nicht mehr hier. Ruh´ dich von dem langen Flug aus. Ich gehe einkaufen", bot er an.

„Na gut. Ist aber nicht so eilig. Ich habe keinen großen Hunger."

„Okay, dann schaue ich vorher bei Sabine und Ramon vorbei. Ich habe sie noch nicht gesehen, seit ich aus Riad zurück bin."

„Tu das und grüß sie von mir. Lass dir ruhig Zeit, ich räume erst mal meinen Koffer aus und gehe duschen. Und wenn du wieder da bist, trinken wir ein Glas Wein und unterhalten uns in Ruhe, in Ordnung?"

Er nickte. Die Zeit bis dahin würde er brauchen, um mit seinem Gefühlschaos zurechtzukommen.

Randalf stutzte. Er war sich sicher, dass er die Wohnungstür abgeschlossen und nicht nur zugezogen hatte. Wieso gab sie nun bei der ersten Schlüsseldrehung nach? Er öffnete die Tür einen Spalt breit und spähte in die Wohnung. Aus dem Bad drang das Geräusch der Toilettenspülung und im Flur standen ein Koffer und eine Reisetasche. Sein Herzschlag beschleunigte sich. Leonie war da! Hastig schlüpfte er hinein und zog die Tür leise zu. Als die Badezimmertür geöffnet wurde, zog er die Waffe aus dem rückwärtigen Hosenbund und richtete sie auf die Ecke des L-förmigen Flures, an dessen Ende das Badezimmer lag.

Leonie wunderte sich, dass Lukas so schnell zurückgekommen war. Oder hatte sie sich getäuscht? Sie trat in den Flur, blickte um die Ecke und erstarrte.

Randalf erkannte Leonie sofort, sie war eindeutig die Person auf den Fotos. Aus ihrem schmalen, gebräunten Gesicht funkelten ihm grau-grüne Augen entgegen. Einen Moment lang musterten sie sich stumm. Leonie registrierte die Verletzungen am Unterkiefer des Mannes und seine ungelenke Haltung. Alles sprach dafür, dass der Fremde sich von einigen frischen Blessuren noch nicht erholt hatte. Schlagartig wurde ihr bewusst, mit wem sie es zu tun hatte. Die Sekunden tropften wie zäher Brei aus der Anspannung, die den Flur zwischen ihnen füllte. Das war fraglos die gefährlichste Situation, in der sie sich je befunden hatte. Sie zweifelte nicht daran, dass die Waffe geladen war und dass ihr Leben im nächsten Moment beendet sein konnte. Wie ein Kaninchen saß sie hier in der Falle. Carina, Robin und Tobias kamen ihr in den Sinn und zuletzt erwachte die Erinnerung an Ulis Bruder, der vor ihren Augen getroffen von einem Schuss in die Brust auf den Acker fiel. In ihrem Kopf setzte der Pfeifton ein.

Doch der junge Mann schoss nicht, sondern starrte sie an, und in ihr keimte die Hoffnung auf, dass sie eine Chance hatte. Ihr Überlebensinstinkt übernahm die Kontrolle über ihr Tun. Das Risiko, dass er schießen würde, sobald sie versuchte, in einen der Räume zu flüchten, war hoch. Also blieb sie wie angewurzelt stehen.

„Was wollen Sie von mir?", fragte sie.

Kaum merklich zuckte Randalf zusammen. Ihre Stimme hatte er noch nie gehört. Sie klang voll und melodisch, selbst in dem Moment, in dem sie Todesangst verspüren musste. Ihr Blick war offen auf ihn gerichtet und sie rührte sich nicht vom Fleck, obwohl er mit der Waffe auf sie zielte. Warum verhielten sich nur alle Menschen, die er einschüchtern wollte, so merkwürdig?

„Dass du den Mund hältst", erwiderte er heiser. Er konnte diese Frau nicht einfach so erschießen, war zu vertraut mit ihr geworden. Eine eigene Schwester könnte er kaum besser kennen. Außerdem war er kein kaltblütiger Mörder. Der Tod von Tobias war ein Versehen, der von Robin Notwehr, den von Carina hatten sie zu dritt verursacht und er barg zudem die Möglichkeit der Rettung. Sein Blick fiel auf die schmucklose, schwarze Reisetasche, die nicht zu einer weiblichen Besitzerin passen wollte, und unwillkürlich kam ihm der hünenhafte Kerl in den Sinn, den er auf Leonies Fotos gesehen hatte.

Er musste jetzt endlich die Kontrolle zurückgewinnen.

„Geh´ da rein!", befahl er ihr und zeigte mit der Waffe auf das Wohnzimmer, in dem er die letzten Tage auf sie gewartet hatte.

„Ich habe weder Geld noch Wertgegenstände hier und mein Handy ist so alt, dass man dafür keine fünf Euro mehr bekommt", erwiderte sie, um nicht den Verdacht zu erregen, dass sie wusste, wer er war.

Randalf schnaubte. „Ich will kein Geld, sondern wissen, ob du Gereon angezeigt hast."

„Wen?" Sie legte überzeugend viel Ahnungslosigkeit in ihre Stimme.

„Geh´ da rein!", wiederholte er barsch. Es war unabdingbar, erst die Wohnung zu sichern, bevor sich abklären ließ, ob er sie wirklich umbringen musste.

Leonie gehorchte. Sie hatte Zeit gewonnen, aber was bedeutete das schon? Randalf sah sich suchend im Zimmer um.

„Bleib vom Balkon weg!", befahl er und schloss die Tür ab. Dann durchsuchte er die anderen Räume mit vorgehaltener Waffe, und während er sich dabei wie ein SEK-Beamter vorkam, kehrte seine Sicherheit zurück. Als er nach wenigen Minuten die Gewissheit hatte, dass sich niemand außer ihnen in der Wohnung aufhielt, schloss er die Eingangstür ab. Doch die Kontrolle über die Situation wollte sich auch dann nicht einstellen, als er seinen Atem, am Türrahmen lehnend, gezielt verlangsamte. Sein Puls raste. Was sollte er jetzt tun? Ein schnelles Ende? Er könnte Leonie erschießen und im nächsten Augenblick aus der Wohnung verschwinden, ging es ihm durch den Kopf. Aber es war nicht einmal klar, ob sie überhaupt etwas mit dem Verfahren gegen Gereon zu tun hatte. Die Fotos und ihre Bildergeschichten, die ihn berührt hatten, kamen ihm in den Sinn und er zögerte. Erwarteten Gereon und sein Vater von ihm, dass er all diese Menschen umbrachte? Und wenn er es tat, was wäre dann aus ihm geworden?

Plötzlich hörte er ein Schnaufen vor der Eingangstür und schnellte herum. Ein Schlüssel wurde ins Schloss gesteckt und umgedreht. Hastig verschwand er im nächstgelegenen

Zimmer und versperrte die Tür. Kam jetzt etwa der Kerl? Randalf stöhnte innerlich. Konnte es nicht einfach mal funktionieren wie in diesen Krimis, in denen die Aufklärung sich als problematisch erwies und nicht das Verbrechen? Erneut drohte ihm eine Situation zu entgleiten und damit zu enden, dass er jeden erschoss, der sich ihm in den Weg stellte. Im Flur waren nun schwere Schritte zu hören und gutturale Laute in einer fremden Sprache. Dann war es schlagartig still.

Magano stockte, als sie merkte, wie Gänsehaut ihre Arme überzog. Irgendetwas stimmte hier nicht. Sie war nicht allein in der Wohnung und es handelte sich keineswegs um harmlose Ahnen, die ihr auflauerten. Dabei wollte sie doch nur schnell ihr Feuerholz holen, weil sie die Verbindung in die Anderswelt verloren hatte! Sie besann sich einen Moment und schlich auf Zehenspitzen zurück zur Wohnungstür, um sofort wieder zu verschwinden. Wie hatte sie so dumm sein können, die Warnungen zu ignorieren? Dann sah sie Koffer und Reisetasche im Flur stehen. Zitternd fuhr sie herum und sah im Glaseinsatz der Wohnzimmertür Leonies Silhouette auftauchen.

„Magano!", rief diese leise. „Verschwinde von hier!"

Randalf öffnete die Tür einen Spalt breit und sah eine dicke Frau mit dunkler Hautfarbe im Flur stehen. Sie wandte ihm den Rücken zu. Rasch zog er die Tür auf, hob die Hand und schlug der Afrikanerin mit der Waffe auf den Hinterkopf. Lautlos sank Magano zu Boden. Nun hatte er zwei Probleme. Oder er konnte beide in einem Aufwasch unschädlich machen und sich dann absetzen. Das wäre der letzte Job, den er für die Treunsteins erledigen würde. Mit grimmig entschlossener Miene verriegelte er abermals die Wohnungstür, und ließ diesmal den Schlüssel von innen stecken, damit niemand mehr einfach so hereinspazieren konnte.

Freudig fiel Sabine ihrem Bruder um den Hals. „Lukas!", rief sie, „wie schön, dass du vorbeikommst. Ich bin so froh, dass du heil aus Riad zurück bist."

Lukas erwiderte ihre herzliche Umarmung. „Das bin ich auch, Schwesterchen. Wie geht's dir?"

Er legte eine Hand auf ihren Bauch und wurde prompt mit dem Tritt eines winzigen Füßchens belohnt.

„Oh, da wächst ja ein kleiner Rambo heran." Er grinste. Es tat gut, wieder bei seiner Schwester zu sein, die schon seit vielen Jahren sein sicherer Hort im Leben war, egal, was passierte.

„Mir geht's ganz gut, auch wenn's langsam anstrengend wird. Ich kann mich nicht mehr so oft ausruhen wie beim ersten Mal, weil Tim Aufmerksamkeit braucht."

Lukas rang mit sich. Gerne hätte er ihr nun überglücklich erzählt, dass er und Leonie heiraten würden. Aber seine Freude darüber war getrübt.

„Was ist los?", fragte sie. „Du willst etwas loswerden, stimmt's?"

Nun huschte doch ein verstohlenes Grinsen über sein Gesicht. „Leonie hat meinen Heiratsantrag angenommen."

„Oh Lukas, das ist wunderbar! Ich freue mich so für euch. Ihr beide seid ein tolles Paar."

Sie umarmte ihn noch einmal.

Dann stockte sie. „Hat sich inzwischen geklärt, was es mit eurer Wohnung auf sich hatte?"

„Wovon redest du?"

Sie zögerte.

„Behalte bitte für dich, was ich dir jetzt erzähle. Aber als du weg warst, hat Kevin einige Male schemenhafte Schatten an euren Fenstern gesehen."

„Was hat Kevin an unserer Wohnung zu suchen?" Misstrauisch zog Lukas die Augenbrauen zusammen.

„Versprich mir, dass du keine Dummheiten machst, wenn ich dir das sage?"

„Was denn?" Er wurde zunehmend ungeduldiger.

„Versprich es mir!"

„Also gut, ich werde mich zusammenreißen."

„Uli hat Kevin beauftragt, eure Wohnung im Auge zu behalten." Peinlich berührt sah Sabine zu Boden.

„Warum denn das?", spie Lukas aus. Im nächsten Moment wurde ihm klar, welche Absicht Uli verfolgt hatte. „Verdammt!", rief er.

Sabine fasste ihn am Arm. „Du hast es versprochen!", erinnerte sie ihn.

„Ja ja, schon gut." Er besann sich. „Der Schatten war eine Bekannte von Leonie."

Zweifelnd wiegte Sabine den Kopf. „Die war wohl seit ein paar Tagen nicht mehr da. Uli war eben mit Ramon unterwegs und hat ihm erzählt, dass Kevin ihn deswegen angerufen hat. Das ist noch keine vier Stunden her."

Vor drei Stunden waren er und Leonie auf dem Weg vom Flughafen hierher gewesen. Schlagartig wurde Lukas bewusst, dass sie allein in der Wohnung war. Ihm wurde siedend heiß. Hektisch zog er sein Handy aus der Hosentasche und wählte ihre Nummer, doch sie nahm nicht ab.

„Ich muss zurück", sagte er hastig und ging zur Tür. „Ich melde mich wieder bei dir."

„Lukas?", rief Sabine ihm nach. „Mach keine Dummheiten, okay?"

Er nickte reflexhaft und verschwand.

Es wäre ein Leichtes gewesen, die Balkontür zu öffnen, ins Freie zu gehen und um Hilfe zu rufen. Aber das wagte Leonie nicht. Der Einbrecher erschien ihr unberechenbar. Er konnte jeden Moment ins Zimmer stürmen und doch noch von seiner Schusswaffe Gebrauch machen. Sehnsüchtig sah sie zur Trennwand herüber, die ihre Hälfte des Balkons von der des Nachbarn abschirmte. Sollte sie an der Brüstung hinübersteigen?

Bei dem Gedanken, in dieser Höhe ein derart riskantes Klettermanöver durchzuführen, bildete sich Angstschweiß in ihren Handflächen. Und was, wenn in der Nachbarwohnung niemand war? Dann wäre sie immer noch gefangen, nur auf dem anderen Balkon. Der Fremde würde sich über das Geländer lehnen und sie dort erschießen. Alles erschien so irreal. Vor ein paar Tagen hatte sie im Omnia Club in San

Diego über die Endlichkeit des Seins nachgedacht und ihr zu entrinnen versucht. Nun lief dieser Wahnsinnige mit gezückter Waffe durch ihre Wohnung, hatte Magano niedergeschlagen und sie selber könnte jeden Moment die nächste sein.

Sie konnte hier nicht einfach tatenlos wie eine Maus in der Falle der furchtbaren Dinge harren, die sich vor ihrem Auge bereits abzeichneten. Sie war sich sicher, es mit dem Mörder von Carina, Robin und Tobias zu tun zu haben, einem eiskalten Irren, der offenbar vor nichts zurückschreckte. Es würde noch Stunden dauern, bis Lukas zurückkehrte und wenn das Türschloss blockiert war, kam er nicht einmal in die Wohnung. Nein, sie war auf sich allein gestellt. Fieberhaft spielte sie in ihrem Kopf die wenigen Szenarien durch, die ihr einfielen, um sich aus dieser Falle zu befreien. Alle endeten damit, dass der Kerl sie erschoss und sie stöhnte verzweifelt auf. Und ihr Handy steckte in der Küche am Ladekabel. Es musste doch etwas geben, das sie tun konnte!

Im Flur schleifte Randalf die bewusstlose Magano in Carinas ehemaliges Zimmer. Entsetzt sah Leonie durch den Glaseinsatz in der Tür auf den erschlafften Körper der Afrikanerin. War sie etwa bereits tot?

Randalf ächzte unter dem Gewicht seines Opfers. Jeder mühsam zusammengeflickte Knochen in seinem vorher so gut trainierten Bewegungsapparat schrie vor Schmerz. Er ließ die dicke Frau mitten im Raum auf den Boden gleiten und durchwühlte ihre Handtasche nach Ausweispapieren. Wie er vermutet hatte, handelte es sich um Magano Mungbate. Was sollte er nun mit den beiden Gefangenen tun? Sie in der Wohnung zu erschießen, war zu riskant. Die Pistole besaß keinen Schalldämpfer und mittlerweile hatte er ausreichend Fingerabdrücke hinterlassen. Er sah das triumphierende Gesicht dieser jungen Polizistin vor sich, die versucht hatte, ihn vorzuführen. Nein, die Genugtuung gönnte er der Kröte nicht. Die Frauen mussten erst einmal gefesselt werden, damit er nach einem geeigneten Werkzeug suchen konnte.

Er schrak zusammen, als erneut ein Schlüssel in das Schloss der Wohnungstür gesteckt wurde, und ein Stromschlag durchfuhr ihn. Tagelang ließ sich hier keine Menschenseele blicken und nun ging es plötzlich zu wie im Taubenschlag. Das Fesseln musste warten. Alarmiert rannte er in den Flur und richtete die Waffe auf die Tür.

„Leo?", rief eine Männerstimme. „Bist du noch da drin?"

Stille. Randalf hörte sein eigenes Herz in einer Lautstärke schlagen, als halte er ein Stethoskop an seine Brust. Wieder wurde der Schlüssel vergeblich im Schloss gedreht.

„Leo, mach auf, ich bin´s!" Das Geräusch der Klingel dröhnte in Randalf Ohren.

Leonie sprang auf ihre Füße. Lukas! Vorsichtig linste sie durch die Glasscheibe, konnte aber nur den bewaffneten Fremden sehen. Sie musste Lukas warnen. Doch wie? Hektisch sah sie sich im Wohnzimmer um, fand jedoch nichts Hilfreiches. In der Küche ertönte erneut der Klingelton ihres Handys. Es war zum Verzweifeln. Weinend sank sie, den Rücken an die Wand gelehnt, zu Boden.

Leonies Handy klingelte in der Wohnung, dann war es wieder gespenstisch still. Fluchend wandte Lukas sich ab. Was war hier los? Sein Blick fiel auf die Dellen in der Tür und er erinnerte sich an das, was Leonie ihm über die Vorfälle während seiner Abwesenheit erzählt hatte. Er stöhnte auf und fühlte sich so hilflos wie selten in seinem Leben. Im nächsten Moment hörte er unten Schritte im Treppenhaus und eilte ihnen entgegen. Vielleicht hatte einer der Nachbarn etwas beobachtet. Unvermittelt stand er einen Treppenabsatz tiefer Uli gegenüber.

„Ach", sagte dieser überrascht. „Ihr seid wieder da?"

„Was läuft hier?", herrschte Lukas ihn an.

„Keine Ahnung, Mann. Ich wollte nach dem Rechten sehen."

„Was soll das heißen?"

„Kevin meinte, er hätte einen Schatten an einem eurer Fenster gesehen", bekannte Uli.

Außer sich vor Wut vergaß Lukas das Versprechen, das er seiner Schwester noch vor wenigen Minuten gegeben hatte, rammte Uli seinen Unterarm in den Kehlkopf und presste ihn gegen die Wand im Treppenhaus.

„Was fällt dir ein, sie beschatten zu lassen? Bist du lebensmüde? Ich habe dir gesagt, dass ich dir jeden Knochen brechen werde, und wenn du mir nicht sofort sagst, was hier los ist, fange ich damit jetzt an." Er verstärkte noch einmal den Druck auf Ulis Kehle.

Dieser rang gequält nach Atem, wehrte sich aber nicht. „Ich habe keine Ahnung, wovon du redest", röchelte er.

„Warum komme ich nicht mehr in die Wohnung?", brüllte Lukas ihn an.

Ulis Augen weiteten sich. Aus einigen Wohneinheiten traten Bewohner vor ihre Türen und riefen: „Was ist hier los?"

„Das ist eine Sache zwischen mir und dem Kerl hier!", versetzte Lukas.

„Klärt euren Stress woanders!", forderte ihn einer der Mieter aus dem Erdgeschoss auf und verschwand geräuschvoll in seiner Wohnung.

Uli wand sich unter Lukas' Griff und stieß ihm die geballte Faust in die Seite. Lukas stöhnte auf und ließ ihn los.

„Wenn du nicht mehr in deine eigene Bude kommst, dann bin nicht ich derjenige, dem du alle Knochen brechen solltest", keuchte Uli. „Wo ist Leonie?"

„Ich weiß es nicht!", spie Lukas ihm entgegen. „Ich fürchte, sie ist da oben!" Er wies mit der ausgestreckten Hand den Hausflur hinauf in Richtung der verschlossenen Wohnung. Hinter deren Tür hatte Randalf bis auf das auf- und abschwellende Getöse im Treppenhaus nichts verstanden.

Die beiden Männer starrten sich an und in ihren Köpfen schossen Gedankenfetzen in Bruchteilen von Sekunden über erhitzte Nervenbahnen. Uli hatte in Lukas zeit seines Lebens den Rivalen gesehen, der ihm gefährlich werden konnte und den er am liebsten unter seinem Kommando oder ganz weit weg gewusst hätte. Er hasste es, bedroht zu werden. Aber wenn tatsächlich jemand mit Leonie in der

Wohnung war und ihr irgendetwas antat, würde er es sich niemals verzeihen, nicht eingegriffen zu haben. Er kannte Lukas seit seiner Kindheit und Leonie mochte er. Außerdem hatte er im Viertel alles unter Kontrolle, niemand drang hier ohne sein Wissen irgendwo ein und richtete Schaden an. Es ärgerte ihn, dass das passieren konnte, obwohl Kevin die Gegend überwacht hatte.

„Geh hinten von draußen nachsehen", sagte er schließlich ruhig. „Ich rufe Kevin rein, trommle noch ein paar Männer zusammen und wir sichern die Wohnungstür." Er sah Lukas mit schmalen Augen an. „Wenn wir sie da rausgeholt haben, verschwindet ihr von hier. Es gab jetzt echt genug Ärger wegen euch."

Lukas nickte kaum merklich und rannte die Treppe hinunter ins Freie.

Leonie hörte dumpf, dass Lukas irgendjemanden im Treppenhaus anschrie und stöhnte innerlich. Hier drin war doch der Verbrecher, nicht da draußen! Sie riss die Augen auf. Was, wenn der Typ gar nicht allein war? Was, wenn noch mehr von seiner Sorte im Hausflur lauerten und Lukas etwas antaten? Sie rappelte sich auf und schaute durch den Glaseinsatz der Zimmertür. Der Wohnungsflur war leer. Was hatte der Kerl mit Magano gemacht? Leonie sank das Herz, dann schlich sie zum Balkonfenster und sah plötzlich Lukas auf der Straße auftauchen und zu den Fenstern hochschauen. Hektisch begann sie zu winken. Aber er reagierte nicht. Nach einer Weile verschwand er wieder, noch bevor sie sich getraut hatte, die Balkontür zu öffnen. Rasch blickte sie zur Tür ihres Gefängnisses, dann schlug sie sich voller Verzweiflung die Hand vor den Mund und schluchzte. Sie war verloren.

Vorsichtig spähte Randalf hinter dem Dekoschal hervor aus dem Fenster. Als er den blonden Hünen auf der Straße auftauchen sah, bestätigte sich seine Vermutung darüber, wer soeben versucht hatte, in die Wohnung einzudringen. Die

Situation war brenzlig, erkannte er. Wie sollte er aus der Nummer hier bloß unbeschadet herauskommen? Nervös fingerte er nach seinem Handy und scrollte sich durch das Adressbuch. Wen konnte er zur Verstärkung anfordern? Gereon, Quentin und Holger saßen in U-Haft. Sein Finger blieb über Gereon von Treunsteins Namen hängen. Dann schloss er die Seite und öffnete die Liste mit den eingegangenen Nachrichten. Er hoffte inständig, dass Gereons Vater ihn nicht mit unterdrückter Rufnummer angerufen hatte. Erleichtert atmete er aus, als er sah, dass das Gerät eine Nummer gespeichert hatte, und tippte sofort auf „wählen."

Nach dem dritten Klingelton meldete sich Burkhard von Treunstein mit einem indignierten „Ja?"

„Hier ist Randalf."

Einen Moment lang war es still in der Leitung. Dann fragte Burkhard von Treunstein sachlich: „Haben Sie die Person gefunden?"

„Ja, habe ich. Sie liegt bewusstlos vor mir in der Wohnung von dieser Leonie. Aber ich stecke hier in der Klemme." Hastig schilderte er die verfahrene Situation.

„Liquidieren Sie die Frauen. Ich schicke jemand vorbei, der sie da rausholt. Die Angelegenheit Ihrer Eltern in Saudi Arabien ist auch geklärt." Es klickte in der Leitung. Fassungslos starrte Randalf auf das Display. Liquidieren Sie die Frauen? Hielt der Kerl ihn für einen Auftragskiller? Er sah zu der am Boden liegenden Magano hinüber und schrak zurück. Sie hatte die Augen geöffnet und blickte ihn starr an.

„Die Geister der Menschen, die wir töten, verfolgen uns in der Anderswelt, weil sie keinen Frieden finden", sagte sie harsch. „Und ich schwöre Ihnen, wenn Sie diesen Befehl ausführen, mache ich Ihnen das Leben zur Hölle. Ich bin die Nachfahrin der Dorfältesten und ich stehe in engem Kontakt zu den Ahnen. Ich werde in der Anderswelt so lange keine Ruhe geben, bis ich Sie in den Wahnsinn getrieben habe."

„Halt den Mund!", herrschte Randalf sie an. Seine Hand, die noch das Telefon hielt, zitterte. Verunsichert betrachtete er

Magano eine Weile und spürte in ihrem kalten Blick, dass sie meinte, was sie gesagt hatte. Mit schnellen Schritten verließ er den Raum, verschloss auch diesen und postierte sich am Küchenfenster. Für Fesselakrobatik blieb jetzt keine Zeit mehr. Sobald er die Verstärkung kommen sah, würde er seine beiden Geiseln erschießen und dann auf Nimmerwiedersehen verschwinden. Er blickte sich nach einem Kissen um, dass er gegebenenfalls als Schallschutz verwenden könnte.

Nahezu lautlos stieß Lukas zu Uli und Kevin, die eine Etage unterhalb seiner Wohnung warteten, die Blicke auf die Tür gerichtet.

„Leonie ist im Wohnzimmer und ich bin mir sicher, dass aus dem Nachbarraum ein Typ aus dem Fenster gespäht hat."

„Hat sie dich gesehen?"

„Ja, aber ich habe nicht auf ihr Winken reagiert, damit der Kerl keinen Verdacht schöpft."

„Hast du noch andere gesehen, oder ist er alleine da oben mit Leonie?"

Lukas zuckte die Schultern.

„Was machen wir jetzt?"

Lukas hätte am liebsten sämtliche in Köln verfügbaren SEK-Beamte hierher getrommelt. Doch im Viertel rief man nicht die Polizei zur Hilfe. Was sollten die Polizisten auch tun? In die Wohnung kamen sie ebenfalls nur mit Gewalt, und was dann mit Leonie geschah, wollte er sich gar nicht erst ausmalen.

„Ich klettere über den Balkon", erklärte er.

„Was ist, wenn wirklich mehrere Typen da oben bei Leonie in der Bude hocken?"

„Damit komme ich klar."

Uli konnte seine Achtung vor Lukas kaum verbergen. „Und was, wenn sie bewaffnet sind?", gab er zu Bedenken.

„Dann wird es höchste Zeit einzugreifen."

Verzweifelt starrte Leonie auf die Stelle, wo vor einiger Zeit Lukas noch gestanden hatte. Es war still im Haus. Niemand schien sich darum zu kümmern, was mit Magano und ihr hier drin geschah. Der Einbrecher war lange nicht mehr ins Wohnzimmer gekommen und sie war nicht bereit, sich hier zur Hinrichtung bereitzuhalten. Sie musste nun endlich selbst aktiv werden. Leise öffnete sie die Balkontür und trat ins Freie. Kalte Luft schlug ihr entgegen. Sie maß den Abstand zwischen den beiden Balkonen mit den Augen ab. Es war die einzige Chance, zu entkommen und Hilfe für Magano zu holen. Ihr Blick fiel auf den kleinen Tisch, an dem sie mit Carina und auch mit Lukas oft gesessen hatte. Ihre Augen wanderten weiter zur Esche im Garten, deren Anblick sie bei diesen Gelegenheiten so sehr genossen hatte. Niemals hätte sie es für möglich gehalten, dass sie einmal so verzweifelt sein würde, über die Brüstung zu klettern.

Entschlossen zog sie sich am Geländer hoch. Beim Blick in die Tiefe stellte sich augenblicklich Schwindel ein und sie keuchte. Dann fasste sie mit einer Hand um die Trennwand der Balkone herum und schwang das rechte Bein auf die andere Seite. Dabei fiel ihr Blick ins Wohnzimmer und sie schrie auf.

Lukas klingelte an der Nachbarwohnung Sturm, doch erst nach einer gefühlten Ewigkeit ertönte ein Fluchen hinter der Tür.

„Was ist denn hier los?" Ein Mann in grauer Jogginghose und bekleckertem Feinripp-Unterhemd, das über seinem Bauch spannte, öffnete die Tür und starrte Lukas wütend aus glasigen Augen an. „Tickst du noch richtig?", fuhr er ihn an. „Wer bist du überhaupt? Ich kenne dich nicht."

„Das ist ein absoluter Notfall", zischte Lukas, stellte seinen Fuß in die Tür und baute sich vor dem Nachbarn auf. „In der Wohnung nebenan wird meine Freundin von einem oder mehreren gewalttätigen Einbrechern festgehalten und ich muss auf Ihren Balkon."

Der Mann wich einen Schritt zurück, wobei seine teigige Gesichtshaut in Bewegung geriet. „Was faselst du da? Ich lasse dich doch nicht einfach so in meine Wohnung! Kann ja jeder kommen und irgendeinen Driss erzählen."

Lukas´ Geduld war zu Ende. Mit einem Ruck stieß er die Tür auf und eilte Richtung Balkon, der in dieser Wohneinheit spiegelverkehrt angelegt war. Dort angekommen, registrierte er sofort, dass Leonie sich gerade verzweifelt darum bemühte, hinüber zu klettern, während jemand mit aller Kraft versuchte, sie daran zu hindern.

Mit Erleichterung und Grausen zugleich erkannte Randalf einige Verbindungsmitglieder aus der Kölner Sektion, die vor dem Haus parkten und sofort ausstiegen. Nun musste er seinen Part übernehmen, während sie die Männer beschäftigten, die zweifelsfrei draußen auf ihn warteten. Mit wem sollte er anfangen? Unbehaglich wandte er den Blick vom Küchenfenster ab. Die Drohung der Afrikanerin hallte in seinem Kopf nach, und er erinnerte sich an die Halluzinationen, die er in der Wohnung gehabt hatte. War Carina bereits dabei, ihn aus dem Jenseits zu verfolgen? Was, wenn Robin, Tobias, die hübsche Blonde und die dicke Schwarze dazukamen? Sollte er sich dann nicht gleich besser von der nächsten Autobahnbrücke stürzen? Es war unfassbar, in welchen Strudel er hineingeraten war, wegen der Verschrobenheit der Treunsteins mit ihrem alten Gürtel, den andere längst entsorgt hätten. Er schüttelte den Kopf, um den Gedanken zu vertreiben. Er musste mit Leonie anfangen. Entschlossen lief er zur Wohnzimmertür und entriegelte sie.

„Verdammt!", fluchte er, als er wahrnahm, dass sie im Begriff war, über die Balkonbrüstung zu klettern. Mit langen Schritten eilte er auf den Balkon hinaus, packte Leonies Bein, das noch auf dieser Seite hing und zog es energisch zurück. Sie schrie auf und klammerte sich am Geländer des Nachbarbalkons fest. Fluchend beugte er sich über die Brüstung, legte seinen rechten Arm um ihren Oberkörper und zog mit aller Kraft. Da sah er hinter dem Wohnzimmerfenster des Nachbarn die Gestalt des blonden Hünen auftauchen, der mit wutverzerrtem Blick die Balkontür aufriss und auf ihn zusteuerte.

Augenblicklich wurde ihm bewusst, dass er sich irrational benahm. Wieso versuchte er, Leonie zurückzuziehen, obwohl er sie einfach nur erschießen musste? Abrupt ließ er sie los, sodass sie erschrocken absackte, trat einen Schritt zurück und zog die Pistole. Der Schuss, den er hörte, kam eine Spur zu früh.

Der Knall hallte noch einen Moment lang zwischen den Mietshäusern nach, dann herrschte Stille.

„Leo!" Lukas stürzte auf den Balkon und zog Leonie zu sich herüber. Schreiend brach sie in seinen Armen zusammen. „Was ist mit dir? Bist du getroffen?"

Er zog sie in den Schatten der Trennwand und suchte mit raschen Blicken ihre Kleidung nach Blutspuren ab. Dann erst hörte er seinen Namen.

„Lukas!", rief Uli zum wiederholten Mal. „Lukas! Alles okay?"

Da war kein Blut an Leonie. Er löste sanft ihren verkrampften Griff um seinen Nacken und lehnte sich vorsichtig über die Brüstung. Sein Blick fiel auf Uli, der, eine Pistole in der Hand, vom Garten aus in Richtung des Balkons zielte.

Wachsam beugte Lukas sich zu ihrer Wohnung hinüber. Er sah Randalf bewusstlos am Boden liegen, über ihm eine Blutspur, dunkles Rot, das an der Fensterscheibe hinablief und sich auf dem Estrich in einer Pfütze sammelte. Lukas signalisierte Uli, dass Randalf außer Gefecht war, kauerte sich zu Leonie und nahm sie in den Arm.

„Sind noch mehr Leute in der Wohnung?", fragte er.

„Nur Magano."

„Bist du okay?"

Sie bejahte und ihr Schluchzen verebbte.

Der Nachbar war hinter ihnen ins Freie getreten. „Wat es denn he loss?", rief er und sein Gesicht wurde noch eine

Spur blasser, als er Uli auf dem Rasen unter der schönen alten Esche mit der Schusswaffe gewahrte.

„Nur eine Schießerei, sonst nichts", antwortete Lukas trocken. „Danke, dass wir Ihren Balkon benutzen durften."

Behutsam legte er seine Hände an Leonies Wangen. „Wenn du einen Moment ohne mich klar kommst, dann steige ich jetzt rüber und kümmere mich um deine Freundin."

Sie nickte und lächelte ihn dankbar aus verweinten Augen an. Im nächsten Augenblick schwang er sich vor dem erstaunten Blick des Nachbarn geschickt über die Brüstung, während sich vor dem Haus ein Tumult erhob, als träfen zwei Schlägertrupps aufeinander.

19

Unruhig sah Magano durch die Glasfront am Hauptbahnhof in Köln auf den Bahnhofsvorplatz und den Dom. Sie hatte keine Ahnung, was Sophie von Treunstein dazu bewogen hatte, sich mit ihr treffen zu wollen, und befürchtete, in eine Falle gelockt zu werden. Zu gerne hätte sie Leon Bolt mit hierher genommen. Aber Gereons Mutter hatte darauf bestanden, dass sie allein kam und niemanden über ihre Verabredung informierte. Schließlich war Magano ihrem Instinkt gefolgt, der die Frau für harmlos hielt. Auf den Titelseiten der Tageszeitungen an den Kiosken prangten Fotos ihres Ehemannes, der vehement bestritt, ein gestohlenes afrikanisches Kulturgut zu besitzen. Es kostete Magano einige Mühen, all das zu verarbeiten, was in den letzten Wochen geschehen war, und sie bekam Herzrasen, wenn sie an den Einbrecher dachte, der sie in Leonies Wohnung niedergeschlagen, dann dort festgehalten und bedroht hatte. Sie konnte nicht fassen, dass es jemand gewagt hatte, per Telefon das Kommando zu geben, sie und Leonie zu „liquidieren", als seien sie beide Schlachtvieh, und sie vermutete, dass die Anweisung von Burkhard von Treunstein erteilt worden war. Solange dies aber nicht erwiesen war, schwebte sie selbst noch in Gefahr.

Die Bahnreisenden verkürzten sich die Wartezeit auf ihre Züge mit dem Durchstreifen der Geschäftspassagen unterhalb der Gleisanlagen. Doch Magano stand nicht der Sinn nach Konsum. Sie harrte in der warmen Eingangshalle gegenüber des Bodyshops weitestgehend reglos und in sich selbst versunken aus und betrachtete die eindrucksvolle, graue Domfassade, die die Glasscheiben des Eingangsbereichs nahezu ausfüllte. Menschen strömten durch die Türen herein und heraus, einige gemächlich, andere eilend, wenige sogar im Laufschritt. Manche mit Gepäck, andere ohne. Die Luft war erfüllt vom Stimmengemurmel. Von Zeit zu Zeit unterstrichen Bahnhofsdurchsagen die Ge-

schäftigkeit des Ortes. Sie mutmaßte, dass nicht einmal jeder Zehnte hier wusste, was in Deutsch Südwestafrika vor gut einhundert Jahren passiert war, und dass es von diesen zehn Prozent sicherlich den meisten egal war, ob und welche Forderungen im Raum standen. Die Nazi-Vergangenheit übertünchte die Gräuel der Kolonialzeit und viele Deutsche hatten bereits von der Aufarbeitung des Dritten Reiches die Nase voll, hatte sie gelesen. Wenn überhaupt, dann beschäftigten sie sich mit den Folgen der Finanzkrise und dem Wiedererstarken rechter Kräfte. Kein Wunder, erstickten doch alle an einem Arbeitsalltag, in dem immer mehr in immer kürzerer Zeit erledigt werden sollte. Da tickten die entschleunigten Lebenszeituhren in ihrer Heimat gesünder. Magano seufzte. Wer zu den Verlierern der Gesellschaft gehörte, hatte verständlicherweise wenig Interesse daran, sich mit den Angelegenheiten eines anderen Kontinents zu beschäftigen. Wieso mit einem Völkermord auseinandersetzen, der noch länger zurücklag als das Dritte Reich? Natürlich lagen das Massaker am Waterberg und der Genozid an den Herero weit zurück! Aber die Folgen dauerten unverändert an, dachte sie. Warum war es bloß so schwierig, das zu vermitteln? Impulsiv wechselte Magano das Standbein, sodass einige Passanten einen verstohlenen Blick auf ihre kräftige Gestalt warfen. Die Geschichte hatte sie einfach ignoriert. Die Herero warteten noch immer vergeblich auf die Rückgabe ihres Landes. In den von Weißen geführten Touristenlodges schufteten ausschließlich Schwarze zu einem Hungerlohn. Am schlimmsten aber war ihr der Gedanke daran, dass seit über hundert Jahren Gebeine verstorbener Stammesmitglieder in deutschen Instituten lagerten und nur zögerlich und pietätlos in Pappkartons zurückgegeben wurden. Weil die Verantwortlichen entweder keinen Schimmer davon hatten oder außer Acht ließen, welche Bedeutung den Ahnen in der Herero-Kultur zukam.
Lediglich das Wissen darum, dass es in Deutschland auch Menschen wie Bolt, Leonie und ihren Freund gab, stimmte sie milder. Nachdenklich beobachtete sie die Passanten in

der Bahnhofshalle. Niemand hier ahnte, welche Stimmung in Namibia herrschte, ja, was für ein Pulverfass der afrikanische Kontinent geworden war.

Unvermittelt stand Sophie von Treunstein im vornehm cremefarbenen Wollmantel und mit dezent geschminktem Gesicht vor ihr. Die frisierten Haare steckten unter einem Hut, den sie tief in die Stirn gezogen hatte. Hätten die gerötete Nase und das nervöse Zucken der Augenlider ihren inneren Zustand nicht verraten, hätte man sie für eine beeindruckende Person halten können.

„Sind Sie allein?", fragte sie ohne Begrüßung.

„Sehen Sie jemanden bei mir?", versetzte Magano gereizt.

Sophies Augenlider flattern kurz, dann hakte sie nach: „Weiß jemand von unserem Treffen?"

Magano richtete sich zu voller Körpergröße auf. „Nein."

Sophie schaute sich unsicher in der Halle um und fingerte währenddessen in ihrer großen Umhängetasche. Sie entnahm ihr eine Schachtel und reichte sie Magano. „Hier, den wollten Sie doch unbedingt haben."

Irritiert nahm diese die Schachtel an, und öffnete sie so weit, dass sie einen Blick auf den Inhalt werfen konnte. Sie schnappte nach Luft. Sophie von Treunstein hatte ihr den Ahnengürtel eigenhändig nach Köln gebracht. Ihr Herz war so gerührt, dass ihr Kopf seine Gefolgschaft verweigerte. Orientierungslos suchte sie nach Worten.

„Verraten Sie niemandem, dass Sie ihn nun haben", kam Sophie ihr zuvor. „Ich habe eine täuschend echte Nachbildung anfertigen lassen. Sogar die Blutspuren wurden imitiert. Burkhard wird nicht merken, dass er eine Fälschung in der Hand hält. Es wäre weise, nicht an die große Glocke zu hängen, dass der Gürtel sich in Ihrem Besitz befindet."

„Warum tun Sie das?" Magano hatte sich wieder gefangen. Die Tragweite von Sophies Verhalten war ihr sehr wohl bewusst.

Was war aus der bedingungslosen Loyalität ihrem Mann gegenüber geworden, die sie bei ihrem Besuch auf dem Familiensitz noch vermutet hatte?

„Ich hasse das Teil. Es hat Unglück über meine Familie gebracht und ich will es loswerden." Dass Sophie sich die Gelegenheit nicht entgehen lassen wollte, sich für die zahlreichen Demütigungen und Verletzungen von Burkhard zu rächen, ohne dass er es merkte, behielt sie für sich. Das ging seine Cousine, wenn diese Person es denn nun wirklich war, nichts an. „Werden Sie Ihr Erbe einfordern?"

Magano sah auf den Gegenstand in ihrer Hand. „Ich bin mir noch nicht sicher. Ehrlich gesagt liegt mir wenig an einem Anwesen in Deutschland. Das hier", sie hielt die Schachtel hoch, „war mein eigentliches Anliegen."

Sophie nickte. Das hatte sie intuitiv gespürt. „Nach dem öffentlichen Aufsehen durch die Fernsehbeiträge würden Ihre Erfolgschancen ganz gut stehen", wagte sie einen neuerlichen Vorstoß.

Die Fassade fiel und Magano erkannte, warum Sophie vor ihr stand. Sie hasste nicht nur den Gürtel, sie hasste noch viel mehr ihren kaltherzigen Mann, und spekulierte darauf, dass Magano ihm das Fell über die Ohren zog. Aber diese Abrechnung überließ Magano lieber der Polizei. Sie wollte endlich nach Hause.

„Verlassen Sie ihn." Sie fasste Sophie am Arm.

Diese sah sie an, als verstünde sie nicht, was Magano ihr zu verstehen gab. `Als ob das so einfach wäre!´, dachte sie, verabschiedete sich steif und ging, ohne sich noch einmal umzudrehen.

Magano griff in die Schachtel und konnte nicht fassen, dass Chief Gabriels Gürtel sich tatsächlich in ihrer Hand befand. Sie betastete das Leder und spürte die magische Kraft der mächtigen Ahnen in ihm. Sie fühlte auch das andere, den Schmerz und die Verzweiflung, die Wut und den Hass, all die jungen, schlimmen Erfahrungen, die an ihm hafteten. Es würde viele Rituale brauchen, um ihn davon zu befreien. Aber Hauptsache war, dass sie ihn nach über hundert Jahren nun endlich heimbringen konnte. Die Ondangere würde außer sich sein vor Freude.

***

Der Innenhof der JVA Ossendorf lag verlassen in der kalten Wintersonne und bot dem Auge wenig Abwechslung. Die Zelle ebenso wenig. Mit starrem Blick richtete Gereon von Treunstein die Aufmerksamkeit auf den Wachturm. Er konnte förmlich spüren, wie sich die Schlinge um seinen Hals immer enger zog. Robin und Tobias waren erledigt, aber es gab noch verschiedene Zeugenaussagen, die ihn belasteten. Es würde verdammt schwer für den Anwalt werden, eine Anklage abzuwenden. Erneut begann der Schmiss auf seiner Wange zu jucken.

Randalfs Rettungsaktion war gründlich in die Hose gegangen, so wie alles, was er in die Hand genommen hatte. Sein Vater hatte ihn noch immer kein einziges Mal besucht. Dem ging es nur um den elenden Gürtel und der war ja wieder da. Nur seine Mutter war vor ein paar Tagen bei ihm gewesen. Sie hatten sich die meiste Zeit stumm gegenüber gesessen und sich nichts zu sagen gehabt. Ihre Frage: „Hast du das getan, was man dir vorwirft?" hing wie Dynamit unausgesprochen zwischen ihnen in der Luft. Wäre sie gestellt worden, hätte dieses Misstrauen sie für den Rest ihres Lebens entzweit. Aber Gereon spürte auch so sehr deutlich, dass seine Mutter ihm das alles zutraute.

Das Gefühl von Hilflosigkeit, das er damals als Kind empfunden hatte, als sie beide von den Schergen des Vaters aus der Wohnung gezerrt worden waren, übermannte ihn jäh. In Zeitlupe liefen die Bilder wie ein Kinofilm vor seinem inneren Auge ab und lähmten seine Glieder. Er hatte sie nicht beschützt, seine Mutter, die einzige Frau, die er je wirklich geliebt hatte. Sie hatten sich gegenseitig nicht beschützen können, denn auch ihre Versuche, ihn vor den Schlägen des Vaters zu bewahren, waren gescheitert.

Schmerzlich wünschte er sich, sie säßen sich noch immer im Besuchsraum gegenüber und er könnte ihr sagen, wie leid es ihm tat, dass sie einander damals so wenig beistehen konnten. Dass sie so hilflos gegen dieses übermächtige und gewalttätige Familienoberhaupt gewesen waren. Vielleicht hätten sie sich berührt und verzeihend angesehen. Er hasste sich dafür, dass er den Moment nicht genutzt hatte. Ließe sich die Zeit doch nur zurückdrehen!

Sein Blick wurde nass. Die Chance war vertan. Er hatte nichts dergleichen getan und sie stattdessen gefragt, warum sein Vater ihn nie besuchen kam.

**

Schwungvoll stieß Julius Ruthenmöller die Tür zu seinem Büro auf, beugte ein Knie und zog die rechte Faust mit angewinkeltem Arm nach unten. „Strike!"

Spöttisch beobachtete Melina ihn. „Wie, so sportlich heute? Oder fällt dir kein Zitat aus einem Klassiker ein, den kein Mensch kennt?"

Er verzog den Mund und legte den Kopf schief. „Du könntest wenigstens mal fragen, worüber ich mich freue."

Melina seufzte und verschränkte die Arme: „Also, lieber Julius, worüber freust du dich denn so?"

„Unsere Beweise reichen für eine Anklage gegen Gereon von Treunstein und die drei anderen Verbindungsmitglieder aus. Randalf Königstett hat sich ohnehin selber auf dem Tablett geliefert." Seine Miene verdüsterte sich etwas. „Da keiner der Anwohner in der Lage ist, all die Männer zu beschreiben, die flugs verduftet sind, als die Kollegen am Tatort ankamen, können wir in dieser Richtung allerdings nichts weiter unternehmen. Angeblich hat auch niemand den Schützen gesehen, der auf Königstett geschossen hat, und mit dem Projektil können wir bislang noch nicht viel anfangen. Es ist jedenfalls ein anderes Kaliber als dasjenige, welches Robin von Odenheim und Tobias Neroth getötet hat. Diese Kugeln wurden eindeutig aus der Waffe abgefeuert, die neben dem verletzten Königstett mitsamt seinen Fingerabdrücken sichergestellt wurde und die Treunstein gehört. Ich persönlich finde die von Lukas Frieling zu Protokoll gegebene Vermutung, dass es sich bei dem Schützen um ein Verbindungsmitglied gehandelt haben könnte, eher abwegig."

„Was ist mit dem Telefonat, bei dem jemand Königstett einen Mordbefehl erteilt hat?"

„Die Kollegen der EDV waren schnell. Der letzte Anruf, der mit dem Handy getätigt wurde, ging an – rate mal! – Burkhard von Treunstein. Aber der bestreitet vehement, so etwas gesagt zu haben, und behauptet, er habe mit Randalf lediglich besprochen, wie dessen Besuch bei seinem Sohn in der U-Haft verlaufen sei und wie es Gereon gehe. Königstett ist noch nicht vernehmungsfähig."

„Wird Carina Kamerandes Tod nun als Mordfall behandelt?"

„Jep!"

Melina sprang auf und umarmte ihn. „Wir bringen die Mistkerle hinter Gitter!"

Ruthenmöller nickte zufrieden. „Apropos Mistkerl: Hast du Lust, mit mir essen zu gehen?"

Melina löste sich von ihm und lachte. Die Überleitung gefiel ihr.

Er reichte ihr seinen Arm. „Mein schönes Fräulein, darf ich wagen, meinen Arm und Geleit Ihr anzutragen?"

Missbilligend hob sie eine Augenbraue.

„`Bin weder Fräulein, weder schön, kann ungeleit´ nach Hause gehn´, musst du antworten", flüsterte er. „Goethe, Faust."

„Du kannst mich mal", erwiderte sie. „Und jetzt lass uns im Beppo´s Pizza essen gehen."

„Sehr gern." Er nahm ihre Hand und gemeinsam verließen sie den Raum. Wenn man das im Kommissariat sah, waren ihre Tage als Teampartner gezählt. Aber das spielte keine Rolle mehr.

***

Das Wohnzimmer war hell und geräumig, durch die großen Fenster blickte man in den Garten, der zwar nicht zu der

Wohnung gehörte, aber mitgenutzt werden durfte. Die Aufteilung der Zimmer war gut gelöst und bot ihnen die Möglichkeit, ein Arbeitszimmer einzurichten, in dem sie beide an getrennten Schreibtischen arbeiten könnten. Dieser Raum verfügte überdies über einen Telefonanschluss, sodass dort die ISDN-Anlage stehen konnte. Bei guter Sicht sei in der Ferne sogar der Kölner Dom schemenhaft zu erkennen, hatte der Makler versprochen. Lukas war sich sicher, dass Leonie die Wohnung gefallen würde, und er fragte sich, wo sie blieb. Sie waren verabredet, um sich den Neubau gemeinsam anzuschauen. Sein Vater kannte das Bauunternehmen gut, und nach dem, was er selber bislang gesehen hatte, schien ihm die Bausubstanz in Ordnung zu sein.

Die vergangenen Wochen waren schwierig gewesen. Leonie erholte sich nur langsam von dem Schock, den die Todesangst bei ihr verursacht hatte, und litt unter Albträumen. Sie hatte seitdem keine Nacht allein verbracht, war entweder bei ihm in Berlin oder schlief bei ihren Eltern. In diesem Zustand erschien es ihm unangemessen nachzufragen, was genau zwischen ihr und dem Amerikaner in San Diego gelaufen war. Sie war unversehrt geblieben und sie hatten einander wiedergefunden. Der Rest spielte nur eine untergeordnete Rolle. Lukas war noch immer hin und her gerissen zwischen dem Bedürfnis, die Wahrheit erfahren zu wollen, und dem Wunsch, dass genau diese ihm erspart blieb. Irgendwann würden sie das aufarbeiten, wenn Leonie stabil genug war.

Nun standen bald Leonies mündlichen Prüfungen an und es fiel ihr schwer, sich auf den Lernstoff zu konzentrieren. Wo blieb sie bloß? Der Vertriebsleiter der Baufirma begann bereits, nervös auf die Uhr zu schauen. Schließlich entschuldigte er sich. „Ich habe noch einen Besichtigungstermin für die untere Wohnung. Ich lasse dort die Tür offen und Sie können hereinkommen, wenn Sie Fragen haben."

Nachdem er gegangen war, durchstrich Lukas weitere zehn Minuten allein die Räume, ehe endlich die provisorische Klingel ertönte und Leonie vor der Tür stand. Ihre Augen glänzten seltsam entrückt und ihr Gesicht strahlte, obwohl man ihr ansah, dass es ihr nicht gut ging.

„Ist alles in Ordnung?", fragte Lukas besorgt.

Sie nickte und umarmte ihn. „Und, wie ist die Wohnung?"

„Mir gefällt sie gut. Man hat eine schöne Aussicht in den Garten und wir hätten die Möglichkeit, ein Arbeitszimmer einzurichten."

Leonie nahm ein Zimmer nach dem anderen in Augenschein. Zum Schluss blieb sie vor der Balkontür stehen und sah ins Grüne.

„Und?", erkundigte sich Lukas erwartungsvoll.

„Sie ist schön, aber ich denke, wenn wir schon direkt kaufen, anstatt nur zu mieten, sollten wir nach etwas Größerem mit einem eigenen Garten schauen."

Lukas hielt inne. „Wir haben doch vorher gemeinsam besprochen, in welcher Größenordnung wir suchen."

Leonie nahm seine Hand und das Leuchten in ihren Augen konkretisierte sich. „Es hat einen Grund, warum ich so spät dran bin."

Fragend zog er eine Augenbraue hoch. Ihm fiel nur ein Motiv ein, sich als Paar gleich ein ganzes Haus mit Garten kaufen zu wollen.

„Ich war beim Arzt." Sie stockte und sah ihn erwartungsvoll an.

„Und, was sagt der?", erwiderte er betont sachlich, obwohl sein Herz raste und er die Antwort ahnte.

Leonie schluckte. „Dass wir Eltern werden."

„Was ist mit deinem Referendariat?"

„Du hast doch gesagt, wir schaffen das." Sie streichelte sein Gesicht. Ihr war bewusst, dass dies das größte Geschenk war, das sie ihm machen konnte. Das Baby war ihr Bekenntnis zu ihm, und dass sie ihr Leben mit ihm verbringen wollte. Liebevoll sah er sie an, legte die Hand auf ihren Bauch und konnte kaum fassen, dass er dort in wenigen Monaten die Bewegungen seines eigenen Kindes spüren würde.

„Leo", flüsterte er überwältigt, und mit einem Mal war alles andere egal.

„Jedem Anfang wohnt ein Zauber inne,
Der uns beschützt und der uns hilft, zu leben.
Wir sollen heiter Raum um Raum durchschreiten,
An keinem wie an einer Heimat hängen."

Ruthenmöller konnte es sich einfach nicht verkneifen.
Melina rollte grinsend die Augen. „Schon wieder Goethe?"
„Nein, Hesse."

Anhang

Die Schilderung der Handlung in Saudi Arabien orientiert sich an Erlebnisberichten von Augenzeugen und Medienveröffentlichungen. Hier einige der benutzten Quellen:

„Trotz des häufigen Wunsches nach Reformen aus islamistischen und liberalen Kreisen ist zu konstatieren, dass die saudische Gesellschaft auf die Bewahrung ihrer Traditionen Wert legt. Traditionelle Wert- und Normvorstellungen bilden nach allgemeiner Auffassung den Kern der saudischen Identität. Dabei zeigt sich eine enge Verknüpfung zwischen Tradition und Religion, denn viele Ansichten, die als religiöse Prinzipien gekennzeichnet werden, resultieren aus der Tradition. Dies trifft auch auf das Auftreten saudischer Frauen in der Öffentlichkeit zu, wie ein Beispiel aus jüngerer Zeit zeigt: Eine junge Saudi filmte, wie sie während einer Einkaufstour von der Religionspolizei wegen ihres Nagellacks beinahe der Shoppingmall verwiesen wurde, und veröffentlichte das Video auf Youtube. In einem der daraufhin hochgeladenen Antwortvideos betont ein junger Saudi, dass der traditionelle Schutz der saudischen Frauen aufgrund ihrer hohen gesellschaftlichen Achtung das Eingreifen der Religionspolizei rechtfertige. So schlägt er den Bogen zwischen traditionellen Normvorstellungen und ihrer religiös verbrämten Durchsetzung."
http://www.bpb.de/apuz/194431/innenpolitische-und-gesellschaftliche-herausforderungen?p=1 am 17.09.2018

Riethmaier, Toni: Inside Saudi-Arabien. Mein Leben als Deutscher in einem der verschlossensten Länder der Welt. Riva-Verlag, 2017.

https://www.auswaertiges-amt.de/de/aussenpolitik/laender/saudiarabien-node/saudiarabiensicherheit/202298

https://www.zeit.de/politik/ausland/2014-10/saudi-arabien-islamischer-staat-enthauptungen

http://www.spiegel.de/politik/ausland/stellenangebot-saudi-arabien-sucht-acht-neue-henker-a-1034359.html

http://www.faz.net/aktuell/politik/ausland/naher-osten/hinrichtungen-in-saudi-arabien-die-schwerter-des-islams-13167453.html

Quellen zur Herero-Thematik:

„Dafür wartet Namibia noch immer auf eine Entschuldigung. Im aktuellen Koalitionsvertrag findet sich dazu kein Wort. Anfragen an das Auswärtige Amt werden mit den immer gleichen Standardsätzen beantwortet. Die beiden Positionspapiere mit den detaillierten Forderungen aus Namibia und dem Angebot aus Deutschland sind geheim. Wann sich die Delegationen treffen, bleibt ebenso unklar wie die Ergebnisse der Verhandlungsrunden - mehr als eine kurze Pressemitteilung folgt auf die Treffen nicht. Die Folge: In Deutschland nimmt von den Verhandlungen kaum jemand noch Notiz. `Die Bundesregierung will das Thema auf die lange Bank schieben", glauben Kritiker wie Sommer.´"
https://www.dw.com/de/genozid-an-den-herero-und-nama-hei%C3%9Fe-debatte-in-namibia-kein-thema-in-deutschland/a-43699028

„Die Geschichte der Schädel, das sei bis heute ein Trauma für ihr Volk, empört sich Ester Utjiua Muinjangue, Angehörige der Volksgruppe der Herero aus Namibia:
`Die deutsche Schutztruppe brachte die abgetrennten Köpfe zu den Herero-Frauen und zwang sie, sie zu reinigen, damit sie wie Eier fein säuberlich in Kartons nach Deutschland transportiert werden könnten, beschrieb Muinjangue. Es konnten die Köpfe ihrer Ehemänner, Brüder oder Schwestern sein.´"

https://www.deutschlandfunkkultur.de/streit-um-herero-schaedel-stiftung-will-gebeine-wieder-nach.2165.de.html?dram:article_id=324969 am 17.09.2018

„Die erste Repatriierung von Schädeln aus den Beständen der Charité im Jahr 2011 geriet zu einem politischen Fiasko. Aus Namibia war eine 73-köpfige Delegation angereist, darunter ein Minister, Bischöfe, hochrangige traditionelle Führer der Herero und Nama – in Berlin wurden sie von der Politik ignoriert. Eine Übergabe in weißen Pappkartons in der Charité. Kein Empfang, keine offizielle Gedenkfeier – nur eine abgelesene Erklärung einer sichtlich überforderten Staatssekretärin, der FDP-Politikerin Anke Pieper. Sie wurde ausgepfiffen und verließ überstürzt die Veranstaltung." https://www.deutschlandfunk.de/geraubte-gebeine-aus-namibia-aerger-im-vorfeld-der.862.de.html?dram:article_id=426332 am 17.09.2018

„Mit Glasscherben in der Hand mussten die Frauen ihren toten Männern, Brüdern und Söhnen das Fleisch von den Knochen schneiden. Die Skelette wurden dann zur „Rasseforschung" nach Deutschland verschifft. Die Frauen, Angehörige der Herero und Nama, waren Gefangene deutscher Kolonialtruppen. Die führten zu Beginn des 20. Jahrhunderts einen Vernichtungskrieg in „Deutsch-Südwestafrika", dem heutigen Namibia. Rund 100 000 Menschen fielen dem Völkermord zum Opfer. Sie wurden in Ketten gelegt, in Konzentrationslagern ausgehungert, zu Tode gefoltert und erhängt." https://www.tagesspiegel.de/politik/voelkermord-an-herero-und-nama-wann-wird-sich-deutschland-entschuldigen/22942938.html vom 23.08..2018

https://www.dw.com/de/v%C3%B6lkermord-in-namibia-streit-um-sch%C3%A4del-r%C3%BCckgabe/a-44947623

Christine Rhömer wurde 1969 in Rheinland-Pfalz in der Nähe von Koblenz geboren. Sie studierte Germanistik und Kunst in Köln und Wuppertal. Die Freude am Erzählen von Geschichten begleitet sie schon seit der Kindheit. Während der Studienzeit intensivierte sie diese durch die Teilnahme an verschiedenen Autorenwerkstätten. Schon früh entstanden Kurzgeschichten, Gedichte und kürzere Romane.

Aufenthalte in den USA und in Australien, die Tätigkeit beim WDR in Köln (Produktion von Fernsehsendungen), sowie die Komparsentätigkeit bei Film- und Fernsehproduktionen dienten unter anderem der Recherche für „Weißgold-Flügel." An diesem Roman arbeitete sie bedingt durch familiäre und berufliche Veränderungen mit zum Teil langen Unterbrechungen viele Jahre.

Während eines Urlaubs auf den Malediven kam ihr die Idee zu „Abgetaucht im Paradies", die sie ebenfalls in den folgenden Jahren immer weiter ausarbeitete.

Christine Rhömer lebt mit ihrem Mann und ihren zwei Kindern in der Nähe von Köln.

Besuchen Sie mich auch auf meiner Facebook-Autorenseite www.facebook.com/Christine-Rhömer
Oder meinen Blog: https://christinerhoemer.blogspot.de/
Dort finden Sie Fotos von den Handlungsorten meiner Romane und Hintergrundinformationen.
Ich freue mich auf Ihren Besuch!
Ihre Christine Rhömer

Einen ganz herzlichen Dank auch diesmal an alle, die mich während der Arbeit an diesem Roman unterstützt, beraten, konstruktiv kritisiert und mit Anregungen versorgt haben!!!

Wind aus Südwest - Sünde der Väter
Christine Rhömer

Stell dir vor, deine beste Freundin verfolgt einen Plan, von dem du nichts weißt. Plötzlich ist dein Leben in Gefahr ...

In Köln entwickelt sich zwischen Leonie und Carina eine intensive Freundschaft, obwohl sie sehr verschieden sind. Leonie ahnt jedoch nicht, dass Carina seit ihrer Kindheit in Namibia einen Plan verfolgt, der sie beide in große Gefahr bringen wird. Dabei geht es um einen Gegenstand, den einst deutsche Soldaten bei der brutalen Niederschlagung des Herero-Aufstandes in „Deutsch Südwestafrika" erbeutet hatten. Die Besitzer dieses Gegenstandes versuchen mit allen Mittel zu verhindern, dass ihre Verbrechen an die Oberfläche kommen. Unbeirrt verfolgt Carina ihr Ziel und Leonie muss nun eine folgenschwere Entscheidung treffen, um ihr eigenes Leben zu retten.

„Souverän und lustvoll, mit einer klaren, lebendigen Sprache schafft es die Autorin, ihre Figuren authentisch zu charakterisieren, die Handlung ist gut durchdacht und gewinnt zunehmend an Spannung."
(Kathrin Höhne, Kölner Stadt-Anzeiger)

Als eBook und Taschenbuch (300 S.) erhältlich.

Eine Liebesgeschichte zwischen Berlin und Los Angeles, zwei Menschen, mit denen das Leben nicht immer gnädig war und das Haifischbecken Hollywood.

War es ein Zufall, der David und Anna zusammenführte? Oder waren da ganz andere Kräfte am Werk? Und hat ihre Liebe unter diesen Vorzeichen eine Chance?
Anna ist noch in tiefer Trauer, als sie widerwillig einen Fremdenführerjob in Berlin annimmt. Dabei lernt sie den Drehbuchautor David kennen, dem es gelingt, sie nach und nach aus dieser Trauer herauszuholen. Sie wagt einen Neuanfang in Los Angeles, doch die Geister der Vergangenheit holen David und Anna immer wieder ein. Wird es ihnen gelingen, ihre Liebe zu retten und ihr gemeinsames Schicksal zu meistern?

"Ein berührender, spannender und sprachlich schöner Roman, den man so schnell nicht mehr aus der Hand legt!" (Leserstimme)

Als eBook und Taschenbuch (274 S.) erhältlich.

Abgetaucht im Paradies
Christine Rhömer

Ein geschenkter Urlaub ins Taucherparadies. Eine traumhafte Insel, Urlauber auf der Suche nach Liebe und ein gut gehütetes Geheimnis.

Hätte Alexa diese Reise auch unternommen, wenn sie ihr nicht geschenkt worden wäre? Oder wenn sie geahnt hätte, was sie dort erwartete? Wahrscheinlich nicht. Aber wie hätte sie dann die Wahrheit erfahren?
Alexa ist Ende zwanzig und hat gerade erst ihre eigene Physiotherapie-Praxis eröffnet. Unerwartet werden sie und ihre ehemals beste Freundin Isabel zu einem Urlaub eingeladen. Und dann will ihr Ex-Freund auch noch seine neue Partnerin heiraten! Überstürzt nimmt sie die Einladung an und fliegt mit Isabel auf die Insel im Pazifik. Nach einer anfänglich ruhigen Zeit überschlagen sich plötzlich die Ereignisse. Warum sollten sie unbedingt auf diese Insel reisen?

Als eBook und Taschenbuch (ca. 230 S.) erhältlich.